・ミステリ

REYNOLDS

寒(かん)慄(りつ)

SHIVER

アリー・レナルズ

国広喜美代訳

A HAYAKAWA

POCKET MYSTERY BOOK

SHIVER
by
ALLIE REYNOLDS

Translated by
KIMIYO KUNIHIRO
First published 2021 in Japan by
HAYAKAWA PUBLISHING, INC.
This book is published in Japan by
arrangement with
BLAKE FRIEDMANN LITERARY,
TV AND FILM AGENCY LTD.
through THE ENGLISH AGENCY (JAPAN) LTD.

装幀／水戸部 功

母と父に。山の人々に。

寒慄

登場人物

ミラ・アンダーソン……………………ジムのトレーナー。元スノーボード選手
サスキア・スパークス…………………元選手。十年前に氷河で失踪
カーティス・スパークス………………元選手。サスキアの兄
ブレント・バクシ………………………元選手。かつてミラと交際
デール・ハーン…………………………元選手
ヘザー……………………………………元バーテンダー。デールの妻
オデット・ゴーリン……………………元選手。フランス人
ジュリアン・マルレ……………………サスキア失踪事件の容疑者。フランス人

プロローグ

またあの季節がやってくる。氷河が遺体を引き渡す季節が。

山の上にある巨大な氷の塊は、目で見てもわからないくらいゆっくりと動く凍った川だ。ガラスのような氷の底で、まだ来て日の浅い犠牲者と、前からいる犠牲者とが、肩のこすれ合う距離にまで近づく。表面へ浮かびあがってくる者がいれば、氷河の端から現れる者もいて、次にだれが出てくるのかを知るすべはない。

出てくるまで何年もかかる場合もある。何十年にも及ぶことさえ。隣国イタリアでは、第一次大戦の兵士たちのミイラ化した遺体が、ヘルメットをかぶってライフルを持った完璧な状態のままで発見されて、最近ニュースになった。

それでも、はいったものはいつか出てくるはず。だからわたしは毎朝、地元のニュースを確認しつづけている。

わたしは、ある遺体が出てくるのを待っている。

1

「すみません」わたしの声がコンクリートの空間に響きわたる。

見覚えのある赤と白のケーブルカーが乗り場に停まっているが、運転室に人はいない。太陽がアルプスの山々の背後に消えて、空は茜色に染まっているのに、建物内の照明はまだともっていない。みんなはどこだろう。

冷たい風が頬に吹きつける。身をすくめジャケットの奥へもぐりこむ。いまはオフシーズンで開業までまだひと月あるから、スキーリフトが動くとは思っていなかったけれど、これだけは使えるだろうと考えていた。氷河まであがっていく手段がほかにあるんだろうか。まさか日にちを勘ちがいしてた？

スノーボードバッグをどさりとおろして、携帯電話を取り出し、またEメールを確認する。〝久しぶりに、週末、山で再会しませんか。ル・ロシェのディアブル氷河にある〈パノラマ〉で。十一月七日金曜日、午後五時に、ケーブルカーで会おう。Cより〟

Cとは、カーティス（Curtis）のCだ。誘ってきたのがカーティスじゃなかったら、返事もしないでメールを削除していただろう。

「よう、ミラ！」

ブレントが階段を軽やかに駆けあがってくる。わたしのふたつ下だから三十一歳のはずなのに、少年のような魅力がある——黒っぽい髪はやわらかそうで、頬にえくぼができる。とはいえ、疲れの色がにじみ、やつれて見える。

ブレントに抱きしめられて体が宙に浮く。こっちも抱きしめ返す。幾度もの寒い夜を、ブレントのベッドで過ごしたものだ。あいにく、その後は連絡が途絶えていた。だけど、あんなことがあったのだから……いずれにしても、ブレントのほうからも連絡はなかった。

　ブレントの背後には、暮れつつある空に山々の頂が浮かびあがって見える。ほんとうに行くつもり？　まだ引き返せる。口実を作って車に飛び乗り、シェフィールドへ帰ればいい。

　後ろから咳払いが響く。わたしとブレントがさっと体を離すと、そこには金髪で長身のカーティスがいた。最後に見たときの姿がそこにある、となぜか思いこんでいた。悲嘆に暮れて、打ちひしがれた姿が。でも、もちろんちがった。十年の歳月を経て、カーティスは立ちなおっていた。それとも、悲しみを心のうちにしまいこんでいるだけなんだろうか。

　カーティスの抱擁は短い。「会えてうれしいよ、ミラ」

「わたしも」昔からカーティスの目をまともに見られない。とびきりハンサムだったからだ――いまもそれは変わらない――が、久しぶりだとよけいに気恥ずかしい。

　カーティスとブレントが握手をする。カーティスの肌は青白く、ブレントの肌の色とのちがいが際立つ。ふたりともスノーボードを持ってきている――別に驚くことじゃない。わたしたちがボードを持たずに山へのぼることはまずない。わたしと同じように、ふたりもジーンズを穿いているけれど、スノーボードジャケットの首元からワイシャツの襟が見えていて、愉快な気分になる。

「正装を期待されてたんじゃないといいけど」わたしは言う。

　カーティスがわたしの頭から爪先まで視線を走らせる。「じゅうぶんだよ」

　わたしははっと息を呑む。カーティスの目が青いのは昔から変わっていないのに、思い出したくないあの人のことを思い出させる。前はカーティスから感じられたぬくもりが、いまはどこにもない。けっしてもどるまいと誓った場所へこうしてしぶしぶもどったのは、カーティスのためだ。わたしは早くも後悔しはじめていた。

「ほかにはだれが来るんだ?」ブレントが言う。

どうしてわたしを見るんだろう。

「さあ」わたしは言う。

カーティスが笑う。「きみも知らないって?」

足音。ヘザーがやってくる。あと、あれはだれだろう。デール? まさか――まだ付き合っているんだろうか。

以前は奇抜な髪型だったのに、いま目の前にいるデールは髪をこざっぱり整え、ピアスもはずしている。流行のスケートシューズも、スケートボードをするのに使われているようには見えない。ヘザーに感化されたんだろう、と思う。それでもヘザーは、スノーボードを持ってくるのはかろうじて許したようだ。

ヘザーはきらきら光る黒いワンピースに、膝丈のぴっちりしたブーツといういでたちだ。パッファのダウンジャケットを着ているけれど、それでも凍えるほど寒いはず。抱き合って挨拶すると、黒いロングヘアからヘアスプレーのにおいがする。

「会えてとってもうれしいわ、ミラ」少しお酒でも飲んでから来たんだろう、まるで本気で喜んでいるような言い方だ。ブーツのヒールが三インチあって、それでわたしより一インチ背が高い。だからこそ、そのブーツを選んだにちがいない。

ヘザーが指輪をちらつかせる。

「結婚したの?」わたしは言う。「おめでとう」

「もう三年よ」昔よりニューカッスル(ジョーディ)あたりの訛りが強い。

ブレントとカーティスがデールの背中を叩く。

「ずいぶん時間をかけて結婚を申しこんだもんだな」

ブレントが言う。ブレントもロンドン訛りが強くなっている。

「それが、わたしから言ったの」ヘザーが鋭い声で言う。

ケーブルカーのドアがきしんだ音を立てて開く。係員が後ろからのろのろとのぼってくる。スキー場の黒いキャップを目深にかぶったその男が、クリップボードに記されたわたしたちの名前をチェックして、乗りこむよう身ぶりで促す。

わたし以外の全員が一列になって進む。

「これで全員？」わたしはそう言って、時間を稼ぐ。

係員の男はそう考えているらしい。なんとなく見覚えのある男だ。

全員が乗りこんでいる。わたしもやむをえず合流する。

「ほかにだれがいるっていうんだ？」カーティスが言う。

「そうね」わたしは言う。何人かが来ては去っていったが、もとの集団のなかで、残ったのはわたしたち五人だけだ。

いまなお立っている五人だけ、と言うべきか。

罪の意識が押し寄せる。**二度と歩くことはできないでしょう。**

係員がドアを閉める。わたしはなんとかその顔を見ようとするが、係員はプラットフォームを遠ざかり、運転室へ消えてしまったので、よく見えなかった。

ケーブルカーががくんと揺れて動きだす。プレキシガラスの向こうをうっとりと見つめているわたしたちを乗せて、ケーブルカーはモミの梢の上を飛び、薄れゆく残照を追って山をのぼってゆく。眼下に土と緑が見えるのが奇妙に感じられる。いつもなら、そこにあるのは雪だ。マーモットを探すが、いまごろはきっと冬眠中だろう。崖を通過すると、ル・ロシェの小さな村が視界の外へ消える。

こんなふうに宙に吊られ、窓の外を流れる景色を見ていると、とても不思議な感覚に陥る。山をのぼっているのではなく、時間をさかのぼっているようだ。でも、過去と対峙する覚悟が自分にあるのかわからない。

もう引き返せない。ケーブルカーは揺れながら途中駅にはいっていこうとしている。それぞれが自分のバッグを引きずってケーブルカーからおりる。下より気温が低く、これから向かう先ではさらにさがるだろう。フランス国旗がぽつりと微風にはためいている。プラットフォームには人気がない。ここまでのぼってくるあいだに、茶と緑の地面が白に変わった。そこが雪線だ。

「いまごろはもう谷まで雪が積もってるもんだと思ってた」ブレントが言う。

カーティスがうなずく。「それも温暖化の影響だな」

ここは冬のスキー場の中心で、あらゆる方向に張りめぐらされたチェアリフトやTバーリフトは止まっていて、ゴンドラリフトだけが動いている。

こぢんまりしたリフト小屋のそばに、以前はハーフパイプがあった。U字形の長いコースはいまや泥の溝と化しているけれど、わたしの心の目にはまっさらな白い壁が見える。当時はヨーロッパ最高のパイプだった。それを目あてに、わたしたちはあの冬ここへやってきたのだ。

記憶がよみがえる。いつの間にか鳥肌が立っている。いまより若い自分たちが集まって笑い合っている姿が目に浮かぶ。わたしたち五人。

それと、ここにはいないふたりの姿が。

冷たい突風に煽られ、髪が顔にかかる。わたしはスノーボードジャケットのファスナーを顎まで引きあげて、あわててみんなのあとを追う。

このゴンドラリフトは標高三千五百メートル近くまでのぼっていく。〝悪魔〟という名前を持つディアブル氷河には、フランス有数の高地に設けられたスキー場がある。光沢のあるオレンジ色のゴンドラが、クリスマスのオーナメントさながらケーブルにぶらさがっている。カーティスがいちばん近くにあった、あいているゴンドラに乗りこむ。

ヘザーがデールの手を引いて言う。「ふたりで別のに乗りましょ」

「だめだ、さあ行くぞ」デールが言う。「全員一緒に乗れるだろ」

カーティスが手ぶりで示す。「スペースならたっぷりある」

ヘザーはまだ不満げな様子で、わたしにもその気持ちはわかった。小さなゴンドラは理屈の上では六人乗りだが、全員ぶんのバッグを載せると、けっこういっぱいになる。ヘザー自身がばかみたいに大きいスーツケースを持っているからなおさらだ。

ブレントが長身を折り畳むようにして乗りこむ。

「ミラ、きみならおれの膝にすわれる。ほら、そのバッグをこっちへ」

「デールだってあなたの膝にすわれるでしょ。わたしはここにすわるから」

結局ヘザーがデールの膝にすわる。その横にカーティスが、向かいにわたしとブレントがおさまって、合間にバッグを詰めこむ。髪をドレッドにしていないデールを見るのは、妙な気分だ。くすんだノルディックカラーに染めた髪がヴァイキングを連想させたものだが、いまのデールはむしろクイズ番組の司会者に見える。

ゴンドラは高原の上を渡っていく。足元に虚空がひろがっている。このスキー場がこれほど広いというのを忘れていた。夏にはハイキング客が歩きまわり、足跡がジグザグに上までつづく。美しい景色が——咲き乱れる高山の花々が——見えるはずだが、いま目にはいるのは、まばらな茶色の草と岩屑だらけのガレ場だけだ。生命の気配もなく、一羽の鳥すら見かけない。まるで不毛の地だ。

死んだ地。

ちがう。眠っているだけ。待っているだけだ。

山の上のそれと同じように。わたしは唾を呑みこんで、そんな考えを振り払う。

ゴンドラが鉄塔を通過するときに揺れて、カーティスの膝がわたしの膝にぶつかる。カーティスはやけに静かだが、それも当然だと思う。今回のことをわたしがつらいと感じるなら、カーティスには何百倍もきついはずだ。

誘いのメールには書かれていなかったけれど、わたしたちがここへ来た理由ははっきりしている。カーティスからEメールが来る前日、こんなニュースが報じられた。

十年前から行方不明になっていたイギリスのスノーボーダー、法廷での争いを経て、本人不在のまま死亡を認定。

みんなはわたし以上にここへ来るのを渋っていたはずだが、それでもカーティスの申し出をことわることはできなかった。カーティスが弔いたいと思うのはあたりまえだ。

いまや地面は雪に覆われ、薄暗がりにリラの花がぼんやり輝いている。はるか上方に、ル・ロシェの名前の由来となった絶壁がそびえている。そのてっぺんに〈パノラマ〉の建屋があり、大自然を背景にずんぐりした黒っぽい影がうずくまっている。

「ところで、どういう手を使ったんだ、ミラ？」ブレントが言う。

「なんの話？」わたしは訊く。

「特別に氷河まで行けるようにするなんて。おれたちのためだけにケーブルカーを動かしたりあれこれさ。豪勢だな」

わたしはブレントをじっと見る。「何を言ってるの?」

「いまは休業期間中だろ。安くないはずだけど」

「どうしてわたしだと思うの？　手配したのはカーティスよ」

カーティスが妙な目でこっちを見る。「は?」

ふたりして何をふざけているんだろう。それぞれが自分の携帯電話を取り出す。前にわたしは山へ携帯を持っていって、はじめの滑走で画面を割ってしまい、腰のあたりに電話の形をしたひどい傷が残った。それ以来、山へのぼるときに携帯を持っていくのをためらうようになった。

わたしは自分が受け取ったEメールをふたりに見せ、ブレントも受信メールをわたしに見せる。文面は同じだが、ブレントのメールは差出人がMで、追伸としてこんな文が記されている。〝携帯を失くしたので、連絡はメールで〟

「ほら、これ」カーティスも携帯を掲げてみせる——ブレントの文面と同じだ。

カーティスの考えがさっぱり読めない。ふざけているんだろうか。

また鉄塔を通り過ぎ、ゴンドラが揺れて、耳が詰まった感じになる。ここから勾配が急になる。ひたすら氷河へとのぼる長い道のりがはじまったのだ。

わたしはデールとヘザーに向きなおる。「あなたたちへの誘いのメールはどうだったの?」

デールがためらう。

「ええ、わたしのも同じ」ヘザーが言う。

「Mから?　Cから?」ブレントが訊く。

「ええと、Mから」ヘザーがわたしのほうをちらっと見る。

どうしてわたしは、ヘザーが嘘をついたと感じるんだろう。「見せてもらってもいい?」

「あいにく」ヘザーが言う。「削除しちゃった。でも、みんなのとほぼ同じだったわ」

2

頂上に何があると思っているのか、自分でもわからない。音楽？　蠟燭（ろうそく）？　シャンパンを載せたトレーを持ったウェイター？

そんなものは何ひとつない。プラットフォームは照明が薄暗く、がらんとしていて、運転室にもだれもいない。おのおのが自分のバッグを手元に引き寄せる。サイレンが鳴り、ゴンドラリフトがぐらりと揺れて停止する。きっと人件費を節約するためにふもとから運転していて、天井の監視カメラの映像で、わたしたちが到着したのを見ていたのだろう。でも、だれがみんなを誘ったのかで揉めて以来、どこか不穏な空気が漂っている。眉をひそめた表情からして、ヘザーもどうやら同じ気持ちらしい。

ブレントがこっちを見る。「とりあえず、荷物はここに置いていこうか」

「わたしに訊かないでよ」

ブレントが持っているバッグをすべて置く。ためったものの、わたしもバッグをおろす。盗む人がいるわけでもない。

雪がこびりついたブーツで踏んでも滑らないように、階段には金属の踏み板が使われている。上までのぼりきったころには、呼吸が乱れている。標高が高いため、空気が薄い。わたしは両開きのドアを押しあけて、〈パノラマ〉内にはいる。薪が燃えたむっとするにおいを吸いこみ、思わず一瞬目を閉じた。何よりそれが、わたしにとっての冬のにおいだったからだ。

カーティスがスイッチを押すと、板張りの廊下に照明がともる。ふだんはスキーヤーとスノーボーダーが列をなしてこのあたりをぞろぞろと歩き、スキーロッカーの前を通って、正面玄関から氷河へ出ていくが、今夜は不気味な静寂に包まれている。

カーティスが両手を口の横にあてて叫ぶ。「だれかいませんか」

ブレントがまたわたしを見る。それにデールも。わたしの思いは誘いのメールへもどる。このなかのだれかが、これを手配したんだろうか。さっぱりわからない。ブレントがさっき言っていたように、いまは休業期間中だ。一年のうちこの時期にここで週末を過ごすには、数千ドルかかるはず。ネットでこっそり調べたので、カーティスの羽ぶりがいいのは知っている。きっとカーティスにちがいない。でも、どうして秘密にするんだろう。ほかのみんなもぐるなんだろうか。それともここへ誘ったのはわたしだと、カーティスがみんなに思わせたんだろうか。

「だれかいるはずだ」カーティスが言う。「調べてみよう」

テーマパークで解き放たれた子供さながら、全員が別々の方向へ駆けだす。ここは迷路だ。四方何マイルにもわたって何もないこの孤立した建物には、さまざまな目的の施設が集まっていて、山岳救助隊の事務所や制御室のほか、客とスタッフが必要とするあらゆるものが備わっている。わたしはレストランとトイレがあるのは知っているが、わかるのはそれだけだ。いや、そう言えば、かつて宿泊所の——フランスで最も高地にあるこのユースホステルの——せまい部屋で、一夜を過ごしたことがある。

わたしは照明のスイッチを押しながら、廊下を早足で進む。閉じたドアが無数に並んでいる。開くドアもあれば、開かないドアもある。こんどのドアは開く。かつて夜を過ごしたまさにあの部屋かもしれない。湿ったかび臭いにおいが、記憶を呼び覚ます。マットレスでわたしの下に横たわるブレント、わたしのお尻をつかむブレントの大きな手。わたしはせまいシングルルームをじっとながめる。それから外へ出て、ドアをしっかりと閉める。

次はリネン室のドアだ——松材の棚に積まれた、目の粗い白いタオルと使い古しのシーツ、鼻を突く安物の洗剤のにおい。廊下の先から食べ物のにおいがする。思ったとおり厨房だ。巨大なコンロに鍋がふたつ載っている。蓋をあけてみる。ひとつは肉のキャセロール、もうひとつはマッシュポテト。まだあたたかい。わたしたちの夕食のようだが、ケータリングスタッフはどこにいるんだろう。

トイレを見つけて、慎重にドアを押しあけたが、中は無人で真っ暗だ。すぐ先にやはり真っ暗な食堂があり、火の気もないのに咳きこむほど強く燻煙のにおいがしみついている。かつてここでコーヒーのマグを抱えて指先をあたためた、吹雪が去るのを待って何時間も過ごしたことがある。でも、いま目の前のテーブルには何もない。だからまた廊下を進む。声が聞こえなくなったということは、ほかのみんなは上の階にいるのだろう。

さらに貯蔵室がいくつかあって、鍵のかかったドアがいくつかある。照明のスイッチは短時間で切れるように設定されていて、次のスイッチを押す前に明かりが消えてしまうときがあり、そうなると真っ暗闇にほうり出されて、手探りで壁を伝っていくしかない。静寂が不気味だ。背後のどこかのドアから急にだれかが出てきたりしたら、心臓発作でも起こしそうだ。

ようやく、知っている景色が見えてくる。氷河へ出る正面玄関だ。急いでそっちへ向かう。夜のこんな時間に外に人がいるわけはないし、ドアもきっと施錠されているだろう。でももしあけられたら、氷混じりの空気を味わいたい。ずいぶん久しぶりだ。

ドアは開いた。風が高く鋭い叫びをあげながら隙間からはいってくる。奇妙なことに、人の声に似ている。力いっぱい引っ張ってドアを閉め、息をはずませたままその場にたたずむ。もどったらこういう問題があるとわかっていた。あけないほうがいいドアが多すぎる。

しっかりして、ミラ。

だいじょうぶ。きっとできる。アルコールを二、三杯飲めば元気になるだろう。

上階には、結婚式やなんかに使うファンクションルームがある。こういうこぢんまりしたスキー場で、しかもオフシーズン中には、貴重な収入源になる部屋だ。写真でしか見たことがないけれど、下の階は自分で隈なく調べたから、きっとみんなはそこにいるんだろう。

階段がある。のぼりきったところに、ずっしりした防火扉があり、その扉を抜けると、空気がいっそう冷たくなる。かすかなにおい。どこかで嗅いだ気がする。なんだろう。ヘザーの香水だろうか。

右手のドアの奥から声が聞こえる。

〝止まれ！〟貼り紙に記されている。〝ゲームはもうはじまっている。携帯電話を籠に置け〟

わたしは息を吐き出す。ゲーム。クイズのようなものだろうか、たとえば、スノーボードについて、あるいはお互いに関して覚えていることについての。わたしたちに過去の話をさせるための方策だろう。自分の計画を部外者に邪魔されまいと、こういうふうに指図するのは、いかにもカーティスのやりそうなことだ。

わたしは籠に携帯電話を置く。それでも……

やはりさっきの貼り紙が気になる。〝ゲームはもうはじまっている〟。以前、自分もこの台詞を口にした——いや、ちがう。よくある言いまわし、ただの偶然だ。すでに籠にあった携帯電話の上に自分の携帯を落とし、わたしは部屋のなかへはいっていく。

ファンクションルームは山に突き出す格好になっていて、ふかふかした白い絨毯が外の雪に照り映えている。白と銀で統一された調度品は、ばかばかしいほど高価なものにちがいない。繻子張りの椅子、クロームとガラスのテーブル。

贅（ぜい）を凝らした調度は、下の階の素朴なものとは対照的だ。室内のにおいもちがう。さっきまでの木を燻（いぶ）したようなむっとするにおいは消え、塗りたての塗料のにおいがする。

奥の壁は一面ガラス張りで、白いベルベットのカーテンがタッセルで束ねられている。昼間は絶景を望めるはずだが、いまは真っ暗だ。明かりひとつ見えない。なんだか薄気味悪いけれど、こんな状況でなければ美しい結婚式場として使われる部屋だ。

ただし、この氷河がどれほどの人命を奪ってきたかに目をつむることができれば。

それに、いまもこの氷河がどれほどの遺体を抱えているかを気にしなければ。

それは考えちゃだめ。

室内はひどく寒くて、吐く息が白く見える。しかも湿っぽい。何か月も使われていなかったのだろう。ほかのみんなはもう飲んでいる。そばの銀のトレーの上に瓶ビールが一本ある——クローネンブルグ１６６４。手に持ってみると、冷えている。以前は、小瓶にはいった発泡性で飲みやすいこのフランスのビールが大好きだった。でも、最後にここへ来て以来、一度も飲んでいない。

いまもわたしたち五人だけだ。廊下にはきっとスタッフがいる。カーティスは入口から目を離さないが、何を企んでいるのだろう。

ヘザーのフレンチネイルの爪がわたしの前腕をつかむ。「あのゲーム、見た?」

「ゲームって?」

ヘザーはわたしの腕を引っ張って絨毯を渡り、ローテーブルに置かれている丈の高い木箱の前まで来る。箱のそばに、数本のペン、上質な封筒とカードがある。紙に文字を印刷して、それをラミネート加工したものが一枚。〝アイスブレイカー〟とある。挨拶代わりのいわゆるアイスブレイクのゲームだろうか、記されているのは飾り文字、たとえば、葬儀の式次第に使われるような書体だ。

それに結婚式にも、とわたしはすばやく自分に言い聞かせる。

〝秘密を書け。自分だけしか知らない、自分についての秘密にかぎる。書いたら封筒にしまい、箱に入れること。ひとつずつその封筒を引いて、だれが何を書いたのかあてろ〟

わたしはまた横目でカーティスを見る。わたしたちがばかみたいに飲んで楽しんでいるあいだに、カーティスがこんなに手を尽くしていたのかと思うとおかしい。カーティスがわたしの脇を通って窓際へ移動し、ガラスの曇りを拭いて、じっと外をながめる。流れるようなその動きを見ると、ある体操選手を思い出したものだが、いまもその動きは変わらない。昔と変わらない強靭な美しさを具えている。

カーティスのそばへ行くにはアルコールをもっと飲まないとと思い、わたしはまずブレントのところへ行く。その手にビールの瓶があるのに気づいて、びっくりする。前はまったく飲まなかったのに。

「最近、スノーボードは？」わたしは声をかける。

「一年にいっぺん」ブレントが言う。「それがせいぜいかな。スケートボードはいまも結構やるけど」

「その靴の状態を見ればわかるわ」

ブレントが履いているＤＣの靴は片方の爪先が擦り切れ、そこから靴下がのぞいている。以前、ＤＣはブレントのスポンサーだったが、いま履いている靴はおそらく自分で買ったのだろう。世話になったスポンサーに変わらず義理立てしているのに感心するが、そういうところがブレントらしい。

その冬、ブレントはまだ二十一歳で、若々しい活力と引き締まった体の持ち主だった。当時と比べると、少し太ったようだ。ゆったりした服を着ているのではっきりはわからないけれど、変わらず体型が整っている。そして相変わらずお尻を半分出してジーンズを穿いている。

　ブレントはインド人の父親から受け継いだ浅黒い肌と端正な顔立ちを生かして、モデルとしてつかの間の成功をおさめ、その後スノーボーダーとしてのキャリアを踏み出した。わたしはたまにネットでブレントのことをチェックするが、インスタグラムにはたいしたことは書かれていない。付き合っている人はいるのか――ひょっとして子供もいるのか――と訊きたいけれど、そんなことをしたら勘ちがいさせてしまうかもしれない。わたしがどうしても知りたいのは、ブレントが幸せかどうかだ。

「じゃあ、おれをここへ呼んだのはほんとうにきみじゃないのか」ブレントが尋ねる。

「わたしじゃない。さっきも言ったけど」

　カーティスが部屋の向こう側からわたしと目を合わせる。その目には……困惑の色だろうか。スタッフはどこにいるのかと不審に思っているのかもしれない。

「きみはまだ滑ってる？」ブレントが言う。明らかに会話を無難なほうへ誘導しようとしている。

「ここから帰ってからは全然」わたしは答える。

「まじで？　いっぺんも？」

「仕事が忙しくて」ブレントが驚いているのがわかる。

　当時のわたしはスノーボードのことで頭がいっぱいで、そのまま歳をとるものだとずっと考えていた。

　ほんとうは、スノーボードがこわい。スノーボードがわたしを別人に変えてしまうこと、スノーボードのために自分がほかのだれかの人生を壊しかねないことが。バインディングを締めた瞬間に、スノーボード以外のことは何もかもどうでもよくなってしまう。

　ブレントはわたしが何をしたのか、すべてを知っているわけではない。ここにいる人たちはだれも知らないはず。

　そしてわたしは、それを明かすつもりはない。

3

ヘザーがみんなの注目を集めようと手を叩く。「アイスブレイクのゲームの時間よ」

「腹がぺこぺこだ」ブレントが言う。

「同じく」わたしが言う。「さっき厨房でキャセロールを見つけたの」

ヘザーは口を尖らせる。「それは楽しみね。あとで食べましょう」

ヘザーって昔からこんなに感じが悪かった？　結婚して態度が大きくなったんだろうか。ヘザーがグラスに残っているワインを飲む。酔っぱらっているだけなのかもしれない。

ぶつぶつ言っているブレントにはかまわず、ヘザーはカードとペンと封筒を配る。わたしはもう一度カーティスのほうを見るが、カーティスはわたしの横を通り過ぎて部屋から出ていく。

「何を書けばいいんだ？」ブレントが尋ねる。

「自分以外のだれも知らない、きわどい話」ヘザーが言う。

喉が渇く。ビールを飲み干すが、これはどんな量のアルコールでも癒せない渇きだ。十年前、ここから帰って試したからわかる。

わたしはペンの頭を嚙みつつ、愉快な打ち明け話をひねり出そうとする。そのとき、廊下でカーティスの声が響く。カーティスは耳に携帯電話をあてている。そういうところもカーティスらしい——人の携帯電話はとりあげておいて、自分はちゃっかり使っている。電話の相手はガールフレンドだろうか。わたしの視線に気づいて、カーティスはドアを閉める。

わたしは自分のカードに目をやるものの、あまりに寒くて空腹で、まともに頭が働かない。結局、書いたのはこれだけだ。〝飼い猫の名前がステールフィッシュ（空中で板をつかむスノーボードの技）〟

ブレントの姿がない。わたしは自分の秘密を封筒におさめ、箱の上部の切りこみから中へ落とす。カーティスはこの箱をどこで調達したんだろう。白いという点以外、まったくこの部屋にそぐわない。側面の薄い合板をぞんざいに接着したあとを塗装でごまかしてあって、まるでわたしの祖父が手作りしたかのようだ。

わたしはトイレに行きたくなる。廊下に出てすぐのドアをはいると、女子トイレだ。蛇口から出てくる水は、水道管が凍るんじゃないかと思うほど冷たい。

ファンクションルームにもどると、ブレントがポテトチップスの大袋を出している。わたしも少しもらう。

わたしはブレントのスノーボードジャケットにうなずきながら言う。「いまもバートンが提供してくれるの？　それとも自前？」

ブレントが音を立ててチップスを嚙む。「割引で買ってる」

「羨ましい。わたしなんて今回のために新しく道具を一式買わなくちゃならなかったんだから」指についた塩を舐める。十年前にスノーボードの道具は、向かいの家に住んでいたフランス人の少女にそっくり譲った。自分よりその子のほうが道具にふさわしかったからだ。

カーティスが電話を終えて、もといた窓際にもどり、こっちに背中を向けて立っている。何を見てるんだろう。見るべきものなんてないのに。

デールがビールのお代わりを抱えてやってくる。ブレントとわたしは一本ずつ手にとる。

「ゲームをはじめる準備はいい？」ヘザーが言う。

「ちょっと待って」カーティスが言って、また部屋から出ていく。

ヘザーは爆発寸前だ。わたしは笑いを押し殺す。カーティスはただヘザーをいらいらさせるために出ていったようなものだ。

「スタッフを見かけた？」わたしはデールに訊く。

「いや、ここにいるのはおれたちだけだと思う」

「そうみたいだな」ブレントが同意する。

「でも、厨房にあたたかい料理があったけど」わたしはみんなに思い出させる。

「見た見た」デールが言う。「ご自由に、ってことなんだろうな。朝になったら、朝食を作りに人を寄こすつもりかも」

「お客だけでほったらかして？　そんなことが許されるなんてびっくり」わたしは言う。

「コストを抑えるためかな」デールが指摘する。

ブレントがうなずく。「こういうこぢんまりしたスキー場が、トロワ・バレみたいな巨大リゾートに対抗するのはきっと大変なんだ」

「このゲームはなんなの？」わたしは尋ねる。「それもスタッフたちが仕組んだわけ？」


だれも答えない。みんながこっちを見る視線から察するに、わたしがかかわっているとまだ考えているらしい。

「わたしが司会役をつとめるわね」ヘザーはカーティスがもどるなり言う。返事を待たず、箱の底側の蓋をあけ、ごそごそと最初の封筒を取り出して、破りあける。

ほかのみんながそれぞれ椅子を引き寄せる。なんでもいいけれど、ヘザーはどうしてこんなに興奮しているんだろう。カードに何が書いてあると思っているのだろうか。

「わたしが声に出して読むから、そしたらだれが書いたものかをみんなで推理する。いい？」

ただ酔っぱらっているだけではなく、ヘザーはひどく落ち着きがない。クスリでもやっているのだろうか。

一方、カーティスもぴりぴりしている。ぎこちなく背筋を伸ばしてすわり、室内に絶え間なく目を光らせている。
指の感覚がない。わたしは太腿の下に手をはさむが、繻子張りの椅子は室内のほかのものと同じくらい冷たい。

ヘザーがカードを読んで、頬を赤らめる。「〝ブレントと寝た〟」

自分の告白と思われやしないかというような顔で、ヘザーが不安そうな目を夫に向けるが、デールはブレントとカーティスと同じで、わたしを見ている。

「ぼくが書いたんじゃない」カーティスが言う。

全員が笑った。

ただし、ヘザー以外。「全部を読みあげたあと、だれが書いたかをあてるって話だったわよね」

ヘザーはカーティスより優位に立とうとしている。まあご苦労なことだ。

「わたしも書いてないよ」わたしは言う。

男性陣がまた笑い、ヘザーはわたしをにらむ。

デールがまいったというように両手をあげる。「こっちを見るなよ」

また笑い声。

おおかた男性陣のだれかが冗談で書いたのだろう。たぶん、カーティスあたりが。

ヘザーはもう次の封筒をあけかけている。どうしてそんなにあわてるのか、とわたしは不思議に思う。ヘザーとブレントのあいだに何かあったんだろうか。たとえそうだとしても、ヘザーはそれを表には出さないだろう。あの冬、ヘザーとデールは早々に付き合いはじめたのだから。

ヘザーが咳払いをして言う。「〝ブレントと寝た〟」その声がやけに明るい。

また笑い声。さっきより大きな声で、わたし、ブレント、カーティスが笑う。デールはにこりともしていない。

カーティスがブレントの肩を軽く叩く。「そりゃおまえ、オリンピックに行けなくて当然だ。ろくに寝てなかったんだから」

カーティスが打って変わって楽しそうで何よりだ。自分が仕込んだゲームが、狙った成果をあげつつあるからだろう。凍えるほどの気温なのに、わたしたちは熱くなっている——楽しいからか、恥ずかしいからなのかはさておき。わたしはヘザーが落ち着かない様子なのを興味津々で見ている。デールの表情からすると、妻とブレントとのあいだに何かあったのだとしても、いまのいままで知らなかったようだ。

ブレントとヘザーが視線を交わす。ブレントの眉間の皺が心のうちを語っている。〝なんの冗談なんだ?〟ブレントはヘザーがこれを書いたと思っているらしい! それに対して、ヘザーがかすかに頭を振る。そのしぐさはどういう意味だろう、〝いまはだめ〟と言いたいのか。それとも、書いたのは自分じゃないという意味だろうか。


頭が混乱する。書いたのはヘザーだ、とブレントが思っているなら、それはつまり、ブレントがヘザーと寝たということではないか。

わたしは筆跡を見ようとして首を伸ばす。だれの筆跡なのかはわからないが——あの冬みんなはたいして文字を書かなかった——ヘザーが掲げたカードは几帳面な大文字で書かれている。そういう書き方をするのは、たとえば自分が書いたと知られたくないときだ。ただの冗談なんだろう。騒ぎを起こすためにカーティスとブレントが打ち合わせた冗談。カーティスとデールは以前からそりが合わなかった。とはいえ、ブレントが驚いたのは嘘ではなさそうだ。

わたしはどれも書いていない、とみずから宣言することもできるけれど、このあとだれがなんと言うのか様子を見ることにした。

ヘザーが三つ目の封筒をあける。カードに目をやって、息を吸いこむ。「〝サスキアと寝た〟」

こんどはだれも笑わない。さすがにやりすぎだ。それぞれ考え方がちがうとはいえ、このなかのだれかが、なぜそんなことを書くのか、わたしには見当もつかない。わたしの知るかぎり、サスキアと関係があった存命の人物はただひとりであって、そのことは全員が知っているわけではない。わたしはブレントのほうを——カーティスのほうも——見ないようにする。

ヘザーは、書いたのはあなたじゃないのかと言いたげな目で夫を見ている。一枚目と二枚目をカーティスとブレントが書いたというわたしの仮説に従って考えると、これを書いたのはデールだということになる。だけど、なんのためにそんなことを？

ヘザーが次の封筒をあける。これ以上ひどくなりようがない、と踏んだのだろう。

ところが、あてがはずれたらしい。ヘザーは目を見開き、衝撃に天を仰いだ。「〝サスキアの居場所を知っている〟」

カーティスはヘザーの手からカードを奪い、表情を変えずにじっくりと見つめる。「これはジョークか何かのつもりなのか」

だれも答えない。

「このなかで、どれかひとつでもカードを書いた者は？」

全員の目が室内を見まわす。そして首が横に振られる。

不安がじわじわと押し寄せる。わたしは窓へ目をやり、その向こうの真っ暗闇を見て、自分たちがいかに孤立しているかを思い出す。わたしたち五人だけ。何マイル先までほかにはだれもない。みんなをここへ誘ったのはカーティスなのかどうか、はっきりさせる必要がある。だけど、もしカーティスじゃなかったら……

わたしはドアを見て、その先に延びる長く暗い廊下を思う。そこにだれかいるんだろうか。

ブレントが静寂を破る。「最後の封筒をあけよう」

ヘザーが開封し、青ざめる。その手からカードがひらりと床へ落ちる。

わたしはカードを拾う。「〝サスキアを殺した〟」

4　十年前

パイプの上へ高く舞い、ホワイトブロンドの髪がヘルメットから流れるようにこぼれる。この人はうまい。ラストの一発で一回転半——五百四十度回転——したのち、わたしの正面で雪のしぶきをあげながら急停止する。

だれなのかは知っている。サスキア・スパークス。去年の英国スノーボード選手権（ブリティッシュ・スノーボーディング・チャンピオンシップ）、通称ブリッツでわたしを負かした相手。彼女は三位、わたしは四位だった。

だから、今年こそかならず彼女に勝つ。

彼女よりやや色の濃いわたしのブロンドのロングヘアは、かなり目立つ。だからこっちが気づいたなら、向こうもわたしに気づいているはずだ。ただし、たとえ気づいても、彼女はそれを表には出さない。後ろの足のバインディングをはずしたのち、滑走式リフトまで滑っていく。

わたしは自分のバックパックを置いて、あわてて彼女のあとを追う。彼女に関する噂は耳にしている。〝氷の女（アイス・メイデン）〟と呼ばれているようだ。

リフトパスは尻ポケットにしまってあるので、わたしは尻をスキャナーへ向けて電子音が鳴るのを待ち、それから回転式ゲートを押して通り抜ける。そのリフトというのが、薄汚れたケーブルが動いていて、そこに風雪でくたびれたごくシンプルなT字形のバーが掛けられているだけの代物だ。わたしが手近にあるTバーを握り、それを太腿のあいだにはさむと、動きをながめているあいだに、ケーブルが引っ張って傾斜をのぼっていってくれる。

岩だらけの絶壁、山肌に刻まれた岩溝、パッケージツアーの一般行楽客には険しすぎる急勾配など、自然条件がきびしい地形であるがゆえに、ル・ロシェはプロのスキーヤーやスノーボーダーたちの熱狂的な支持を集めている。

このスキー場にはもうひとつ大きな売りがある。それがこれ、ル・ロシェのハーフパイプだ。スケートボードのバーチカルランプにあたるもので、白く長い溝が傾斜の上へと延びている。オリンピック規格に準じて作られたこのコースは——全長百五十メートル、両側の雪の壁の高さは六メートル——一見して良好な状態に保たれている。

ボーダーたちが縦横に交差し、切り立った氷の壁を滑りおりて、あらゆる離れ業を決めている。帽子かヘルメットをかぶってゴーグルをつけているため、だれがだれなのか見分けるのはむずかしいけれど、あすのル・ロシェ・オープンに向けて準備に励んでいる有名選手が何人もいるのはまちがいない。

　わたしだってもっと早く来たかった。今シーズンは二週間前、つまり十二月五日にはじまっているが、そのころわたしはまだ仕事をしていた。冬のあいだもつだけのお金を貯めなくてはならなかったし、そうすればあとはトレーニングに集中できる。夜じゅう寝ないで安っぽいバーで働きながらでは、上位三人までには絶対にはいれない。まあいい。これから巻き返そう。

　サスキアはもうハーフパイプの上にもどっている。ここにはシーズン中ずっと滞在するんだろうか、それともル・ロシェ・オープンのあいだだけ？　サスキアはドロップインして、またもや高い一回転半（ファイブフォーティ）を決める。着地も文句なしだ。

　はじめてハーフパイプを見たとき、ほぼ垂直な壁の急勾配にぞっとした。でも、それは思いちがいだった。いまや垂直な壁は友達だ。正しく乗れば、何も感じないほどなじむ。とはいえ、氷はコンクリート並みに硬いため、しくじると大変なことになる。

　ブーツをバインディングに留めていると、恐怖心が全身を駆けめぐる。革のパイプグローヴをはめた手のひらがじっとりと汗ばむ。いつもより緊張しているのは、ボードが新品――はじめてついたスポンサーから提供されたマジック・パイプマスター１５７――だからだ。

　ふつうなら最初はコースの感触をつかむために軽く滑るのだが、サスキアに負けるわけにはいかないので、最後の一発で一回転半（ファイブフォーティ）に挑戦しようと考える。プラットフォームを滑り、じゅうぶんスピードが出たところでパイプにはいる。壁をおりてボトムを渡り、反対の壁をのぼって空中へ飛び出す。

　前側の手でボードのヒールエッジを探り、しっかり握る。バックサイドエア。氷の上を飛翔するあいだは、混じりけなしのからっぽな気持ちで、何も見えないし、何も聞こえない。ただ感じるだけだ。重力から自由になって、弧の頂点で無重力になる貴重な瞬間。このために半年のあいだ仕事を三つ掛け持ち、ジムで自分に鞭打つのだ。

　地上へもどって着地したとき、気持ちが高揚して、次への準備はできている。振り子のように壁から壁へ移動する。最後の一発で大きく回転し、一回転半（ファイブフォーティ）を決める――きっちりと。震える指でバインディングをはずす。このボードはすごくいい。いつまでも手元に置いて――やがては孫に見せられるように壁に飾ろう。

　サスキアがいま歩いて上へ向かっているのは、リフトに行列ができているからで、わたしもあとにつづいて歩く。雪の照り返しがまぶしくて、アルプスの冬の白さは、都会の冬の灰色とは全然ちがう。まだ目が慣れない。

　次の滑りで、サスキアは最後の二発にバック・トゥ・バックの一回転半（ファイブフォーティ）を決める。わたしの胸で不安が渦巻く。いったんスポンサーが見つかったら、のんびり楽しめるとばかり思っていた。とんでもない思いちがいだ。イメージを維持しなくてはならないので、いまやプレッシャーが十倍にふくれあがっている。スポンサーの期待を裏切るわけにはいかない。

　ストラップを締めながら、頭のなかでスピンを思い浮かべる。一発目に思いきりいかないと、じゅうぶんな滞空時間を確保して二発目のスピンを成功させることはできない。さあ、行こう。

　しまった。パイプの下で昼食をとるおおぜいの人たちが見ている前で、わたしは顔から倒れこむ。口にはいった雪を吐き出しながらゴーグルをぬぐい、あわてて上へもどった。膝にずきりと痛みが走る。サスキアが見ていたかどうかは知りたくもない。

　どうしても勝たなければ。ランキングの三位がセミプロとプロの境目で、プロになると、一年を通してトレーニングできる。サスキアとちがって、わたしは裕福な家の出ではないけれど、これほど強く何かを願ったことはこれまで一度もない。

もう一度挑戦する。また失敗。右手に衝撃が走り、痛みが腕を駆けのぼる。立ちあがろうとしたとき、サスキアがにやにや笑っているのが見えた気がする。それでさらに四回試み、その後どうにか成功する。けれども、次はサスキアが二回転（セブントゥエンティ）を決めるにちがいない。氷のはるか上で完璧な二回転を。

パイプに日差しが照りつける。わたしが何かをものにするたび、サスキアがハードルをあげる。それがわかっていながら、わたしはまた無茶をしている。あすのル・ロシェ・オープンを前に骨折でもしたら、困るのは自分なのに。

午後の半ばまでに、水筒がまた空（から）になる。すでに一度、途中駅まで歩いていって水筒にお代わりを入れた。パイプの下にみんなが色とりどりのボードを置いているので、こんどもそこに自分のボードを置いて、高原をゆっくり歩いていく。

もどってくる途中、家族連れのスキー客――母親と父親と小さな子供――がいて、崖の端に立って動揺した様子で話をしている。のぞいてみると、理由がわかった。崖下に、小さな青い手袋がひとつ落ちている。

わたしは視線をその家族へもどす。男の胸元に抱っこ紐で赤ちゃんが固定され、寒さから守るためにすっぽりくるまれている。見えているのは、坊やのかわいらしいピンク色の頬だけだ。それに、小さな手が片方だけむき出しになっている。頭上でガタガタと音を立てている古びたあのチェアリフトに乗ったときに、きっと手袋を落としたのだろう。ル・ロシェはファミリー向けのスキー場ではなく、家族連れを見かけたのははじめてだ。このあたりの住民なのかもしれない。

わたしは崖に沿って左右に目を走らせる。これより高い崖から飛んだことが何度もある。〝二十フィート以下は崖とも言えない〟と、スノーボード専門誌《ホワイトラインズ》に書いてあった。でも、そんなことをしたら練習時間が減ってしまう。首を後ろへひねってパイプを見る。サスキアにますますリードを広げられるだろう。わたしは視線をまた赤ちゃんとそのむき出しの小さな手へ向ける。心を決める前に、わたしは水筒をスポーツブラに突っこみ、崖の端へ向かって駆けだしている。そこから身を躍らせると、家族連れの女の手がはっと口元を覆う。

空中で、わたしは気づく。崖から飛んだときは、かならずスノーボードをつけていた。これでは怪我をする……

宙を垂直に落下する。粉雪と岩が目の前に現れる。ブーツが地面にふれると同時に、わたしは肩をすぼめて転がり、雪にまみれて止まる。ゴーグルを上にあげると、崖の上からこちらを見つめている家族のぎょっとした顔が見えた。さて、手袋はどこだろう。

苦労しながら立ちあがると、膝にうずくような痛みが走る。古傷がときどき痛むのだ。きょう何度も転倒したのも響いている。手袋を拾いあげると、家族連れの男と女が手を叩く。わたしは力いっぱい手袋をほうる。男がそれをつかんで大声で礼を言い、家族は視界から消える。あとは、自分が上へもどる方法を見つけなくてはならない。

深いパウダースノーのなかをまわり道してようやくパイプへもどる。汗だくで、息が切れている。それもすべて、忌々（いまいま）しい小さな手袋ひとつのためだ。

サーマルシャツが腋に張りついているし、水筒の水はすでに半分になってしまったけれど、ともかく自分のボードはさっき置いたところにあった。そのそばにサスキアが腰をおろして、太陽を仰いでいる。こちらに気づいたそぶりは見せないけれど、わたしがボードを手にとると、サスキアもすぐに自分のボードをつかんで、Tバーリフトへ急ぐ。わたしはあわててあとを追いつつ、集中力を取りもどそうとする。

わたしとサスキアがリフトでのぼっているとき、ミント色のジャケットを着たライダーが高いスピンを決める。嘘っ——あの滑りで女子なの！　女子選手は滑り方でだいたいわかる——慎重でやや迫力に欠ける——ものだが、その人の滑りは男性的で、思いきりがいい。どうしたらあんな人と渡り合えるんだろう。イギリス人でなければいいけれど。

　わたしは気を取りなおす。いま心配しなくてはいけないのは、サスキアのことだけだ。サスキアがドロップインするのを横目で見ながら、わたしはバインディングを締める。やられた。サスキアがバック・トゥ・バックの二回転（セブントゥエンティ）を決めた。自分にあれができるとは思えない。

　しっかりして！　腰抜けだと思われたら、スポンサーにおりられてしまう！

　わたしは深呼吸をして滑りはじめるものの、ボードの滑りが悪くて反応も鈍く、いらいらする。最後の一発でせいぜいできるのは、一回転くらいだ。危なっかしいスリーシックスティ（360）。

　コントロールを失って猛スピードで滑り落ちたわたしは、ボードのトゥーエッジをつかんで、気の毒な男の膝へ転がりこむ。男は後ろ向きに雪の上に倒れる。

　なんと。わたしがなぎ倒したのはカーティス・スパークスだ。イギリスのハーフパイプの大会を三度制したチャンピオンにして、サスキアの兄。「ごめんなさい！」

　カーティスは手を貸してわたしを立たせてくれる。

「気にしないで。だいじょうぶ？」

「ええ。あなたは？　すごい勢いでぶつかってしまったから」

　カーティスはおもしろがっているようだ。「心配ないよ」

　わたしはもう何年もこの人に恋い焦がれてきた。容姿端麗でとてつもない才能の持ち主だが、それだけじゃない。前回の冬季オリンピックへの出場資格を与えられなかった理由を訊かれ、カーティスはインタビュアーの目を見てこう答えたのだ。「ぼくの実力が足りなかったからです」予選直前に大きな手術を受けたことはだまっていた。言いわけはしない。どこまでも自分にきびしい人。そういうところを好きになったのだ。

わたしはゴーグルをあげて、自分のボードに何が起こっているのかを見る。

「やあ、去年ブリッツできみを見かけたよ」

「ええ、わたしもあなたを見かけた」

カーティスから向けられる視線に動揺して、わたしは自分のボードを点検する。「またバインディングがゆるんでる。ドライバーを持ってない？」

「見てみよう」カーティスがボードの上にかがみこみ、大きな両手でバインディングをつかむ。妹の髪より暗い色のブロンドをしっかり短く整え、ゴーグルのせいで目のまわりだけ血色が悪くて、金色を帯びて見える。

「おーい、サス！」カーティスが大声で呼ぶ。

そこにサスキアがいて、こっちを見つめている。

「ぼくのドライバーどうした？」

サスキアが紫色のプラスチックの握りがついた大ぶりなドライバーを持ってやってくる。

わたしはそれを受けとる。「ありがとう」

サスキアは蛍光ピンクのゴーグルをヘルメットの上へあげるだけで、何も言わない。はっとするほどきれいな目だ。写真で見たことはあったけれど、実際に見ると、もっと青い――兄のカーティスの目よりはるかに青い。

わたしは渾身の力をこめてバインディングを締める。またゆるんだら困る。さっきも上で男性にドライバーを借りなくてはならなかった。

「代わりに締めようか」カーティスが言う。

「わたしが腕を怪我してるように見える？」つい口から出てしまう。感じが悪いとは思うけれど、まじめな話、自分のバインディングくらい締められないで、ここまでやってこられたはずがない。

カーティスは笑いをこらえながら、わたしの頭から爪先まで視線を走らせる。「全然問題なさそうだな」

頬がかっとほてり、わたしはドライバーを返す。カーティスのズボンの脛のあたりに裂け目があるのに気づく。「わ、どうしよう、わたしのせいでズボンが破れてる」

カーティスの笑みが大きくなる。「いや、気にしなくていいんだ。ぼくが金を払うわけじゃない。いつでも倒れてきていいから」

根っから軽い人なんだろうか。妹がいるのに、だれかを口説くなんて！

「おかしいな」わたしは言う。「バインディングがゆるんだのは、きょうはもう二回目」カーティスのせいでついばかみたいなことを言ってしまう。

カーティスの笑みがしぼむ。「ほんとに？」妹のほうを向く。

なぜあんな目で見るんだろう。

サスキアは肩にかかる髪をなでる。「いつもよりあったかいせいでしょ。ボードの穴がひろがっちゃったとか」

「きみはきょう妹と張り合ってる」カーティスはサスキアに視線を据えたままわたしに言う。「妹が成功させてる技だけど、あれができるなんてぼくも知らなかったくらいなんだ」

サスキアの表情が曇る。思ったほどサスキアに遅れをとっているわけではないのかもしれない。

サスキアが手を差し出す。「よろしく。あたしはサスキア」

「わたしはミラ」

サスキアがにっと笑う。「知ってる。今晩出かけない？〈グロー・バー〉で競技会の前夜祭があるの」

わたしはためらう。「競技会の前は出歩かないようにしてるから」

サスキアが首をかしげる。「どうして？　こわい

「いいえ。行くの？」

わたしは心のなかで悪態をつく。わ」

5　現在

冷え冷えとしたファンクションルームで、わたしたちは〝秘密〟を順にまわし見る。どれも一様に几帳面な大文字で書かれている。

「どういうことだ」カーティスの声は気味が悪いほど落ち着いている。

とまどい顔が並ぶ。デールは手を握ったり開いたりしていて、ブレントはビール瓶の首を絞めている。ヘザーの視線がせわしなく隅から隅へ飛びまわる。

このゲームの陰にいるのがだれであれ、カーティスだとは思えない。あのくすぶる怒りは、見せかけでできるものではないし、妹のことをこんなふうに書くわけがない。

カーティスが木箱をつかんで乱暴に振る。人間にも同じようにできたらいいと思っているにちがいない。答えを吐き出すまで、激しく揺さぶれたら、と。

箱のなかでカタカタ音がする。カーティスが片手を底の開口部に突っこむ。何かを叩くような音。「二重底だ」箱をひっくり返して、上部の細長い溝をじっくり見る。「ぼくらが書いた封筒は、まだ中にはいってる」

衝撃のあまり静まり返る。全員が額を寄せてのぞきこむ。

わたしはカーティスから箱を受け取る。中ほどに薄い仕切り板があって、箱を上下ふたつの空間に分けている。上の部分にわたしたちの封筒がちらっと見えて、下半分はからっぽだ。この箱はずっとこの部屋にあった。だれかに見られることなく偽のカードを仕込むことが、このなかのだれかにできただろうか。それとも、あらかじめ入れておいたのか。

「中を見てみよう」ブレントが言う。

わたしは箱を渡す。ブレントが思いきり踏みつけると、箱が割れた。

「そんなことして、なんになるんだ?」カーティスがぼそりと言う。

そのとおりだ。わたしたちが紙に書いた秘密は、いまヘザーが読みあげた内容とはおそらくなんの関係もない。

ヘザーが床から封筒をひとつ拾いあげて、開封する。「〝血を見ると、失神する〟」

だれも聞いていなかった。

カーティスの目が燃えるように光る。「これを企んだ者がいる。だれだ?」

そしてひとりひとりにじっと険しい視線を向け、見られた者が順に身を縮める。

わたしはカーティスにここへ誘われたという思いを、なんとか頭から払いのけようとしている。どこか思いあがっていたのかもしれない。悪い気はしなかった――何か意味があるんだと思って。意味があると思いたかったと言うべきか。でも、もしこの再会を仕組んだのがカーティスじゃないなら、いったいだれなんだろう。

ブレントが立ちあがる。「ふざけやがって。まともな酒が飲みたい」部屋から出ると、勢いよくドアが閉まる。

ヘザーの頬がほんのり赤らんでいる。あとでふたりきりになったら、ブレントのことを訊こう。どうしてもたしかめないと。もしブレントと関係を持っていたなら、それはデールと付き合う前だったのか、後だったのか。またそれはブレントとわたしが関係を持ったころより前なのか、後なのか。

デールがヘザーを促して窓際へ移動し、そこで立ったまま静かに話をする。ブレントとの関係を問い詰めているのだろうか。きっとそうだ。

ヘザーがこの計画を練りあげたとは思えない。最初の三つの秘密は、意図的にヘザーを困らせようとしていたようだ。ただの思いすごしだろうか。さっきヘザーからメールについて説明を受けたとき、嘘をついていると感じたのは。

わたしはもっと強いお酒が欲しいと思いながら、ビールを飲み――そのうちに驚いて飛びあがる。カーティスがすぐ後ろにいた。その気になれば猫のように動けるのだ、この人は。

「きみはこの件に関係あるのか、ミラ?」

「ないわ」わたしは答える。「もちろん、関係ない」

カーティスは納得していないようだ。

「あなたに来た誘いのメールについて教えて」わたしは言う。「いつ受け取ったの?」

「二週間くらい前」

「やっぱり同じね」ずいぶん急な誘いだったが、わたしは何もかも投げうって参加した。なぜなら、あなたからの誘いだと思ったから。この十年、ことばを交わしてさえいないが、それでもカーティスとの再会の機会を逃すわけにはいかなかった。

「送られてきたのは電話に？　それともEメール？」わたしは尋ねる。

「Eメール」

「送信者のアドレスは？」さっき確認するべきだった。カーティスとブレントがメールを見せてくれたときに。

カーティスは部屋の向こう側にいるデールとヘザーを見ている。「M・アンダーソンとかそんな感じだったな。Gメールのアカウントだった」

「わたしはGメールのアカウントを持ってないの。送信者はC・スパークス。同じくGメールからだった」

わたしは返信を書くのにたっぷり時間をかけた。サスキアの話を書くべきだろうか。お悔やみを述べるべき？　直接カーティスに電話しようかとも考えた。メールには電話番号は書かれていなかったけれど、本人のウェブサイトにいくつか番号が載っていた。でも結局、おじけづいてやめた。ぎこちなくても直接会って話すほうが楽だ。

〝いいですね！〟わたしは返信にそう書いた。〝行きます。連絡をもらえてすごくうれしかった。お元気でしたか〟

電子音とともに返信が届いた。〝よかった、来てもらえるんだね。では、そのときに〟

がっかりしたものの、忙しいせいだと思うことにした。それに男の人だから。男性はよけいなことは書かないものだ。

わたしはビールを飲み干す。ブレントとはちがい、カーティスは上手に歳をとっている。ひげをきれいに剃ってあるので、顎の先のくぼみがくっきり目立つ。うっすら日焼けしているから、きっと最近海外へでも行ったのだろう。色の濃いブロンドの髪を昔より少し長く伸ばししているが、それがよく似合っている。身に着けているスパークスというブランドの紺色のジャケットには、肩から袖口まで白いパイピングが施されている。ソーシャルメディア上の写真によれば、最近は家族全員がそのブランドの服を着ているらしい。

正確に言えば、残った家族全員か。

「ここにいるだれかと連絡をとってた?」カーティスが訊く。

「いいえ」わたしは答える。

「ブレントとも?」

好奇心から訊いているのか、それとももっと別の理由からなのだろうか。「とってない」

こっちからカーティスに訊きたいことが山ほどある。雪の上に何時間出ているのか。どこに住んでいるのか。付き合っている人はいるのか。わたしはかつての親しみの痕跡をカーティスの顔に探す。せめてわたしをきらっていないという徴候がないだろうか。

けれども、カーティスは淡々としている。「あの冬以降、ほかのだれかとは?」

「いいえ」あのときは結局、車に飛び乗ると、騒動をあとにして走り去ったのだった。携帯電話から。みんなの連絡先をフェイスブックから削除した。わたしの人生から。いまではそれを後悔しているけれど、あのときはすべてを白紙にもどしたかった。「だけど、わたしはそれなりにネットに情報をあげてる。パーソナル・トレーナーをしてるから、ブログもウェブサイトも持ってるし」

仮にわたしのことを調べてきたとしても、カーティスはそれを表には出さない。「たしかに」

「あなたもそうでしょ?」

「ああ」

カーティスはスノーボード同様、ビジネスの才にも恵まれているらしい。というのも、七、八年前にみずからが立ちあげた〈スパークス・スノーボーディング〉というアウターウェアの販売会社が、急成長しているからだ。カーティスがそれにともなって進めようとしている活動にも、わたしは感心している。毎年夏にスイスでフリースタイル・スノーボーディングの合宿を運営したり、将来有望な若手選手に加えて、恵まれない子供たちに指導したりしているほか、気候変動に関する活動や、未来の世代に残せるよう氷河の保護にもつとめている。

部屋の向こう側で、デールが声を荒らげたが、わたしたちの視線に気づいて、声を落とした。ヘザーが首を横に振り、身を守るような姿勢をとる。わたしはその光景が気に入らない。もしデールがヘザーに指一本でもふれたら、すぐに駆けつけるつもりだ。

ブレントがジャック・ダニエルの瓶を一本と、重ねたグラスを持ってもどってくる。

わたしは手を伸ばしてグラスをひとつとる。「妙案ね。体があたたまるかも」

ブレントがわたしのグラスに酒を注ぐが、その手は震えている。わたしはひと口飲んで、たじろぐ。しまった、強いお酒だ。

デールとヘザーはまだ言い争っている。デールの声は低くて怒気を含んでいたが、ヘザーの声には哀れな響きがあった。

「一杯どうだ、カーティス」ブレントが言う。

「いや、いい。ところで、最近はどんな仕事を?」カーティスが尋ねる。

ブレントは自分のグラスにたっぷりウィスキーを注いで、ぐっとあおる。「煉瓦(れんが)を積んでる」

煉瓦職人とは完全に予想の範囲外だった。

「家業なんだよ」ブレントがそう補足したのは、みんなが意外そうな顔をしているのに気づいたからだろう。

言われてみれば、肩幅が広く、手がごつごつしているところにそのしるしが見てとれた。背中がほんの少し曲がっているところにも。

オリンピックがブレントの夢だったことを思い、なんとなく胸が痛む。

大半のアスリートにとって名声ははかなく消えゆくものだが、スノーボードのような危険なスポーツでは特にそうだ。絶頂期には崇め奉られて英雄と呼ばれても、ひとつのミスですべてが台なしになる。たとえば、ハーフパイプの壁の縁(リップ)にあたるのが早すぎるか遅すぎたら。前のライダーの溝を拾ってしまったら。ひとつの小さな判断ミスで。あるいは完全な不運で。リスクがあまりに大きいため、そういうことを考えたら、死んでもかまわないとでも思わないかぎり、いっさい飛べなくなる。

だれもがいずれは転落するものだが、どういうわけかブレントの場合はふつうより高いところから落ちるようだ。ブレントはバートンの人気者で、スマッシュというエナジードリンクの顔だった。わたしはブレントの名前を見たくて何年もずっとランキングに目を通してきたが、ブレントはきれいさっぱり表舞台から姿を消した。わたしがそうだったのと同じように。深刻な怪我をしたものとばかり思っていたが、いまとなってはよくわからない。ブレントが競技をやめた理由は、わたしに関係あるんだろうか。だとしたら、たまらない。

わたしより先にカーティスが気を取りなおして言う。「で、順調なのか」

「ただの仕事だから」ブレントが身構えるように言う。

「ウェブサイトはあるの？」わたしは訊く。

「あるよ」

カーティスとわたしは顔を見合わせる。ということは、だれでもブレントのメールアドレスを見つけられたわけだ。

ヘザーがうつむいて部屋から出ていく。あとを追うべきだろうか。

やめておこう。取り乱しているようだったし、いまはバスルームで涙に暮れる女の相手はできない。なんと言ってあげるのが正解なのか、見当もつかない。自分なら、悲しいときはそれを人に話さない。サスキアもそういうたちで、それもサスキアのいいところだった。サスキアはわたしに対してけっして〝バスルームで涙に暮れる〟女を演じたりはしなかった。

前にオデットが泣いているのを見た。でも、オデットが受けた宣告をもし自分が受けたら、わたしも泣くだろう。

それも、とめどなく。

二度と歩くことはできないでしょう。

わたしは残っているウィスキーを一気に飲んだ。いま考えるのはよそう。ヘザーが少し落ち着いたころに、様子を見にいくことにした。

デールはウィスキーの瓶を手に、窓辺にたたずんでいる。ブレントを一瞥してから背を向ける。ヘザーは何を話していたんだろう。

「ここへはどうやって来たんだ」カーティスが言う。

「今朝、飛行機で」ブレントが言う。

「グルノーブルから？」

「リヨンから」

「それで会わなかったんだな」カーティスが言う。

「ぼくはグルノーブルまで飛行機だったから」

たしかに、ふたりのスノーボードバッグに航空便の荷物タグがついているのを見た。

「わたしは車で」

カーティスの眉が吊りあがる。「ここまでずっと？」

「過去を懐かしんだってわけ。考える時間もできたし」**何より、あなたのことを考える時間が。**

ヘザーが勢いこんでもどってくる。「ねえ」息を切らしている。「わたしたちの携帯電話がなくなってる」

6　十年前

新しくできた親友だとでもいうように、サスキアがわたしの体に腕をまわす。エキゾチックでくらくらするような香水のにおいをまとっているが、ほぼノーメイクで、唯一引いている紫色のアイライナーが、青い目をいっそう青く見せている。

わたしたちは若い女ばかり六人で、〈グロー・バー〉のボックス席にいる。今晩、何を着てくればいいのか全然わからなかった。サスキアはおしゃれはしても、こだわりはないタイプのようだし、外の気温はマイナス十度だった。だからわたしはスキニージーンズを穿いて、ダサいと思われるのを承知でセーターを二枚重ねて着た。でも、まわりのテーブルの、おもにフランス人らしい女性も、やっぱりジーンズにセーター姿で、みんなスノーボード用のジャケットを着たままだ。ここにいるのはわたしと同類の人ばかりらしい。

バーは混み合っている。わたしはアフタースキーの場に溶けこめていない。ここへ来たのはトレーニングのためで、パーティーのためじゃない。スキー場に来たのに、人によってはゲレンデよりバーで過ごす時間のほうが長いのはおかしな話だ、と前々から思っていた。とはいえ、この〈グロー・バー〉は村で唯一のバーだ。

ステージ上では、生バンドがヘビメタっぽいパンクロックを演奏している。

サスキアがその音に負けじと声を張りあげる。「ここにはシーズン中ずっといるの、ミラ？　それとも競技会のあいだだけ？」

「シーズン中いるつもり」わたしは言う。「あなたは？」

「あたしも」

おなかにちくちくとした感覚がひろがっていく。冬のあいだじゅう、いちばんの好敵手のそばで練習することになる。相手の上達を追うことはできるけれど、それには好悪両面の影響がある。サスキアの華奢な肩や腰をじっと見る。身長はわたしのほうが二、三インチ高いが、背が高くてもハーフパイプではなんの強みにもならない——重心が低いほうがバランスをとりやすいからだ。それでも、体力という点ではこちらが有利だ。サスキアがジムで鍛えている様子を、わたしは喜んで見るだろう。あんなふうに滑れるということは、とんでもなく下半身が強いにちがいない。

「スポンサーはついてる?」サスキアが言う。

「ええ」

わたしが先を話すのを、サスキアは待っている。

「マジック・スノーボーズ。ボンファイヤー・クロージング。エレクトリック・アイウェア」ほかにもミューズリー・バーのブランドもあったが、笑われるのがいやで言わなかった。わたしは小型のフィアット・ウーノに、カールーフまで届くほど荷を積みこんでやってきて、すでにその荷物にうんざりしはじめていた。ただ、少なくとも物が足りなくて困ることはないだろう。わたしのスポンサーは現物支給ばかりだ——物が送られてくるので、練習費用は自分でなんとか工面している。でも、そのこともサスキアには話すつもりはない。「二年前、別のアパレル会社がスポンサーについてたけど、わたしが膝を壊して、おはらい箱にされちゃって」

「あるある、そういうこと」仲間のひとりが言う。

さっきまでフランス語で話していたのに、わたしが加わって、全員英語に切り替えた。

「脚に保険をかけたほうがいいよ」別の仲間が言う。

「サッカー選手みたいに」

「マライア・キャリーが脚に十億の保険をかけたの知

ってる？」サスキアが言う。

「ジェニファー・ロペスはお尻に」だれかが付け加えた。

「お尻が垂れてきたら？」わたしは質問する。「わたしのお尻にも保険をかけられたらいいのに」

自分なら体のどの部分に保険をかけるかを、みんなで話しはじめる。

女性バーテンダーが別のトレーにショットグラスをいくつか載せて近づいてくる。サスキアにグラスをひとつ渡し、サスキアがそれをわたしに寄こす。今夜は飲まないつもりだったけれど、この場ではことわりづらい。まわりの人たちも全員ル・ロシェ・オープンに出るはずなのに、みんな飲んでいる。サスキアのおごりだ。わたしはみんなが飲み終わるのを待って、それから一気に杯をあおる。全員が歓声をあげ、そばのボックス席の女性たちから白い目で見られる。ドイツか、ひょっとするとスイスから来た人たちで、だれもアルコールを飲んでいないから、たぶんあすの競技会に出場するのだろう。

若い男のふたり組がわたしたちのテーブルへ軽やかに近寄ってくる。ひとりは肌が浅黒く、もうひとりはブロンドの髪をドレッドにしている。このふたりをどこかで見た気がする。

「彼女、だれ？」浅黒い肌の男がわたしを見ながら言う。ロンドンの訛りがある。

「あっちへ行って」サスキアが言う。

ふたりはふらふらとカウンターへ退散する。ちょっと待って——あれはブレント・バクシとデール・ハーンだ。そんな人をいま、サスキアはすげなく追い払った！

さっきのふたりのすぐ後ろに、カーティスがいる。カーティスはわたしに一瞬微笑みかけたのち、妹にうなずいて見せるが、ショットグラスを見て眉をひそめ、男たちのいるテーブルへ行って——そこには、スノーボードのＤＶＤで見たことのある顔がいくつもある——握手をする。カーティスとサスキアはスノーボード界の王族であり——両親がスノーボーディングの先駆者、パム・バーニッジとアント・スパークスで——この兄妹はここにいる全員を知っているようだ。

わたしの隣にすわっているのはオデット・ゴーリン、エックスゲームズの銅メダリストだ。ミント色のジャケットを着ている。ショートに整えた褐色の巻き毛が、ロシニョールのキャップの下から出ている。わたしはスターに憧れないよう肝に銘じているが、実際オデットは文句の付けようがないくらい魅力的だ。オデットもシーズンいっぱいここにいるそうで、ほかの人たちは競技会中だけの滞在らしい。

わたしはオデットのほうに身を寄せて言う。「男たちがおじけづいたりしない？　なんて言うか、あなたがあんまり素敵すぎて気後れするとか」

オデットが手を振って言う。「ないない」

バンドの演奏がやめばいいのに、とわたしは思う。声が嗄（か）れてしまいそうだ。「去年スイスのスノーボーダーとデートしたけど、振られたの。わたしが腕相撲で負かしたせいで」

みんなが大笑いする。

「彼の友達が勢ぞろいしてる前で」わたしは付け加えた。

オデットがハイタッチをしてくる。ウォッカを飲みながらのおしゃべりだ。わたしはふだん、それも会ったばかりの人にこんなふうに自分をさらけ出したりはしないのだが、ぶちまけてみたら気分がいい。自分で気づいていなかっただけで、振られた件をまだ引きずっていたようだ。その相手というのが、ステファンというスノーボードクロスのプロで、けっしてわたしのためにスピードを落としてくれなかったので、見失わないようにするには全力でついていかざるをえず、だからこそ彼と一緒に滑るのが好きだった。

「そいつがジムに行けばいいのよ」テーブルの向こう側にいる仲間が言う。

「トレーナーを雇えばいい！」別の人が付け加える。

「ステロイドも補給して！」意見がどんどん妙なほうへ向かう。

　こんなふうに女子のグループに自分がなじんでいるのは、いままでにない感覚だ。故郷の女友達との集まりは、苦痛でしかない。そういう子たちが好む話題は、ファッションやセレブのことばかり。わたしにとっては、兄のラグビー仲間が口にする下品なジョークのほうが、よほどなじみがある。

　さらにウォッカが運ばれてくる。これで何杯目だろう。いつしかわからなくなっていた。もともとめったに飲まないし——仕事もトレーニングも忙しくてそんな暇はない——競技会の前は絶対に飲まないのだけれど、ひっきりなしにビールをあおっているふたり組はもちろん、いまは仲間たちがまだ飲みつづけているので、わたしも一気に飲んで、グラスを置く。

　ドイツの女性たちがこっちを見て何か話している。きっとサスキアの思惑どおりなのだろう。つまり、今夜お酒を飲んで、それでも明日勝てるくらいわたしたちは強い、と宣言しているわけだ。オデット・ゴーリンはそうなのかもしれないが、わたしにはそんな自信はない。でも、仲間をがっかりさせたくない。

　カーティスが近づいてきて、サスキアに何か耳打ちしている。音楽に掻き消されて聞こえないけれど、たぶんこれ以上飲むなと諫めたのだろう。サスキアは手を振ってまるで取り合わず、カーティスは顔をしかめてもとのテーブルへもどった。

「ほんと、鬱陶しくて」サスキアが言う。

「うちの兄もめちゃくちゃ鬱陶しいよ」わたしは言う。

「いくつちがい？」

「ふたつ」

「うちもそう」

「わたしなんて兄がふたりも」オデットが言う。

「お気の毒さま」サスキアが言い、みんなで笑う。

「お兄さんもスノーボードを？」わたしは訊く。

「ううん、スキーレース」オデットが答える。「わたしも昔はそうだったの。十四歳のときにスノーボードに転向したんだ」

「お兄さんたちもル・ロシェに？」わたしは言う。

「ううん、今年の冬はティーニュに滞在してる。行ったことある？」

それを機に、いままでどこで滑ったことがあるかを話しはじめる。

次にサスキアがカウンターのほうへ行き、カーティスと激しく言い争っているのがわたしの目に止まる。わたしの兄のジェイクは、どうすればいいかをあえて教えてくれない。ジェイクは長年そういうふうにやってきた。

サスキアが飲み物のお代わりを持ってもどってくる。それを飲んでいたら、バンドがザ・キラーズの《サムバディ・トールド・ミー》のカバーを演奏しはじめた。サスキアが急に立ちあがる。「この曲、大好き」

サスキアのあとを追ってみんながダンスフロアへ出ると、バーじゅうの人が突然立ちあがって、せまい空間で体をぶつけ合いながら踊る。わたしはずいぶんふらふらしている。こんなに飲むのは何年ぶりだろう。寝る前にたっぷり水分をとらないとまずい。

目がまわる感じがして、トイレへ行く。自分たちのテーブルへもどる途中でよろめき、だれかに上腕をつかまれた。カーティスだ。

わたしは心のなかで悪態をつく。自分でも脚が震えているのがわかるが、声まで震えてしまう。「ありがとう」

カーティスの目が光る。「前も言ったけど、いつでもぼくの上に倒れていいから」

顔が赤くならないよう、わたしはカーティスが持っているエビアンに向かってうなずく。「このバーで飲んでないのは、きっとあなただけね」

「トレーニング中は飲まないんだ。回復時間のさまたげになる」

自分たちのテーブルが目にはいる。またウォッカのお代わりが来ている。うぷっ。

わたしがどこを見ているかに、カーティスが気づく。

「飲みすぎじゃないか」

「悪いけど、アドバイスが欲しいときは、こっちからお願いするから」

何様のつもり？　飲むなと妹を止めるのはともかく、わたしのことは知りもしないのに。その場を離れてふらつきながらカウンターへ向かう。自分のひと晩の飲み代全部をサスキアにおごらせるわけにはいかない。サスキアにとってその程度の出費はなんでもないのは知っているけれど、それに甘えたくない。とりあえず、グループ全員にひと渡りするぶんはわたしが持つべきだろう。

いままでみんなで飲んでいたウォッカがどの銘柄なのか見当もつかないが、たぶんサスキアはそういうことにうるさいほうにちがいない。

「みなさまに同じものを？」カウンターにいる女性のバーテンダーは、こっちが口を開く前に言う。

「ええ」わたしはほっとして答える。

デールとブレントがカウンターの奥にすわっている。バーテンダーはふたりと話をしながら、わたしが注文した飲み物を準備する。バーテンダーは黒いミニのワンピースに、ヒールの尖ったブーツといういでたちで、男ふたりは彼女の脚をじろじろ見ている。小柄で、ものすごい美人だ——黒っぽいロングヘアで、アイメイクが濃い。彼女のことばに、わたしより少し強い訛り——その響きから察するに、ニューカッスルあたりの訛り（ジョーディ）——がときおり交じることに気づき、共感を覚える。北部の同郷者として。

デールが何かを言って、バーテンダーがあきれて目玉をまわす。バーテンダーが言い返すと、デールは顔を伏せて恥じるふりをしてみせる。ブレントが笑って、デールの背中をはたく。

バーテンダーが飲み物を運んできた。夜な夜な男たちに——しかも、髪をドレッドにして、いくつもピアスをあけているデールのような男たちに——言い寄られる彼女を、気の毒に思う。さぞかしうんざりしているにちがいない。

ショットグラスを次々にトレーに載せているあいだも、彼女がひそかに微笑んでいるのを見て、わたしは自分のまちがいに気づく。弄(もてあそ)んでいるのは彼女のほうだ。それに、その方法をしっかり心得ている。

「どうぞ」彼女はわたしに言う。「十ユーロです」

わたしはとまどう。スキー場のアルコールはばか高いものなので、最低でも五十ユーロは覚悟していた。デールとブレントのせいで気が散って、彼女が計算をまちがったのだろう。でも、もしわたしが申告しなければ、店は差額を彼女の給金から差し引くにちがいない。「まちがってない？」

彼女のきれいな顔に苛立ちがよぎる。「いいえ、合ってます」

まあいい。少なくとも、こっちは伝えようとしたんだから。わたしは十ユーロ札を一枚手渡す。

彼女はそれをレジに記録しながら、男たちのほうを横目でちらっと見て髪を払い、〝まったく興味なし〟というそぶりを見せる。わたしが感心してながめていると、デールが袖をまくりあげ、前腕にたっぷりはいったタトゥーを見せながらカウンターに身を乗り出し、彼女に声をかける。彼女はまたひとりで微笑み、聞こえていないふりをする。

わたしはこんなふうに男を翻弄したことがない。どうすればいいのかもわからない。

彼女が艶やかな赤い爪で飲み物のほうを指して何か

言っているが、聞き取れない。

「いまなんて？」わたしは訊く。

「そっちのグラスがウォッカです」

えっ？

恐ろしい可能性が、アルコールでぼんやりしている脳みそにじわりとしみる。でも、サスキアがそんなことをするわけがない。

まさか。

7 現在

わたしたちは冷たく暗い廊下を急ぐ。みんなの携帯電話がはいっていた籠はからっぽだ。

「だれが持ち去ったんだ？」カーティスが凄みのある声で言う。

「買ったばっかりだったの、あの携帯」ヘザーは泣きそうだ。「仕事の連絡先も全部入れてあるのに」

「落ち着けよ」デールが言う。「みんなで探そう」

だれもが困惑しているようだ。

わたしは廊下に目を走らせる。この四人のなかのだれかが持ち去ったのか、それとも、この建物のなかに四人以外のだれかがいるのか。まともに頭が働けばいいのに、と思う。さっぱりわけがわからない。早くもウィスキーが効いてきたのがわかる。こういう高所ではアルコールの影響が強く出るうえに、最後に食事をしてからもう何時間も経っている。

「持ち去ってないのはだれか、それを突き止めることはできる」わたしは言う。「この部屋から出てないのはだれ？　わたしはゲームの前にトイレに行った」

「そのときまだ携帯電話があったかどうか、わかるかい」カーティスが尋ねる。

わたしは記憶をたどる。「覚えてない」

「おれは飲み物をとりにいった」デールが言う。「携帯には気づかなかった」カーティスを見る。「あんたが部屋から出た理由は？」

「電話をかけたんだ」カーティスが答える。「それからトイレに行った」

「だれにかけたの？」わたしは尋ねる。

カーティスがよけいなお世話だとでも言いたげに眉を吊りあげる。

「どうなんだ？」デールが返事を促す。

「なんの関係があるんだ？」カーティスが言う。

「あるかもしれないだろ」デールが言う。

カーティスが怒気を含んだ目でこっちを見る。「母にかけたんだ」

「おれは二回外へ出た」ブレントが言う。

「ヘザーもさっき出てるし」わたしは言う。「まいったな。持ち去ったのは、わたしたちのだれであってもおかしくない」

「それからどうしたんだろう？」カーティスが訊く。

「たぶん、どこかに携帯を隠したんだと思う」わたしは言う。

視線が一斉にヘザーのハンドバッグに集まる。ここまでバッグを持ってきたのは、ヘザーひとりだ。

わたしは三十三歳にしてハンドバッグをひとつも持っていない。以前、友人のケイトの結婚式用にハンドバッグを買ったことがある。〝いつものバックパックで来ないでよ、ミラ〟。招待状の下に、ケイトからの添え書きがあったのだ。花嫁の付添人（ブライズメイド）のドレスに合わせた、くすんだ薄青色のハンドバッグだったが、小さな子供がごっこ遊びをしているみたいで、どうにも滑稽な気がした。それでさっさと地元のチャリティショップに寄付してしまった。

ヘザーのハンドバッグは茶色で、ファスナーについている派手な金色のタグからすると、デザイナーズブランドのようだ。ヘザーはわたしたちの視線に気づくと、顔を赤くして、ハンドバッグの中身を絨毯の上にあけた。銀色の小さな財布、ウェットティッシュ、タンポン、すごい量の化粧品。携帯電話はひとつもない。

ヘザーが挑むように顔をあげる。「これで満足？」そしてぶちまけたものを拾いあげてバッグへもどす。

「となると、ほかのだれかがとったってことか」カーティスが言う。

ヘザーの目が見開かれる。「でも、だれが？」

「それがわかれば苦労しないよ」カーティスが言う。

デールがヘザーの体に腕をまわし、ヘザーが体を預ける。仲なおり、というわけだ。少なくとも当面のあいだは。

「ここを調べる必要がある」カーティスがつづける。「携帯を探すんだ。あるいは、だれなのかはわからないが、携帯を持ち去ったやつを」

「了解」ブレントがウィスキーの残りを置いて、ドアへ向かう。わたしもあとにつづこうとする。

「待って！」ヘザーが叫ぶ。「外にだれがいるのかわからないのよ」

「いい指摘だ」カーティスが言う。「女性はひとりじゃないほうがいいと思う」

デールがヘザーの手を握る。「おれはヘザーと組む」

「ぼくはミラと」カーティスが言う。

「おれがミラとだ」ブレントが言う。

ふたりが気にかけてくれていることを感謝するべきなのかもしれないが、そんな気になれない。むしろ腹が立った。女だからというただそれだけの理由で、庇護の必要な哀れな弱い人間だと思われるのがいやでたまらない。以前と比べて力は衰えていないし——脚力はさすがに幾分落ちたけれど、腕の力は最近のほうが強いくらいだ——もしだれかに襲われても、そこそこ戦えるだろう。

そう伝えようと、わたしは口を開く。そのときカーティスの顎がこわばるのがわかった。ブレントの顎も。ふたりともそう簡単におじけづいたりしない。わたしは人気(ひとけ)のない暗い廊下を行くことを思った。いろいろと安心できるほうがいい。「ふたりと組むっていうのは?」

カーティスがうなずく。「すんだらまたここで落ち合おう。二十分後でどうかな」

デールが腕時計を確認する。「了解」

「きみらはそっち」カーティスが左を指さしながらデールに告げる。「ぼくらはこっちへ行く。そっちは下の階を調べてくれ。こっちはこの階を受け持つ」

「あんたがボスってわけだ」デールが言う。

カーティスは答えない。実際、昔からカーティスがボスだった——たいていわたしは言うことをきかなかったけれど。

デールがヘザーの手を引っ張って、ふたりで廊下を遠ざかっていく。

「スキーロッカーを調べるんだ」カーティスがその後ろ姿に叫ぶ。「並行して固定電話も探してくれ」

カーティスとブレントとわたしは、廊下の反対側へ歩きはじめる。当然、カーティスが先頭だ。さっき廊下を調べたときもぞっとしたけれど、いまはなおさら気味が悪い。シーズン中の〈パノラマ〉内には独特の雰囲気があり、スキーのストックがカチャカチャ鳴る音や、宿泊客のおしゃべりが響く。でも、今夜はあまりにがらんとしている。あまりに静かだ。

　それにしても、携帯電話を持ち去ってどうするつもりなんだろう。わたしには、どちらが恐ろしいのかわからない——携帯電話を持ち去ったのが、まったくの他人なのか、よく知っているとばかり思っていたこのなかのだれかなのか。いや、かつてよく知っていただれかというべきか。

　まず右手にあったのは、トイレのドアだった。

「女性用トイレはわたしが見ようか」

　カーティスがドアを押しあける。「全員で調べよう」

　個室が四つ並び、扉は全部閉まっている。わたしは扉の下からのぞいてみた。もし足が見えたらどうしよう……

　バン！　一瞬どきりとするが、音を立てたのはカーティスだった。個室に沿って進み、ひとつひとつドアを蹴りあけていく。だれも隠れていなかった。当然だ。ブレントはごみ箱のなかのペーパータオルを掻き分けて調べる。

　男性用のトイレも同じ要領で見ていった。上のほうから吹いてくる冷たい風が首筋にあたって、わたしは小さな窓がわずかに開いているのに気づく。爪先立ちになって、そこから外をのぞいてみる。そして、だれかの手が窓の隙間からわたしたちの携帯電話をひとつひとつ夜の闇へ落とすさまを思い描く。もしそうなったら、建物のこちら側は崖に面しているから、携帯電話は永久にもどってこない。でも、なんのためにそんなことを？

「その窓、さっきもあいてた？」わたしは尋ねる。

　カーティスが毒づき、窓を手荒に閉める。「気づかなかった」

「同じく」ブレントが言う。

　次は掃除用具入れのドアで、漂白剤のにおいがした。わたしたちは大量のペーパータオルや液体石鹸の分包を引っ掻きまわす。トイレットペーパーが山積みになっている。わたしはペーパーの芯のなかまで確認する。認めるのは癪(しゃく)だけれど、このふたりが一緒でうれしかった。特にブレントがいてくれてよかったのは、カーティスがそばにいると、また別の意味で気持ちが落ち着かないからだ。

廊下を進んで角を曲がる。左右両側にドアがあり、すべて鍵がかかっていた。ドアの前を通るたびに、だれかが飛び出してくるんじゃないかと緊張する。

「ここはなんだと思う？」ブレントが最後のドアを観察しながら訊く。

「事務室かな」カーティスが答える。「それか貯蔵室」

廊下が行き止まりに達する。

「こっちはそんなに多くなかったね」わたしはいま来たほうへ三人で引き返しながら言う。「外はどうする？」

「もう暗くなったから無理だな」カーティスが言う。

「外の様子を覚えてる？」わたしは言う。「雪上車用のガレージがふたつあったと思う」大型の車。ゲレンデを整備する圧雪車(ピステン)は巨大だ。

「三つじゃなかったかな」カーティスが言う。

「Tバーリフトのふもとに小屋があった」ブレントが付け加える。

「その前にすわれる場所があったな」カーティスが言う。「いくつかデッキチェアが置いてあって。たしか、それをしまう物置か何かがあったはず」

ファンクションルームに着いた。ヘザーとデールはまだもどっていない。こっちより下の階のほうがずいぶん広いのだろう。

三人で部屋のなかへはいると、カーティスがドアを閉め、声を落として言う。「今回のことは、デールとヘザーの仕業だと思わないか」

わたしはカーティスを見つめる。「でも、どうして?」

「わからない」

「そうは思えないけど。ヘザーはずいぶん怯えてるように見えたし」

「あるいは、うまく演じているだけなのか」カーティスがブレントに目をやる。

ブレントは肩をすくめる。「おれに訊くなよ」

カーティスが狙いをつけてドアを蹴る。「だれかがぼくらを弄んでる。それが気に入らない」

ブレントは自分のグラスにジャック・ダニエルのお代わりをたっぷり注ぐ。ふたりがそれぞれ緊張にどう対処するのかがわかって興味深い。ブレントは酔っぱらうことで、カーティスは怒ることで緊張を抑えようとしていた。

「ミラ、飲むかい」ブレントが訊く。

思い描いていた懐かしい再会が台なしだ。わたしはため息をつく。「じゃあ、もらう」

カーティスがわたしの腕に手をふれる。「ミラ」

不意に既視感に襲われる。十年前のあの夜、飲みすぎだとカーティスに止められたとき、忠告に耳を貸すべきだったのに、わたしは無視した。

いままた、そうしようとしているように。

わたしはグラスを差し出す。ブレントは自分で思っている以上に酔っているにちがいない。手が震えて、わたしの手に盛大にウィスキーをこぼした。わたしはべたべたする液体をすすったのち、一気にグラスの酒を飲み干す。

おそらくカーティスは酒を注ぐブレントの手が小刻みに震えているのに気づいたのだろう、何ができるか推し量るような目でブレントをじっと見つめている。

その目をこっちへ向けてくれたらいいのに。

8　十年前

わたしはふらつく足で高原を進む。頭がずきずきして、胃がむかつく。ハーフパイプにたどり着くまでにまた吐かずにすめばいいのだけれど。

巨大な横断幕が掲げられ、〝ル・ロシェ・オープン〟の文字が躍っている。胸にビブスをつけた選手たちがパイプから飛び出してくる。ウォーミングアップをしているのだ。ストレッチをする者、靴の紐やバインディングを締めなおす者。選手たちは緊張の面持ちで、これから臨む滑りに集中している。吐かないようにするので精一杯でなければ、わたしもそうだったはずなのに。

ゆうべ〈グロー・バー〉からもどって以来、おなかに何か入れようとしているのだが、全部もどしてしまう。ひどく腹が立っていた――何より自分自身に。よくもまんまとはめられたものだ。もう二十三歳で、ティーンエージャーでもないのに。仲間がどうしていようと、自重するべきだった。

ヒップホップが音響システムから轟き、日差しが脳みそに突き刺さる。わたしは手でまびさしを作りながら思う。静かな暗い部屋で体を丸めて、酔いが醒めるまで眠りたい。

近くにいる男が、熟れすぎたバナナを食べはじめて、わたしの胃がぎゅっとこわばる。バナナのにおいが鼻を突く。左右両側にカメラクルーがいる――ユーロスポーツ、フランス3のほかいくつかの局の。わたしは口を引き結ぶ。**もう吐いてはいけない。**

受付の行列には、さまざまな言語が飛び交っている。ビブスを受け取りにいくときに、ゆうべ会った女性たちとすれちがう。スノーボードを脇に抱えている。こっちを見て笑う彼女たちを見たくなくて、わたしはうつむいた。

だれかに肩を叩かれ、オデットがさっと寄ってきてわたしの両頬にキスをした。「調子はどう？」「どう思う？」

わたしは片方の眉をあげてみせる。

オデットの笑みが困惑に変わる。「何が？」

「ゆうべのウォッカよ」

「ウォッカ？」

「ずっとわたしが飲んでたでしょ？」

説明を聞くうちに、オデットの頬がほんのり赤くなる。そして、信じられないという顔で、サスキアを探してあたりを見まわす。いた。サロモンの白いジャケット姿で、いまにもドロップインしようとしている。オデットがこちらへ向きなおり、その口からことばが転がり出る。どうやらわたしがバーへ行く前に、サスキアが仕組んでいたようで、ライバルたちを焦らせるために、自分たちのショットグラスには水を入れようと提案したらしい。

「ほんとうにごめんなさい」オデットが言う。「知らなかったの」

恥じ入るような表情を見て、わたしはオデットのことばを信じる。「ほかのみんなは？　知ってたの？」

「知らなかったんじゃないかな」

喜んでいいのか悲しんでいいのかわからない。

サスキアが勢いよくTバーリフトのほうへ向かっていく。オデットはその後ろ姿を見つめている。自分の友達がそんなことをする人だということをなんとか認めようとしているかのように。

ウォーミングアップの時間をすでに半分逃してしまった。わたしは自分のボードをさっとつかむ。「この件はここまでにしよう。コースはどんな感じ？」

オデットとわたしはそろってTバーリフトに乗る。カーティスが上でボードをつけている。わたしをひと目見ると、不満げに言う。「忠告しようとしたのに」

「え？」わたしは言う。「知ってたの？」

「怪しいとは思ってた」

サスキアは数人のグループで集まって笑ったりジョークを飛ばしたりしている。そのなかにブレントもいた。デールもいて、唇のリングピアスが日差しを受けてきらめいている。わたしは頭に血がのぼり、猛然と歩いていってサスキアの肩を叩く。

サスキアが振り返って、わたしを見る。その表情を見て、わたしは実家の飼い猫が何かの拍子に狩りの本能を呼び覚まされたときの顔を思い出した。

「どうしてわたしだけだったの？」背後にカーティスとオデットがいるのを意識しながら言う。

まわりの面々がだまりこむ。

ちがうと否定するものと思っていたが、サスキアはただわたしを見ていた。青い目に悔悟の色はない。

「そうしたかったから」

「わたしに負けるのがこわいの？」

サスキアは答えない。答えるまでもない。きょうサスキアは負けない。サスキアが自身自身でそれをたしかなものにしたのだから。

腹立たしくて、ひっぱたいてやりたかった。必死で練習してきたのに——兄がだれよりきびしい練習をする人だから、わたしもそうするしかなかったのだ。でも、兄のすることは目立つ。これも乗り越えるべき試練なのだろう。たぶん女性ならではの。陰湿な試練。いまのわたしにはそれに対処するすべがない。

怒りを顔に出さないようにする。「ゲームはもうはじまってるってこと、あなたがわかってるといいんだけど」

サスキアがにやりとする。「そう、ゲームはもうはじまってる」

カーティスがサスキアに手招きし、兄妹ですわって顔を寄せ合う。カーティスがわたしのほうを指さしているので、きっとサスキアを問い詰めているのだろう。サスキアがもう一度わたしをちらっと見て、背を向ける。いまカーティスはパイプを指さしている。激励のことば。きょうは助けになるものならなんだって欲しいので、わたしはカーティスの話を聞き取ろうと耳をそばだてる。

「壁に日差しがたっぷりあたっているから、早く氷がやわらかくなる。スピンの着地のときに、エッジをとられるなよ」

サスキアがうなずいて、ボードを足に固定する。カーティスはすわって、妹の滑りを見ている。競技用のビブスをつけたひげ面の男が、カーティスとこぶしを合わせる。アメリカ人だ。

わたしはバインディングを留めて、深呼吸をすると、上下の動きに備えて胃のあたりに力をこめる。

カーティスの声が、風に乗って漂ってくる。「一日じゅういい天気で、氷は硬いはず」

おかしい。さっきサスキアには正反対のことを言っていたのに。わたしの聞きまちがいだろうか。

三十分後、わたしは緊張しながら自分の名前が呼ばれるのを待っている。

「ミラ・アンダーソン！」

いつもならこの時点で冷静になり、すべてがスローモーションになって、トレーニングの膨大な時間とイメージの力によって自動操縦された状態で滑ることができる。ところがいまは、まるで早送りのようだ。じっと立っていてもくらくらしてくるくらいだったので、一発目のスピンが詰まって、パイプの床に衝突しても何も驚きはない。二走目もだめだった。これで予選落ちだ。

自分を奮い立たせて雪だまりに腰かけ、競技会のつづきを見る。この失敗を生かして、二度と同じまちがいを犯さないようにしなければならない。

カーティスはふだんと同じように動きがなめらかで、

自信に満ちている。力強くて鮮やかな滑りで、カーティスは決勝に進出する。サスキアも女子の決勝に残り、バック・トゥ・バックの二回転（セブントゥエンティ）を決め、七位に入賞する。ヨーロッパじゅうの選手が集う国際競技会であることを考えると、かなりの好成績だ。決勝では、オデットが勝った。

　選手たちがパイプの下に集まって、ハグしたりハイタッチを交わしたりしている。シャンパンの栓が抜かれて、しぶきが人々に降りかかる。

「〈グロー・バー〉でアフターパーティーだ！」だれかが叫んだ。

　浮かれていないのはわたしだけのようで、だれかがサスキアを祝福するたび、こぶしを握りしめていた。わたしはボードを拾いあげて、そっとその場から離れた。

　サスキアとは四か月後の英国スノーボード選手権でふたたび戦うことになる。そのときには何が何でもサスキアに勝ちたい。

9 現在

ファンクションルームのスイングドアが開いて、わたしはびっくりする。デールがはいってきて、そのあとにヘザーがつづいた。

デールはひどく腹を立てている。「だれかにパソコンをとられた」

カーティスがドアのほうへ駆けだす。

「どうしたの？」わたしは声をかける。

「マックブックを持ってきたんだ」

カーティスを追ってわたしたちは階下へおり、廊下を進む。カーティスが両開きのドアをあけると、凍えるほどの冷気がわたしの髪を後ろへなびかせた。カーティスは金属の階段を一段飛ばしでおりていく。わたしはさっき置いたところに自分のバッグがあるのを見て、ほっとする。

カーティスが自分の荷物を調べる。「くそっ。マックブックがない」

わたしはバックパックのファスナーが半分あいているのに気づき、あわてて中身をたしかめる。財布と鍵束は無事だ。パソコンは持ってこなかった。たいていのことは携帯電話で事足りる。

おのおのがバッグを確認している。ヘザーは大量の服を引っ掻きまわしている。

「ほかに何かなくなってる物は？」カーティスが言う。

「ぱっと見たかぎりでは問題ないな」ブレントが言う。

わたしは焦ってしまい、何をバッグに入れてきたのかすら思い出せない。「よくわからない」

「もうシャレにもならないわ」ヘザーが言う。「山からおりたい」

頭を働かせて、ミラ。わたしはゴンドラリフトの終点を映す監視カメラに視線を据えた。カメラの下へ移動して、両手を振る。「もしもーし！　だれかいませんか」

カーティスがプラットフォームを歩きまわる。「うっかりしてたよ、まさかこんなことになるなんて。三十分前にここへ来るべきだった」

係員がわたしたちに気づいたら、たとえ声は聞こえなくても、リフトをまた動かしてくれるんじゃないかと期待して、わたしは手を振りつづける。

「うちのノートパソコン、何週間もバックアップをとってなかったの」ヘザーがデールに言う。「どうしても見つけないと」

「言われなくてもわかってる」デールがぶつくさ言う。

カーティスがデールのほうを向く。「ところで、きみらふたりはいままでずっとここで何をしてたんだ？」

「おいおい」デールが色をなす。「おれたちに責任をなすりつけようってのか。あんただって、二度も部屋から出てただろ、わかってるくせに」

たしかにヘザーとデールには、この一階で全員のバッグを調べてパソコンを隠すだけの時間があった。とはいえ、急いで一階へおりてそれと同じことをするのは、わたしたち全員に可能だったはずだ。

あるいは、ほかのだれかがやったのか。

いずれにしても、周到に計画されていた。だれの仕業であれ、建物内でずっとバッグを引いてまわることはないだろうと正確に予想し、二階のファンクションルームにわたしたちを集めたわけだ。

「ふたりで一階全体を調べたわ」ヘザーがみんなに説明する。「そのあと、わたしがノートパソコンのことを思い出したの」

「何かわかったことは？」カーティスが言う。

「鍵がかかってる部屋がいやってほどある」デールが言う。

「スタッフはいなかった？」わたしは訊く。「固定電話は？」

「電話線のないモジュラージャックをふたつ見つけた」ヘザーが言う。「バーでひとつ、厨房でひとつ」

モジュラージャックだけだったのは、だれかが電話線を抜いたからだろうか。表情からして、ヘザーもそう考えているらしい。

「鍵がかかってたのは、どういう部屋なのかな」ヘザーが疑問を口にする。

「制御室は見つかったかい」カーティスが言う。「山岳救助隊の事務所は？ 救護室は？」

「見つからなかった」

「そうか」カーティスが歩いていって、運転室のドアをガタガタ揺らす。鍵がかかっている。あたりまえだ。カーティスは手のひらの側面をガラスにあてて、窓をのぞきこんだ。

そこにわたしも加わる。「電話か無線らしきものは？」

「ない」カーティスの声に失望がにじんでいる。

ブレントも見ようとして寄ってくる。背後で衝撃音がして、わたしたちは振り向く。コンクリートの上に、割れた監視カメラが落ちていた。デールがスノーボードを高く掲げ、もともとカメラが設置されていた場所を見あげている。わたしは目を見開き、呆気にとられてカメラの残骸をながめる。

「なぜ壊すんだ？」カーティスが訊く。

デールは持ちあげていたボードをおろす。「監視されたくないだろ？」

わたしはなんとか落ち着こうとする。「でも、カメラがあれば、救助に来てもらえたかもしれない」

カーティスがカメラのいちばん大きなかけらを拾いあげる。壊れて修理不可能なことは、電気技師でなくてもわかる。カーティスが残骸を脇へほうる。「考えられる下界とのつながりを、きみがたったいま断ち切ったんだ。だれかここでほかに監視カメラを見た人は？」

「食堂にひとつあった気がする」わたしは言う。

デールが咳払いをする。何を言うつもりなのか、わたしにはなぜか察しがついた。

「それもおれがぶっ壊した」

わたしはブレントと顔を見合わせる。みんな同じことを考えているのをほぼ確信する。すべてデールの仕業なんだろうか。だけど、どうしてこんなことを？

カーティスがデールに歩み寄る。「まったく、ばかなことをしてくれた」

「おい、現実を見ろよ」デールが言う。「もしふもとからだれかがカメラを通しておれたちを監視してるんなら、そいつらがこれに関係してる、そうに決まってるだろ」

「たしかに」カーティスが言う。「答えを出さなきゃならない。さっきのゲームがまだ途中だったな」ヘザーにうなずいてみせる。「きみはブレントと寝たのか」

わたしは思わず顔をしかめる。カーティスは繊細さとは無縁らしい。

デールが歩み寄る。「そんな質問に答える必要はない」

男ふたりがにらみ合う。デールのほうがほんの少し背が高い――おそらく六フィート近くあって、スノーボーダーにしては長身だ。一方、肩幅はカーティスのほうが広い。

「次は、サスキアと寝たかっておれに訊くんだろ？」デールが言う。

「寝たのか」カーティスは言う。

「そういうあんたは？」デールが言い返した。

カーティスがデールの両肩をつかみ、そのままプラットフォーム上をぐいぐい押していく。プラットフォームの端まであと数メートル、その先は足元がえぐれて夜に溶けこんでいる。その境目を区切っているのは、頼りない金属の柵ひとつだ。

ブレントとわたしはふたりのあとを追う。頭上の屋根から、ナイフそっくりのつららが何本もさがってい る。いま落ちてくるのは勘弁して、と祈った。ブレントがデールに近づいていったので、わたしはカーティスの背後へ迫る。神経が高ぶっている相手に近づくのは危険だ。そういうときどうしたらいいのか、理屈としては知っている——ラグビー選手の兄にとって護身は死活問題だし、わたし自身がスノーボーディングをやめて三年ほど、リードミルのナイトクラブで受付として働いていた。

手順を覚えているといいのだけれど、と思いながら、わたしは右腕をカーティスの首にまわし、左腕を後頭部に添えて、チョークホールドをかける。相手が抵抗をやめたのがわかったので、すぐに腕をはなした。カーティスがくるっとこちらを向くと、その顔にはショックと怒りがないまぜに浮かんでいる。

デールはブレントを振り払って言う。「おまえは手を出すな。いまはおまえの出る幕じゃない」ギラッと目を光らせながらジャケットのゆがみをなおしたのち、ヘザーのかたわらへともどる。

「みんな落ち着いて。何が起こっているのか突き止めないと」わたしは息を切らして言う。

「スキーロッカーはどうだった?」カーティスが訊く。

「どれも鍵はかかってなかったのか」

「ああ、ひとつを除いて全部」デールが言う。

「あけられるか、たしかめよう」カーティスが言う。

わたしは小型のバックパックを背負い、スノーボードバッグを持ちあげる。二泊だけの予定だから、どちらも重くない。自分の荷物は見える範囲に置いておきたい。みんなもバッグに手を伸ばして、結局、荷物を全部持って階段をあがる。

ロッカーのドアにはそれぞれ番号がふってある。番号は百までで、ロッカーはきれいなパステルカラーで塗られていた。錠からキーホルダーがぶらさがっている。わたしは二、三のドアを引きあけて、中を調べる。離れたところで、カーティスも同じことをしていた。

「わたしたちがもう調べたわ」ヘザーが言う。

わたしは鍵のついていないロッカーを見つけた。ブレントがそのドアを力いっぱい引っ張る。

「ドライバーを持ってきてる」カーティスが言う。

「ちょっと任せてみてくれ」ブレントはポケットから鍵束を取り出す。みんなが見守るなか、キーリングから鍵を全部抜いてから、リングの針金をまっすぐに伸ばす。それを錠に差しこんでひねり、いったん抜いて針金の形を整える。

デールがふらりと正面玄関のほうへ歩いていく。ドアをあけようとしているらしい。

やめて。あけないで。いままたあの音を聞くのは耐えられない。遅かれ早かれまたドアをあけて外へ出ていかなくてはならないが、いまはまだ気持ちが落ち着かず、準備の時間が欲しい。

デールが足を滑らせ、壁をつかんで体を支える。

「くそっ、床が濡れてる」

たしかに、玄関へ行くまでの床のあちこちが水で濡れている。

「足跡じゃない？」わたしは言う。

「そのようだな」カーティスが険しい声で言う。「だれか外へ出た者は？」

沈黙。でも、もし外へ出たのなら、靴が湿っているはずだ。できるだけさりげなく、わたしは全員の靴を観察する。気のせいか、ブレントのＤＣの靴はなんとなく前より色が濃くなったように見える。

「さあ、できた」ブレントが言って、針金を錠からすっと抜く。

みごとな手際だ。でも、昔から手先が器用な人だった。

みんなが集まって見守るなか、ブレントがロッカーのドアを引きあけるが、中はからっぽだ。いちばん近くにいたカーティスが、何かに気づいたのか、驚きをもってブレントを見やり、それから鋭い目で順にわたしたちの顔を見る。鍵をあけたブレントの手際が少しばかり良すぎたと思っているんだろうか。

「で、おれたちの携帯電話はどこなんだ？」デールが言う。

「こっちが訊きたいね」カーティスが応じる。

わたしは緊張する。ふたりはいまにもまたこぶしを交えそうに見える。

「何か食えないかな」ブレントが訊く。

カーティスがブレントのほうを向く。「携帯電話を見つけないとどうしようもないだろ」

「わかってるさ。けど、腹が減ってるんだ」

カーティスが大声を出す。「どういう状況かわかってるのか。リフトは動いてなくて、連絡手段もない。携帯を見つけられなかったら、全員ここから動けないんだ」

「わたしもおなかがすいたな」わたしはことばをはさむ。「夕食をとりながら話してもいいんじゃない？食べ物がいくらかアルコールをぬぐい去ってくれるかもしれないし、そしたら頭もまともに働くかも」

ヘザーは信じられないと言いたげな顔をしている。

「こんな目に遭ってるのに、よく食事のことなんて考えられるわね」

「いらいらしてるときに、おなかをすかせていても意味がないもの」わたしは言う。

カーティスが自分のバッグを持ちあげて、すたすたと食堂へ歩いていく。ほかの面々もあわててあとにつづく。わたしたちが食堂にはいると、カーティスはカウンターのそばにいて、床の監視カメラを調べていた。全員が一か所にまとめてバッグを置く。

ヘザーが自分のハンドバッグに顔を向けて言う。

「見ててもらえる？」デールにそう告げたのち、せわしなく厨房へ向かう。

わたしはもう一度、こっそりブレントのDCの靴に目をやる。「その靴、湿ってるんじゃない？」わたしは小声でブレントに訊く。

ブレントはちらっと足元を見る。「たぶん、ウィスキーだな」

「そう」

「あの暖炉が使えるか見てみるよ」ブレントが暖炉へ向かう。

火をつけるのはわたしにだってできると思ったけれど、ブレントのことでヘザーに話を聞きたかったので、厨房へ行く。

青臭いトマトの香りがして、おなかが鳴る。ヘザーが鍋をのぞきこみ、電磁調理器のスイッチを入れた。

「何をすればいい？」わたしは料理が得意ではない。健康的な食生活を心がけてはいるけれど、加熱しない生の食材をとることが多いため、料理をする必要がないのだ。

ヘザーが木のスプーンを寄こして、鍋を指し示す。

「ここに立って、掻き混ぜて」

ヘザーはくるくる動きまわり、手あたりしだいに食器棚をあけて、あわただしく働いている。ヒールの高い靴を履いて、どうしてあんなふうに動けるんだろう。わたしが最後にヒールのある靴を履いたのは、七歳か八歳のころで、ごっこ遊びをしたときだった。足をくじいて、体操のトーナメント大会に出場できなくなったので、二度とヒールのある靴は履かないと心に誓ったのだ。

何か食べたくて居ても立ってもいられず、首を後ろへひねってお菓子のたぐいを探したが、食器棚はからっぽで、わずかに乾物や調味料があるだけだ。業務用の冷蔵庫があった。それを見て、わたしは気づく。食材は来月、スキー場のオープン前に仕入れられるのだろう。

「ところで、最近はどんな仕事をしてるの?」わたしはさりげない口調を保つようつとめる。

「わたしもデールも、スポーツエージェントなの。結婚後、わたしが法律の学位をとって、ふたりで事務所を立ちあげて」

「へえ。すごいね」

会話がふっつり途絶える。昔から、ヘザーとは何を話せばいいのかさっぱりわからない。ヘザーはスノーボードをほとんどやらないので、デールとのほうがはるかに共通点が多かった。ヘザーのような女性はわたしを不安にさせる。その髪型や、化粧や、つねに自分をよく見せようとする努力が。ヘザーはこうあるべきとされている女性そのもの、少なくとも従来の規範にのっとった女性そのものだ。

わたしはそうじゃない。言ってみれば、いつまでも大人にならないお転婆娘で、いまもそのままだ。自分の外見に無頓着なふりをしているけれど、内心では気にしているし、不安を感じている。か弱くもなく、女の子らしくもないから、男の人が寄ってこないのだと気に病んでいる。それでいまも独身なんだろう。

ヘザーは冷蔵庫を物色している。デールを裏切って浮気をしていたかどうかを尋ねるのにいい機会なんて永久にないのだから、いま訊いてしまおう。「さっきのゲームであれを書いたのがだれなのか、はっきりさせようと思って。あなたとブレントのことが気になったの」

ヘザーが片手にレタス、もう一方の手にキュウリを持って体を起こす。そして廊下に人がいないかたしかめてから、こちらへ向きなおる。「気になったっていうのは、はっきり言うとどういうこと?」口調は冷ややかだ。

「ブレントと寝たの?」

ヘザーの目がぎらりと光る。「あなたはデールと寝たの？」

「まさか、それはない」ただし、キスはした。でも自慢できることでもないので、二度とその話題にふれられなければいいと思う。「で、そっちは？」

「ないわ」ヘザーはなんとかわたしの視線を受け止める。

「そうは思えないけど」わたしは言う。

薪の燃えるにおいが強くなったということは、きっと男性陣が暖炉に火を熾したのだろう。

「あなたの信じたいように信じればいい」ヘザーが頭上の食器棚をあけて、皿を五枚取り出す。

「まあいいわ」わたしは言う。「ブレントに訊くから」

ヘザーは無言で料理を盛りつける。レタスとキュウリはカウンターに放置されている。ヘザーが嘘をついていると感じたのは、きょうこれで二度目だ。ほかにも何か嘘をついているのだろうか。

薪の煙に息苦しさを覚えながら、わたしは料理を運ぶ。食堂の様子は、記憶にあったそのままだ。黒っぽい羽目板の壁に、むき出しの梁。牛革のラグ、白黒写真。石造りの大きな暖炉に炎が揺れ、壁の上方には、枝角のある雄鹿の頭が飾ってある。マントルピースの上でありふれた置時計が時を刻み、歳月を経て黄ばんだ文字盤をさらしている。

テーブルごとに低く吊られたシャンデリアしか明かりがないため、部屋は薄暗い。落ち着ける空間のはずなのに、光が届かず影になっているところがやけに多くて、いまのわたしには居心地が悪い。

ブレントとデールは、暖炉にいちばん近いテーブルにすわって話をしている。わたしはふたりが一緒にいるのを見てほっとしながら料理の皿を置く。こんどはデールもウィスキーを飲んでいるらしく、ジャック・ダニエルの二本目の瓶が、一本目の隣に置いてある。

「一本飲んじゃったの？」わたしは言う。

　ブレントがにやっと笑う。「無料のバーだからな。最高じゃないか」

　わたしはカウンターから重ねたグラスを持ってきて、やめておくべきだとわかっているのに、ウィスキーを注ぐ。煙のなかで目をしばたたいてまわりを見る。アンティークの登山用具が壁に留められている。年代物の雪山用ゴーグル、アイゼン（靴底の滑り止め）、履き古された登山靴。

　それに、錆びたピッケルがひとつ。ル・ロシェの頂にはあまり人の手がはいっていないため、冬場は雪山登山で人気を博している。わたしはピッケルの金属の先端に指でふれてみる。いまでも驚くほど鋭い。

　カーティスが暖炉のそばにしゃがんで、積みあげられた薪をいじっている。

「何してるの？」わたしは訊く。

「携帯電話を探してる」

「そこはもうおれが調べたけど」デールが言う。

　カーティスは薪をつつきつづける。わたしの目に煙がしみて涙が出る。

　ヘザーも料理を運んでくる。「あのノートパソコン、やっぱりどうしても取りもどさなくっちゃ」

「パソコンの話はやめてもらえないか」デールが不満げに言う。

　わたしはヘザーのことを強い女性だと思ってきた。前はヘザーが命令するほうだったのに、いまはその力関係が変わってしまったようだ。

　わたしはブレントの隣にすわる。どの椅子にも、ふわふわの羊革のカバーがかかっている。そのカバーを毛布代わりに膝にかけようと思ったが、カバーは椅子にくくりつけられていた。

「ビリー・モーガンのクワッドコーク・エイティーンハンドレッドって、どう思う？」食事中にブレントが言う。

「見た見た、ユーチューブで」わたしはそう言いながら、雰囲気を明るくしようというブレントの心遣いに感謝する。

　デールがうなずく。「そのあと、日本人男子がはじめてクワッドコーク・ナインティーンエイティ（1980）を成功させた」

「人間業とは思えない」わたしは言う。「それって五回転ってこと？」

「五回転半」デールが指摘する。「スノーボーディングは大いに進化してるんだ」

　ヘザーはここから出られるまであと何分かを計算するかのように時計に目をやり、カーティスは依然として警戒をゆるめていない。それでも、料理とアルコールで体があたたまり、暖炉の炎で顔がほてってきて、わたしは緊張を解きはじめる。

「以前はみんなヘルメットなしで滑ってたなんて信じられるか」ブレントが言う。

「おまえは、だろ」カーティスが言う。

「みんなそこそこ転んでたのに」ブレントが言う。

「無事ですんだのは、たまたま運がよかっただけだ」

　中には、そこまで運がない者もいたけれど、いま考えるのはやめておく。とにかく、ヘルメットでは首の骨折は防げない。

「ノルウェーの男子がバックサイド・ファイブフォーティ（540）リワインドを決めてるのは見た？」デールが尋ねる。

「見てない」わたしは言う。「どういうの？」

　デールはスタイルの達人だったので、かつてはわたしもいろいろなトリックについてあれこれ話して楽しんだものだ。

　デールがグラスを置いて説明する。「二回転（セブントゥエンティ）に近いけど、最後に逆に振る。空中で回転を止めて、逆を向くと考えてみてくれ。めちゃくちゃむずかしい。やってみればわかる」すわっていた椅子をそばのテーブルに載せて、椅子の上にのぼる。
わたしはここにいる男たち三人のことが大好きだ。ジムの同僚と出かけると、ネットフリックスの話をする。三人とはまる十年会っていないのに、いまでもほかのだれより共通点が多い。

スポーツの世界、特にスノーボードのようにハイリスクな競技では、お金のためにプロになるのではない。だれもが知るスノーボード界のスター選手、ショーン・ホワイトでもないかぎり、フリースタイルのスノーボーダーはけっしてお金持ちになれない。プロになる理由はお金ではなく、そのスポーツへの情熱だ。そのスポーツを実践し、そのスポーツについて考え、夢見ることに、人生のすべての時間を費やすためだ。ここにいる人たちはいまはもうプロではないけれど、そういう情熱を失っていない。

デールが椅子から身を躍らせ、一方向に回転しながら落ちる。

「ちがう」カーティスが言う。「百八十度リワインドしないと。そんなのはただのごまかしだ」

デールがカーティスをちらっと見る。

「やってみよう」ブレントが椅子にのぼり、飛びおりる。

わくわくして気持ちが高ぶる。わたしは立ちあがって言う。「わたしの番ね」

ヘザーがあきれて目を剝(む)くが、わたしは二十歳のころにもどった気分だ。のぼるときに、椅子が激しく震える。わたしは宙に身を躍らせた。フンッ。床に激突する。もうここ何年も、ジムの階段昇降マシン(ステアマスター)より高いところから飛びおりていない。

「みんな滞空時間が足りてない」デールの視線は、幹の切断面がわかるテーブルの木目に据えられている。デールはそのテーブルの上に、ひとまわり小さいテーブルを載せて、その上にさらに椅子を載せて土台を作った。のぼりはじめると、それがぐらぐら揺れる。ブレントがあわてて土台を支えた。デールが高く飛びあがり、ふらつきながらわたしたちのテーブルにぶつかって落ち、床にぶざまに倒れる。

「もうたくさんだ」カーティスが声をあげる。「無駄に時間を費やすのはよせ」

デールが肩をさすりながら起きあがる。「なんだよ、何が気に入らないんだ？」

「だれかがおれの携帯電話とパソコンを盗んだ、それが気に入らない」

「カリカリすんなって」

カーティスが椅子に背を預ける。「きみがぼくの物を返してくれたら、そうするさ」

カーティスとデールがにらみ合う。わたしはカーティスの皿の横に、空（から）になったウィスキーのグラスがあるのに気づく。カーティスはお酒を飲まないと思っていた。

「変わってないな」デールが言う。「相変わらずくそみたいに鬱陶しい。やっぱり来るんじゃなかった」

「なのに、なんで来たんだ？」カーティスが言う。

デールはヘザーのほうを顎で示す。「彼女が来たがったから」

ほんとに？　わたしはヘザーを見やる。なぜ来たがったんだろう。ここをきらっているとばかり思っていた。

「あと、さっきの質問の答えだが」デールが言う。「ノーだ。あんたのあばずれの妹とは寝てない」

カーティスが勢いこんで立ちあがる。「妹を悪く言っていいのはただひとり、ぼくだけだ。でも、あえてそんなまねはしない。きみとちがって、尊厳ってやつを重んじるからだ」

張りつめた沈黙が漂う。

場の雰囲気というのは、山の天気に劣らず急激に変わることがあるらしい。

10　十年前

ゴンドラリフトのなかで、ブレントとカーティスがわたしの向かいにすわっている。勢いを増した風に煽られ、わたしたちの乗った小さな箱が右に左に揺れる。わたしはうめき、胃のあたりを手で押さえた。

「このスノーボードパンツ、新品なんだから吐かないでくれよ」ブレントが強いロンドン訛りで言う。

「ああ、そばに彼女がいるときは気をつけたほうがいい」カーティスが言う。「何しろきのう、ぼくのパンツをだめにしてる」

わたしはカーティスのパンツの脛に目をやる。破れていない。新品だ。競技会のプレッシャーから解放されて、カーティスとブレントは晴れやかに笑っている。それもそのはず、カーティスは三位、ブレントは五位にはいった。イギリス男子の面目躍如だ。

またゴンドラが突風に煽られ、胃がぎゅっと縮む。しかも悪いことに、煙草のにおいが充満している――前にこのゴンドラに乗っただれかが禁煙の標示を無視したのだろう。

わたしがリフトに乗ったのは、少し滑って鬱憤を晴らしたかったからだ。でも、ふたりが一緒に来てくれてよかった気もする。おかげできょう一日の災難についてくよくよ考えずにすみそうだ。カーティスの青い目で見つめられたら、何も考えられなくなる。

「あなたたちは下で祝勝会に出るんだと思ってた」わたしは言う。

「競技会のあとは、緊張をほぐすためにかならずひと滑りするんだ」カーティスは横目でブレントを見る。「ブレントの場合は、ゆうべから追っかけてくるスイスの女の子がいて、さっさと逃げる必要があったんだけど」

　わたしは笑って、窓に立てかけてあるボードに注意を向ける。ブレントのボードはスポンサーのステッカーに覆われていて、どのモデルなのか見分けるのに苦労する。バートンの何か。たぶん、ショーン・ホワイト・プロモデルだと思う。ブレントがいまのライディングをつづけたら、来年はバートンからブレント・バクシ・モデルが売り出されるかもしれない。

　わたしはスマッシュのステッカーを顎で示しながら言う。「あれ、ほんとに飲んでるの？」

「なんで？　要る？」ブレントがバックパックを漁って、蛍光オレンジ色の缶を一本取り出したのち、缶のタブをあけて、こっちへ差し出す。

「ううん」わたしは言う。「いや、やっぱりもらおうかな。飲んだことないんだ」ひと口飲む。「うえっ。マウスウォッシュみたい」缶をブレントに返す。「コーヒー三杯ぶんのカフェインが含まれてるって聞いたけど」

「五杯」ブレントが立ちあがると、黒っぽい髪がゴンドラの天井をかすめる。スライド式の窓を開いたとたん、冷たい空気が流れこんできて、ブレントが缶の中身を窓の外へあける。

「何してるの？」わたしは言う。「そんなことしたら、今年はマーモットが冬眠できなくなるじゃない」

「まずくて苦手なんだ」ブレントは窓を閉めて、バックパックの横にそっと空き缶をおさめる。「だれにも言うなよ。おれのシーズン中の活動は、あの会社からの支援でもってるんだから」

　わたしはブレントが好きだ。ブレントを見ると、兄の友人のバーンジーを思い出す。「バートンより多く出資してくれてるの？」わたしは尋ねる。

「ほかのスポンサー全部を足した金額より多い」

「ほんとに？」だけど、考えてみればうなずける。ブレントは将来有望な選手だ。企業の看板として申しぶんない。

「いくら出すかを提示されたとき、おれはこう言った。このケツに御社の名前のタトゥーを入れますよ」

「入れてないくせに！」

ブレントがジャケットを持ちあげて、スノーボードパンツのウエストをいまにも引きおろさんばかりにつかむ。「見たい？」

本気なのかがわからず、わたしはカーティスのほうを見る。

カーティスが両手をあげる。「こっちを見るなよ。なんでぼくがそいつのケツを見たって思うんだ？」

ブレントが笑って、もとの席に腰をおろす。この人は並はずれてスポーツ――ただのスポーツではなく、空を高々と舞うスポーツ――が得意であるがゆえに、過剰なくらい自信に満ちている。それでいてユーモアもある。絶やさぬ笑顔ときれいな黒い目の持ち主で、セクシーなのは言うまでもない。

ここへ来る前に、朝のテレビ番組でブレントを見た。ニュースキャスター――アナなんとかという名前で、感じのいい四十代の女性――が、スノーボードにはどんな筋肉が必要なのか、とブレントに質問していた。ほぼ全部ですねと答えると、シャツを脱いでもらえないかと女性キャスターが言い、それでブレントが脱ぐと、キャスターはすっかり虜になった。スタジオにいた男性キャスターが諫めなくてはならなかったくらいだ。

冗談半分に男性への差別がおこなわれた一例だ。性別を逆にしたら――キャスターが男性で、アスリートが女性だったら――全国レベルのバッシングを受けただろう。ところが実際は、視聴者の半分は女性キャスターを笑い、あとの半分は女性キャスターと同じようにめろめろになった。ブレントはすべてを受け流して平然としていた。

そう、あのたくましい胸。まあ、気持ちはわかる。

それでもブレントは、カーティスのようにはわたしの心を惹きつけない。

　またゴンドラが揺れて、わたしは座席を握りしめる。進む速度が落ちて、這うようにゆっくりになる。

「今朝、デールにスマッシュをくれって言われてさ」ブレントがカーティスに言う。

「デールが？」

「ゆうべ、バーテンダーの女の子を連れ帰ったらしい」

「だれ？　ヘザーかな」

「さあ」

「黒っぽいロングヘアの？」

「そうそう」

「妹と同居してる子だ」カーティスが言う。「彼女がデールを消耗させてくれたんだろ？　おまえにとっては幸せなことに」

　ふたりが笑う。

「デールの順位は？」わたしは訊く。

「七位」カーティスが言う。

　ブレントとカーティスの力関係は興味深い。ライバルなのに、友達同士でもある。カーティスのほうが歳上で――たしか二十四か五で、だとするとプロスノーボーダーとしては少し歳をとりすぎている。最近の若手は、弱冠十五歳ほどでメジャー大会を制し、二十代後半を過ぎて競技をつづける者はほとんどいない。やわらかくて若い骨は折れにくい。ブレントの急成長に、カーティスは脅威を感じているんだろうか。おそらくそのはずだ。

　ゴンドラリフトが停止し、わたしは前につんのめる。嘘でしょ。まだ断崖をのぼる途中なのに。

「噂によると、この崖から飛んだスキーヤーがいるらしい」カーティスが言う。

　わたしは切り立った岩肌を見る。「ほんとに？　あなたは飛べる？」

「パラシュートがないと無理だな」

スピーカーから雑音が聞こえて、フランス語のアナウンスが流れる。

「なんて言ってるんだ?」ブレントが訊く。

「姿勢を低く! 衝撃に備えて!」わたしは言う。

カーティスが笑う。「冗談きついぞ、ミラ」

「ほんとはなんて言ったんだ?」ブレントが言う。

「知らない」わたしは言う。「フランス語はほんの初歩しかできないから」

「機械に故障があったらしい」カーティスが言う。「遅れてすみません、って」

ブレントが悪態をつく。「だれか食べる物を持ってきてる?」

わたしはバッグを掘り返し、ミューズリー・バーを一本取り出す。「これならあるけど」

「ありがとう」

遊園地の乗り物さながらゴンドラが左右に揺れる。窓の隙間から冷たい風が吹きこんでくる。わたしは膝を両腕で抱えた。「ここにいたら凍えそう」

対面にすわっていたカーティスが、こちら側へ移ってきて、わたしの隣にすわる。すぐにブレントもこっちにすわりなおしたので、わたしはふたりにはさまれる恰好になる。ぴったり密接している。そう感じたのがわたしひとりではないことは、全員がだまりこんだのでわかる。

傾きかけた太陽が、いつの間にか雪を金色に変えていた。山の上のほうに積もったパウダースノーの広がりに、うねるようなシュプールが無数に刻まれている。滑りのトリックについてふたりから話を聞くいい機会なのに、自分の脚にカーティスの脚があたっていることしか考えられない。

またカーティスが目を合わせてくる。「ましになった?」

「ええ」ここから出ないとまずい。そんなふうに見られたら、どうしていいかわからない。この冬、何よりわたしに必要ないのは、集中力を乱すものだ。

　スピーカーから雑音がして、またアナウンスが流れる。

「まいったな」カーティスが言う。「強風のために自動停止したらしい。ひとりひとりゴンドラから救助するって。気長に待つしかないな。しばらくここから動けそうにない」

　頭上からヘリコプターの轟音が聞こえた。それを見ようと、わたしたちは首を伸ばす。ヘリは下りのゴンドラの上でホバリングして、男の人の体にハーネスを巻きつけて吊り出している。わたしは指先に息を吹きかける。この調子だと永久に待つことになりそうだ。

「ぼくのジャケット着る？」カーティスが言う。

「いいえ、だいじょうぶ」

「おれのを着る？」ブレントが言う。

　わたしはカーティスがブレントにこう言いたげな視線を送っているのに気づく。引っこんでろ。「いいえ」わたしは言う。「どっちかがわたしのを着る？　悪くないでしょ。だって、ふたりして脱ぐって言うんだから」

　みんなで声をあげて笑い、緊張が解けた。恋愛沙汰は終わりにして、スノーボードの話をする。滑ったことのある場所、調子のいい日と悪い日、テリエ・ハーコンセン（ノルウェーのプロスノーボード選手。史上、最も影響力のあるスノーボーダーとして知られている）がアークティック・チャレンジで記録した九・八メートルのエア。空の色が茜から紫、さらに濃紺へと変わる。

「ところで、ふたりが知り合ったいきさつは？」わたしは尋ねる。

「三年ほど前にバートン・USオープンで会ったんだ」カーティスが言う。「昨シーズンは一緒に部屋を借りた」

「きみの妹も一緒に」ブレントが付け加える。

　ブレントとカーティスがまた顔を見合わせる。どういうことだろう。でも、さしあたり彼女のことは考えたくない。いまはただ一緒に閉じこめられたのがこのふたりで、彼女でなくてよかったと思っている。

またアナウンスが流れる。

「もうそろそろだ」カーティスが告げる。

「フランス語はぺらぺらなの？」わたしは訊く。

「ぺらぺらとまでは言わないけど」

「しかも、ドイツ語もできるんだからな」ブレントが言う。「将来こうなるってわかってたら、おれも学校でもっとまじめに語学をやったのに」

「同感」わたしは言う。「去年スイスのラークスでシーズンを過ごしたんだけど、覚えたドイツ語のフレーズはふたつだけ」

「何？」カーティスが言う。

わたしはできるだけドイツ語っぽく言う。「イッヒ・ファーシュテーエ・ニヒト」ブレントはぽかんとした顔をしている。「わかりません、って意味」

「もうひとつは？」カーティスが言う。

「ウォー・イスト・デル・クランケンハウス？　病院はどこですか、って意味」

カーティスが笑う。「いい選択だ。ただ、正しくは〝ダス・クランケンハウス〟」

わたしはカーティスの肋（あばら）にこぶしを向ける。

ゴンドラの上で荒々しい音が轟いて、光線が差しこんでくる。

「ヘリコプターだ」ブレントが言う。

影になっているが、人がひとりロープを伝っておりてくる。その男がゴンドラのドアをこじあけ、中へはいってくると、わたしたちは思わず後ろへさがった。男がフランス語で何か言う。

「だれが最初に行く？」カーティスが言う。

わたしは手をあげる。「行くっ！」

事あるごとに、わたしは愚かにもこんなふうに、自分の能力を証明しなくては、と思ってしまう。こわがっていないことを示す必要がある、と。こうなったのは、兄のジェイクのせいだ。ジェイクとその仲間たちは、子供のころ近くの森であらゆる無茶な遊びをしたもので、わたしはだれより無茶をしないと仲間に入れてもらえなかった。「さあ、ミラ！　やれるもんならやってみろ！」みんなについていこうと試み、わたしは何本も骨を折った。無理だと言ってことわったことはない――いまでもそれは変わらない。そしてそれがすっかり身についてしまった。命知らずのミラ。そうあることをみんなから期待されている。

男がわたしにハーネスを着ける。「楽にして、何も心配は要らない、いいね？」

「心配してません」わたしは言う。「前からやってみたいと思ってたくらいなの」

男が変な目でわたしを見て、カーティスとブレントが大笑いする。

「しっかり、ミラ」わたしが降下をはじめると、ブレントが言う。

実際には、とても冷静ではいられない。眼下に、鋭く尖った岩々が見える。さあ、落ち着いて。少しずつ、岩の表面に足を着く。風に煽られ、横ざまに吹き飛ばされる。うわっ。片手でロープにしがみつき、もう片方の手を伸ばしてなんとか岩を支えにした。突風が過ぎるのを待ってから、また斜面をくだる。

さらに十メートル。ようやく傾斜がなくなり、ブーツが雪に沈む。

一台の雪上車が氷河からの短い距離をジグザグに走って、わたしたちの着陸地点を照らしている。ヘッドライトがまぶしくて、わたしは目の上に手をかざす。するとと暗がりから、サスキアが亡霊のように現れた。彼女を見てひどく衝撃を受け、わたしは危うく後ろへひっくり返って、尖った岩の上に倒れそうになる。

「どこから来たの？」わたしはつっかえながら言う。

サスキアはわたしたちのひとつ向こうのゴンドラリ

フトをうなずいて示す。その顔に勝ち誇った表情が浮かんでいるのを見て、わたしは悟る。サスキアはわたしがこっそり抜け出すのを見て、ここまであとを尾けてきたのだ。ウィニングランを決めるために。

思いきり小突いてやりたいと思いつつ、わたしは両脇に垂らした手を握りしめる。

11 現在

「いいか」デールが言う。「おれはあんたの妹が死んでいい気味だと思ってる」

カーティスのこぶしが飛んで、デールの顎を打つ。デールが後ろへよろけて、顔に手をあてる。

強打ではなかったけれど――カーティスがその気になれば、もっと痛手を与えられたはずだ――それでもわたしにはショックだった。ふだんのカーティスはミスター・コントロールと言っていいほど自分を抑制できる人なのに、あの冬は、カーティスが自制を失う場面を何度も目にした――すべてに妹が関係していた。スーパーマンにクリプトナイトという弱点があるように、スノーボードの得意なイギリスのスーパーマンには妹という弱点があるわけだ。

　デールが復活して飛びかかり、カーティスを後ろのテーブルに突き倒す。

　サスキアがいなくなった夜、デールとカーティスの関係が刺々しくなったが、わたしの知るかぎり、そもそもの発端はヘザーとサスキアだった。カーティスとデールは巻きこまれたにすぎない。あの出来事のあと、それぞれが――わたしと同じように――別の道を歩み、それきり友情がよみがえることはなかったようだ。

　ブレントとわたしが仲裁にはいる。こぶしが飛んできて、気の毒にもブレントは一瞬息ができなくなる。わたしはカーティスにまたチョークホールドをかけようとするが、今回は気づかれてしまう。ヘザーは部屋の隅で身を縮め、両手で顔を覆っている。

「妹が死んだと、なぜわかる？」カーティスが言う。「おまえが殺したのか」デールを見る目つきから察するに、その可能性があると本気で信じているようだ。

　なじみのある重苦しさがわたしを襲う。

　デールじゃない。わたしだ。わたしが彼女を殺した。

　あのとき、どうしても勝ちたかったわたしは、そのためならどんなことでもするつもりだった。この十年というもの、あのときのことを繰り返し考えつづけてきたけれど、結局、毎回同じ結論に達する。わたしの行動が彼女の死につながったのだ。

　自分が何をしたかを思うといまだに吐き気を催すものの、もしまた同じ状況になったら、こんどはちがう行動をとるだろうか。自信はない。

　デールがぶつかってきて、わたしは過去から引きもどされる。そのまま横へよろけて、デールもろともテーブルの上に倒れ、わたしはデールの下敷きになる。ウィスキーのせいで頭がぼんやりしていて、反応が鈍い。ブレントがデールのジャケットのフードを持って引っ張る。何かが破れた音がする。

　デールが悪態をつき、ブレントを暖炉へ振り払う。

「よし、質問に答えろ。おれの妻と寝たのか」

デールは見た目こそヴァイキングらしさを失っているが、言動にはいまもそれらしいところがある。わたしは固唾を呑む。**ちがうって言って、ブレント。たとえほんとうは関係があったんだとしても。さもないと、ぼこぼこにされてしまう。**

「いいや」ブレントが言う。

デールは目を細めて、カーティスのほうを向く。

「あんたの妹はやりたい放題だった。あんたが殺したんじゃないのか。白状しろよ。妹にうんざりしてたんだろ、おれたちとおんなじように」

カーティスがまたパンチを放つ。デールがかわし、こぶしは肩をかすめる。カーティスの頬にほんのり丸く赤みが差す。カーティスがこんなふうに自制を失う姿をはじめて見る。

その興奮ぶりを見て、わたしは考える。ひょっとしたら、サスキアの死はわたしのせいじゃなかったのかもしれない。カーティスが妹を殴ったんだろうか。それで亡くなったのでは？　妹に対して過保護な人だったからそれは想像しにくいけれど、かっとなったのかもしれない。だれにだって我慢の限界はある。カーティスにさえ。

カーティスとデールは体を左右に振りつつ、頭を上下に動かしている。椅子が倒れ、グラスが床に落ちて割れる。

ヘザーが両手で頭を抱える。「やめて！」

ブレントがデールの肩をつかむ。「落ち着けよ」

そのときデールがブレントの腹を殴り、それで全面的な争いになる。前回ふたりが争ったときに何が起こったのか、記憶が鮮明によみがえった。

だれかが怪我をする前に止めるべきだが、わたしに何ができる？　警察に通報できるようなことでもない。

カーティスがまたデールに近づいていく。殴られませんようにと思いつつ、わたしはカーティスの前へ進み出た。「やめて」

カーティスの体がわたしにあたる。

「さっきのゲームだけど」わたしは言う。「だれかが争いを引き起こそうとした気がするの。その手に乗っちゃだめ」

カーティスは歯を食いしばり、目に激しい怒りの色をたたえている。にらみ合ったまま緊迫の数秒が過ぎ、やがてしぶしぶうなずく。それからデールに鋭い目を向けて、自分の椅子へもどる。デールはなおもぶつぶつ言いながら席につく。ブレントとわたしも腰をおろす。それぞれが服の乱れをなおして、呼吸を整える。

「さっきのゲームで秘密を書くことができたのはだれなのか、よく考えてみるべきね」わたしは言う。「それがだれであれ、わたしたちのことをほんとうに知っているはずだから」

「ちょっと待て――」ブレントが言う。

「書かれていたことがすべて真実だと言ってるんじゃなくて。つまり――」

カーティスが口をはさむ。「ミラの言うとおりだ。ぼくが思うに、かかわった可能性があるのは七人だけだ。そのうちひとりは手足の自由を失い、ほかにひとりが行方不明になって、十年後に死亡を認定された。残ったのはわれわれ五人」

ことばが空中に漂う。全員が不安げな面持ちだ。

「だれかオデットと連絡をとってたのか」デールが言う。

わたしはテーブルの下で、指の爪を渾身の力で太腿に食いこませる。デールに視線を向けられて首を横に振る。いままであえてオデットのことはググルで検索しなかった。知らなければ、自分にこう言い聞かせることができるからだ。オデットは奇跡的な回復を遂げたかもしれない。せめて手足は動かせるようになっただろう、と。でも、もしなおっていなかったら……

「先週、彼女とフェイスタイムで話した」カーティスが言う。

　わたしはさっと頭をあげてそちらを見る。「ずっと連絡を取り合ってたの？」

「いや。ここを離れたあと、一、二回だけ」

「出ていけ、って彼女はわたしに言ったの。二度と会いたくないって」わたしは言う。

「そう言われたのはきみだけじゃない」カーティスが言う。「当時、ぼくも言われたんだ。電話をかけるまで、しばらく時間をあけた」

　わたしは覚悟を決めて言う。「それで、彼女の様子は？」

　カーティスの目に差した悲しみの色が、わたしの知るべきことをすべて物語っていた。「いまも車椅子が要る。手は動かせるが、ほんの少しだ。いま彼女が住んでる場所によっては、この再会の前か後に、会いに行けたらと考えてた。でも、そんな気になれないと言われたよ」

　ヘザーが立ちあがる。「どうしてみんな、ぼんやりすわってるの？　わたしはここから出ていきたい」

　ヘザーはデールを見る。この人なら漆黒の闇のなか、氷と岩の世界を十五キロくだってふもとのスキー場まで魔法のように運んでくれるとでもいわんばかりに。

「今夜はどこへも行かない」デールがきっぱり言う。

「朝まで待つしかない」

　ほんとうにそうなのかをたしかめるように、ヘザーがわたしたちを見る。

「信じてくれ」カーティスが言う。「もし方法があったら、とっくにここから出ていってる」

　わたしも同意する。「真っ暗ななかへ出ていくのは危険すぎる。いたるところにクレバスがあるから」

　ヘザーがしぶしぶ腰をおろす。また沈黙がおりる。ブレントが瓶に残っていたウィスキーをグラスに注ぎ、一気に飲み干す。わたしは倒れているビール瓶を拾いあげる。テーブル一面にビールがこぼれているが、そっちの心配はあとまわしにしよう。

　ヘザーは指の関節が白くなるほどぎゅっとデールの手を握る。「だれだか知らないけど、なんのためにこんなことをするの？」

　わかりきっていることを、だれも口に出したくないようだ。

「サスキアに関係があるのよね」わたしは声がうわずらないように気をつける。「このなかのひとりがサスキアを殺した、とだれかが考えている。でも、そのだれかはおそらく、たしかな事実をつかめていない。わかってたら警察に行けばいいんだし。わたしたちを疑っていて、それでだれが殺したかをあぶり出そうと考え、ここにおびき出した」

　わたしはやましい気持ちが顔に出ていないことを祈る。

　だいじょうぶ。あなたが何をしたのかはだれも知らない。

　自分がどっちをより恐れているのかわからない。知られてしまうかもしれないこと？　それともわたしの想像とはちがって、この四人のうちだれかがサスキアを手にかけた可能性があること？

　互いに顔を見合わせている様子からして、ほかの面々も同じように疑問に思っているらしい。

おまえがサスキアを殺したのか？

　むろん、殺した当人だけは、そんな疑問は感じていないはずだ。

　カーティスが咳払いをする。「待ってくれ。妹が死んだと確実にわかったわけじゃない」

　デールが小さな声でぶつぶつ言う。

　カーティスがさっと立ちあがる。「いまなんて言った？」

　ああもう。またか。

「今夜はここまで」わたしがそう言うあいだに、カーティスはデールのほうへとテーブルをまわりこんでいる。「もう時間も遅いし、みんないらいらしてる。あしたの朝、改めてつづきを話せばいいでしょ」

ブレントがカーティスの行く手をさえぎる。「そろそろ部屋へ行こう」

カーティスはデールをにらむ。それからくるっと背を向けて、自分のバッグをつかむと、猛然と食堂から出ていく。カーティスがなぜか肩を落としていたのに、わたしは気づく。またすっかり打ちひしがれているようにも見えた。わたしはブレントを横目で見て、ここにデールと残していってもだいじょうぶだろうかと案じつつ、カーティスのあとを追い、途中で自分のバッグをつかむ。

「鍵がかかってない部屋はいくつあったの？」わたしが言い、カーティスがまた別の両開きのドアを押しあける。

「覚えてない」

明かりが消えるのに備えてわたしは身構えているが、カーティスがスイッチの前を通るたびに全部押していくので、明かりが絶えることはない。

「ヘザーと同じ部屋じゃないとありがたいんだけど」わたしは言う。

カーティスがドアを乱暴にあけていって、わたしがそれを数える。「一、二」リネン室。「三、四。よかった。ヘザーとデールは同じ部屋でいいわね」

カーティスが最後のドアを足であける。「ここでどう？」

「ありがとう」わたしはスノーボードバッグを引きずって中へはいる。

カーティスは入口にとどまっている。こめかみが一か所、赤く腫れている。「氷で冷やしたほうがいい」わたしは言う。

カーティスは舌打ちをして、指の関節を見る。赤くなっている。

「手も痛めたの？」

「平気だよ」頭を後ろへ傾けて、ドアにもたれる。

「だいじょうぶ？」

「ああ」

わたしはカーティスが深呼吸をしたのに気づく。

「ぼくのせいなのか、それともデールが変わったのかな」

「デールはずいぶん興奮してたみたいね」あなたと同じく。そう付け加えることもできたけれど、やめておく。わたしは話題を変える。「ところで、いまどこに住んでるの？」

「ロンドン。でも、旅が多い。きみは？」

「いまもシェフィールド」

カーティスが体をまっすぐに起こす。「おやすみ、ミラ。ぼくは隣の部屋だから。昔と同じように」

わたしは胸の痛みを覚えた。正確に言えば、後悔とはちがう。手に入れそこねたものを惜しむ気持ちとでもいうか。

カーティスを追いかけて廊下へ出る。いまは尋ねるのに最善のタイミングではないけれど、どうしても知りたい。「付き合ってる人はいるの？」

さりげない口調をつとめるが、自分の耳には、とうていそうは聞こえない。気づかれただろうか。カーティスがゆっくりとこっちへ振り返ったので、その顔をじっと見たが、青い目はいつものように感情が読めない。それはすなわち、わたしがブレントと過ごすようになってカーティスが築いた壁であり、わたしがカーティスに惹かれる点のひとつだと思う。カーティスはわたしの心を惑わす。いまもなお。

「二か月ほど前に別れたよ。シルヴィ・アスプルントと」当然わたしも名前を知っているかのような口ぶりだ。

「もうランキングを追ってないの」

「ノルウェーの出身で、ビッグエアの選手だよ」壁にもたれかかる。「付き合ったのは二年ほどだけど、離れたりくっついたりでね。元アスリート同士って、なかなかうまくいかないものなんだ」

「わかる」わたしは言う。「特に、挫折した選手は」

カーティスの表情がやわらかくなる。「きみは挫折したんじゃない」

わたしは両眉を吊りあげる。

「ミラ、あの冬、きみはだれより無理をしてた」

「そんなことない」

「何ができたかの話じゃない。きみが冒したリスクの話をしてるんだ」

「リスクなら、わたしたち全員が冒してた」わたしは言う。

「まあね。けど、ぼくがあのとき披露したトリックは、何年もやりつづけた技ばかりだった。サスキアやブレントだってそうだ。ぼくらはトランポリンで練習して、そのあとさらに夏の合宿でエアバッグを使って試す。でも、きみはいきなり氷の上で挑戦しようとした」


当時のわたしは、そんなふうに考えていなかった。ただグループのなかで自分がいちばん下手で、だから後れを取りもどしたい一心だったのだ。

「なぜやめたんだ?」

その問いに対する答えは簡単だ。**あなたの妹のせいよ**。それにもちろん、オデットが理由でもある。でも、おもな理由は妹のほうだ。「するべきではないことをしてしまったから」ごくりと息を呑む。「それに、愚かな選択をしたから」

多くの愚かな選択を。

カーティスにじっと見つめられ、わたしはふと、ある選択について考える——十年前、まさにこの廊下でくだした選択。つまり、プロのスノーボーダーになる夢を追い求めるか、その夢の大きな妨げとなる誘惑に従うか。

カーティスはわたしの考えを読んでいるのだろうか。

カーティスが口をあけたとき、ドアがすっと開いて、ほかの面々がバッグを引きずって近づいてきた。ブレントが探るようにわたしたちを見て、自分の部屋へはいっていく。ドアが閉まり、ヘザーとデールもその隣の部屋へ消える。

わたしが自分の部屋へはいろうとすると、カーティスが穏やかな声で言う。「知ってのとおり、妹の遺体は見つかってない」

わたしは振り向いてカーティスを見る。

カーティスはためらったのち、ことばをつづける。「頭がおかしいと思われるかもしれないけど、スキーロッカーをあけたとき、サスキアの香水のにおいがしたんだ。廊下でも」

刺激のあるバニラの香りを思い出して、腕に鳥肌が立つ。「わたしも気づいてた」力なく言う。「ヘザーの香りだと思ってたけど」

カーティスは廊下を確認してから、声を落として言う。「妹の身に起こったことについて、ずっと疑問を持ってた。妹がいなくなったあと、あいつのクレジットカードが何度も使用されていたんだ」

わたしはカーティスを見つめる。「つまり、どういうこと？」

カーティスの青い目が困惑の色を帯びる。「わからない」

「まさか本気で……」

カーティスはふたたび廊下をたしかめる。そこにサスキアがいるのを期待するかのように。

生きているかもしれないと思って喜んでいるわけではないらしい。むしろ、逆のようだ。

不安そうに見える。

12 十年前

サスキアの髪が風に吹かれて乱れ、あっちこっちへなびいている。雪上車のヘッドライトに照らされたその姿は、メドゥーサそっくりだ。

ブレントとカーティスがわたしたちのそばに着地する。サスキアがいるのに気づいて、ふたりがわたし以上に不満そうだったのは、単なる思いすごしだろうか。

サスキアは一日じゅう室内に閉じこめられていた猫のように、うろうろ歩きまわって注目を集めている。

「まったく、なんて退屈なの」

いいえ、ちっとも退屈なんかじゃない。わたしは満喫してたの、あなたが現れるまでは。

「めちゃくちゃ寒かった」サスキアが手袋をはずす。「ほら」冷えきった手を伸ばして、わたしのスノーボードジャケットのなかへ突っこみ、じかに首にふれた。

わたしはさっと飛びのく。サスキアがブレントのほうへ歩いていく。

「近づくな」ブレントが言う。

雪上車がホーンを鳴らし、わたしたちはそっちへ向かって岩の上を進む。運転手がフランス語でまくし立てる。

「救助されたのはぼくらが最後らしい」カーティスが通訳する。「もっと下に家族がひと組いて、村まで乗せてもどらなきゃならないそうだ。乗せられるのは四人だけ。で、ぼくらには氷河の宿泊施設に泊まってもらいたい、そうすれば運転手が往復しないですむ、って。そこまでぼくたちを送るって言ってる」

ブレントが楽しそうに言う。「はじめて山で朝を迎えるわけだ」

「全員ぶんの部屋があるといいけど」わたしは言う。

運転手が雪上車の後部ドアをあけると、わたしたちは詰め合ってベンチシートにすわり、ボードとバックパックを膝の上に積む。サスキアの体がわたしの隣で押しつぶされ、暖房が効きすぎた車内で、甘ったるくてきつい香水のにおいが鼻を突く。そもそもスノーボーディングに来て、だれが香水をつけるだろう。そんなことをするのはサスキアくらいだ。

雪上車が傾斜をざくざくとのぼり、わたしたちの体は後ろへ傾く。ディーゼルエンジンの煙が香水と混じって、またわたしの胃がこわばる。

「あたしの最後の二回転（セブントゥエンティ）、見てた？」サスキアが言う。「危うく落ちるところだったわ」

どういうわけか、サスキアがいるせいですっかり緊張した空気にもどっている。わたしだけじゃない。男性ふたりもだまりこんでいる——ただ疲れているだけなのかもしれないけれど。サスキアはふたりに競技会の話をさせようとするが、どちらも話に食いつかない。

雪が降っていた。フロントガラスに吹きつけた雪が、ヘッドライトに照らされてオレンジ色に光る。

山頂の〈パノラマ〉は、全体がライトアップされている。カーティスが車からおりかけたが、運転手が手を振って何やら長々としゃべったのち——〝クレバス〟という単語だけは聞き取れた——わたしたちを乗せたまま傾斜をのぼって、正面玄関に車をつける。

「夜ここに来たのははじめてだ」カーティスが言い、わたしたちは玄関マットを踏む。

「同じく」わたしは言う。

エプロン姿の女性が廊下の奥からこちらへ手を振っている。みんなのあとについて食堂にはいるときに、わたしは三人の身ごなしがそれぞれちがっていることに気づいた。カーティスは姿勢がよくて決然としている。ブレントはパンツを尻の中程までさげて穿き、肩の力が抜けていて物憂げだ。サスキアは足どりが軽くて、ダンサーを思わせる。

薪の煙が目にしみたが、赤々と燃える炎を見てうれしくなった。食堂にいるのがほかにひと組だけなのは、もう時間が遅いせいだ。わたしはブーツを脱ぎ、靴下のにおいに気づかれないよう願いつつ、暖炉の前に立つ。

白黒写真が暖炉に沿って並んでいる。古めかしい装備の登山者たちが、見覚えのある形状の頂の前で、意気揚々とポーズをとっている。そうした写真の一枚に〝モンブラン、一九五一年〟とあった。最良の状態で臨んでもじゅうぶん危険なのに、ましてや紐で結んだアイゼンでのぼることなど考えられない。

カーティスが前のめりにそばまで寄って別の写真を見ている。「グランカッセ。これも父の好きな山だった。父は北壁をはじめてスノーボードで滑ったんだ、サスキアが生まれてすぐのころに。母は反対したようだけど」

「お母さまもそういうことをなさるかただと思ってた」わたしは言う。

「ぼくらを産んだあと、徐々に遠ざかったそうだ」

よくある話だ。わたしの母もそうだった。介護施設のマネージャーとして仕事を愛していたのに、兄とわたしの面倒を見るために離職した。兄とわたしが大きくなると、母は復職し、パートタイムで働いたが、以前の立場にはもどれずじまいだった。夢をあきらめなくてはならないのは、どうしてかならず女のほうなんだろう。わたしはだれのためであれ、あきらめるつもりはない。

サスキアが加わり、飾ってあった年代物の雪山用ゴーグルを壁からはずして、顔につける。「どう思う?」

「気をつけろよ」カーティスが言う。「骨董品だぞ」

サスキアは不機嫌な顔でゴーグルを壁にもどし、剝製にされた雄鹿の頭の前で立ち止まって鹿の鼻をなでてから、ブレントのいるテーブルへ向かう。

わたしはようやく体があたたまってきたので、ジャケットのファスナーをさげようとする。ところが途中で、髪がからまってしまう。「しまった」

「ああ、任せて」カーティスのあたたかい指がわたしの指に迫る。

距離が近すぎて、息ができない。甘い麝香(じゃこう)のにおいは制汗剤だろうか、それとも彼の肌のにおい？　カーティスがファスナーを小刻みに動かす。わたしは髪をちぎられるものと覚悟する――こういうとき、わたしだったらそうする。ところが、彼はどこまでもやさしくて、わたしは胸がいっぱいになる。

「とれた」カーティスがファスナーをなめらかにさげる。

わたしはサスキアとブレントがこっちを見ているのに気づき、体がかっと熱くなる。でも、カーティスにあわてて立ち去る様子はない。そのままわたしの髪をそっと肩に垂らす。

この人はどうしようもなくわたしの心を乱す。外見だけでなく――ありかたそのものが。冷ややかで自信満々に見えるからこそ、その外側の殻を破って、中に何があるのかを知りたくなる。冷たい人なんかじゃない、とわたしは心の底で感じている。それどころか、炎を秘めている人なのかも。

止まって。そっちの道を進んではいけない。この冬は運命の分かれ道だ。もし上位三人にはいれなかったら、スノーボードをやめて、まともな仕事を見つけなくてはならない。

サスキアに好奇の目で見られながら、わたしはブレントの隣にすわった。サスキアが見えると、そのたびに腹が立つ。だから、サスキアはここにいないものと考えることにする。

ブレントは長い脚を伸ばして、瓶からじかに飲んでいる。「飲み物は、ミラ？」

わたしはうなる。「要らない、お酒は二度と飲みたくない」

ブレントが瓶を見せる。ただのコーラだ。

「あ、でもいいや。水にする」わたしはテーブルの上の容器からグラスに水を注ぐ。

「あたしには勧めてくれないの？」サスキアが言う。

ブレントは聞こえなかったかのように、ふたたび瓶を傾ける。

興味深いひと幕だった。ブレントはサスキアを無視した。それも露骨に。なぜだろう。ブレントとサスキアは過去に何かあったんだろうか。

サスキアの目に驚きの色が浮かんでいる。無視されるのに慣れていないようだ。サスキアが勢いよく立ちあがると、椅子の脚が床にこすれて、耳障りな音が響く。「いいわよ、自分でとってくる」

足を踏み鳴らしてカウンターへ向かうサスキアを見て、わたしは笑みを押し隠す。ブレントもにやにやしている。

わたしはふだん、ブレントのようにハンサムな男性がそばにいると、こんなふうにリラックスできない。でも、ブレントは兄の友人のバーンジーによく似ている。癖はもちろん、口調まで。ブレントといると、まるで昔からの知り合いのように居心地がいい。

カーティスといるときとは正反対だ。

「やあ、サス」カーティスがわたしの肩を叩く。「いまなんて言ったの？」

わたしはさっと首を後ろへ向ける。

カーティスが恥ずかしそうな顔で笑う。「悪かった。その髪を見て、つい」赤ワインを差し出して言う。

「飲む？」

「結構よ。水だけと決めてるの。それと、あした髪をピンクに染めるつもり。本気よ」

ブレントが忍び笑いを漏らして、カーティスに言う。

「厄介なことになってるな」

サスキアが空（から）のワイングラスを持ってもどる。何も言わずにカーティスの手から瓶を奪い、自分のグラスに注いで、また腰をおろす。

エプロン姿の女性がタルティフレットを運んでくる。香りの強いねっとりしたチーズと、バターたっぷりのやわらかいジャガイモ。ようやく胃の調子がもどって、おなかがぺこぺこだ。わたしは暖炉の炎に手をかざしながら、食べ物を咀嚼する。

「ミラ、きみがスノーボードをはじめたのは、いくつのとき?」カーティスが尋ねる。

「十一のとき」わたしは答える。「シェフィールドのドライスロープで。十六歳になるまで、雪の上で滑ったことがなかったの。あなたは?」

「五歳」

「あたしは三歳」訊いてもいないのに、サスキアが言う。

恵まれた女。うまくなって当然だ。

「両親はぼくらを世界じゅうに連れていった」カーティスが言う。「とにかく、世界の山々に。母がカリフォルニア出身でね、いまも家族はそっちにいるから、マンモスマウンテンで冬を過ごしたこともある」

すでに把握している情報だったが、カーティスについて調べていたことを知られたくない。「たしか、バートンの古いビデオでご両親を見た気がする。アラスカの急斜面を飛ぶように滑ってた」

カーティスが微笑む。「ほんとに?」

「すばらしい子供時代を過ごしたのね」

「転々とするのにうんざりしたこともあったけどね」

サスキアがあくびをする。

わたしはブレントのほうを向いて言う。「あなたは?」

「十歳。でも六歳くらいからスケートボードをやってた。父が建築の仕事をしてさ、おれと兄貴のために裏庭にこういうスケボーのジャンプ台を作ってくれたんだ」

ブレントのロンドン訛りを聞いて、わたしは笑いだす。

「そのうちおれたちにスポンサーがついた」ブレントが付け加える。「兄貴はほんとにうまかったから」

「だけど、あなたはスノーボードを選んだの？」わたしは言う。

ブレントがにやっと笑う。「そのほうが成功できる」

「ミラ、ブリッツに出たのは去年がはじめて？」カーティスが言う。

「ええ。おととしも申しこんだけど、競技会の前に膝をやっちゃって」

サスキアが身を乗り出す。「どういうふうに？」

「外側側副靭帯」認めたら弱腰だと思われる気がした。「でも、もう膝は万全だから」

その年の夏、理学療法士によるリハビリ代に加え、次のシーズンの活動費を貯めるために、何週間ものあいだ週に八十時間必死で働いたことをサスキアに話す気はなかった。

「サスキアは二年前に、膝前十字靭帯をやってる」カーティスが言う。

サスキアの首がさっとカーティスのほうを向く。かなり大きな怪我だ。わたしはカーティスが先を説明するのを待つ。

妹ににらまれているのに気づいたのだろう、カーティスが椅子に背を預ける。「いわば、蛇と梯子（サイコロを振って駒を進めるボードゲーム）みたいなものだ。蛇を滑り落ちるぶんより、梯子をのぼれるぶんが多いことを願うしかない」

食事客がいなくなっていて、さっき料理を運んできた女性が、所在なげに脇に控えていた。気の毒に、見るからに疲れきっている。わたしも夏は朝の四時までバーで働いて、二、三時間寝ただけですぐまた日中の仕事をはじめる日々を送ったから、彼女の気持ちがよくわかる。

わたしは声を抑えて言う。「彼女、早くすませてほしいって思ってるんじゃないかな。そうすれば仕事をあがれるから」

わたしたちが皿に載っているものを平らげても、彼女はさっさと片づけるわけにはいかない。廊下に沿って並ぶ部屋へとわたしたちを案内する。ひとりにひと部屋ずつ割りあてられている。

「ねえ、ミラ」カーティスはわたしが自分の部屋へはいっていこうとしたところに、小声で言う。「夜寒かったら、どこへ行けばいいかわかるね」

サスキアが振り返り、妙な表情を浮かべて兄を見る。

「そっちのベッドよりおれのベッドのほうがあったかいってわかるさ」ブレントが入口から声をかけてくる。

顔がほてる前に、わたしは自分の部屋へあわてて飛びこむ。

アスリートというのは体を使うものだ。体力があり、一日の終わりにそれを持て余している場合もある。だから男性がそういうことをしても別に驚きはしない。それに、こういう誘い方はきらいじゃない。慎重さのかけらもなく、脅すようなまねもしない。のるかそるかを単刀直入に尋ねる。

シャワーの下に立つと、脚が震えた。ふたりにとっては全然大したことじゃなくても――ふたりはいつだって女の子に追いかけまわされている――わたしのほうは素敵な男性ふたりにここまであけすけに誘われたことがない。

それに、このふたりのようにスノーボーディングの才に恵まれた者は、ベッドでの才能にも恵まれているだろうことは、想像にかたくない。

お湯が頭に降りかかる。ふたりはずいぶん対照的だ。ブレントは履き慣れたスケートシューズのように楽だし、なじみがある。

かたやカーティスは、次のシーズン用のスノーボーわたしは廊下を二歩進む。

そして、ブレントの部屋のドアをノックした。

ドブーツだ。一度も試したことがないばかりか、似たようなものを想像したことさえないけれど、一度履いたら、もう絶対脱ぎたくなくなるだろう。

目を閉じて、しぶきを顔にあてる。ふたつしくじったあと、気持ちが弱ったままだ。この冬に試してもいいのは、戯れの気軽な関係だけであって、カーティスへの思いはまったく気軽なものじゃない。それなのに、カーティスのことを頭から振り払えない。

水圧が弱くて、シャワーを浴びても体があたたまらない。寒くて歯をカチカチ鳴らしながら、サーマルシャツを着る。足がわたしを廊下へ運んでいく。自分が恐ろしい過ちを犯そうとしているのを感じつつ、わたしは片手を持ちあげる。

でも、よけいにややこしくなるんじゃない？ 彼の妹はわたしの最大のライバルなんだから。カーティスはいちばんかかわってはいけない人だ。

13　現在

ブレントの部屋の前に立つと、さまざまな記憶があふれ出す。ドアが開いて、ブレントが現れる。バートンのサーマルシャツを着て、やっぱり前と同じように、シャワー後で髪が濡れている。ただし、前ほど自信に満ちあふれてはいない。

ブレントへの親愛の情が改めてこみあげてくる。

「はいってもいい？」

ブレントが黒っぽい目に警戒の色をたたえて、一歩後ろへさがる。「もちろん」

ハグをしたいけれど、誤解を与えたくない。どんな暮らしぶりかを訊きたいが、立ち入った質問をするのはためらわれた。

ブレントとわたしは立ったまま顔を見合わせる。さっき廊下でカーティスからあんなことを聞いたせいで、まだおなかのあたりがぞくぞくしている。わたしもたしかにサスキアの香水のにおいを嗅いだ。

あのときと同じこのホステルで。

思いすごしだろうか。そうだったらいいのだけれど。

裸足にふれる床板が冷たい。靴下を履いてくればよかった。

「ここもわたしの部屋と変わらないくらい寒いね」わたしは言う。「ほら、吐く息が白い」

ブレントが二段ベッドの下段から羽毛布団をはがす。「すわって」

わたしは薄いマットレスの上に腰かける。ブレントはわたしにふれないよう慎重に隣に腰をおろし、ふたりの肩を覆うように布団をかける。体を後ろへずらしていって、そろって壁にもたれた。

ここへ来たのは、いま起こっていることについてブレントの意見を聞くためなのに、こうして来てみると、どう切りだしたらいいかわからない。ふたりのあいだにあるこの距離が恨めしい。どういう態度で接すればいいのか、もはや見当もつかない。

以前は簡単だった。十年前、ブレントがドアをあけてくれたとき、その顔にゆっくりとひろがった笑みをいまでも覚えている。こちらから何か言う必要はなかった。ブレントが手をとってせまいベッドまで導き、わたしのあとからベッドにはいってきて、あたためると言った約束を果たしてくれた。

前よりほんの少し色褪せたタトゥーが袖口からのぞいている。指が勝手に動いてさわろうとするが、わたしは寸前で思いとどまる。彼の腕時計が目にはいる――蛍光緑のGショック。「オメガは壊れたの？」

「ブリッケンリッジでの二週間のために、eBayで売ったんだ」

競技をやめた理由を尋ねたくてたまらないが、聞きたくない答えが返ってくるのがこわくて、世間話を試み、まず昔の関係を取りもどそうとした。「スノーボードにかかる費用が大変なのよね。特に安あがりなスポーツじゃないから」

ブレントの笑みは、無理に装っているように見えた。「ああ、フランスへ移ろうかとたまに思うよ。フランス語の単語が五つ以上話せたらだけど」

ブレントのロンドン訛りに親しみを覚えてほっとする。

でも、わたしに向ける目が昔とちがう。やけに用心深い。ブレントは前かがみになってベッドの下からウィスキーの瓶を取り出すと、わたしに見せる。食堂からくすねてきたのだろう。「飲む？」

「ううん、要らない」

ブレントが瓶からウィスキーを飲む。こんなふうにブレントが飲むのを見るのは、なんとも妙な気分だ。

「いまもモデルの仕事を？」わたしは訊く。

「いや。もう歳だし」

無駄話はもうじゅうぶんだ。わたしのなかの子供っぽい部分が、ヘザーと寝たのかどうかを訊きたくてうずうずしているけれど、そんなことをしたらいまの百万倍気まずくなるから、また別の機会にしよう——それとも、あしたまたヘザーを問い詰めてもいい。

わたしは深呼吸をして言う。「それで、わたしたちをここに呼び集めたのは、だれだと思う？」

ブレントが横目でこちらを見る。「きみでもおれでもないとしたら、ってこと？」

「わたしを誘ったのはあなたなの？」

「ちがう」

「わかった。で、あなたを誘ったのはわたしじゃない」

ブレントの黒っぽい目がもう一度わたしの顔をうかがうように見る。嘘でしょ。この人は、わたしが自分にまた会いたがっていると本気で信じていたらしい。

何者かがわたしをダシにしてブレントをおびき寄せた。カーティスをダシにしてわたしをおびき寄せたように。

わたしは布団をしっかり体に巻きなおす。「で、だれだと思う？」

「おれはカーティスだと思う」ブレントが言う。

「本気？」

「考えてもみろよ。カーティスには金がある」

「だけど」わたしは言う。「あのゲームのあと、カーティスがどんなに怒ってたかを思い出して。あれがお芝居だったとは思えない。どっちにしろ、なぜ十年も待ってこんなことをするの？　意味がわからない」

ブレントは肩をすくめる。

ブレントにこれを明かすのはカーティスへの義理を欠く気もするけれど、この件はカーティスの仕業ではないことをわかってもらう必要がある。「カーティスはいまだにサスキアの死を信じていないくらいなの。さっきも廊下で恐ろしいことを言ってた。サスキアの香水のにおいがしたって」

「サスキアが生きてると思ってるって？」ブレントがかぶりを振る。「虫のいい考えだな。ここへ来れば、記憶が呼び覚まされるはずだってことか。憐れなやつだ。どんなにサスキアに迷惑をかけられても、あの兄妹がどれほど親密だったかは、きみも見てただろ。だからこそ、今回陰で糸を引いているのはカーティスだと思う」

「まあね。でも、ひとつ問題があって。実はわたしもそのにおいを嗅いだの」

ブレントは納得したようには見えない。

わたしは話題を変える。「あなたたち全員が同時にファンクションルームに着いたの？」

「いや。おれが最初だった。食堂を見てまわって、だれもいないのを確認した。ファンクションルームを見るのは、そのあとでいいと思ったんだ」

ブレントがどんなふうにして、だれより早くその結論に達したのかが気になる。これを企てたのは、ブレントなのだろうか。

わたしはブレントを疑っている自分に嫌悪を覚えつつ、様子を観察する。「あちこちうろつかせて、わたしたちを荷物から引き離すなんて、利口なやり口ね。結局はファンクションルームへ行くことを知ってたら、みんなバッグを持って移動してたかも」

「ああ、そうだな」

ブレントの表情からは何も読み取れない。

「わかるように説明して」わたしは言う。「次にやってきたのはだれ？」

「デールとヘザーだ。ヘザーは携帯電話でぺらぺらしゃべってた。携帯を籠に入れろって指示を入口で見て、えらく腹を立ててたな。カーティスが携帯を籠に入れようとしなくて、ヘザーがそれを非難した。〝あなたが持っていくなら、わたしだってそうする〟って」

ドアをノックする音が聞こえた。

「どうぞ」ブレントが応じる。

戸口にカーティスが現れる。いまの話を聞かれていなければよいのだが。

「ミラを見なかったか」カーティスが言う。「あっ」わたしの姿が目にはいったようだ。まいった。わたしとブレントのあいだに何かあると思われたにちがいない。過去の出来事が脳裏によみがえる。十年前もカーティスはこれとまったく同じ目に遭った。わたしとブレントがここで夜をともにした翌朝、ブレントの部屋に首を突っこんで、わたしの居場所を尋ねたのだ。

いまカーティスが、そのときと同じ無表情な目でわたしを見つめ返している。今回はちがうとカーティスに説明したい。

「さっき言い忘れたんだが」カーティスが言う。「今夜はドアに鍵をかけること、いいね?」

「わかった」わたしは言う。

「おやすみ」ブレントが声をかける。

カーティスがドアを閉めた。最悪だ。たぶんカーティスは、わたしが今夜この部屋で過ごすと思っている。

わたしは目下の問題に無理やり気持ちを集中しようとする。「仕組んだのがわたしたちのなかのだれかじゃなかったら? ほかの人の可能性はある?」

ブレントが思案げな顔になる。「ジュリアンってやつを覚えてる?」

「ジュリアン・マルレね」久しぶりに聞く名前だ。

ジュリアンはサスキア失踪事件の有力な容疑者で、グラフィティを描いて罪に問われた。尋問のために連行されたものの、のちに釈放されている。事件当日、近隣のスキー場にいたことが証明されたらしい。

「でも、あの男がこんなことをする理由は?」わたしは言う。

「サスキアにべた惚れだったんだろ?」

わたしはまじまじとブレントを見る。「つまりこう言いたいのね。ジュリアンは、わたしたちのだれかがサスキアを殺したと考え、それでここにおびき出した……それって、サスキアを殺した人間に復讐するため？　行動を起こすのにまる十年も待つなんて変だわ」

「でも、もともと変なやつだったじゃないか。ところで、きみがあいつを叩きのめしたって聞いたけど」

「だれからそれを？」

ブレントが濡れた髪を指で梳く。「思い出せない。デールかな」

「どうしてデールが知ってるの？　あの場にいたのは、サスキアだけなのに」

ブレントは肩をすくめる。

「ええそう、叩きのめしてやったわ。あの変態」これではまるでサスキアみたいな物言いだ。

「反撃された？」

「全然。地面にのびてた。思いっきり殴ったから」

ブレントが短い笑い声を漏らす。

でも、ブレントのおかげでいろいろ考えることができた。これはジュリアンの仕業なんだろうか。その可能性はある。あの冬、わたしたちの大半といろいろ揉めていたから。ジュリアンはカーティスとデールを憎んでいた。それはたしかだ。

ただこの説は、いまのところ脇へ置いておくことにする。「次の質問よ。わたしたちのなかにサスキアを殺した犯人がいるとしたら、それはだれだと思う？」

ブレントの表情がこわばる。「全員に動機があったと考えるべきだろうな」

「それはそうね」

ブレントと目が合う。「おれがやったと思ってるのか」

そう尋ねるブレントの何かが、わたしを震わせた。

「もちろん、思ってない」わたしは答える。

けれども、ブレントの目を見た瞬間、自信がなくなる。

14　十年前

わたしは空中を舞う。ホワイトアウトのなか、雪と霧が白い背景とひとつに混じり合う。何も見えないけれど、後ろの手を後ろ足のほうへ伸ばしてボードのヒールエッジをつかみ、デールの助言どおり脚を伸ばす。ステールフィッシュ。

この悪天候でもパイプが見やすいように、リップに赤色でスプレーしてあるため、地上へもどるときはその赤い線を目印にする。夜間に着陸するジャンボジェットのようだが、わたしが着陸するのは、垂直な氷の壁だ。タッチダウンしたら水平なボトムを高速で渡り、ふたたび離陸する。

こういう日には、度胸に加え、自分をやみくもに信じることが大切だ。自分を信頼できなくなったとたん、氷に叩きつけられる――実際、この三十分で数人がそうなったように。きょうのパイプは日差しで融けることもなく、防弾みたいに硬い。

視界がきかないため、無理にスピンはせず、ストレートエアを練習する。ル・ロシェ・オープンでみじめな結果に終わって以来、自分をきびしく追いこんできた。スポンサーに実力を見せる好機だったのに、みずから台なしにしてしまった。だからブリッツ、つまり英国スノーボード選手権にすべてがかかっている。今年はその大会がこのスキー場で開催される予定なので、それもあってここを練習場に選んだのだった。

ボトムに到達して息を吐く。なんとか生き延びた。ひとまず次までは。アドレナリンが体を駆けめぐる。死を賭してサイコロを振ると、生きている実感を得られるのはどういうわけだろう。

濃い霧が立ちこめているため、息を吸いこむと、湿って冷たい霧の味が喉に感じられる。金属のボードで氷をこすりながら、デールがわたしの横に止まる。後ろにいるのに、それまで全然気づかなかった。

デールが親指を立ててみせる。「いまのステールフィッシュ、よかったよ」

「ありがとう。見ててくれたなんてびっくり」さっきデールと一緒にTバーリフトでのぼってくるときに、コツを教えてくれと頼んだのだ。

「ちょっと水を飲もうかな」デールが言う。

「わたしも」

ふたりで立ったまま、ボトルの水をごくごく飲む。蛍光オレンジ色のつなぎ姿でさまになるのはデールくらいだ。雪の小さな雫がドレッドヘアにくっついている。

「きょうは何を練習するの？」わたしは訊く。

「インディ」

「それだけ？」インディグラブは、後ろの手でボードのトゥーエッジをつかむ技で、わたしがはじめて覚えたグラブだ。たぶん、だれにとってもそうだろう。

デールはにっこり笑う。「スタイルがすべてだから」

ひとりのスキーヤーが最後の一発でスピンを決めて後ろ向きで着地し、この視界の悪いなかでみごとな離れ技を披露した。サスキアが霧のなかから姿を現し、すごい速さで通り過ぎると、そのすぐあとを緑色と灰色の迷彩柄のジャケットを着た、背の低い男がついていく。

「あれ、だれ？」わたしは訊く。だれなのかは知らないけれど、なかなかの腕だったからだ。

「ジュリアン・マルレ」デールが言う。

フランス一の選手だ。まちがいない。

ジュリアンとサスキアが霧のなかへ消える。わたしは競技会以降サスキアと口をきいていないが、このせまいスキー場でサスキアを完全に避けることはできない。リフト待ちの列でわたしの後ろに並んでいたことが何度かあって、話しかけてくるんじゃないかと身構えたけれど、何も言ってこなかった。悪いことをしたと思っているんだろうか。悔いている様子はまったくない。

フリップの着地で、ひろげた両手を地面についた選手が、痛みに悲鳴をあげた。

「うわっ、きょうは蠅みたいにぽとぽと人が落ちるな」デールが言い、上にいる選手たちに注意を促すために、パイプを駆けあがってホワイトアウトのなかへ消える。

近くにすわっているカーティスが、女性の写真家に話しかけている。気の毒に、よくもこれほどの撮影日和を選んだものだ。その写真家は防寒のために全身をすっぽりくるみ、目元だけを外気にさらしている。

デールがもどってきたので、わたしは自分のインディについて質問しようと口を開くが、ヘザーが近づいてくる。

「こんにちは」わたしは言う。

ヘザーはわたしをにらむ。同郷の北部出身なのかもしれないが、わたしとの共通点はこれまでのところそこだけだ。どうもわたしのことが気に食わないらしい。ヘザーがデールのほうを向く。「もう帰る？」

「あと二本滑ろうかな」デールが言う。

「凍えそうなんだけど」ヘザーが言う。

丈の短い革のジャケットだけでは寒いのも無理はない。おそらく、デールを見張るためにここまで来たのだろう。ヘザーがスノーボードに乗っているのをまだ見たことがない。スキーもスノーボードもする気がないなら、いったいスキー場で何をしているんだろう。

「じゃあ、またあとで」わたしはボードを拾いあげる。

ブレントが雪の吹きだまりにすわって、ル・ロシェ・オープンで三位にはいったきれいな日本人の女の子と話している。わたしはふたりにうなずいてみせてから、前のスキーのストラップを締める。

「ゆうべはありがとう」二日前、ホステルのブレントの部屋で、二段ベッドの上の段に寝ていたわたしは、目を覚ましてブレントにそう言った。「このこと、ふたりだけの秘密にできる？」

「もちろん」

「カーティスがしゃべったり――」

「口外しないようおれから言っとく」

そして、わたしたちは朝食のときもサスキアの前でさりげなく振るまった。ほんの数時間前にわたしとブレントのあいだに何があったのか、その場にいただれひとり想像できなかっただろう。

それでもわたしは、ふたりが夜をともにしたことが、いまごろはもうスキー場全体にくわしく知れ渡っているんじゃないかと思っていた。男とは――特にブレントの年齢の男が――どういうものなのかはわかっている。ところが、ブレントはときおりそっと微笑みかけるくらいで、あとはいっさいさっきの親密さを表に出したりはしなかった。慎重な人だと感心した。カーティスも他言していないようだ。

わたしはTバーリフトへ向かう。ヘザーが押しきったらしく、デールがバックパックのストラップを留めている。デールも気の毒に。でも、こういう場所でだれかと深い仲になると、この手の問題が付き物だ。この冬わたしはスノーボード以外に心を砕くつもりはない。食べて、眠って、スノーボードをする。それだけの毎日を、これから四か月のあいだつづけるつもりだった。

リフトを待つあいだ、雪が横から吹きつけた。雪が首元から中へはいってくる。わたしは身をよじらせて、襟のマジックテープを掻き合わせる。

Tバーに引っ張られてのぼりはじめると、ブレントが隣に飛びついてきた。この悪天候にもかかわらず、えくぼのできるいつもの笑みをたたえている。

ゆうべ以来、すでに二、三度ブレントとTバーリフトでこうして上へ向かっているが、話題はずっとスノーボードのことだった。一夜の関係を持ったあとにありがちなぎこちなさは微塵もなく、ブレントはひたすら気さくでやさしい。

ブレントのハーフパイプ用の手袋が、Tバーを持つわたしの手袋を包みこむ。「今夜、おれの部屋に泊まらない？」

わたしはびっくりしてブレントを見つめる。氷河のホステルでの関係は一度かぎりのものだと思っていた。ただ、本音を言えば、きょうも一緒に過ごしたい。練習がきつかったから体が痛むけれど、肌にふれる彼の手や口のぬくもりをふたたび感じたい。

ブレントがこれを何か別のものと勘ちがいしないといいけれど。

その二時間後、下へおりるときにブレントから指定されていた小さなシャレーへ行って、玄関の呼び鈴を鳴らす。すると、サスキアがドアをあけた。

ウルトラスキニーのジーンズに裸足といういでたちのサスキアが、わたしを中へ通すべきか悩んでいるような顔をして、戸口の踏み段に立っている。タイトな白いセーターを着た姿は、か弱いとさえ言えるほど華奢に見えて、わたしはそんな幻想に改めて驚く。サスキアの滑りは、か弱さとは無縁だ——それはサスキアの性格にも言える。

その後ろに、カーティスが姿を現す。「いいところに来た。いまから料理を盛りつけるから」

わたしは雪のこびりついたナイキの靴を脱ぎ、ふたりのあとについて中へはいる。

ほかの面々も勢ぞろいしていて、せまいキッチンと居間のあいだにひしめき合っている。ヘザーとデール。オデットとジュリアン。思ってもみなかった状況だ。ブレントとジュリアンが身を乗り出してノートパソコンをのぞきこんでいる。ブレントがこっちを向いて申しわけなさそうに微笑んだので、ブレントにとっても予想外だったのだとわかった。それでも、この騒ぎに付き合うつもりのようなので、わたしもそうすることにする。

空気に薪の煙のにおいとタマネギやニンニクのにおいが混じっている。全員がここで暮らすのは無理だろう。靴下、手袋、ゴーグルが、ラジエーターの上で陣地を争い、湿った服が、掛けられるかぎりのあらゆるところに掛けられている。レンタル店ができるほど大量のスノーボードがまわりに置かれているのに、ブーツは暖炉のそばに並ぶ三足しかない。たぶんカーティス、ブレント、デールのものだろう。朝食のとき氷河のホステルでカーティスに会って気まずかった。同じことをまた繰り返す気はない。

「ビール飲む？」カーティスがキッチンから声をかけてくる。

「要らない。水でいい」わたしはそう言いながら、キッチンへはいる。「自分で注ぐわ」

カーティスは調理コンロの前でぶつぶつ言ったり、毒づいたりしている。わたしは食器棚からグラスを探す。グラスに水を注いでいると、カーティスが木のスプーンをとってくれとわたしに大声で言い、そっちじゃないほうだと叱りつける。

わたしがキッチンから退散すると、デールが笑う。

「あいつが料理してるときは、そばに近づかないほうがいい。おれはそうしてる」

「じゃあ、デール、皿洗いは任せた」カーティスが叫ぶ。

ヘザーが鼻に皺を寄せる。「何かの死体みたいなにおいがするんだけど」そばにあった椅子の背から裏返しのスノーボード用靴下をつまむ。「デール、これってあなたの？」

デールがにっこり笑う。「ああ」

「ほんと無理」ヘザーはその靴下をデールに投げつける。

デールはそれを軽々とキャッチして、隅へほうる。わたしはデールに対してもひるまないヘザーのそういうところが好きだ。たくましくて押し出しがいいデールに大きな顔をさせない。

「おーい、ミラ」ブレントが呼ぶ。「このスペインの選手が六十七メートルのレールスライドを成功させた。世界新記録だ」

わたしはそっちへ行く。ノートパソコンの画面上で、ジャケット姿の人が、雪上に設置された金属のレールに飛び乗り、なめらかに滑っていく。

「軽々やってのけてる」ブレントが言う。

「そこがレールスライドの問題ね」わたしは言う。「自分でやってみるまではめちゃくちゃ簡単に見えるの。わたしも前に滑ったときの傷がまだ脛に残ってる」

サスキアが輪に加わり、わたしは思わず体をこわばらせる。ル・ロシェ・オープンの件で怒りはまだおさまらないけれど、少し時間が経ったいま、サスキアのやったことに妙な敬意のようなものも感じはじめている。要するに、自分と同じくらい向こうも本気で勝負しているということだ。それに、ときどきこっちを見る目つきからすると、お互いに敬意をいだいているのかもしれない。

レールスライドでしくじった場面を、みんなでたじろいだりうめいたりしながら見る。選手たちが金属のレールのまわりで身を畳むようにして倒れている。

カーティスが両腕にいくつも皿を載せてキッチンから出てくる。

「前にカーティスが一日じゅうレールスライドをしたことがあってね」サスキアが言う。「カーティスが滑って、それが何メートルだったかをあたしが伝えるの。だいたい二十メートルを超えてなかったかな」

それでもたいした距離なのに、カーティスは警告するようにサスキアをにらんだ。

サスキアがカーティスににじり寄り、片方の腕を兄の腰にまわす。「何？ 秘密をばらすなって？」

並んで立つと、いずれ劣らぬ美形だ。

カーティスは肘で妹を押しやるものの、顔は笑っている。「どうぞ、ミラ」パスタを盛った皿をわたしに手渡す。「席がなくならないうちに確保したほうがいい」

ブレントを選んだことで気を悪くしていたとしても、カーティスはそれを顔に出してはいない。とはいえさすがに、前のように戯れたりすることはぱったりなくなった。わたしは内心それをさびしく思っている。

ソファに身を沈めて、膝の上に皿を置いた。するとサスキアが隣にすわり、わたしは緊張する。ほかの人がせまいところに次から次へと体を押しこみ、サスキアとの距離がさらに縮まる。そのむき出しの足の爪に塗られているのは、瞳の色とまったく同じ青だ。

デールがわたしとサスキアを見比べて言う。「双子みたいだな」

よし決めた。絶対に髪を染めよう。

サスキアが首をこっちへ傾け、値踏みするように見る。「あたしたち、たまには一緒に滑りにいくべきね」軽い調子で言う。

だれもが食べ物を口へ運ぶ手をぴたりと止め、部屋じゅうが静かになる。みんなのいる前で訊くなんて、なんて図々しい人だろう。その顔めがけて申し出を投げ返し、恥をかかせてやろうと思った。

ところが、サスキアの目に浮かんでいる何かがわたしを押しとどめる。ひょっとして、本心から言ってるの？

「ええ」わたしはゆっくり言う。「そうしましょう」

サスキアが携帯電話を取り出す。「番号は？」

ブレントに誘われたのよりこっちのほうがはるかに

一大事に思えるのは、どういうわけだろう。この冬が一気におもしろくなってきた。

15　現在

わたしの部屋は埃と湿気のにおいがする。でも、ほっとしたことに、サスキアの香水のにおいはしない。ブレントの言うとおり、たぶん気のせいだろう。でも、それはそうであってほしいという思いのせいではない――カーティスはともかく、わたしの場合は。むしろ良心の呵責のせいだ。

わたしは取っ手をまわしたりドアを引っ張ったりして、ちゃんと鍵がかかっているかをたしかめる。わたしたちの部屋の鍵をあけておいたのがだれであれ、鍵自体は置いていかなかった。これでは、困ったことに内側からしか施錠できない。わたしがブレントと話していたときに、だれでもこの部屋に侵入できたわけだ。

なんだかばかばかしいとは思いつつ、ワードローブを調べてからバスルームを——シャワーカーテンの裏まで——見て、だれも隠れていないことをたしかめる。

だいじょうぶだと納得して、せまい二段ベッドに腰かける。サスキアがここにいて生きてぴんぴんしているのと、ブレントかだれかがサスキアを殺したというのと、どっちのほうがこわいのかわからない。さっきブレントの目に浮かんだ表情を見て、わたしは心底ぞっとした。そこにあったのは闇だった。

少し時間があるから、さっきのゲームで紙に書かれていた秘密のことを考える。あれは事実なんだろうか。あれを書いただれかはきっとそう考えていたのだろう。でなければ、こんな面倒なまねをするはずがない。

筆記用具がないかと室内を探したけれど、ここはホステルであってホテルではないので、筆記用具や机はおろか、椅子のひとつもない。携帯電話も奪われた。自分の手を使って文字を書いたのは、いつ以来なのか思い出せない。写真を撮ればほとんどの用はすむ。携帯電話がもどってこなかったら、いらいらしてどうにかなりそうだ。

バックパックのなかを掘り返した。何もない。小さな窓が目に留まった。息を吹きかけて、窓を曇らせる。よし、これでいい。

指先でガラスにふれると、氷のように冷たい。ガラス窓に全員の名前を書いていく。**ミラ、カーティス、ブレント、ヘザー、デール。**いまだけは罪悪感を忘れて、サスキアの死はわたしのせいではないふりをしようとする。さっきの秘密がすべてほんとうのことで、各人について一枚ずつだと仮定する。

すると、仲間のひとりが殺人者だということになる。わたしはドアに目をやり、鍵がかかっているかをたしかめた。

とにかく、客観的にならなくてはいけない。最初のふたつの秘密はわかりやすい。ブレントが異性愛者であると仮定する。それはまずそのとおりで、ブレントと寝たふたりというのは、おそらくわたしとヘザーだろう。そこで、さっき窓に書いたわたしとヘザーの名前の後ろに、〝ブレントと寝た〟と付け加える。これはデールには見せないほうがいい。

妻が浮気をしていたかもしれないというだけでデールがあんなに怒っていたのは、どうにも妙だ。十年前ではなく——まして結婚前ではなく——きのうの出来事のように思えるんだろうか。とはいえ、なんとなくわかる気もする。このグループとこの場所へもどってきたから、まったく時間が経っていないかのようなおかしな気分になるのだろう。

いずれにしても、あとの三つの秘密に対して男三人が残っている。三人のうちひとりがサスキアと寝て、ひとりがサスキアの居場所を知っていて、ひとりがサスキアを殺した。なんだか数独のようだ。わたしはけっして数独が得意なほうではない——お酒を飲んだあとだからなおのこと。食事のときに多少ウィスキーを飲んだのだが、じゅうぶんな量には程遠かった。

さて、カーティスが実の妹と寝ていないと仮定すると、デールかブレントのどちらかが寝たということになる。デールとヘザーはシーズン二週目に付き合いだしたから、そうするとブレントだろうか。

でも、前にブレント本人にそう尋ねたことがあり、きっぱり否定されている。ブレントとサスキアが一緒にいるところを思うと、最悪な気分になる。たしかにサスキアは人目を引く美人だったけれど、わたしのいちばんのライバルだったし、ブレントはサスキアをきらっている、とわたしは思っていた。じゃあ、デール？　ヘザーからデールを奪えるか試してみたいというただそれだけの理由で、サスキアがデールと寝た可能性はある。わたしは唇を嚙み、デールの名前の横に〝サスキアと寝た〟と書いた。

カードに従うと、ブレントかカーティスがサスキアを殺し、ふたりのうちサスキアを殺してないほうが彼女の居場所を知っているということになる。

わたしはベッドのなかでのブレントの様子を思う。「そんなにそうっとさわらなくていいのよ」一度ならずブレントにそう言った。「わたしは壊れ物じゃないから」

ブレントは乱暴なまねをしない。危険を及ぼすとしたら、その相手はただひとり、ブレント自身だ。

わたしはまた唇を嚙んで、英国スノーボード選手権の朝を思い返す。カーティスはなかなかパイプに姿を現さず、出番の数分前にようやくやってきた。ブレントとヘザーと一緒に氷河でサスキアを探していたそうだが、カーティス本人の説明はあやふやだった。

窓ガラスに記したカーティスの名前を指でさして、〝サスキアを殺した〟と書く。でも、カーティスに見られたら困るからすぐに消すつもりだ。さっきカーティスが廊下で言ったことは、どうとらえればいいだろう。自分への追及をそらすための小賢しい嘘だとも考えられる。

だとしたら、ブレントが〝サスキアの居場所を知っている〟ことになる。どうして知っているんだろう。カーティスがサスキアを殺す場面をブレントが目撃したから？ カーティスを手伝ってサスキアの遺体を隠したから？ 場所は？ だれもここまで車で来なかったのに、どうすればサスキアをスキー場から運び出せたのかもわからない。運び出していないとすると、サスキアはまだここにいるはずだ。この山のどこかに。

また腕に鳥肌が立った。サスキアの最後の数時間については、わからないことだらけだ。少なくともわたし自身はすべてを打ち明けたわけではなかったし、それはおそらくわたしだけではないだろう。

窓ガラスに書いた文字を見つめる。徐々に崩れはじめている。水滴が涙のようにガラスをしたたり落ちる。

それにしても仮定が多すぎる。そもそも仮定自体が正しいのだろうか。これはいまの話じゃない。昔の話だ。わたしは目をつむって、思い出そうとする。

16 十年前

ブレントのベッドで目を覚ますと、引き締まったたくましい肉体がわたしの背中にぴったり寄り添っている。わたしが身に着けているのはバートンのTシャツで、ブレントのにおいがする。

寝返りを打つ。この部屋はとてもあたたかい。ベッドのそばのラジエーターがひと晩じゅう熱を放出していたため、ブレントが着けているのはカルヴァン・クラインのボクサーショーツだけだ。ブレントがモデルをつとめるたびに、そのブランドはどこもすぐにスポンサーについた。いまこの人が何かの代金を支払うことはあるんだろうか、とわたしは思う。

ブレントの盛りあがった硬い胸の筋肉を指でなぞる。

驚くほどみごとな体。さすが全盛期のアスリートだ。

ブレントが黒っぽい目をあけて、けだるい笑みを浮かべる。「おはよう」

わたしはさらに探検をつづけ、引き締まったおなかへ向かう。「すごくきれいな肌ね」その上を伝う自分の指がいっそう白く見える。

ブレントが腕時計をとろうとして、ベッド脇のテーブルに手を伸ばす。ずんぐりした金属ベルトのオメガ。ブレントがその時計をつけて高いバックサイドエアを決める写真が、《サンデータイムズ》紙の別刷りにまる一ページの広告として載ったことがある。時計の小売価格は、おそらくわたしの一シーズンぶんの活動費を上まわる。

「いま何時？」わたしは言う。

「八時」

リフトが動きだすのが八時半だから、いつもならもう準備をはじめているころだが、ゆうべは真夜中を過ぎるまで自室に退かず、大半の人が引きあげるのを待って、こっそりここへやってきた。厨房から聞こえる音に耳を澄ます。カーティスがもう起きだしたのだろうか。

ブレントが腕時計をはめると、その前腕にタトゥーがあるのが見える。〝思いきり挑め、さもなければ帰れ〟わたしはその文字に手をふれて言う。「これ、すごくいいね」

「自分が何者なのかを思い出させてくれるんだ。歳をとって退屈な人間には絶対になりたくないから」

「歳をとって退屈になったあなたなんて想像できない。八十歳になっても、まだエアを決めてるわ。歩行器をつけて」

ブレントが笑って、わたしを引き寄せる。もう起きたほうがいいけれど、ベッドのなかはとてもあたたかい。わたしはブレントに寄りかかる。

ブレントがわたしの髪をなでる。「フリップはできるの？」

「意識して飛んだことはないかも」

「飛びたい？」

「ぜひ」ストレートエアとスピンで行けるのはここまでだ、と前々から気づいていた。ランキング上位を狙うには、ルーティンにフリップを加える必要がある。サスキアにはマックツイスト（バックサイド一回転半に前方縦回転を加えた３Dトリック）がある。

「おれが教えるよ」ブレントが言う。

「やった」

「よかったら、あとでトランポリンのところで会おう」

「待って――ここってトランポリンがあるの？」

「あるよ、ジムに」

「嘘っ。なんで知らなかったんだろう。サスキアはずっと使ってるのよね」

「まあね」


　わたしはブレントの胸でうめく。「もう何年もトランポリンに乗ってない。十一歳までは体操をしてたの。昔は後方宙返り（バックフリップ）ができたのよ」

「つづけるべきだったな」

「ほんとそう。でもうちの親にはそんな余裕がなくて」両親は持てるすべてを兄のラグビー指導に注いだ。それが実を結んだが――ジェイクはプロリーグのシェフィールド・イーグルズでプレイしている――わたしはいまなお胸に痛みを感じている。

　十四歳のとき、地元のドライスロープで土曜日に仕事をするようになり、無料で滑ることができたので、スノーボードに転向した。わたしはだれの助けも借りずに、この場所にたどり着いた。それはわたしを突き動かす力のひとつだ。そして、わたしなりに父に中指を突き立てる方法でもある。

　ブレントの手がわたしのTシャツの裾から中へはいって、腰のほうへ向かう。「そろそろ出かけたほうがいい。ただ……」

「そのあとトレーニングする元気が残ってる?」でも、わたしの体はすでに反応しはじめている。

ブレントがにやっと笑う。「そのせりふを言ってる相手が、スマッシュの看板をつとめる男だってわかってる?」

わたしの携帯電話がショートメッセージの着信を告げる。

「確認しないと」わたしは言う。「兄が今週、膝の手術をする予定なの」

バックパックを探って電話を取り出したが、メッセージは兄からではなかった。サスキアからだ。

〝あなたのコーヒーも注文しといた。待ち合わせはケーブルカーの駅の、リフト乗り場でいい?〟

サスキアとのスノーボードか、ブレントとのベッドか。決断はたやすい。わたしはあわててベッドからおりる。「ごめん、サスキアと会う予定だったのを忘れてた」

「サスキア?」声に棘がある。

わたしは服を着る。「彼女と何かあったの? 前に付き合ってたとか、そういうこと?」ブレントがかぶりを振る。「でも、寝たことはあるの?」

「あるわけないだろ」

語気の激しさに驚く。サスキアがブレントの感情を強く掻き乱すのは明らかだが、理由はわからない。ブレントも着替えている。

「朝食をとってる時間がないかも。スマッシュ持ってる?」

ブレントが部屋の隅の籠を指さす。「どうぞご自由に」

「ありがと。じゃあ、また山で」

「了解」

わたしはスマッシュを喉に流しこみ、その味にひるみつつ道を急ぐ。夜のあいだに雪が降ったらしく、六インチほど積もったふかふかの雪が道路を覆っている。大通りを行く車は徐行し、タイヤチェーンが橇（そり）の鈴のような音を立てる。あちこちの店のウィンドーに飾りつけがされているのに気づいた。頭上にはクリスマスのライトが張り渡されている。そのとき突然、きょうはクリスマスイブだと気づく。いつも冬のあいだは時間の感覚がなくなる。滑りのことしか頭にないからだ。

わたしのせまいアパートメントにもどると、スノーボードの装備をつけて、ミューズリー・バーを二、三本ジャケットのポケットに詰めこんで、またすぐ出ていく。サスキアがわたしのコーヒーにまたお酒を混ぜてるんじゃないかという思いが一瞬よぎるが、さすがにこんどはわたしも味見をするつもりだし、また引っかかるほどばかじゃないと向こうもわかっているはずだ。

スノーボードを脇に抱え、ケーブルカーの駅を目指して通りをゆっくり走っていると、気持ちが高ぶって胸がざわつく。妙なことに、デートに向かうような気分だ。サスキアとふたりきりなんだろうか。

太陽の光が山々の頂を斜めから照らし、スロープをオレンジ色に染めている。サスキアは木の柵のてっぺんに腰かけて、両手にひとつずつカップを持ち、ブーツを履いた足をぶらぶらさせている。わたしはためらう。挨拶のキスはする？　それともハグか何か？　どうしてこんなに緊張しているんだろう。

サスキアが跳ねるように近づいてきて、片頬にキスをすると、凍えるような朝の空気のなかで、わたしは頬に唇のぬくもりを感じる。サスキアの甘くてきつい香水が鼻腔を満たす。

「はい、これ」サスキアがカップを寄こす。

「ウォッカ入り？」わたしは言う。

サスキアが笑い、スノーボードを持ちあげる。「行こう」

ケーブルカーがスピードを出して山腹をのぼってい

く。サスキアとわたしはフロントガラスの前に立ち、肘をふれ合わせながらコーヒーを飲む。

「ところでそれ、どこの香水？」わたしは訊く。「トム・フォードのブラック・オーキッド。気に入った？」

わたしは答えをためらう。濃密でエキゾチックで、好ききらいの分かれるにおい。サスキアそのものの香りと言っていい。「よくわからない」

小型動物の足跡が、眼下のスロープを転々と走っている——カンジキウサギか、ひょっとするとオコジョか。降ったばかりの雪の重みで、モミの木がしなっている。上に行くほど、雪が深くなっていく。

「氷河までのぼる？」サスキアが言う。「新雪を滑りに」

それで、わたしたちはゴンドラリフトに飛び乗る。コーヒーとスマッシュの組み合わせのせいか、友達になれるかもしれないという期待のせいか、どちらなのかはわからないけれど、気力がみなぎってくる。

飛行機から雲海を見おろしたことがあるだろうか。きょう氷河でTバーリフトのてっぺんから見る景色は、まさにそれとそっくりだ。滑っておりていくときの感覚もまた、それと似ている。ふわふわの白い雲の上を浮遊するような感覚。

Tバーリフトの乗り口で、サスキアがわたしのボードを顎で示す。マジックのロゴは雪に覆われている。

「それってマジックの？」

「ええ」わたしは言う。「そのとおり。いままで使ったなかで最高のボード」

「いっぺんだけ交換しない？」

サスキアの手のなかにある自分のボードを思うと、ぞっとした。このボードはわが子も同然だ。でも、ことわる理由を思いつけず、結局ボードを交換し、わたしはサスキアのボードのノーズから雪をこすり落としてスペックを見た。ドミナ・スピン154。わたしがいつも使っているボードより三センチ短い。サスキアのほうが軽いのだから当然だ。パウダースノーだからいつもより体重を後ろへかけること、とわたしは頭に刻む。

大きなカービングターンでこまかい雪を散らしながら、並んで滑りおりる。スノーボードは、やわらかくなったバターにナイフの刃を入れるように雪を切り裂いて進むが、その楽しみも、サスキアの足元のボードが目に留まると損なわれてしまう。

下まで行って、手のひらを互いに打ち合わせると、雪が飛び散ってわたしの顔にかかる。ボードが自分のもとにもどって、わたしはほっとする。ふたりでまたTバーリフトへ向かう。

「ついてきて！」リフトで上までのぼったあと、サスキアが叫ぶ。

わたしはサスキアのあとを追って、行ったことのないほうへ山の斜面をくだる。サスキアがターンするたびに跳ねあげるパウダースノーが、わたしの唇や頬を覆う。風の作った雪面の波形（ウィンドリップ）をジャンプやスピンでかわしながら滑りおりる。わたしは二度ほど派手に転倒するが、ハーフパイプの氷に激突するのに比べれば痛くもなんともなくて、無敵な気分になる。

その後、ハーフパイプのコースの下のほうに崖があるのを見つけて、それをジャンプするラインをとる。サスキアがわたしにつづいて崖から飛び、斜面のはるか下のほうに着地する。悔しい。

「もう一回やろう」わたしは言う。

リフトまでわざわざ滑っておりていくのをやめて、その場でボードをはずし、歩いて上までのぼる。サスキアもわたしの後ろから息を切らしてのぼってくる。わたしは荒い呼吸をしながら、またボードを装着する。こんどはサスキアより遠くまで行けるようまっすぐなラインどりにする。そのあとサスキアが飛び、こんどもまたずっと先のほうに着地する。もう一度やろう、ったのだが。

とわたしはボードをはずす。

わたしが歩いてもどっていく位置がどんどん高くなる。高くから滑れば、それだけ危険も増す。わたしはすでにかつてないほど無謀なまねをしつつある。

また骨にまで響くような衝撃とともに、サスキアがわたしの横、いや、ほんのわずかわたしより遠くに着地する。

「おい！」上のほうから声が叫ぶ。カーティスが高原から手を振っている。「そこで何をしてるんだ？　ハーフパイプの試合本番はきょうなんだぞ」

サスキアとわたしは顔を見合わせる。汗まみれで、息を切らしている。

「行こうか」サスキアが言う。

カーティスの邪魔がはいって残念だったが、実は少しほっとしていた。もしカーティスがいなかったら、どこまでエスカレートしていたかわからない。

ふたりのうちどちらかが勝負をおりさえすればよか

17 現在

わたしはせまいベッドで横になって震えている。シーツが氷のように冷たい。掛け布団を二枚かけても、まだ寒い。もう一枚必要だ。リネン室に山積みにされていたけれど、それをとりにいくために部屋から出たくない。

さまざまな疑問が頭のなかでぐるぐるまわる。だれが、なんのためにわたしたちをここに集めたのか。仲間のひとりがサスキアを殺したのか。それともカーティスの言うとおりなのか。つまり、サスキアはまさにこのホステルのどこかでいまも生きているんだろうか。すでに十回以上ベッドからおりて、ドアの鍵がしまっているかを確認している。携帯電話がないため、いまの時間はわからないが、ベッドにはいってもう何時間も経った気がする。以前ジムで腕時計をつけたままジャグジーにはいって壊れたきり、暇がなくてまだ代わりの腕時計を見つけていない――ジムのあちこちに掛け時計があるし、それ以外はどこでも携帯電話を見れば時間がわかる。

眠れない。寒すぎて。枕を布団代わりに胸の上に載せてみても、ちっともあたたかくならない。覚悟を決めて布団をとりに廊下に出るしかない。室内が真っ暗なので、照明のスイッチがあるところまで手探りで進む。あった。暗い廊下へ出て、また明かりをつけた。

廊下にはだれもいない。少し息を吐く。何を見ることになると思っていたのか、自分でもわからない。もう真夜中だ。よしっ、さっさと片づけよう。わたしはカーティスの部屋の前を過ぎ、リネン室まで来て、手を伸ばした。そこではっと手を止める。中にだれかいる。女の声。ヘザーだ。それに男の声も。でも、だれだろう？

ドアに耳をつけて、中から人が出てくる音がしたら逃げられるよう身構える。男の不満げな声は小さすぎて、だれが話しているのかわからない。デールではなさそうだ——デールなら、ヘザーはきっとベッドで話をする。だったら、ブレントかカーティス？　ブレントだろうか。さっきのゲームの話をしているとか？

とはいえ、ほかのだれであってもおかしくない——たとえばジュリアンでも。あるいは、想像もできない理由でわたしたちをここへ誘い出した異常者でも。心臓が高鳴る。安全な自分の部屋へ飛んでもどりたいけれど、ヘザーの声が大きくなって、動揺しているのがわかった。相手の男が——だれなのかはわからない——ヘザーを脅しているんだろうか。ドアにあてたわたしの手のひらが無意識にこわばる。ヘザーに対してどんな思いがあろうと、ともかく彼女はわたしと同じ女性なのだ。

さらにぴったり耳をドアへ押しあてた。そのとき、廊下の照明がふつりと消える。しまった。

暗闇で目をしばたたいていると、だれかの手に口をふさがれる。力強いふたつの腕につかまれ、足がふわりと床から離れて、後ろへ引っ張られる。わたしはとっさに反応し、右肩をさげて、右のこぶしを左腋の下から思いきり放つ。

男がうめいて両手をはなしたが、わたしはバランスを崩している。よろよろと後ろへさがって横ざまに男の上に倒れこむ。どっちを向いているのかさっぱりわからない。背後で、音を立ててドアが閉まる。その男から這うようにして離れ、あわてて照明のスイッチを探す。あった。

明かりがつく。倒れているのはカーティスで、自分の胸をつかんでいる。ここはカーティスの部屋のなかだ。

「どういうつもり？」わたしは小声で言う。

カーティスは話すことができず、懸命に息を吸おうとしている。

心臓がまだばくばくする。ああ、こわかった。

あんなに強く叩くなんて信じられないとでも言いたげに、カーティスがじっとわたしを見た。「きみがいまにも……ドアをあけそうだったから」かすれた声で言う。「まずいと思って……ふたりを見てたことを知られたくなかったんだ」

「あける気なんてなかったのに。あなたかブレント、どちらなのかを聞き分けようとしてただけ。あるいはほかのだれかなのかを」

「あれはブレントだ」

「たしかなの?」

「ふたりがはいっていくのを、この目で見た」

パニックがおさまる。恐ろしい異常者ではなかった。なんのことはない、ブレントだったのだ。

わたしは呼吸を鎮めようとする。「ふたりはあんなところで何をしてるの?」

「さあ」

「不倫してるのかな」

カーティスがどうにか笑みを浮かべる。「ぼくにはさっぱり」

ふたりの会話を聞こうと、わたしがもう一度廊下へ出ようとしたとき、カチリとドアが開く音がして、ドアの下の隙間から光が流れこんできた。カーティスが人差し指を唇にあてる。ドアが閉まる音がする。

「行っちゃった」わたしは言う。

カーティスがゆっくりと立ちあがる。上下ともサーマルウェアを着ている。長袖の黒いトップスは伸縮性のある生地でできているらしく広い肩に張りつき、下はぴったりした黒いロングパンツだ。こめかみに赤い傷が浮かびあがっている。

わたしも長袖のサーマルシャツしか着ていないので、ショックがおさまってくると、また体が震えはじめる。

両腕で自分の体を抱きしめる。

カーティスがベッドから布団をはがして、こちらへ寄こす。

「ありがとう」わたしはそれを肩からかける。

カーティスはすぐそばに、暗い目をして立っている。

「眠れないんだ」

「わたしも」

この部屋は洗いたての洗濯物のにおいがする。それともカーティスのサーマルウェアのにおいだろうか。

カーティスはうなじを上下にさすりながら、わたしの口元を見ている。そんな自分のしぐさに気づいて、カーティスはぱっと手をはなし、ベッドからもう一枚布団をはいで、自分の肩にかけた。「ところで、きみとブレントはどうなってるんだ？」

希望が湧いてくる。「なんでもない。この十年会ってなかったくらいよ」

カーティスはマットレスに体を沈める。わたしも慎重に距離をとって隣に腰かける。

わたしはこれまで幾度となく繰り返してきたように、もしもあの夜、別の選択をしていたらどうなったかを想像する。当時の自分を脳裏に描く。命知らずのミラを。とびきり集中力があって、とびきり健康なミラを。いまと変わらず世界でひとりぼっちだったけれど、あまりそれを気に病んではいなかった。ろくに気づいてさえいなかったのだ。将来、競技に出て表彰台にあがることを思い、ただ希望に胸を高鳴らせていた。

当時のわたしは最初にカーティスを選んだわけではなかったので、カーティスはその冬ほとんどずっとだれとも付き合わず、スノーボードに集中していた。いい仲になったのは、わたしが知るかぎりジャシンタ・リー――オーストラリアのハーフパイプの選手――だけで、しかも長つづきはしなかった。

もし別の選択をしていたら、カーティスとわたしの付き合いはどうなっていただろう。シーズンの結果もまったくちがっていたのではないか。とはいえ、当時はその道を選ばなかった。カーティスは一途な人だ——実際、ジャシンタといるときの彼がそうだったのをこの目で見た——それに、わたし自身が本気の恋愛関係と本気のトレーニングを両立できたとは思えない。

とにかく、もう終わったことだ。でも、いまならどうだろう。過去の傷が深すぎて、ふたりの未来を築くことはできないのだろうか。ふと我に返る。いったい何を考えてるの？　十年も前のことなのに。いまの彼のことを知りもしないのに。

カーティスがわたしの髪を見て言う。「ブロンドにもどしたんだね？」

「え？　ああ、そうなの」わたしを見ると、妹を思い出すのだろう。わたしがカーティスを見て、サスキアを思い出すのと同じように。

喪失がカーティスにどんな影響を与えたのか、ずっと考えている。さっきの言動からして、明らかに無数の感情をかかえているが、サスキアがいなくてさびしく思っているのだろうか。サスキアの名を耳にするたびに胸を突かれるんだろうか。それとも、ひそかに安堵しているのか——重荷が取り払われて。妹がそばにいなくなって、カーティスの人生ははるかにシンプルになったはずだ。

「訊いてもいい？」わたしは言う。「なぜ競技をやめたの？」

「つづけたら、肩の再建が必要になってた」カーティスは顔をそむける。「でも、いちばんは母のためだ。もっとそばについててやりたかった。知ってのとおり、山では何が起こってもおかしくない。ぼくまで失ったら母はきっと耐えられなかっただろう」

わたしは訊かなければよかったと思い、唾を呑んでから言う。「ご両親はさぞかしおつらかったでしょうね」

「あの一件はぼくの家族を引き裂いた」カーティスが

わたしは緊張する。

「もう一度訊く」カーティスの視線にじりじりと焦がされ、わたしはうろたえないよう精一杯こらえる。

「妹がどこにいるか知ってるのか」

助かった——核心を突いた問いではない。「いいえ」

「サスキアはいまも生きてると思う？」

「残念だけど、思わない」わたしがそう言うのを聞いてカーティスはわずかに肩を落とすが、顔にはなんの感情も表れていない。

「じゃあ、きみはサスキアの身に何が起こったんだと思う？」

わたしにそれを訊くのは、いい兆候なんじゃないだろうか。つまり、さっきのわたしの推測はまちがっていて、サスキアを殺したのはカーティスではないということでは？

それとも、自分への疑いをそらすために、まだ演技

静かに言う。「いまや母が話すのはそのことだけ、母に考えられるのはそのことだけだ。父はサスキアの死亡認定を得るために何年も闘った。それは、母が前へ進む助けになるかもしれないと考えてのことだった。ふつうは七年で失踪者の死亡宣告が出るんだが、母がどうしても認めようとしなくてね。娘はまだ生きていると言い張って、法廷で抵抗したんだよ。クレジットカードの使用履歴を盾にして。それで長引いて、決着したのがつい先月のことだ」声がかすれる。「母は受け入れなかった」

「お気の毒に」

「事故では納得できないらしい。あの日サスキアが山にいたことを示す証拠がなくてね」

「だけど、ブレントとヘザーが山で姿を見たって」

「見たとふたりが言ってるだけだ」カーティスがわたしの顔をじろじろ見る。「十年前、きみに質問したとき、何か隠してることがあるんじゃないかと感じた」

をつづけているのだろうか。

「考えられる可能性は三つ」わたしは慎重に言う。「サスキアは事故に遭った、あるいはだれかがサスキアを殺した、あるいはサスキアは自殺した」

苦渋のあまり、カーティスが顔をしかめる。「しかし、どうしてサスキアがそんなことを？」

わたしは唾を呑んで言う。「わからない。いずれにしても、サスキアはまだ山に、氷の下にいるとわたしは考えてる」

カーティスはしばらくわたしをまじまじと見つめて言う。「ぼくはきみの考えを読めると思っているんだよ、ミラ」

「サスキアはいつだってわたしの考えを読めたわ」

カーティスの唇がゆがむ。「妹が？」

「でも、わたしにはサスキアの心はさっぱり読めなかった。あなたの心も」

カーティスの笑みが大きくなる。「ほら、きみの考えが読めると言っただろ。理解できるとは言わなかったけど」

カーティスよりブレントを選んだことを言っているのだろう。ありがたいことにカーティスは一度として理由を尋ねなかったし、こちらからそれを説明したこともない。説明するということ自体が、カーティスへの気持ちを認めることになるからだ。

いまもその気持ちは変わっていない。カーティスの笑みは、わたしの胸をざわつかせる。その笑みを見ると、肩にかかっている布団を払いのけて、彼の膝にまたがりたくなる。でも、自分がカーティスにどう思われているのかはさっぱりわからない。

とりわけ、あのゲームの秘密が謎のまま残っているいまはなおさら。

カーティスが夕方ごろよりずいぶん落ち着いたようなので、わたしはあの秘密について尋ねることにする。カーティスもずっと考えていたはずだ。ただし、あれを書いたのがカーティス自身の場合は、話が別だが。

「さっきのゲーム、あの秘密はほんとうのことを言ってると思う？」

カーティスが鋭い目でわたしを見る。「だれかの力作であることはまちがいないね」

「だれ？」

「それにしてもこのベッド、どうも落ち着かないな」枕を持ちあげて、背中の後ろにはさむ。「さあね。でも、これだけはわかる。だれであろうと、サスキアを殺したやつは——殺されたとしての話だが——さっきのゲームを仕掛けた人間じゃない」

たしかにそのとおりだ。サスキアを殺した本人がそれを広めたがるわけがない。

カーティスはリズムをつけて指でマットレスを叩く。

「しかし、なんのためにこんなことをするんだ？　ぼくらをここへ呼び出して、立ち往生させ、あの冬のことを掘り返させるなんて。わからないのはそこなんだ」

「殺した人間に裁きを受けさせるため——ほかに理由がある？」むろん、ブレントが言っていたとおり、カーティスが仕組んだと考えるのが手っとり早い。カーティスの家族は、サスキアの身に何が起こったのかをとにかく知りたがっているし、そのための財力もある。

「脅迫の線は？」カーティスが背中の枕の位置をなおしながら言う。「サスキアを殺したのはぼくたちのなかのだれかだと考え、そのだれかから金を巻きあげようとしてる、とか」

「なるほど……考えたこともなかった」脚が震えはじめる。わたしは布団でくるもうと両膝を胸のほうへ引き寄せる。

そのとき、カーティスの青い目がわたしの一挙一動を見つめていることに気づく。

「わたしが仕組んだと思ってるのね」わたしは言う。

カーティスは微笑んで非難をやわらげようとする。

「あるいはブレントが」

こんなふうにカーティスとベッドにいるのは、ここへの誘いを受けて以来ずっと夢見てきた筋書きなのに、あのゲームがロマンスの芽を完全に摘んでしまった。

「でも、わたしが殺したとは思っていない」

カーティスの表情がこわばる。「サスキアが殺されたんだとしたら、デールかヘザーの仕業だと思う。またはふたりで協力したか」

わたしはカーティスを肘でそっとつつき、投げ返すつもりだった非難のことばを呑みこむ。〝わたしはあなたが殺したんだと思ってた〟もし面と向かってそう言ったら、それはとりもなおさずカーティスのことを信用しているという意味になるんじゃないだろうか。わたしとしては、カーティスがそこを取りちがえないよう祈るしかない。

カーティスがうつろな笑い声をあげる。「こんなに不気味な夜もないな」

信じていいんだろうか。この人を。わたしにはよくわからない。

カーティスの笑い声がやむ。カーティスは左手にちらっと目を落としたのち、火がついたようにマットレスから手をはなす。

「ミラ」押し殺した声で言う。「前にこの部屋にはいったことは？」

「え？　ないけど。ええと、さっき調べてまわったときはたしか——」

カーティスはベッド上の、いままで手を置いていたあたりを見つめている。その視線の先にあるものにわたしは気づく。困惑して、そっちへ手を伸ばす。

「だめだ！　さわるな！」

わたしは手を引っこめる。マットレスの上のほう、枕があるはずのところに、切り取られたと思しき長い髪の毛がひとかたまりになっている。ホワイトブロンドの髪。

寒けの波が全身を駆ける。カーティスはよく見ようとして、さわらずに近づけるぎりぎりまで頭をさげる。それから顔をあげて、とりつかれたような目でわたしを見る。

「わたしの髪じゃないわ」声が震える。「そっちは色が薄いもの」

だれかがカーティスをさらに混乱させようとしているのだろうか。

それとも、カーティスの言うとおりなのか。サスキアが生きてるなんてことがほんとうにあるんだろうか。でも、たとえそうだとしても、なぜすなおに自分の存在を知らせないんだろう。何も、長年会っていない兄に知らせる必要はない。胸がどきどきする。ドアをあけたら、そこにサスキアが立っているかもしれないと思っただけで、心の底からぞっとする。

わたしは頭を働かせようとする。「あなたがこの部屋を使うことは、だれにもわからなかったはず」

それとも、ほかのみんなの枕の下にも、同じように髪の毛が置かれているんだろうか。わたしはぐっと抑えて、心にこう書き留める。部屋へもどったら枕の下を確認すること。

カーティスはひたすら魅入られたように、その髪を凝視している。

「この部屋を離れた?」わたしは訊く。

「ええと。一度。いや、二度あるな」なかなかことばが出てこない。「ゴンドラリフトを確認するために下へおりた。そう、だれかいないかたしかめたんだ。で、そのときに声を聞いた。ブレントの声を」

カーティスの話はしどろもどろだ。ブレントの部屋をノックするのにも部屋から出たはずだし、わたしもその場に居合わせたのに、カーティスはすっかり忘れている。

だれかがカーティスを混乱させようとこれを仕組んだのだとしたら、ここまでのところその試みはかなりうまくいっている。

18　十年前

　ブレントの部屋で、わたしはブレントと並んで絨毯にすわっている。七人がテレビの前に集まって、バートンの新しいDVDを観ている。暖炉の火が音を立てて燃え、その熱がわたしの額をあぶる。きょうは大晦日（おおみそか）だが、ライディングには絶好の状態ながら、途中で雪が激しくなってきたため、静かに過ごすことにしたのだった。

　画面にブレントの名前が映し出されると、全員が歓声をあげる。ジェイ・Zの《ヤング・フォーエヴァー》が流れはじめる。画面上のブレントが、見たこともない大ジャンプに向けて力強い滑りを見せる。宙へ舞い、高い二回転（セブントゥエンティ）を決める。そしてすとんと着地する。

わたしが一瞬笑みを向けると、ブレントが膝をかすかにわたしの膝に押しつけた。ときおりブレントのベッドで夜を過ごしていることは、いまもふたりだけのささやかな秘密だ。カーティス以外はだれも知らない。もっとも、サスキアは疑っているようだ。先日、サスキアにブレントのことを訊かれた——付き合ってるんじゃないの、と。わたしは否定した。なぜなのかは自分でもわからないけれど、サスキアには知られたくなかったのだ。それに、ブレントとは付き合うとかそういう関係じゃない。

サスキアのほうへ目をやると、こっちをじっと見ていた。わたしはあわてて脚をブレントからはなす。

ソファには、カーティスとオデットが並んですわり、何かのことで笑っている。ふたりの仲はすこぶる順調のようだ。オデットはきのうひどく転倒し、手首にアイスパックを巻いている。

玄関の呼び鈴が鳴った。「おれが出る」

デールがさっと立ちあがる。

デールは派手に破れた鮮やかな紫色のジーンズを穿いていて、それに比べると、このあいだの夜、厨房のシンクで適当に染めたわたしのピンク色の髪が地味に見える。結局は髪よりタオルのほうがきれいなピンク色に染まったのだが、少なくとももうだれもサスキアとはまちがえないだろう。三回もまちがえられて、いい加減腹に据えかねていたのだ。

デールがヘザーを引き連れてもどってくる。ヘザーはデールのジーンズを見て、鼻に皺を寄せる。タイトな黒いワンピースに、膝まである黒いブーツというでたちで、仕事からあがってそのまま来たのだろう。部屋の奥にいるブレントの目がヘザーの姿を追う。ジュリアンの目も。カーティスは免疫があるらしく、相変わらずテレビを観ている。わたしはヘザーとデールがすわれるよう、暖炉のほうへ少しずれる。

画面のブレントが次々とジャンプを決める。

「それって、どこ？」わたしは訊く。

「ニュージーランド」ブレントが言う。「八月のスノーパークで撮ったんだ。いいとこだったよ。おれとカーティスの滞在費はバートンもちだ」

「ほんといいご身分ね」わたしは言う。「このなかには仕事をしてた人間もいるのに。ところで、ハーフパイプの競技を選んだのはどうして？　ジャンプが得意なら、ビッグエアでも競えるのに」

ブレントは答えない。

「こいつ、オリンピックを目指してるんだ」カーティスが言いながら、暖炉の火を掻こうと立ちあがる。

ブレントの頬が赤くなる。ほんとうの話らしい。みんなが笑う。わたし以外の全員が。ビッグエアはオリンピック競技ではない。いまのところはまだ。ハーフパイプだってずっと注目されなかった――オリンピックに採用されてまだほんの数回だ。

「どうして笑うの？」わたしは言う。「いいじゃない。みんなオリンピックに行きたくないの？」

「おれは行きたくない」デールが言う。

「どうして？」

デールが鼻を鳴らす。「腐りきってるからな。あんなもんには出ない」

わたしはカーティスを見る。「あなたは？」

「もちろん行きたい」カーティスが言う。

「もう行ったじゃない」サスキアが言う。

「え？」わたしは早口で言う。

「観客としてね」カーティスが説明する。「一九九八年の長野大会だ。親に連れられて」

「へえ」わたしは言う。「ハーフパイプが採用された初の大会。きっとおもしろかったんでしょうね」

「たしかに、まあよかったよ」カーティスが暖炉に薪をつぎ足すと、火が燃え、音を立てて薪がはぜる。

また以前のようにじっと見つめてほしくて、わたしはときどきカーティスの視線を受け止める。

「その大会、おれはテレビで見た」ブレントが言う。「そのころはスケートボードに夢中だったから、たしかこう言った——あれは十年後の自分だ、って。オリンピックが四年に一度しか開かれないことも知らずにね」

デールがまた鼻を鳴らす。

「次の大会を狙ってるの？」わたしは言う。

ブレントはぎこちなく微笑む。だとしたら、わたしにとってもそうであるように、ブレントにとってもこれからの二年が重要なはずだ。わたし自身もオリンピック出場を夢見ているけれど、イギリス国内のランキングでもっと上位につけないかぎり、口に出すことさえはばかられる。

「出場のためにはどうすればいいの？」わたしは言う。

「ＦＩＳワールドカップに出る必要がある」カーティスが言う。「じゅうぶんなポイントを稼がないと」

「ＦＩＳなんてどうしようもないさ」デールが言う。「おれはいつだってオリンピックよりエックスゲームズを選ぶ」

エックスゲームズには招待選手しか出場できない。わたしもそれは承知している。カーティスは招待されているが——去年も出場したが——デールはちがう。デールとしてはきっと癇に障るところなのだろう。

「静かに！」ジュリアンがテレビを指さす。画面にジュリアンの名前が映っている。

でも、デールは相変わらずＦＩＳ——国際スキー連盟——の悪口を言っている。

ジュリアンが苦々しい表情でリモコンを探す。わたしは笑わないように唇を噛んだ。見ると、サスキアも同じように唇を噛んでいる。サスキアと目が合い、わたしは手で口を押さえる。

ジュリアンがカーティスを肘でつつく。「見ろって」

口にあてたわたしの手から、くぐもった音が漏れてしまう。わたしは頭を低くして、部屋から走り出た。サスキアもついてきて、せまいキッチンでこらえきれずにふたりで笑う。

「イタすぎでしょ、ジュリアン」わたしは言う。

「まぬけなやつ」サスキアが言う。

またふたりでひとしきり笑う。サスキアを好きにならずにはいられないことに気づく。こうしてわたしはだれよりサスキアのことを好きになる。

サスキアはカウンターに箱ワインがあるのを見つけて、自分のワイングラスの中身を、カーティスの育てているバジルの鉢にあけた。「うぷっ。これじゃあまずいわけだわ」冷蔵庫からクローネンブルグの瓶を一本取り出す。「飲む?」

「ウォッカのほうがいいけど」わたしは言う。「でも、それにする。新年だし」

瓶を手に持って、ふたりしてカウンターに腰かける。サスキアの香水のにおいがわかるほど距離が近い。お酒を飲むのは、ル・ロシェ・オープン以来だ。

シンクには鍋がうずたかく積まれている。ブレントが洗うことになっていたけれど、怪しいものだ。カーティスが七面鳥を調理したあと、クリスマスに男たちは終日家にいた。ここがそういう状態だからヘザーは泊まるのを拒み、そうなるとデールはヘザーの家に泊まるしかない。

サスキアがわたしの髪をさわる。「この色、すごく好き」

「ありがとう。鏡を見ると、いまだにびっくりするけど」

サスキアが指にわたしのピンク色の長い髪を巻きつける。「あたしも髪を染めるしかないかな」

わたしは鋭い目でサスキアを見る。サスキアが笑っているので、冗談だとわかる。

「火曜日の夜、うちに来ない? ガールズナイトをするから」

「ええ、行くわ」

「住所はまたメールで送る」

ジュリアンがリモコンを持ってキッチンにはいってくる。「ぼくのシーンを見逃したぞ」

「ほんと?」サスキアが何食わぬ顔で言う。

近くで見ると、ジュリアンはちょっと見ないくらいひどいパンダ目だ。鼻と頬が茶色くて、目のまわりがまだらに白い。サスキアより背が小さいくらいなので、わたしと比べるとかなり低く、見た目は十四歳くらいなのに、実際はブレントによると二十二歳だという。

「きみのために巻きもどすよ、いいね?」ジュリアンはカウンターにいたサスキアを引っ張って、居間へもどっていく。

サスキアが首だけわたしのほうへ振り返って、青い目をいたずらっぽく輝かせ、手をあげて自分の額を差す。**おつむの弱い男。**


ふたりが去ったとたんに、ブレントがそっとやってきた。「今夜は泊まるつもり?」

「そうしようかな。きょうはスマッシュを三缶も飲んだから、まだ数時間は眠れないだろうし」

ブレントの目に影が差す。「わかった」

スマッシュはめちゃくちゃまずくても、一日滑るための助けになる気がして、ミューズリー・バー一箱をスマッシュ一籠と交換してもらったのに、もうその半分を飲んでしまった。

ブレントが身を乗り出してキスをしようとするが、背後で物音がして、わたしたちはさっと体を離す。

サスキアが好奇の目でこっちを見て、カウンターから飲みかけのビールの瓶を持ちあげる。「これ、忘れてきちゃったから」

サスキアとブレントにかつて何があったのかは、まだ調べていない。サスキアが出ていってドアが閉まるや、わたしは質問しようと口を開くが、こんどはヘザーがやってくる。

　ヘザーは冷蔵庫から瓶――シャンパンの瓶――を一本とり、くりっとした目でブレントを見る。「支配人にもらったの。あけてくれる?」

　わたしは笑いそうになる。毎晩、仕事であらゆる種類の瓶をあけているはずなのに、わざわざブレントに頼むなんて。そうすれば、あなたは特別だという満足感をブレントに与えられる――自分を男らしいとかなんとか思わせることができる、と考えているらしい。

　わたしは瓶に手を伸ばす。代わりにあけて、ヘザーのお楽しみを台なしにするつもりだった。ところが、ブレントがいち早くヘザーから瓶を受け取って、シンクの上で巧みに開封する。ブレントが瓶を返すときにほんの少し胸を張っていたのを、わたしはたしかに見た。ブレントはヘザーがグラスを探すのを見つめている。この気持ちは、正確に言えば嫉妬ではない。むしろ……好奇心? ヘザーはわたしたちにはけっして引き出せないブレントの一面を、みごとに浮き彫りにしてみせた。わたしなら、だれかに助けを求めるくらいなら死んだほうがましだ――相手が男ならなおのこと。ところが、ヘザーは故意に自分をか弱く見せて、いつの間にかブレントを魅了している。

　ただしそれも、デールがやってきてぶち壊しにするまでの話だ。

　ブレントとわたしは絨毯の上の一角へもどった。サスキアとジュリアンはカーティスとオデットの隣でソファに詰め合ってすわり、会話に没頭している。カーティスはオデットに惹かれているんだろうか。いちゃつく様子はいっさいないものの、ヘザーと会って、わたしは自分がどれほど男の人のことを理解してないかに気づいた。

「ハーコンフリップ(進行方向と逆にはいり二回転するマックツイスト)を試したことある?」オデットが尋ねる。

「ない」カーティスが言う。「きみは?」

「ハーコンフリップ？」ジュリアンが言う。「あんなの朝飯前だ」

オデットはあきれたように目をぐるっとまわすだけで、何も言わない。

「ぼくはいつも決めてる」ジュリアンが付け加える。

サスキアがソファの後ろから上掛けを引っ張り出して、みんなの膝の上に掛けると、ジュリアンは何を言おうとしたのか忘れてしまったようだ。助かった、神よ、感謝します。

デールはシャンパンのグラスを配る。「だれか、今後の天気を知らないか」

「今夜はどっさり降るらしい」カーティスが言う。

「まいったな」デールが言う。

「いやいや、こんなの屁でもないって」ジュリアンが言う。「去年の冬、ここに来てればよかったのに」

こんどは全員が目玉をまわす。頼むから、だれかこの男をだまらせてくれ。

ジュリアンがまた口を開くが、すぐに閉じた。ジュリアンの隣でつぶされそうになっているサスキアが、右手を毛布の下に入れている。嘘でしょ……まさか。

わたしはサスキアの腕の動きに気づく。

嘘じゃなかった。

部屋のど真ん中で。なんて大胆なんだろう。ほかのみんなはテレビに釘づけで、わたし以外だれも気づいていない。あきれるというか、さすがというか。この人は恥というものを知らない。

サスキアの目が室内を見まわし、わたしの目に据えられた。小さな笑みがサスキアの口の端を引きあげる。

わたしの胃がよじれる。でも、なぜなのか理由はわからない。

19 現在

寒くて湿った部屋で目を覚ますと、視線が真っ先にドアへ向かい、施錠されているかをたしかめ、それから室内を見まわして、ほかにだれもいないことを確認する。念のために、ベッドから出てバスルームを調べる。寒さで手足がこわばっている。

この部屋でもうひと晩過ごさずにすんでよかったと思いつつ、わたしは持ってきたセーターを残らず身に着け、その上からスノーボードジャケットを着てファスナーをあげ、窓際へ移動する。

青い空。純白のパウダースノー。寝不足でも、いつもの元気が湧いてくる。昼間は、考えがあまり悲観的にならない。携帯電話が見つかっても見つからなくても、きょうはここから出ていこう。ケーブルカーが動いていなくてもたいした問題じゃない――スノーボードでおりればいい。どちらにしても、出ていく前に、あのパウダースノーを滑るチャンスがあればいいのだけれど。

廊下は、薪を燃やした煙のむっとするにおいがする。カーティスは厨房で、立派なコーヒーメーカーの前にしゃがんでいる。穿いている色の濃いジーンズはきのうと同じもので、ハイテク素材を使った紫色のスパークのフリースジャケットには、あちこちにファスナーがついている。こめかみの傷は、フリースと同じ紫色に変わっていた。痛そうだから、氷で冷やすよう言いたいが、傷のことを意識しないようにするほうがいいのかもしれない。

「いま何時?」わたしは訊く。

カーティスが腕時計を見て答える。「七時二十分」

「時間がわからないのは、すごく妙な気分」

コーヒーメーカーが電子音を発した。カーティスが悪態をつく。

「故障かな」

「いいよ。ぼくが見てくる」

「まだスタッフはいないの？」

「ああ」いくつかボタンを押す。またしても電子音が鳴って、カーティスが悪態をつく。

「今朝はずいぶん機嫌がいいのね。眠れた？」

「あんまり」

わたしはカーティスの肩の上からコーヒーメーカーをのぞき見る。「豆が切れてる」

「なんでわかるんだい？」

「脳みそのおかげよ」シェフィールドにあるカフェの半分で働いたことがあるから、というほうが正しいのだけれど。

カーティスがむっとして振り返る。まさかこんなに気を悪くするとは思わなかった。わかっていたら、あんなふうに軽口を叩いたりしなかったのに。わたしはせっせとコーヒー豆を探す。ふだんから横柄で気むずかしい男たちの相手には慣れているので、こういうときは口を閉じるのがいいと心得ている。

カーティスは何事もコントロールできないと気がすまない人なので、この一件がこたえるのはうなずける。香水とベッドにあった髪の毛が、彼を相当悩ませているのだろう。

それとも、あんなにいらいらしているのには、もっと重大な理由があるのだろうか。カーティスが妹を殺して、それが発覚するのを恐れているのか。はたまた、カーティスがこの一件の黒幕、つまりサスキア失踪の謎を解くためにここにわれわれを集めた張本人なのか。かつてわたしに向けていた愛情がいまや憎しみに変わっていて、たったいまわたしが見たのは、カーティスの仮面がはがれかけた姿だったのだろうか。

わたしはシンクの上の食器棚を見てみる。

「悪かった」カーティスがぼそりと言う。「コーヒーを飲みたかっただけなんだ」

わたしはコーヒー豆のはいった広口瓶をおろす。「ほらこれ。カプチーノでいい？」

「ぼくが淹れるよ」カーティスが受け取ろうとする。「この型のコーヒーメーカーは前に使ったことがあるの」

「途中までぼくがやりかけてたから」

たぶんこっちが譲歩するべきだと思うものの、引きさがる気はない。「使い方を知らないでしょ」

カーティスが片方の眉をあげ、わたしは我を張りすぎたかもしれないと気づいて、息を呑む。膠着（こうちゃく）状態に陥ってしまった。しまいに、カーティスがしぶしぶ脇へ寄る。わたしはカーティスのほうを見ないように気をつけながら、コーヒーメーカーの上部の蓋をあけるが、忌々しいコーヒーの瓶の口があかない。

カーティスがわたしから瓶を奪って、その瓶の口をあけた。「筋肉のおかげだよ」笑いをこらえている。

やられた。わたしは背を向け、自分も笑っているのを隠す。コーヒーメーカーが音を立てながら動きだすと、挽きたてのコーヒーのにおいが部屋を満たした。

「前にここでコーヒーを淹れた？」カーティスが言う。

「いいえ。でも、どうして？」

「キッチンにはいってきたとき、コーヒーが香った気がしたんだ」

何を考えているのか、わたしにはわかる。サスキアはコーヒーに目がなかった。わたしはカーティスのぶんのカプチーノを手渡す。「きっとほかのだれかよ。携帯電話は見つかりそう？」

「いや。そうそう、髪の毛のこと、ほかの連中には——」

そのときブレントがのろのろとはいってきて、カーティスは口をつぐむ。ブレントの髪は立っていて、頬には枕の跡がついている。「おはよう」

ハグをする？　しない？　ブレントもどうしたらいいかわからないようだ。結局、ハグをしたものの、ぎくしゃくしてぎこちない。

「コーヒーは？」カーティスが訊く。

「ああ、頼む」

　またどちらが淹れるかで言い合いになる前に、わたしはコーヒーメーカーへ向きなおる。

　三人でカウンターにすわって、だまってコーヒーを飲んだ。室内の空気は張り詰めている。ブレントさえその空気を感じているようだ。黒っぽい目に、いままで見たことがない不安の色をたたえている。きのうはいろいろあったから当然だ、とわたしは思う。

　カーティスの言ったことはほんとうなんだろうか。ブレントが緊張しているのは、デールとヘザーを脅迫しているから？　だとしても、どうしてカーティスとわたしまでここへ連れてきたんだろう。ただの目くらまし？　あるいはわたしたちまで脅すつもりなんだろうか。

　わたしはそわそわと体を動かす。ブレントの知らないある事実が、不意に頭に浮かぶ。自分としても胸を張れることではないけれど、ブレントにとってもそうなんじゃないだろうか。

　わたしはコーヒーを飲み干して、勢いをつけて椅子からおりる。「ゴンドラワゴンを見てくる」

「もうぼくが見てきた」カーティスが言う。

　でも、自分の目でたしかめたいし、とにかく少しひとりになりたい。両開きのドアを抜けて凍てつく外気のなかへ出て、金属の階段をおりた。

　目の前の景色に息を呑む。見渡すかぎりアルプスの山々がひろがっている。山の白、谷の緑。雲ひとつない空に小さなオレンジ色のゴンドラが静止したままぶらさがっていて、その無数に連なるゴンドラの列が、崖の向こうで一瞬視界から消えるものの、また高原のはるか下へとつづいている。ここからではル・ロシェの村は見えない――村は谷の奥にあるからだ。

わたしは運転室へと注意を移し、ドアがあかないか試してみる。やっぱり施錠されている。両手を目の上にかざして窓をのぞきこんだ。入り組んだ操作盤や、いろんなモニターがある。たとえ押し入っても、わたしたちにはたぶん運転は無理だ。キーがなければ動かない。

でも、かまわない。自力でおりるつもりだから。スノーボードで行けるところまで行って、雪がなくなったら歩く。雪線がずいぶん高い位置にあったから、かなり歩くことになるけれど、半日あればみんなで下までおりられるだろう。

背後で階段を踏む足音が響く。デールだ。ゲームショーのホストっぽいデールは、チャコールグレーのニット――おそらくカシミア――に洒落たジーンズといういでたちで、高級なアフターシェーブローションのにおいをさせていて、スノーボードの専門誌《ホワイトラインズ》よりむしろ最近は《GQ》誌を読んでいるといったふうだ。ただしスノーボードジャケットのフードはきのうの喧嘩のせいで破れているうえ、目のまわりが黒く変色しはじめている。

デールがあたりを見渡して言う。「やっぱり施錠されてる？」

「ええ」わたしは室内へもどるために、デールの横をすり抜けようとする。

デールがわたしの右腕をつかむ。「きみがおれたちをここへ誘いだしたんだろ、ミラ」

「ちがう」わたしは腕を振りほどこうとするが、デールの握力は強い。

「だったらなんで、妻がそう言ってるんだ？」

この場所には何かがある。山の野性が人のなかにまではいりこんでくるかのようだ。あるいはただ、文明から遠く離れているせいかもしれない。ここまでは警察の手も届かない。

「知らない。手をはなして」

かえって腕を握る力が強くなる。「その前に、質問に答えろ」

心臓がばくばくしているけれど、こういう状況でこわがっている様子を見せてはいけない。「痛い目を見るわよ」攻撃は最大の防御なり──少なくとも、父と兄によれば、そうだ。

デールはまばたきひとつしないで言う。「もっと痛い目に遭わせてやる」

にらみ合いながら、わたしは記憶にあるデールの痕跡を探す──ちらっと見えるタトゥーを、耳と唇にあったピアスのあとの孔(あな)を。でも、何もない。まるでデールという人間が存在しなかったかのように。

20　十年前

サスキアはスノーボードパンツのまま着替えもしないで、ガサガサ音を立てながらジュースを作っている。だれもアルコールを飲みたがらなかったので、きょうのガールズナイトはおとなしいものになりそうだ。わたしはそれで全然かまわない。

オデットとわたしはカウンターにもたれている。

「何がはいってるの？」わたしは尋ねる。

サスキアは笑いをたたえた目でこちらを見る。「ビーツ、ニンジン、ホウレンソウ、レモン」

飲み物を渡されてわたしが緊張したら、サスキアにはわかるだろうか。きっとわかるだろう。きょうも山で二度ほどコーヒーをおごってもらった。ホットドリンクを買う余裕がなくて、こちらからお返しをしていない。でも、サスキアにはそれを気にしている様子はなかった。ル・ロシェ・オープンの一件を彼女なりに埋め合わせているつもりなのかもしれない。

サスキアがベージュ色の粉末をひとすくいミキサーに入れる。「マカも」

わたしは容器の表示を読む。

「筋肉の回復を助けるんだって」サスキアが言う。

わたしはにおいを嗅いでみる。「まずいの？」

オデットが粉末を指につけて舐める。数日前に転倒して痛めた手首にサポーターをつけている。「悪くないよ。舐めてみて」

わたしはそのことばに従う。「うえっ」

サスキアがミキサーのスイッチを入れる。「混ぜちゃえば平気だって」

オデットが別の容器に手を伸ばす。スーパーグリーン。「これも入れて」

「だめだめ。まじでミラに気に入ってもらいたいんだ」サスキアは茶色の液体をグラスに注ぎ、おのおのがそれを持ってソファへ移動する。

サスキアのアパートメントはせまいけれど、わたしの部屋よりはるかにきれいで、薄い色の木の床にカラフルなラグが敷かれている。

「あなたもここで生活してるの？」わたしはオデットに訊く。

オデットの白い肌がきょうは日焼けしている。「うん。スキー用具のレンタル店の上にアパートメントを借りてる」

「ここはあたしとヘザーだけ」サスキアは言う。

「今晩、ヘザーは仕事？」わたしは訊く。

「そう、ありがたいことに」サスキアが前かがみになって空のグラスをコーヒーテーブルに置くと、セーターがずりあがって、ほっそりした背中がのぞく。わたしはサスキアに惹きつけられる。こんなに小柄なのに、驚くほど強い。

コーヒーテーブルの上に、雑誌が散乱している。そのなかに持ち主の内面を伝えるものがないかと、ざっと目を注いだ。フランスのファッション雑誌と、スノーボードの専門誌、中身のないイギリスのセレブ雑誌が混ざっている。そこからわかることはほとんどないし、そもそもここにはヘザーのものが含まれているかもしれない。

わたしは壁に立てかけてあるスノーボードを指さして言う。「ところで、あのボードって全部あなたの？」

「ええ、ひとつはちがうけど」サスキアが言う。「あれはヘザーの板」

「まさか、あなた五つもボードを持ってるの」

すべてがスポンサーから提供されたわけではないだろう——少なくとも、二本はサロモンですらない。ああいうボードは平均価格が五百ポンドほどで、けっして安くはない。

わたしはオデットのほうを向く。「いくつ持ってる？」

「三本」

「そういうあなたは？」サスキアがわたしに訊く。

「一本」そう答えるが、訊かれたくなかった。「でも、それでじゅうぶん。奇跡(マジック)のボードだから」

みんなが笑う。

ジュースを飲んでいると、サスキアがこっちを見ているのに気づく。ひょっとしたら、惹かれているのは向こうも同じなんだろうか。

サスキアがコーヒーテーブルに裸足を突っ張らせる。今夜の爪先は銀色だ。「ミラ、訊きたいことがあるんだけど。スノーボードとセックス、どっちがいい？」

そういう話を期待していた。なんと言ってもガールズナイトなんだから。オデットとスノーボードの話をするのも大好きだけれど、サスキアのいる前で自分の進み具合について話すのは避けたかったから、話題を変えてくれてよかった。

「だれと一緒にするかによるわね」わたしは言う。

サスキアの目にいたずらな光がよぎる。「ブレントとだったら」

「言ったでしょ。ブレントとは付き合ってないって」

きょうブレントとカーティスは競技会でイタリアへ行っている。あとでブレントに電話をして、ふたりの成績がどうだったかを訊くこと、とわたしは心に刻む。

サスキアが片方の眉をあげる。

「まあ」わたしは言う。「どっちも好き」

オデットがにっこり笑う。「そうよ、片方は昼に、片方は夜に」

「つまんないこと言わないで」サスキアが言う。

今夜のサスキアはオデットに対していらいらした様子で接していて、まるでわたしをひとり占めしたがっているかのようだ。勝手なうぬぼれだろうか。三というのは扱いにくい数字だ。このささやかな三人組のなかで、オデットはまじめな人、サスキアは愉快な人で、わたしは気づくと両者のあいだで引っ張られていることが多い。今夜はサスキアのほうへ傾いている。

「どうして両方いっぺんじゃいけないの？」サスキアが言う。「山で静かな場所を見つければいい」

「たとえば、ゴンドラリフトとか？」わたしは言う。

サスキアが作り笑いをする。「それって経験談？」

わたしは声をあげて笑う。「まさか！　次はあなたの番。どっちがいい？」

わたしはサスキアの答えが聞きたくてたまらない。どこへ行っても男たちを振り向かせる人なのに、ジュリアン以外のどんな男にも興味を示さない。そのジュリアンに対しても、実はスノーボードについてのアドバイスをもらうために、我慢して相手をしているんじゃないか、とわたしは疑っている。わたしと同じで、練習に集中したいんじゃないだろうか。

「そう、あなたの言うとおり。両方必要かな」

「ジュリアンと？」わたしはさらに尋ねる。

サスキアは笑って、顔をそむけた。

次はオデットに訊こうと思ったとき、玄関のブザーが鳴る。やってきたのは、忌々しいジュリアンだ。

サスキアがジュリアンに挨拶を――両頬にクールなキスを――するのを、わたしは見つめる。

オデットが顔をしかめて言う。「ガールズナイトなのに」

「あら、別にかまわないでしょ」サスキアが言う。

ジュリアンとオデットはどちらもフランス人だから仲がいいと思うかもしれないが、ジュリアンに話しかけるのはかならずサスキアだ。今夜オデットは挨拶のキスもしないで、ただうなずいただけだった。

ジュリアンがフランス語で何か言う。

「今夜は英語で話すことになってるの」サスキアが言う。

「きょう、ぼくのインバーテッド二回転（セブントゥエンティ）を見たかい」ジュリアンが尋ねる。

わたしたちはしばらくジュリアンの話に耳を傾ける。おもしろい内容なのかもしれないが、英語があまりにたどたどしくて、話を追うのに苦労する。サスキアが口をはさみ、次のスイスでの大会についてオデットに尋ねる。サスキアが興味を失っているのに、ジュリアンはおかまいなしだ。サスキアから目を離さない。自分のミューズか何かだといわんばかりだ。

わたしはオデットのほうを向いて言う。「きょう、あなたが九百ポンドという大金を獲得したのをこの目で見たわ」

オデットは手を振る。「たいしたことじゃないの。わたしはきょう、あなたが自分の二回転（セブントゥエンティ）をつかむのをこの目で見たもの」

「大半は失敗だったけどね」女性同士ならではのやり

とりで、お互いに謙遜し合う。

　サスキアがあくびをした。ジュリアンのように自慢話をすることはないが、自分を卑下することもない。その必要を感じないのだろう。サスキアは首を揉み、一方をほぐしてからもう一方をほぐす。

「痛むの？」ジュリアンが勢いよく立ちあがって、ソファの後ろに立った。サスキアの髪を脇へ寄せて、指を肩に食いこませはじめる。その恍惚とした表情は、両親の家の猫が人の膝を踏み踏みしているときの顔そっくりだ。

　わたしは笑いを噛み殺し、オデットも気づいているか様子をうかがった。オデットは奇妙な目でふたりを見つめているが、そのうちにわたしに見られていることに気づく。

　オデットの表情から陰りが消え、わたしは自分の思いすごしだったのかと思う。

　一瞬、オデットの目に憎しみを見た気がしたのだ。

21　現在

　デールの手がいっそう強くわたしの腕を締めつける。女は殴れないという男もいる――たとえば、ブレントがそうだ。カーティスはおそらく、必要に迫られれば女だって殴れると考えているのだろうが、実際にはできないんじゃないかと思う。いまデールの灰色がかった緑色の冷たい目を見つめていると、この人はきっと殴れると確信する。

　十年前に〈グロー・バー〉でデールがどんなふうにサスキアを攻撃したかを、ふと思い出して、脳が勝手に働きはじめる。あのあと改めてサスキアを襲って、殺したんだろうか。サスキアの身に起こったのは、そういうこと？　だとしたら、わたしはいま、ほんとうに危険な状態にある。罠にかけようとわたしがデールを誘い出した、と思っているのだから、いまのデールは追い詰められた動物と変わらない。

そうとしか思えない。わたしはどうしたらいいんだろう。ゲームショーのホストっぽいデールにこんなふうに脅かされて。ヴァイキングのデールにもどってほしい。

デールの手を見る。爪はきれいに手入れされ、手首には金色のふさふさした毛が生えている。

最高の戦士は、戦いを避けるためにあらゆる手を尽くすものだ、ミラ。だが、避けられないときは、先手をとって強打しろ。

父が戦い方を教えてくれた。わたしの父は、強い男で、頭も切れた。この体勢なら左手で殴れるし、もっといいのは膝で股間を蹴りあげることだが――ほんとうはそうしてやりたいけれど――そうすると相手が殴り返してきて、結局双方が傷つくことになる。まず別の手を試してみよう。「いますぐその手をはなして。でないと、あなたにキスされたとヘザーにばらす」

卑怯な手だ。キスを誘ったのは、わたしのほうだったのだから。でも、かまうことはない。いまは死に物狂いなんだから。これでだめなら、膝蹴りを見舞って逃げよう。

デールはわたしの腕をはなした。

以前はデールを大いに尊敬していた。愉快でおおらかで、スノーボードだけでなく、ファッションや人生についても独特のセンスを持っていた。ゆうべ、ヘザーがブレントとふたりでリネン室にいたことを話すべきだろうか。

いや、まずブレント側の事情を聞くべきだ。それ以上に必要なのは、この場を脱け出すのに集中すること。わたしは階段をのぼりながら、呼吸を落ち着かせようとする。

「あのさ」デールが声をかけてくる。

わたしは振り返る。

「悪かった」

冗談でしょ？　あんなことをしておいて、謝ったらすべて許されると思ってるの？　謝罪が本気かどうかもわからなかったけれど、わたしはうなずいて階段をのぼり、比較的安全な厨房に着くまで息を詰めていた。

厨房にヘザーがいて、白いスキニージーンズに、きのうも履いていたヒールのあるブーツといういでたちで、いつになくめかしこんでいる。わたしのすぐ後ろからデールが歩いてくるのを見て、ヘザーの目が険しくなる。

ちがうの、ヘザー。デールにキスなんてしてないから。**今回は。**

デールはまっすぐヘザーのところへ行って抱きしめる——妻を安心させるためなのか、自分の意見を主張するためなのか、あるいはその両方なのか、わたしにはわからない。

わたしはカーティスの視線が自分に注がれているのを感じる。動揺が見た目にも表れてしまったんだろうか。

「ゴンドラリフトは動いてた？」ヘザーが訊く。

「いや」デールが答える。

「そりゃそうだよな」カーティスが付け加える。

全員の頭がそちらを向いた。

「ぼくたちをここへ連れてくるためにここまで手間をかけたのなら、そんなに簡単に逃がすはずがない」

「携帯電話さえあったら」ヘザーが言う。

「だからこそ奪ったんだろ？」カーティスが言う。

「ぼくたちをここに足止めしたかったから」

震えが全身を走る。ほかに何を企てているんだろう。

「わたしたち、あしたの夜の飛行機に乗る予定なの」ヘザーが言う。「月曜日に仕事にもどれるように。これからどうするの？」

「朝食をとるっていうのは？」カーティスが言う。

ヘザーが不満をこぼす。

「それから自力で山をおりる」カーティスがつづける。「さいわい、だれがこれを計画したにせよ、ぼくらから携帯電話だけでなく、ボードも取りあげるほど利口じゃなかった」

デールが咳払いをする。「ヘザーはボードを持ってない」

そんな。考えもしなかった。

カーティスがわたしとブレントを期待に満ちた目で見て言う。「予備は持ってきた？」

ブレントもわたしも首を横に振った。

カーティスはヘザーのブーツを見る。「せめてほかに履くものを持ってきてるんだろ？」

「ええ」ヘザーが言う。

「それを聞いて安心した」

ヘザーが夫のほうを横目でおずおずと見る。「ストラップつきのヒールの靴だけど」

カーティスが両手で頭を抱える。たしかにデールの言うとおりだ。わたしたちには問題がある。

「言っただろ」デールが言う。

ヘザーが不満げな顔で言う。「踏破しなくちゃいけないってわかってたら、こんなとこ来なかったわ」

踏破ってほどじゃないけど、とわたしは言いかける。そのとき、下へおりるルートの山頂付近が脳裏に浮かぶ。このスキー場に多くある上級者用のコース——プロ用の最難関コース——のひとつで、険しいうえに岩だらけだ。スノーボードを使える場合のいちばんの問題点は、地面がまだらに雪に覆われていることで、ボードを傷つけるリスクがある。一方、スノーボードがないと、ヘザーはところどころで〝踏破〟しなくてはならない。

これはまずい。

「ヘザー、足のサイズは？」わたしは訊く。

「五」

「わたしは七。靴下を重ねた上に履けば、わたしのコンバースでいけるわね」

ヘザーがうなずく。

デールに視線を向けて思う。**わたしを脅したことをやましく思えばいいのに。**

「きみはどうする、ミラ？」カーティスが言う。

「スノーボードブーツを履いていく」新しいブーツで、まだ履きなれていない。足のマメのことを思うと、つい腰が引ける。

全員が――デールまでが――カーティスに視線を注いで、裁定を待つ。これまでの人生をほぼずっと山で過ごしてきたカーティスは、明らかにだれより経験が豊富だ。

カーティスは首を横に振る。「気に入らないな。夏のあいだずっと日差しを受けていたから雪は氷になっているだろう。ぼくらが雪線の端に着くまでに、コンバースで歩くヘザーは滑りまくる羽目になる」

「わたしたちがロープで引っ張ればいいわ」わたしは言う。

「正面玄関のそばの倉庫にロープがある」デールが言う。

デールとカーティスはゆうべの件で互いに対してまだ腹を立てている――まさにひりひりする関係だ――が、それでもひとまず意見のちがいを脇に置くことにしたようだ。ここから脱出することを全員が熱望し、力を合わせようとしている。

「登山の経験は？」カーティスがヘザーに訊く。「山歩き程度でもかまわない」

ヘザーが青い顔でかぶりを振る。

カーティスはデールのほうへ振り返る。「あちこちに崖があるんだ。もしヘザーが滑ったら、このなかのひとりを道連れにして、山からきれいさっぱり消え去ることになる。この手は最終手段としてとっておこう。

まず、それ以外のあらゆる手を講じるべきだ」

「たとえば？」わたしは言う。

「たとえば、リフトの運転室に侵入するとか。もしゴンドラリフトを動かせたら、全員で途中までおりられる。それがだめでも無線か、非常ボタンのたぐいがあるかもしれない。建物の周辺を調べて、何があるか見てみる必要がある。ひょっとすると、Tバーリフトの乗り場の小屋に無線があるかも」

「こんなことをしたのは、きっと一種の異常者ね」ヘザーが震える声で言う。

カーティスが間を置いて言う。「ぼくら五人のほかにだれかがいると思えるような何かを、見たり聞いたりしなかったか」

カーティスが室内を見まわすときに一瞬目が合って、わたしはカーティスの意図に気づく。香水のことも髪の毛のことも言わなかったが、おそらくそれがカーティスの狙いだ。

みんなが首を横に振る。

カーティスは、何人かずつに分かれようとは言わなかった。なぜだろう。ヘザーとデールをここに残して、わたしとブレントとカーティスの三人でスノーボードを使って降り、スキー場のスタッフにリフトを動かしてもらう手もある。妹が生きているかもしれないという思いが邪魔をしているんだろうか。

「よし」カーティスが言う。「食べたら動きだそう」デールに鋭い視線を向ける。「ほかにいい案がないなら」

デールは片手を頭の高さにあげて、皮肉たっぷりに敬礼する。

カーティスが厨房からつかつかと出ていった。

ヘザーがブレントのほうを見ているので、ゆうべリネン室で何をしていたんだろう、とわたしはまたしても考える。

デールがヘザーの耳に何かをささやいて、ヘザーがうなずき、デールの顎に鼻をすりつけた。完璧な結婚生活ではなかったとしても、デールはヘザーに寄り添っている。そういう相手がいるのは、どういう気持ちなんだろう。いつも支えてくれる人がいるというのは。自分に経験がないからわからない。自分で選んだ道でも、やっぱりそんなふうに考えることがある。そういう相手をわたしは見逃してしまったのだろうか。

　わたしは背を向けて、チョカピックを容器に注ぎ入れる。このチョコレートシリアルを食べるのは、あの冬以来だ。各自が容器を持って食堂にはいると、いくつも椅子がひっくり返っていて、床にはゆうべの喧嘩で割れたガラスが散乱している。

　食べているあいだ、ぎこちない沈黙がおりる。ヘザーがブレントの視線をとらえようとしている。

だめよ、ヘザー。デールに見つかってしまう。

　窓の外へ目をやると、太陽が氷河に照りつけてまぶしいほど輝いているので、目元に手をかざさなくてはならない。スロープの二、三百メートル上には、いろんなジャンプ台の残骸がある。バートンが毎年八月に開催する夏合宿で使われたものだろう。

　悲しみが胸を満たす。別の人生だったら、わたしたちはあそこで楽しんでいただろう——それなのに、こんなところに閉じこめられて、恐ろしい出来事をめぐって互いを疑い合っている。

　期待していたような、郷愁を誘う再会ではないということを、いい加減もう認めなくてはならない。

　それに、ここにいる人たちはもう友達ではないということも。

22　十年前

アドレナリンが血管を駆けめぐる。きょうはバックフリップ（後方への縦回転）の日だ。夜のうちに雪が降ってパイプに積もったままなので、みんなで氷河へ行ってジャンプ台を作ることにする。

〝ここは高山エリアです。クレバス、雪崩注意！　この先はご自身の責任で！〟警告の標識が六つの言語で繰り返し訴えているが、わたしたちはフェンスの下をくぐって、パウダースノーに足を踏み入れる。

新雪が日差しを受けてきらきらと輝く。わたしにとっては最高のタイミングだ。着地面がいつもよりやわらかい状態で新しいトリックを試すチャンスなのだから。ストレートのジャンプ台でバックフリップをものにできたら、ハーフパイプでマックツイストを試せる。

きょうここにいる仲間は七人。デールとカーティスがシャベルで作業をする——バックパックにストラップで留めて持ち運びできる、折り畳み式のシャベルだ。あとの五人が手とボードを使ってジャンプ台の形を整えていく。わたしはスノーボードパンツを通してしみこんでくる冷気を感じながら雪に膝を突き、バインディングを握ってボードを前後に滑らせながら、踏み切り用の斜面をなめらかにする。

カーティスが体を起こすと、力仕事のせいで顔が赤くなっている。「もうよさそうだけど。こんな感じでいいかな」

わたしとカーティスは膝まで雪に沈みつつ一歩一歩斜面をのぼっていく。この高さだと空気が薄くて、わたしは産気づいた妊婦のように息を切らしている。カーティスも呼吸が激しいので、わたしは少し気が晴れる。

「もっとジムへ行ったほうがいいわよ」わたしは言う。

「よけいなお世話だ。ゆうべ、来なかったね」

「リハビリに行ってたの」赤ちゃんの手袋を拾いに崖から飛んで以来、膝の痛みが再発していたのだ。

首をひねって、声が届く範囲にサスキアがいないことをたしかめる。サスキアはオデットとジュリアンと一緒に、ずっと後ろのほうにいる。「サスキアってマックツイストはできるよね？　ブリッツの決勝でも決めてたし」

「ああ」カーティスが言う。

「まだここであれを飛んでるのは見てないけど」

「ヒンタートゥクスの夏合宿で、ひどい落ち方をしてね。失神したんだ。それ以来、ヘルメットをつけるようになった」

「その後、マックツイストを試したことは？」

「ないよ、ぼくの知るかぎり」

「気になる話ね」もしきょうわたしがバックフリップを成功させたら、サスキアとしてはおもしろくないだろう。

ブーツの下で雪が崩れ落ち、カーティスがわたしを後ろへ引っ張り寄せる。いまさっき足をおろしたところに、ガラスを思わせる青い亀裂があった。

その亀裂をふたりして慎重にのぞきこむ。深い裂け目が延々と下までつづいている――いわゆる〝底なし〟だ。

「ここにでかいクレバスがあるぞ、みんな」カーティスが後続に向かって叫ぶ。

わたしは亀裂がほかにもないか、あたりをたしかめる。問題は、大半のクレバスが幾重もの薄い雪の層――言うなれば、雪の橋――の下に隠れていることであり、足を乗せるまで、そこにあると気づかない。

「行きましょう」わたしはカーティスに言う。「どうぞお先に」

カーティスは笑って、ボードのテールで前方の雪をたしかめながら進んだ。ゆっくりとのぼりつづける。上に着くと、荒い息をしながらボードを装着する。

カーティスがヘルメットをかぶる。この少人数のグループのなかでヘルメットを使うのは、カーティスとサスキアだけだ。自分も着けるべきだとは思うものの、ヘルメットは安くないので、購入までにはいたらない。

後続が追いついてくると、サスキアがフランス語でジュリアンに質問しているのが聞こえてくる。ふたりのあとを、オデットがいらいらした様子で歩いている。

「だれがモルモットになる?」カーティスが言う。

「わたしが!」間髪を容れず、わたしは言う。このグループでいちばん実績がないのだから、みんなについていけることをここで示す必要がある。

アプローチはまっすぐに、とわたしは自分に言い聞かせる。何しろみんなに注目されているのだから。

スピードを出しておりたらいったん沈み、またのぼって踏み切ると、空中へ飛び出す。思った以上に高く体がほうり出されるが、思いきってヒールサイドのエッジをつかんでテールを突き出し、進行方向に対してボードを立てるように宙を舞う。メソッドグラブ。技が決まったかどうかは、手応えでわかる。そしていま、まさにそれを感じている。

重力によって下へ引っ張られる。グラブをはなす。落ちる距離が大きいから衝撃も大きいはず。体の重みが大腿四頭筋を伝わる。乗りきったのは、日々のレッグプレスのおかげだ。

上のほうから歓声が漂ってくる。ストラップをはずしていると、カーティスが飛び、そのあとにオデットがつづく。ふたりのメソッドグラブのおかげで、自分の改善点がわかった。ふたりの着地点は、わたしがおりた地点のほんの二フィート先だ!

次にサスキアがジャンプして、そのあとジュリアンとブレントが飛び、それを見てわたしは思わず微笑む。みんなもメソッドグラブだったからだ。デールもつづき、メソッドと同時に百八十度回転し、すぐに手をはなしてインディグラブのあと着地する。オークリーがデールの支援を決めたのも不思議はない。デールには自分のスタイルがある。

「ちぇっ！　ダブルグラブか」ジュリアンがだれにともなく言う。「気に入らないな」

わたしは上へもどろうと、オデットと並んで歩く。ゆうべはオデットの部屋で、遅くまでフランスのスノーボードのDVDを観ていた。オデットはサスキアがそばにいないと様子がちがっていて――肩の力が抜けていて――それは自分にも言えると思う。オデットはサスキアがどこにいるかを言わなかったし、たぶん喧嘩でもしたんだろうと察して、こちらから尋ねもしなかった。ゆうべはふたりでこの冬の目標について話をした。エントリーする予定の競技会のこと、覚えたいと思っているトリックのこと。もしオデットがイギリス人だったら、そんな話は絶対にしないが、そもそもわたしよりずっとうまいので、別に気にする必要もない気がした。

わたしたちのすぐ後ろに、ジュリアンとサスキアが歩いている。ジュリアンの英語よりサスキアのフランス語のほうがましなのだろう、ふたりはまたフランス語で話している。ジュリアンがジャンプ台を指さす様子からして、サスキアにアドバイスしているようだ。

「あの人、フランス語で話しても、英語のときみたいにばかっぽく聞こえるのかな？」わたしは声を落としてオデットに訊く。

笑ってくれると思っていたのに、オデットはにこりともしない。「そうね」

オデットはジュリアンのことが心底きらいなようだが、それもうなずける。ふたりともすばらしい選手だが、ジュリアンは機会さえあれば自分がいかにすごいかをだれかれ構わず訴え、かたやオデットはひたすらこうべを垂れて滑っている。もしカーティスから聞かなかったら、今週フランスのヴァールで開催されたFISワールドカップでオデットが二位に入賞したのも知らずじまいだっただろう。

「きょうは何を練習するの？」オデットが言う。

わたしはためらったのち答える。「バックフリップ、できたらいいなって」そうすれば、おじけづくこともなくなる。

「はじめて？」

「そうなの。すごく緊張してる」

手袋をはめたオデットの手がわたしの腕をつかむ。

「心配しないで。きっとできる！」

上でブレントがボードを装着している。

「バックフリップに挑戦するの」わたしは抑えた声で言う。「何か最後のアドバイスは？」

「頭から着地しないこと」ブレントがにやりと笑う。「まあ、別にないよ。トランポリンでうまくできてたから。ただし、思いきってやること。中途半端はいやだ、失敗しない、と心に決めること」

ブレントがズボンを腰穿きにして、背中を丸めてだらだら歩く様子は、だれが見ても一流のアスリートだとは思わないだろう。大麻をきめているんじゃないかとさえ思える――あるいは、とにかくだるそうに見える。そう思っている人は、スノーボードをつけたブレントを見るといい。

ブレントがジャンプして、高い二回転（セブントゥエンティ）を決める。恐れる様子はいっさいない。わたしはブレントが羨ましい。手袋のなかでじっとりと手のひらが汗ばんでくる。サスキアはボードをつけているあいだも、ジュリアンに質問している。わたしはバックフリップを成功させてサスキアの顔を見るのが待ちきれない。

カーティスが立ちあがる。「行く？」

「ううん。あとでいい」まだ準備が整っていない。

カーティスがスピードをあげてパイプをくだり、なめらかなバックフリップを決める。全員が喝采を送る。

さあ、ほんとうにわたしの番だ。滑りおりる。スピードが肝腎だ——ボードをまわせるだけの滞空時間が要る。ノーズが踏み切りの端に達した瞬間、わたしは後ろに体重をかける。

ジェットコースターのループをまわるのに近い。ただし、この場合は座席に安全ベルトで固定されてただすわっているのではなく、これから何が起こるのかわからない。視界が青一色になり、それから真っ白になる。いま地面に激突したら、まちがいなく首が折れる。そのあとまた青空が見えて、また体の下にボードがある状態で着地する。

喝采の声がさっきのカーティスのときより大きい。

わたしがもどると、カーティスがうなずいて敬意を表する。「やったな」

わたしは別に特別なことじゃないとでもいうように受け流す。けれども、内心では喜んでいた。なぜなのかはわからないけれど、カーティスからの賛辞は、ほかのだれからのことばよりわたしには意味がある。カーティスは兄と父が合わさったような存在で、わたしにとって、カーティスにすごいと認められることは、不可能をなし遂げ、兄と父に認められるのに等しい。カーティスへの気持ちは友情とは程遠いのだから、われながらばかげているとは思うけれど、この瞬間をわたしは胸にしまっておくだろう。

サスキアがジャンプ台から飛び立ち、ふたたびスピンするのを見て、わたしは笑みを隠せない。こちらがハードルをあげたため、サスキアは届かないのだ。

カーティスがわたしの顔を見る。「妹には気をつけろ」

「どういう意味？」わたしはびっくりして訊く。

「とにかく……気をつけてくれ」

「手加減しろって言ってるの？」まさかそんなことを言う人じゃないと思いたい。

「ちがう。でも、妹は負けずぎらいだから」

わたしは笑う。「だれだってそうでしょ」

カーティスが何か言おうとするように口をあける。でも、また閉じてしまう。

それを見てわたしは、サスキアがほかにどんなことをしてきたのか、よけいに気になってしまう。でも、サスキアとわたしはもう気持ちが通じている。サスキアが陰でこそこそするはずがない。

「心配ご無用」わたしは言う。「わたしも精一杯戦うから」

そのとき、ジュリアンがジャンプ台から身を躍らせ、奇妙なコークスクリューを飛ぶ。わたしはスノーボードのフリースタイルの、こういうところが好きだ。百分の一秒単位で勝者が決まって、それを決めるのに写真判定が必要なサイクリングやランニングの競技とはちがう。わたしたちのスポーツは歴史が浅く、競技者はつねに新しい技を——できるなんてだれも思わず、想像すらしないトリックを——ものにしつづける。いまから十年後に選手たちがどんな技を駆使しているかを考えてみるといい。

ブレントのところまで行くと、背中を軽く叩かれた。

「よかったよ、ミラ」

そのあとバックフリップを五つ飛び、わたしはかなり満足した。着地を決めるたびに、リードしているうちにやめたほうがいいと自分に言い聞かせた。でも、サスキアの表情を見ると、もう一度飛ぶ気になる。

これこそが、サスキアに勝つための方法だ。汚い手を使うのではなく、ひたすら努力することで、新しい技術をひとつひとつものにしていく。わたしには助言を請うことができる専門家集団がついているし、四月の半ばに開催されるブリッツまであと三か月ある。これならいける。

ブレントとデールは上ですわって、ミューズリー・バーを食べている——わたしが持ってきたものだ。気に入った人がいて何よりだ。それにまだ同じものを二

ハヤカワ文庫の最新刊

6
2021

●表示の価格は税込価格です。
＊価格は変更になる場合があります。
＊発売日は地域によって変わる場合があります。

英国推理作家協会賞最優秀長篇賞ゴールド・ダガー受賞！

HM461-3,4

天使と嘘（上・下）

マイケル・ロボサム／越前敏弥訳

eb6月

殺人事件を追う心理士サイラスは、嘘を見抜く能力を持った少女、イーヴィと出会う……豪州の巨匠によるゴールド・ダガー受賞作

定価各1210円［16日発売］

JA1489

いま届けたい、ＳＦと奇想の傑作選

日本ＳＦの臨界点 中井紀夫

山の上の交響楽

伴名練・編

eb6月

昨年話題を呼んだアンソロジーに続き、作家別傑作選を三カ月連続刊行。星雲賞受賞の表題作ほか、書籍初収録作を含む奇想＆ＳＦ集

定価1166円［16日発売］

バレエ学校に入学したら、スパイの訓練を受けることに!?

〈ハヤカワ・ジュニア・ミステリ〉

スパイ・バレリーナ

——消えたママを探せ!

ヘレン・リプスコム／神戸万知訳

eb6月

バレエ学校の裏の顔は、スパイ養成所!? 入学早々バレエコンクールの主役に選ばれ、スパイの仕事まで任されたミリー。透明なスパイ用スマホや「空飛ぶチュチュ」が、行方不明のママを探すカギ? 嘘でしょ! 一癖ある仲間と共に失踪事件の謎を追う! 小学5年〜

四六判並製　定価1650円〔16日発売〕

アマゾン、スラック、ツイッター社で磨かれた対話術!

会議を上手に終わらせるには

——対立の技法

バスター・ベンソン／千葉敏生訳

eb6月

絶対に無くせない意見の対立。企業で、家庭で、そこから前向きな一歩を踏み出すにはどうすればよいのか? アマゾン、ツイッター社などでチームを率いてきた著者が導き出した、人が必ずもっている認知バイアスを逆手にとる、実りある対話のための必須テクニック。

四六判並製　定価2420円〔16日発売〕

マーガレット・アトウッドも感嘆した、蜂の視点で語られた『侍女の物語』

蜂の物語

eb6月

果樹園の蜂の巣で、最下層の蜂として生を享けたフローラ七一七。女王を崇めて労働を称える教理により厳重に管理される蜂社会で、フローラはほかの蜂とは異なっていた。育児室の世話をし、花蜜を集める彼女は、女王にのみ許される神聖な母性を手にしたのだ……

十箱持ってきている。自分のボードを置いて、わたしはブレントの隣の雪に体を沈め、ミューズリー・バーにかぶりつく。

はっと息を呑む女性の声がして、わたしは振り向く。近くにサスキアが立って、手で口を覆っている。

「ほんとごめん、ミラ」

恐怖が押し寄せてくる。さっき置いたところにボードがない。

すばやく立ちあがった。ボードがわたしのもとから去ろうとしている。いままさに斜面を滑り落ちている最中で、やがてやわらかい地面にぶつかって止まるんだろうか。

でも、実際にはそうじゃない。

「わざとじゃないのよ」サスキアが言う。「爪先が引っかかって」雪にあいた穴を指さす。

わたしは駆けだす。細いクレバスの三十メートルほど下に、わたしの大事なボードがあるのがかろうじて見える。

サスキアに目をやり、その顔にかすかに笑みが浮かんでいるのを見るが、サスキアはすぐにその笑みを消す。

気持ちが通じ合っていたのも、もはやこれまでだ。サスキアはまだ理解していないかもしれないが、これは戦いのはじまりだ。

23　現在

　ブレントが運転室の窓を叩く。「強化ガラスだ」

　ブレントとカーティスはスノーボード用の手袋とゴーグルを装着し、いちばんいい侵入方法について話し合っている。

　そのほかの面々は後ろに控えている。わたしはチャンスができ次第、そっと抜け出して、みんなの部屋を捜索するつもりだ――携帯電話と、この一件の首謀者を見つける手がかりを探すために。

　風がまた強くなってきた。オレンジ色の小さなゴンドラがきしんだ音を立てて前後に揺れる。そもそも、リフトが動かせるとは期待していなかった。最近のスキーリフトにはそれなりのセキュリティが施されているはずだし、わたしたちをここに集めただれかは、こんなふうに運転室へ押し入ろうとすることも計算ずみだろう。

　ブレントが自分のボードを拾いあげる。「まずこれを試してみよう」

　デールとヘザーはプラットフォームのずっと先にいて、低い声で話をしている。どうもまた言い争いをしているようだ。デールがわたしの視線に気づいて、ヘザーをだまらせる。

「すぐもどるわ。トイレに行ってくる」わたしは二階を駆けて通路を進み、デールとヘザーの部屋にはいる。

　ヘザーよりデールの荷物のほうがずいぶん軽いので、デールのほうからはじめることにする。スノーボードバッグのなかを調べる。スノーボードパンツ、手袋、ゴーグル、落ち着いた色のセーター、カーゴパンツ。ほとんどが昔デールについていたスポンサーのブランドのもので、どれも新品だ。下着――最近はカルバン

・クライン派らしい。かつてのデールならデザイナーズブランドのボクサーショーツに散財するようなまねはせず、スノーボードのためにお金を貯めたにちがいない。ネジをまとめて入れたジップロックの袋がひとつ、スノーボードの道具が少々。取り立てて変わったものはない。携帯電話もない。

枕とマットレスの下を見て、四つのベッドすべての布団を叩いて調べた。急がなくてはならない。ワードローブは空(から)だ。ヘザーのスーツケースは広げた状態で床に置かれている。服がたくさんある――ほとんどが黒色の高そうな服ばかりで、どれもていねいに畳んである。束になった服を上から押して、携帯電話の硬い手ざわりを探る。手応えはない。

スーツケースの隅に、レースの下着がごちゃごちゃに突っこまれている。他人の女物の下着を見るのは妙な気分だが、ついいくつかを拾って広げてしまう。小さな黒いGストリング(Tバックの一種)のショーツ、それとそろいのブラジャーは、紐でかろうじて乳首を覆うタイプのものだ。

出した物をもとにしまった。次はバスルームだ。ヘザーの化粧品を入れたバッグのなかに、薄い青色の錠剤のアルミシートが交じっている。もっとよく見たいという衝動にまたもや駆られるが、時間がないため、化粧バッグのファスナーをしめて、デールの小物袋を調べる。しまった――だれか来る!

シャワー室に飛びこんで、カーテンを引くのと同時に、ドアがきしんだ音を立てて開いた。

「顔を洗ってこい」デールの声だ。「しっかりしてくれよ」

ヘザーの泣き声が聞こえる。「みんなここから出られっこない。全部あなたのせいよ。あの子のクレジットカードをとったりなんかするから」

だれのクレジットカードだろう。わたし? この人たちはわたしの部屋にはいったんだろうか。

「おい、声を落とせ」デールが言う。「彼女には必要なかった、そうだろ? あいつの親が二千ポンドぽっちにかまうと思うか。金なんてうなるほどあるのに」

まさか。ふたりが話しているのはおそらくサスキアのことだ。となると、サスキアのクレジットカードを使ったのはサスキアではなく、デールだったのか。

「彼女はおれたちに借りがある」デールが言う。「それに、カードを使ったときにきみから苦情を聞いた覚えはないがな」

くぐもったむせび泣き。「もしこれがばれたら、わたしは弁護士免許を失いかねない。わたしたち、何もかも失うことになるのよ」

「いまおれにあたるのはやめろ」デールが声を荒らげる。「そんなこと知るか。いままでばれずにやってきたのに、なんでいまごろそんなことを言うんだ?」

「そうかな。だったら、どうしてわたしたちここに来たの?」ヘザーが鼻をすする。「だれかがわたしたちを疑ってるからでしょ」

「でも、ミラなんだろ?」デールが言う。

「もしくは、ミラのふりをしているだれか。やっぱりあなたがカードを盗まなきゃよかったのよ」

「きょうが終わるまでには、ここから出ていく。きみはただ、そのときまで口を閉じてりゃいい」

ヘザーがまた泣きはじめる。わたしはヘザーに対するデールの口のきき方にむかむかしている。愛情のかけらもない。怒気を含んだ辛辣な物言い。カーティスの言うとおりだ。デールは昔とは変わってしまった。

「薬をとってきてやるよ」

隙間風とともに、だれかがバスルームにはいってくる。シャワーカーテンが揺れる。わたしは息を止める。手首にはまだ、デールにつかまれたときの感触が残っている。あんなことをした人に、もしここで見つかったら、どんな目に遭わされることか。

蛇口から水が流れている音がする。またシャワーカーテンが揺れる。出ていったんだろうか。

ヘザーがまた鼻をすする。「ありがとう」

「そろそろもどらないとまずいな」デールが言う。

カチッと音が鳴ると同時にドアが閉まり、それから静かになった。わたしはほっとしてへたりこむ。危ないところだった。

頭がくらくらする。つまりデールとヘザーはサスキアを殺していないということだろうか。殺したのなら、クレジットカードよりそっちを心配するはずだ。でも、その可能性も除外できない。ふたりのうちひとりが殺して、もうひとりは何も知らない場合も考えられる。

捜索にもどるべきだ。デールとヘザーの部屋はすべて調べ終えた。廊下は静まり返っているので、わたしはそっと部屋から出る。次はだれにしよう――カーティスかブレントか。

三つのドアの前を急いで通り過ぎて、カーティスの部屋まで来る。わたしの部屋よりはるかにきれいに整えられている――ベッドメイキングを怠らない人だとわかっていたつもりだ。かすかに麝香のにおいがするのは、たぶんカーティスの制汗剤だろう。ここで見つかると困るので、できるだけ早くすませたい。

ネイビーブルーと白のスパークスのスノーボードバッグが、二段ベッドの下の段に寝かして置かれ、少しファスナーがあいている。それを下まで開いて、ふちを折り返す。足元の床がぐらぐら揺れる気がして、転ばないようベッドにしがみつかなくてはならない。

畳んだ服の山の上に、サスキアのリフトパスが置いてある。

わたしは震える手でパスを拾いあげる。

カーティスがこれを持っているはずがない。

ふもとでケーブルカーに乗る前にリフトパスを器械にかざし、またゴンドラに乗るときにもパスを提示しなくてはならない。パスがなければ、サスキアはリフト係の監視の目を抜けられなかったはずだ。それでもヘザーとブレントは氷河でサスキアを見たと言っていたし、カーティスも氷河でサスキアの用具を見たと言う。三人は当時、あるいはいまも、ぐるなのか。カーティスによる告発。つまり香水のことも、髪の毛についても、サスキアがまだ生きているんじゃないかという疑問も。それらはすべて自分がサスキアを殺したという事実をごまかすためだったのでは？　そう思いたくはないけれど、ほかに説明がつかない。

写真のなかのサスキアは、記憶にたがわず美しい。はっとするような青い目が、何かを訴えかけるようにわたしをじっと見る。

どこにいるの、サスキア。なぜカーティスがあなたのパスを持ってるの？

24　十年前

「彼女にはうんざり」わたしはブレントの耳にささやく。

蛍光ピンクのゴーグルの下で、サスキアの口がゆがむ。自分のことを言われてるのはわかってる、とでもいうように。長いホワイトブロンドのポニーテールが蛇のように首に巻きついている。

「落ち着けよ」ブレントが言う。

「でも、あのボード、すごく大事にしてたのに」

サスキアに好かれているとばかり思っていた。何よりわたしが傷ついたのはそこだった。愚かにも、彼女の術中にはまってしまった。わたしに近づいたのは、ただ警戒を解くためだったのだ。

「ほっとけばいい」ブレントが言う。「きみはいま自分の滑りに燃えていて、それはきみ自身の力であって、ボードのせいじゃない。彼女だってきみから才能まで奪えやしない」

わたしたちはハーフパイプの下にすわって、昼食をとっている。新しいボードは前のボードと同じ型だが、やっぱりまだ前のボードがなくなったことが悲しい。サスキアを見るたびに、ボードが永遠に失われたことに気づいた瞬間がよみがえる。

きょうも快晴で、ブレントはバートンの野球帽を逆向きにかぶっている。ブレントがさっとわたしの肩を抱いて、そばへ引き寄せる。

わたしは緊張する。その帽子をかぶったブレントはすごく魅力的だけれど、いままでこういうことをするのは部屋のなかだけで、カーティス以外だれにもふたりのことは知られていない。

おまけに、きょうはここに全員がそろっている。オデットとサスキアはどうやらこのあいだの喧嘩のあとまた仲なおりしたらしく、寄り添ってすわっている。カーティスはさっきからビッグエアを決めているオーストラリアの女子選手と話している。ジュリアンはフランスのフリースタイルスキーの選手三人に囲まれて、ちんまりと立っている。そのうえヘザーまでお出ましだった。ヘザーは朝からずっとハーフパイプの下で不機嫌な顔をして、カメラを構えている。デールの服のスポンサーが——予算削減のために——降りたので、スポンサー候補の企業に送るために、まともな写真が必要になったのだ。

わたしはばつの悪さを感じながら、バゲットを齧（かじ）る。サスキアが最初に気づいたらしく、ゴーグルをヘルメットの上にあげると、目を細くしてこちらを観察する。

ブレントはあいているほうの手でキャップをとって、くるっと正しい向きになおしてからわたしの頭に載せる。「きみが好きだよ、ミラ。女の子っていつもべたべたしてくるけど、きみはそうじゃない」その意味をわからせようとするかのように、黒っぽい目でわたしをじっと見る。「きみはおれのほうからべたべたさせるんだからな、ほんとに不思議だよ」

サスキアがオデットを肘でそっとつつき、ふたりそろってこっちを見る。どうしてわたしはこんなに居心地の悪さを感じているんだろう。ブレントのことは好きだし、ハーフパイプで滑る姿を見るのも大好きだ。空中へ飛び出し、ひねりをきかせたグラブで宙を舞う姿をながめるのも。みごとな肉体がこのあとわたしと戯れることになると思うのも。

それに、ブレントはものすごくやさしい。今朝、わたしに貸すための予備のボードを持ってアパートメントの玄関口に現れた。ゆうべ玄関のベルが鳴って、ドアをあけたら、壁にマジック・パイプマスター157が立てかけてあったことは、ブレントにはだまっておいた。ブレントが持ってきてくれたのかと思っていたが、いまはたぶんカーティスだと思っている。たとえ本人が否定したとしても。

どんなに素敵な人だろうと、ブレントと本格的に付き合うつもりはない。わたしは無理に笑みを作って、ブレントの腕のなかからすり抜ける。この気持ちをブレントに話さなくてはいけないけれど、いま、みんなの前では無理だ。「もう一度滑ってくる」

「がんばれ」ブレントがえくぼを見せる。

何か変だと気づいた様子がないことにほっとしつつ、わたしは帽子をブレントに返し、バゲットの残りをバックパックに詰めて、ボトルから直接水を飲む。スマッシュが欲しくてたまらないけれど、もう飲みすぎだ。あれは瞬間的に活力を高めてくれるが、体にしばらく残るので、寝つきが悪くなる。

水のボトルをおろすと、その瞬間に目に飛びこんできた光景に、わたしは仰天した。サスキアがカーティスの腕に抱かれて立ち、その胸に顔を押しつけている。サスキアは動揺しているんだろうか。カーティスはきのう氷河で妹に腹を立て、それから冷たく接していたのに、いまは妹をぎゅっと抱きしめ、ひそひそ何かをささやいている。こんなに親密なふたりを見たことがない。カーティスは何を言ってるんだろう。

サスキアがうなずいて、兄から体を離す。こっちへ向かってくるあいだ、わたしはサスキアの顔をまじまじと見た。ほんとうにショックを受けていたとは思えない。ただカーティスを弄んでいただけだ。

サスキアが自分のボードを拾いあげる。「上まで一緒に歩くわ、ミラ」

サスキアと並んでハーフパイプの横を歩いてのぼるあいだ、わたしは冷静に考えようとする。サスキアのことは頭から締め出して、怒りを滑りにぶつけないと。ブリッツでサスキアを叩きのめせば、復讐を果たせるだろう。

「まさかボードのことで、まだ怒ってたりしないよね？」サスキアが言う。「わざとじゃないって言ったでしょ」

わざとじゃないわけがない。でも、わたしにはそれを証明するすべがない。

サスキアが肘でわたしの肘をそっと押す。「そうそう。ほら、あなたとブレントのこと。やっぱりそうだと思ってた」

「あなたとジュリアンはどうなの？」そっけなく言い返す。

「どうって？」

「付き合ってるの？」

サスキアが笑う。「ううん。利用してるだけ、あなたがブレントを利用してるのと同じ」サスキアのポニーテールが横に揺れて、わたしの頬を叩く。

「は？」いつもサスキアはわたしがいちばん言われたくないことを言う。「わたしはブレントを利用してない」

でも、サスキアのことばを受けてすでに自問自答している。わたしはブレントを利用しているのだろうか。ちがう。ブレントとわたしはお互いに楽しんでいる。シンプルで気楽な関係で、何も悪くない。またサスキアがいやがらせをしようとしているだけだ。

サスキアの唇がゆがんで笑みを作る。「あなたが兄をどんな目で見てるか、気づいてたから」

「えっ？」わたしは背後を見やり、声の届く範囲に人がいないことをたしかめる。

サスキアの笑みが広がる。こんなふうに見透かされていることが恐ろしい。こちらの心を読める相手をどうしたら負かすことができるのだろう。

25　現在

サスキアがリフトパスのふちから笑顔でわたしを見あげている。

何かが――潜在意識だけが感知する隙間風かかすかな物音が――わたしに顔をあげさせる。目をあげた先の戸口に、カーティスがいる。

カーティスが近づいてくるにつれ、恐怖がじわじわとこみあげる。わたしをどうする気だろう。怯えてしまったのが悔しいけれど、さっきデールにつかまれてわかったことがある。

一、この男たちのことを実はほとんど知らないということ。

二、ここでは通常のルールは通用しないこと。

一フィート離れたところで、カーティスが止まった。あらゆる感情に襲われているにちがいない――わたしに自分の荷物を探られていたのを知って傷つき、リフトパスを見つけられたことをやましく思い、わたしに気づかれていたとわかって狼狽しているはずだ。でもやっぱり表情は読めない。カーティスは何も言わずにわたしの手からパスを奪う。そして顔をあげる。そしてそれを凝視する。ひっくり返す。そして顔をあげる。

わたしがカーティスの顔に見たのは、ショックだった。それに疑念。

「どこでこれを?」カーティスが言う。

「あなたのスノーボードバッグのなか」

カーティスは目をしばたたく。「きみが置いたのか」

「え?」どこからどう考えても、なぜそんなことばが出てくるのかわからない。しかも、真っ向から、間髪を容れず、策を練る間もなくすばやく攻め立ててくる。

「そんなばかな」

カーティスはパスに目をもどし、曲げたり光にかざしたりする。しまいには、においを嗅ぐ。写真はプラスチックに直に印刷されている。カーティスは写真のサスキアの顔を指先でこすった。「使われてたものらしいな。あの冬、サスキアが持ってた本物のパスに見える」

これが芝居なら、カーティスの演技力は相当なものだ。嘘をついているようには見えない。

わたしはカーティスからパスを奪う。いまこの手にあるのは、サスキアの失踪にまつわるパズルの小さなピースのひとつだが、どういう意味があるのかはさっぱりわからない。スキー場のコンピューターには、いなくなったその日にサスキアがパスを使った記録がなかった。すると、ブレントとヘザーが氷河でサスキアを見たというのはどういうことなんだろう。システムの不具合だと警察は結論づけたものの、このパスの存在はそれを覆すものだ。

「もしあの日サスキアが山にのぼってたなら、このパスをかならず持ってたはず」わたしは言う。

カーティスが口元を引き締める。「ぼくもまさにそれを考えてた。で、いままでパスはどこにあったんだ？」

「それはつまり、あなたは持ってなかったってこと？」

「ああ、そう言ってるだろ。どこでこれを見つけたのか、くわしく教えてくれ」

「あなたの服の束の上」

カーティスが腕組みをする。「今朝はそこになかった。だれかが置いたんだ。ぼくが部屋を出てから、いまはいってくるまでのあいだに」

カーティスの言い方が引っかかった。まだわたしへの疑いを解く気はないらしい。

「そんなことは、ほら、五秒でできるだろ？」カーティスが言う。

「だけど、なんのために？」

「脅迫さ、ゆうべも言ったけど」

カーティスを信じたいけれど、どうしても確信が持てない。

カーティスの目に浮かぶ頑なな色が消え、何かを考えているような表情になる。「あるいは手がかりなのか。だれかがぼくに答えを掘り返すよう望んでいるのかもしれない」

内心わたしは縮みあがる。埋もれたままにしておきたいことがひとつある。

「それを預かってもいいかな」カーティスが訊く。

わたしはためらう。そしてパスをジャケットのポケットにしまう。「悪いけど、これは重要な手がかりだから。みんなにも話すべきだと思う」

カーティスがきびしい顔でうなずく。

信用されなかったことが、気に障ったのだ。

「デールとヘザーの部屋も探ってみたの」わたしはそう言って、ひとりだけを調べたわけではないと伝える。

カーティスが眉を吊りあげる。「へえ。ぼくも調べたんだ。これはいつ見つけたんだい？」

「五分前」サスキアのクレジットカードの件はあとで話そう。カーティスが興奮するだろうから、ブレントもそばにいる場で話したい。「あなたはどうだったの？」

「みんなが朝食をとってるあいだに」

「思いきったわね。何か見つかった？」

「大量のヘアスプレーだけ」

「デールも使ってると思う？」

カーティスが笑い、雰囲気が明るくなった。

それも、カーティスがこう言うまでのことだ。「きみの部屋も調べた」


痛みが全身を貫く。おかげでカーティスの気持ちがよくわかった。「お互いさまってことね」

カーティスはポケットから銀色と青色のブレスレットを取り出して、わたしに見せた。

わたしは顔を赤くする。「なんなの？」

「サスキアのだ」

「知ってる。わたしにくれたものだから」

カーティスが目を細める。「いつ？」

わたしはなんとかカーティスの視線を受け止める。「まだ仲がよかったころに」

カーティスが肩をすくめて、ブレスレットを寄こした。要らないけれど――はじめから欲しくもなかったけれど――わたしはそれをリフトパスのはいっているポケットに詰めこむ。あとでクレバスを見つけたら、さっさと投げ捨てよう。妹の思い出の品としてカーティスが喜ぶかもしれないと思ってこの再会に持参しただけのこと。でも、もうそれすら過去の話だ。

ふたりで廊下へ向かう。

「運転室のほうはどうだった?」わたしは訊く。

「侵入したけど、ゴンドラは動かせなかった。制御盤のボタンがどれも作動しない。電源が落ちているか、だれかが動作を停止させたんだろう」

「無線もだめ?」

「だめだった。でも、どう考えるべきかはわかった。つまり、だれかがとったんだ」

食堂でみんなと合流した。

「外を調べよう」わたしがリフトパスの件を切りだす前に、デールが言う。

カーティスはヘザーの履いている踵の高いブーツを身ぶりで示しながら言う。「だれかひとりがきみの奥さんと一緒にここに残るしかないな」

ヘザーを危険から守るためなのか。それともここにひとりで残った場合のヘザーの行動からわたしたちを守るためなのか。後者ではないかと思う。カーティスはヘザーのことがあまり好きではないらしい。十年前からそう思っていた。妹のサスキアとヘザーが一緒にアパートメントを借りていたとき、ふたりは何度も衝突し、やむなくカーティスがあいだにはいったことが一度ならずあった。

「喜んでヘザーと残るよ」ブレントが言う。

デールが一歩前に出る。「いや、だめに決まってるだろ」

わたしはカーティスが笑みを隠したのを見る。

「まったく、きみも、その忌々しい靴も」デールが声をうわずらせて言う。

ヘザーが身をすくめる。

カーティスとデールがよってたかってヘザーを責め立てているのを見ると、気分が悪い。デールとしては外を調べにいきたいのに、妻をブレントとここに残していくわけにもいかないようだ。

「よかったら、わたしも残るわ」わたしは言う。「カーティスとデールで行けばいい」

もし外に携帯電話があるなら、きっとカーティスが見つけてくれるだろう。わたしとしても、ヘザーともう少し話がしたい。

デールがしぶしぶうなずく。

「決まった」カーティスが言う。「装備は整えたほうがいい。雪崩ビーコンとハーネスは持ってきてるか」

「ビーコンはあるが、ハーネスがない」デールが言う。

「あの倉庫にある」

「必要かな」

カーティスが声を荒らげる。「冗談だろ？　もう何か月もスキーパトロールは爆破で人工雪崩を誘発させてないんだ、ゲレンデには不安定な雪の層が大量に積みあがってる。巨大な雪崩がいつ起こってもおかしくない状態だ。それにクレバスも……」

たしかに、氷河は一年のうちこの時期が特に危ない――大量のクレバスがあり、しかもそれを覆うだけの積雪がない。スキーシーズン中は、スタッフが小さなクレバスの上の雪を掻き、そこを踏まないようにロープで囲ってくれている。

「かっかするなって」デールが言う。

カーティスがこちらへ振り向いて言う。「ぼくらが出てるあいだに、みんなにちょっとした作業を頼みたい」ジャケットのポケットに手を入れて、鍵を次々と取り出し、マジシャンさながらひとつひとつテーブルに置いていく。

デールが鍵のひとつをつかむ。「おれの自宅の鍵じゃないか。おい、よくもいけしゃあしゃあと、こんなまねができるな」

「悪かった」カーティスが言うが、悪いと思っているようには聞こえない。「やむをえなかったんだ。施錠されたドアに合うものがないか、確認する必要がある」

「いつとったんだ？」デールが言う。

「みんなが食事をしてるあいだに。鍵を隠されるリスクは冒せなかった」

デールが持っていた鍵を乱暴に置いて、歩き去る。テーブルの上には、わたしのアパートメントの鍵、車の鍵のほか、別のリングについている、自転車用ロックの小さな鍵まである。これらを見つけるためには、バックパックの内ポケットから取り出さなくてはならず、そこにはほかにも、もしものときのタンポンや、万が一カーティスと何かあったときのために持ってきたコンドームもはいっている。

またおなかを殴られたような気分だ。

鍵を次々にドアに押しこもうと試みるうちに三十分が過ぎ、わたしはあきらめる。「コーヒーのお代わりが要る人は？」

コーヒーカップを運んでいくと、食堂ではブレントとヘザーが寄り添ってすわっている。わたしが近づくと、ふたりはだまった——それで、ふたりが何を話していたのかがはっきりわかる。わたしは椅子を引き寄せる。ブレントは手で髪を梳き、ヘザーは完璧に手入れした爪でテーブルを叩いている。考えてみれば、ブレントとヘザーが一緒にいるのはひどく奇妙な気がする。ヘザーはわたしと正反対だ。デールにだまっているだけの分別がヘザーにあるといいのだが。さもないと、ブレントがとんでもない窮地に陥ることになる。

わたしたちはコーヒーを飲んだ。ブレントの髪は掻き乱され、あっちこっちを向いて立っている。わたしは手を伸ばしてブレントの髪をなおしたい衝動に駆られるが、それはもうわたしの役目ではない。それに、この人はもうわたしのブレントじゃない。目の輝きが失われてしまった。

わたしはスノーボードをやめたあとの長く暗い数か月を思い出す。人生にぽっかりと穴があいてしまった。

わたしは無気力になり、途方に暮れていた。自分がだれなのかさえわからなかった。わかるのはただ、生きる気力が流れ出てしまう前に、その穴を塞がなくてはならないということだった。はじめはアルコールに頼ったが、翌朝気分が悪くなっただけだった。

ある夜、兄の手でジムに引っ張っていかれたのを機に、わたしは暗闇からゆっくりと抜け出した。気を失う寸前まで体を鍛えると、自分はだいじょうぶだと思えるときがある。もう少し自分を追いこんだら――もう少し速く走れば、あと五キロ重いウェイトを挙げたら――また幸せになれるかもしれない、そんなふうに感じるのだ。

ともかく、ブレントがお酒に溺れる理由はわかるし、そのことでブレントを責める気はない。でも、やっぱりさみしい。昔のブレントが恋しい。

わたしはいまの状況に考えをもどす。「訊いてもいいかな、ヘザー」

ヘザーがマグカップのふち越しにわたしを見る。

「サスキアが消えた日のこと。あなたはなぜ山へ行ったの？」あの日、ヘザーがここまでのぼってきていたのを、ずっと疑問に思っていたのだ。

「競技会を見たかったから」わかりきったことだとでも言いたげに答える。

「デールは出場しなかったのに？」

「そうよ。いけない？　仕事を失って、ほかにすることもなかったから」

ブレントは何も言わずにコーヒーを飲んでいる。

「でも、競技会はハーフパイプでおこなわれた」わたしは言う。「それなのに、どうして氷河までわざわざのぼったの？」

「ブレントが始発のケーブルカーに乗るのを見たの」ヘザーはブレントのほうを見やる。「ふたりでおしゃべりしたわ」

「どんな話を？」

「なんで覚えてると思うの？　サスキアもその場にいたけど、彼女とは話したくなかった。途中駅に着いたとき、ブレントがウォーミングアップのために滑りたいから、ゴンドラで氷河まであがるって言って、それでわたしもついていったのよ」

ヘザーの話には、鵜呑みにできないところがある。ヘザーは午後に仕事がないとたまに途中駅まで行って、場ちがいな靴でよろけつつ、日あたりのいいテラスで日光浴をしていたが、氷河で姿を見たことは一度もなかった。適していない服装も理由のひとつだろう。マイナス二十度に革のジャケットでは耐えられない。

ブレントはコーヒーを飲み干して、ぶらりとカウンターのほうへ歩いていく。

ヘザーがつづける。「サスキアがわたしたちの前のゴンドラに乗ってて、上で言い争いになったの」

「原因は――」

「〈グロー・バー〉での喧嘩のこと。すごい剣幕で出てった。そのあとカーティスがサスキアを探しにきて、彼女のせいでどんなふうに肩を痛めたか、ひとしきり文句を言ってた」カーティスのことを話しているのを本人に見られてはまずいと言わんばかりに、怯えたヘザーの目が戸口へ向けられる。「それが、こわくなるくらい怒ってたの。カーティスがあんなに怒ってるのをはじめて見たわ」

「なるほど」一連の出来事について、十年前にカーティスから聞いた話とはちがう。こっちではカーティスの立場が有利に描かれていない。

「サスキアのことをカーティスがなんて言ったと思う？」ヘザーがまた入口を確認し、声を落としてささやく。「〝見つけたらぶっ殺してやる〟って言ったのよ」

26 十年前

ジムは汗と制汗剤のにおいがする。今夜は混んでいる。わたしはカーティスがパイプで話しかけていたオーストラリアの女子選手がいるのに気づいて、その隣の空いていたレッグプレスのマシンへ向かう。

ロキシーがスポンサーについているのだろう、彼女の服すべてにあのハート形のロゴがはいっている。何キロを挙げているのか確認して——百キロだった——自分のマシンを百二十キロに設定する。わたしが腰かけると、彼女が微笑みかけてきた。

カーティスが向かい側でプルアップに励んでいる。Tシャツがずりあがって鍛えられた腹筋がのぞく。カーティスが勢いよくバーからおり、彼女の隣の空いているマシンにもたれかかる。「これまでにジャシンタと会ったことは？」

「ないわ」わたしは言う。「はじめまして」

「前にハーフパイプで活躍してたでしょ」彼女が言う。

「あなたこそ」彼女はわたしよりはるかにうまい。こんどネットに接続するときに、彼女のことを調べてみよう。ランキングのどこにいるのかを知りたい。

「その髪、すごくすてき」彼女が付け加える。

わたしたちがレッグプレスをしているあいだ、カーティスはそこにすわっている。その身ぶりから、彼女に好意をいだいているのがわかる。惹かれるのも理解できる——肌に透明感があって、脚が長くて、若かりしころのニコール・キッドマンを思わせる。それに、認めるのは癪だが、ほんとうに性格がよさそうだ。

彼女が二十キロを追加したので、わたしもシートから飛びおりて五十キロを加える。体重の三倍近い重量をレッグプレスで挙げることになるので、あすは大腿四頭筋が痛くなるだろう。五……六……カーティスが片方の眉をあげる。わたしが何をしているのかをはっきりわかっているのだろう。七……八……九……脚が震えはじめたが、なんとか最後の一回を終え、ひと休みして額の汗をぬぐう。

サスキアがジムの反対側でメディシンボールを使ってスクワットをしながら、鏡でわたしたちを見ている。そしてそのサスキアを、ウェイトベンチにすわったジュリアンが見ていることにわたしは気づく。その隣には、さっき午後にジュリアンと一緒にいるところを見かけた、大柄なフリースタイルスキーの選手がいる。

「さっき、きみのビデオを撮ってた」カーティスが、トレーニングに区切りがついたジャシンタに声をかける。たまにカーティスがビデオカメラを持ってきて、みんなで交代しながらお互いを撮り合うことがある。「今夜、よかったらぼくの部屋で観よう。っていうか、夕食に来ないか」

彼女は目を輝かせる。「最高」

カーティスがわたしのほうを向いて言う。「きみもどうだい、ミラ」

そんなふうにジャシンタを見つめるカーティスをこれ以上見るのは耐えられないが、ブレントに話もあるし、ともかくそのビデオを観たい。「ええ、行くわ」

ブレントに呼ばれてカーティスが立ちあがり、ジムのショートパンツを穿いた青白くて毛深い腿がちらっと見える。わたしはもう一セット、レッグプレスをはじめる。重量をこんなに増やしたことを後悔したが——あすは歩くのもつらいだろう——ジャシンタがつづけているので、先にやめるわけにはいかない。

わたしはシャワーを浴びたばかりで、ブレントのベッドにのびのびと寝そべっている。この感覚——限界を超えた筋肉がひりひりする感じ——が好きだ。全身が動悸を打つようにうずいている。体じゅうのエネルギーを残らず出しきってしまった。

ドアが開いて、ブレントがもどってくる。腰にタオルを巻き、ジム帰りでまだ顔が赤い。わたしは仰向けになって、ブレントが体を拭く姿をながめる。自分たちの関係について切りだす方法を、早く見つけなくてはいけない。

「今夜デールがジムに来なかったのはどうして？ ゆうべも来てなかったけど」

「きのうヘザーと喧嘩したらしい」

「理由は？」わたしは穿鑿する。

ブレントが笑う。「知るわけないだろ」

「デールのトレーニングにどれほど支障をきたしているか、ヘザーはわかってるの？ だいたい、あの人ここで何してるんだろう。だって、スノーボードをしてる姿だって一度しか見てない」

「大学の学位をとるために一年リヨンで学んでたらしい。法律とフランス語を。大学の休暇中に〈グロー・バー〉で働いてて、そこでデールとめぐり会った」

そんな事情をブレントが知っているということに興味をそそられる。たぶん、ヘザーはブレントの好みなのだろう。「大学はどうしたの？」わたしは言う。

「休学してるんだと思う」

「ふたりはお互いに相手の未来を台なしにしようとしてる」

ブレントは肩をすくめる。「ともかく今夜、ヘザーは仕事がなかったんで、デールが夕食に連れ出した。あとでここへ来るって」

それが話を切りだすいいきっかけになる。「まさにそれと同じ理由で、わたしはこの冬どんな関係も断とうと決めた」

ブレントは不思議そうな目でわたしを見る。

「とにかくスノーボードだけに集中しようと心に決めたの」

ブレントは話を咀嚼しながら、髪を乾かしている。

「あなたはそれでかまわない？　訊くのがちょっと遅かったよね。たぶん、もっと早く話をするべきだった。とは言っても、あとくされなくセックスを楽しむ関係って、大半の男の人が夢見るものでしょ。だからわたしもやましく感じる必要はないかと思って」

「好きにすれば」ブレントは部屋の隅にタオルを投げて、ボクサーショーツを穿き、ベッドのわたしのそばに体を投げ出す。

わたしは横目でブレントを見る。まだ湿っている髪が、先の尖った黒っぽい束にまとまっている。この人はほんとうにそれでかまわないんだろうか。たぶん、そうなんだろう。

ブレントはベッドのそばにあったアルミのシート包装から錠剤——脛骨過労性骨膜炎（シンスプリント）の痛みをやわらげる薬——を二錠出して、そこにあったボトルの水で流しこむと、またベッドに横になる。

ブレントの胸の筋肉を手でなぞる。ブレントは石鹸の清潔なにおいがして、さっきまでトレーニングしていたせいか、肌がまだあたたかい。それはタオル一枚を体に巻いているだけのわたしも同じだ。

ブレントがわたしの頬にふれる。「目がパンダみたいになってる」

わたしはにっこり笑う。「そうなの。おかしいでしょ」

「ところで、サスキアから目を離すなとカーティスに言われたんだが」

「どういう意味？」

「きみたちふたりはいま互角に競い合ってる。どうも、サスキアはきみを痛い目に遭わせようとしてるらしい」

わたしは氷河でのカーティスのことば——妹は負けずぎらいだから——と、それを聞いて不安で全身が震えたことを思い出す。

「こわがればいいの？」

「さあ、おれはカーティスのことばをそのまま伝えただけだ」

笑い飛ばしたいところだけれど、カーティスはいたずらに何かを心配するような人には思えない。ブレントの顔をじっと見ていると、不安がいや増す。ブレントも警告を真剣に受け止めているようだ。

「なぜあなたがサスキアのことをよく思っていないのか、理由を教えて」わたしは言う。

ブレントは顎をさする。「ジュリアンといるときのサスキアがどんなふうか知ってるだろ？　前のシーズン中は、おれにああいう態度をとってたんだ。おれはサスキアとカーティスと三人で住んでた、覚えてる？」

「サスキアがあなたを弄んだの？」

「おもちゃにした、のほうが近いかな。いい奴だと思った矢先、一分後にはクソアマになってた。はじめは彼女に好意を持ってたのに」

虚仮にされたのは、少なくともわたしひとりではないわけだ。

「彼女は去年の冬、おれとカーティスの仲をさんざん引っ掻きまわした」ブレントが言う。

「なぜそんなことを？」

「さあね。楽しんでたんじゃないかな。カーティスはサスキアがどんな人間かを知ってるけど、なんと言っても家族だからな、何があろうとあっちの側に立つ。シーズンの半分かけて、彼女の正体を知ったんだ。憐れなジュリアンはまだ気づいてない。サスキアは人を利用する女だ」

前にサスキアに言われたことを思い出して、恥ずかしさに襲われる。わたしもブレントを利用しているんだろうか。

「サスキアを信用するな、ミラ」

「わたしに対してほかに何ができるっていうの？」

「わからん。しかし、おれたちは危険な環境下でトレーニングをするから、気をつけないと」

　でも、もうわたしはサスキアのことがよくわかっている。これ以上手出しはできないはずだ。「わかった。で、サスキアに勝つには、どうすればいい？」

　ブレントが首を横に振る。「ずっと休んでないだろ？」

「本気で訊いてるの」

「わかった。思いきって挑むか、トリックの技術を磨くかのどちらかだ。どちらもできればなおいい」何か考えこむような顔になる。「クリップラーに挑戦する手もあるか。いやだめだ。やめとくほうがいい」

　フリップだということは知っていても、〝手足が不自由な人〟という意味の名前を聞いて、ずっと避けてきた。「正確に言うとどういう技？」

「バックフリップと一回転半（ファイブフォーティ）を合わせたような感じかな。あしたコースでやって見せよう。でも、どうだろう。失敗すると、顔から着地する羽目になる」

「すごいね。ネットで調べてみる。ユーチューブの動画があったら見とく。で、どうすれば思いきり飛べる？」

　ブレントはわたしの体に巻いたタオルの裾を引きあげて、裸の腿に指先でジグザグの線を描く。「こっちはパイプ上のきみのライン、いいね？　で、こっちがおれのライン」大きく角度をつけてジグザグを描く。「おれは四十五度くらいの角度で壁に進入してるだろ？」

「そうね」気づいてはいたけれど、よく考えたことはなかった。

「本数は少ないけど、ジャンプは高い。なぜならきみより踏み切り時のスピードが乗ってるからだ」

「なるほど」つまり、わたしのラインどりだとスピードがかなり落ちる。サスキアの滑りを頭に浮かべて、自分のラインと比べてみる。彼女のほうが角度が小さい？　あしたよく見てみよう。

ブレントの手はわたしの腿に置かれたままだ。しかもそれが心地いい。目と目が合った。

わたしはサスキアのことを強引に頭から締め出す。

「そのライン、もうちょっと上まで伸ばしたい？」

わたしは髪の乱れをなおし、ブレントと一緒に居間へはいっていく。ほかのみんなもそこにいて、暖炉の前にごちゃっと集まっている。ソファにジャシンタとカーティスが隣り合ってすわっているのを見て、わたしの胃がぎゅっとよじれる。

「待ちかねたよ」カーティスが言う。

顔がかっとほてる。

ブレントがにやっと笑って言う。「ビールは要るかい、ミラ」

「ええ。お願い」わたしは言う。

「あのトレーニングのあとだろ？」カーティスが言う。

「むしろミラにはスーパーマグを」

「何それ」わたしは訊く。

「マグネシウムをブレンドした飲み物で」カーティスが答える。「筋肉の回復に効く」

ああしろこうしろと指示されるのがきらいなので、ふつうはことわることにしているのだが、ジャシンタは飲んでいるんだろうし、あれほどのトレーニングをしたからには、ひ弱な大腿四頭筋にありったけの手あてをする必要がある。それで、仕方なく同意すると、ブレントが厨房へ向かう。

「お前も飲むんだぞ」後ろ姿にカーティスが声をかける。

「はいはい、パパ」ブレントが言い返す。

わたしはジュリアンを乗り越えて、絨毯の上の空いているスペースに腰を据えた。パチパチ音を立てて火が燃えている。わたしはあくびを噛み殺す。ゆうべは体が疲れているのに、カフェインの摂取しすぎで興奮がおさまらず、何時間も眠れなくて起きていた。スマッシュはもう飲まないと誓ったのに、きょうの午後、ひどく疲れていたので、やむなく飲んだ。睡眠薬も使うといいかもしれない。そうすれば両方の世界を制することができる。昼はエネルギーを、夜は眠りを。

ブレントが両手にひとつずつグラスを持ってもどり、隣に腰をおろして、わたしを膝の上に抱き寄せる。あとくされない関係でいたいという話は、どうなったのか。デールとヘザーは似たような姿勢で隣り合ってすわっている。ヘザーはつまらなそうに携帯電話を見ている。なんだかヘザーが気の毒になってきた。法律を学んでいたのなら、ほんとうは頭がいいのに、においのきついスノーボーダーたちが集まったこの部屋に閉じこめられているなんて。

「みんな、準備はいいか」カーティスが言う。愛用のノートパソコンがテレビに接続されている。カーティスはリモコンを構え、腕をソファの上縁に乗せている。ジャシンタにはふれていない。いまのところはまだ。

わたしは飲み物に口をつけた。ブレントはぶつぶつ文句を言っているけれど、そんなにまずくはない。味の抜けたレモネードに近い。

ブレントが最初に映し出されて、トレードマークのバックサイドエアを見舞う。ジャンプがあまりに高くて、この映像を撮った人間があわてたのだろう、ブレントの頭が見切れている。わたしはブレントがパイプの底を渡るラインを頭に刻む。スピンのときに地面に叩きつけられて、みんなが一斉にびくっとする。

「うわっ、あれは痛い」デールが言う。

「回転しすぎたんだ」ブレントは笑っているけれど、以前わたしはそのときの腰の痣(あざ)を見たことがある。

映像がつづいて、オデットがドロップインすると、そのあとにカーティスが映し出される。次はわたしだ。いつものように、みんなに比べてエアが少なくて落ちこむ。自分のラインを頭に刻む。問題はわかった。そこが明日の目標だ。

サスキアの姿がパイプの上に現れる。ところが、手袋をした手が画面を覆い、映像が見えなくなる。あれはわたしの手袋だ。サスキアがわたしを撮影したとき、彼女はわたしに対して同じことをした。

ソファに腰かけているサスキアが、顔をこっちへ向ける。

「ゲームはつづいている」わたしは声を落として言う。カーティスが表情を曇らせ、わたしは飲み物で自分の顔を隠す。

画面を隠していた指が離れると当時に、ロキシーのピンク色のジャケットを着たジャシンタがパイプにドロップインする。わたしよりうまいのがおもしろくない。

ソファでは、カーティスが体を横に傾けてジャシンタに何やら耳打ちしていた。ジャシンタがうなずいてささやき返す。わたしのなかで何かがからんだり、よじれたりする。カーティスはジャシンタにアドバイスをしているのだ。

カーティスのほうへ体を傾ける様子から、ジャシンタが彼に夢中なのがわかる。またカーティスが話しているときにその口元を見つめるまなざしからも。わたしはとても見ていられない。でも、見ないでもいられない。

カーティスは自分の膝に手を載せる。ジャシンタの手がその近くにあり、カーティスは小指を彼女の小指にからめる。わたしは目を背ける。

画面のなかでは、スキー初心者の男がなぜかパイプに迷いこんできて、うろうろしている。デールが高いスピンを決め、そのままおりようとして、その男にぶつかりそうになる。

「邪魔だ！」画面のなかでデールが叫び、部屋じゅうの人がどっと笑う。

そんな。カーティスとジャシンタがキスをしている。ジャシンタが軽く笑って体を離したあと、またキスを求めて体を寄せる。彼女を責める気にはなれない。カーティスはキスの合間に微笑み、彼女の顎にふれる。そして何かを耳打ちする。彼女がうなずく。ふたりで立ちあがって、二階へ向かう。

サスキアがふたりの後ろ姿をじっと目で追っているのに気づく。嫉妬しているのは、わたしだけではないようだ。

27　現在

部屋の向こうのカウンターで、ブレントが瓶を一本一本手にとってラベルを見ている。

お願い、飲みはじめないで、ブレント。これから起こることに備えて、素面(しらふ)でいてくれないと困る。まだお昼前で、長い一日が待ってるの。

わたしはヘザーのほうを振り返る。ヘザーは前にわたしに嘘をついていた。またこれも嘘なんだろうか。でも、ヘザーの話には恐ろしいほど真実味がある。カーティスは妹のこととなると、昔から感情を高ぶらせる。現にこの週末すでに何度か、サスキアにまつわる問題で自制を失うのを見た。

「それから何があったんだっけ?」わたしは言う。

「サスキアが見つからなくて、競技会がはじまりそうだったから、ブレントとカーティスを氷河に残して、わたしはゴンドラリフトでおりてきたの」

ヘザーを信じられるかどうかを決めようと、しぐさを観察する。妙にびくびくしていて、わたしから入口、さらにブレントへと目をせわしなく泳がせているが、それはかならずしも嘘をついている証拠とは言えない。恐怖心の表れとも考えられる。

カーティスに狙われているのかもしれないという恐怖。

自分もサスキアと同じ末路をたどるんじゃないかという恐怖。

食堂の向こう側で、ブレントがグラスにどぼどぼ何かを注いでいる。**やめて、ブレント**。それを一気に飲み干して、ブレントは窓際へ移った。

ヘザーはティースプーンを弄んでいる。「そのあとはだれにも会わなかったわ。競技会がはじまるから、ゴンドラに乗って途中駅までもどって観戦した」

「会場であなたの姿を見た記憶はないけど」わたしは言う。

「ちょっとだけ見て、あんまり寒くなったんで、うちへもどったのよ」

そのときヘザーが驚いて飛びあがる。外の寒さで頬を赤くしたカーティスとデールが、雪の足跡を点々と後に残しながら騒々しくはいってきたからだ。

「何か見つかった？」わたしは訊く。

デールが首を横に振る。「時間の無駄だった」

「リフト小屋のなかへはいるまでもなかった」カーティスが言う。「窓からのぞいたら、ふつうは無線があるはずのところに何もないのが見えたから」

デールがこぶしを握りながら、カーティスをじっと見る。「だれかがとったんだ。下の運転室と同じように」

外での時間を経ても、ふたりの機嫌はよくならなかったようだ。

ブレントが窓ガラスに額を寄せる。「まいったな」

カーティスにクレジットカードの件を話さなくてはいけないのに、わたしの頭に次々と、カーティスがデールの顔を打ちのめしている光景が浮かんでくる。もしふたりが傷つけ合っても、救急車を呼べるわけではない。わたしたちは断崖にしがみついている状態で、ひとつでもことばをまちがえたら、崖下へ転げ落ちてしまう。

「するとわたしは踏破するしかないわけね?」ヘザーが震える声で言う。

デールが椅子を蹴ってひっくり返し、ヘザーがびくりとする。

「何かかならず手がある」デールが言う。「前に一度、キーなしで点火装置をショートさせて車のエンジンをかけたことがある。雪上車でも試す価値はあるかも」

カーティスが鼻を鳴らす。「ご自由に。たとえ始動できたとしても、上級者用コースを運転しておりられるなんて本気で思ってるのか」

ヘザーがうんざりしているのがわかる。

「わたしはむしろ徒歩でおりるほうに賭けたい」ヘザーが言う。

ブレントは窓の前を行ったり来たりして、その姿は、わたしの飼い猫が外へ出たくてうずうずしている姿とそっくりだ。

カーティスがこっちを見る。リフトパスの件をみんなに話すのを待っているのだとわたしは気づく。ああもう。話したら、だれもがカーティスに背を向けるだろう。それが最後の一撃になるはずだ。

わたしはポケットに手を入れ、リフトパスの鋭い角に手をふれる。話をすれば、デールはきっとカーティスが妹を殺した動かぬ証拠とみなし、またヘザーも夫の側につくだろう。ブレントはいままで中立を保とうとしていたが、さすがに限界に達しているようだから、これで大きく心を揺さぶられるにちがいない。そうなったら、わたしは板挟みだ。

カーティスの話について考える。はめられた、という本人のことばどおりだったとしたら？　何者かがわたしたちを仲間割れさせようとしているのだとしたら？　まさにアイスブレイクのゲームのように。

「あいつを見てるんだろ」いきなりデールが言う。

ヘザーが早口で答える。「えっ？　ちがうわ」

デールがヘザーの二の腕をつかんだ。わたしはふたりのほうへ足を踏み出し、ブレントもこっちへ向かおうとしている。

デールは顎をあげて、ブレントに言う。「妙なことを考えるなよ」

「だれのことも見てなかったのに」ヘザーがか細い声で言う。

「手をはなしなさい」わたしはデールに言う。独占欲とはこのことだ。以前はこんなふうにぴりぴりした人じゃなかったのに。

カーティスとブレントも変わってしまった。室内には不穏なエネルギーがざわめいている。まさに、この地の野性がわたしたちに影響を及ぼしているかのようだ。

わたしはポケットからそっと手を出す。サスキアのリフトパスの件は、また騒ぎになるといけないから当面だまっていよう。ここから無事におりるためには、冷静になってみんなで力を合わせなくては。

カーティスが腕時計を見る。「日が暮れるまでにおりるには、そろそろ出ないとまずい」

「Tバーリフトの上にある小屋は？」デールが言う。「無線があるんじゃないかな」

「期待はできないだろう」カーティスが言う。「ほかの二か所の無線は取り去られてるわけだし」

「まあな。だが、リフト小屋のぶんをはずす手間は省いたかもしれん。ほんの数分あれば調べられる」

「数分の余裕もないんだ」カーティスが言い返す。「きみのパートナーが上級者コースを歩いてくだるのに、どれくらい時間がかかるかわからない」

デールが毒を含んだ目でヘザーを見る。

ヘザーは足元を見つめている。どちらをより恐れているのか、いまのヘザーにはわからないにちがいない。カーティスか、それとも自分の夫か。

「ねえ」わたしは言う。「ヘザー、もしそのほうが楽なら、わたしのスノーボードをあなたに貸して、わたしは歩いてもいいよ」

この申し出がわたしにとってどれほど大きな意味を持つのかヘザーはわかっていない。十年ぶりにスノーボードに乗る機会を逃すことになる。でも、かわいそうなヘザーはいまにもブーツにゲロを吐きそうなありさまだ。

「ありがとう、ミラ」デールが小声で言う。

あんたのためじゃないわよ、このゲス男。彼女のために言ってるの。

けれども、ヘザーは自分の体を抱きしめるようにして言う。「滑り方も忘れてるの。前にボードに乗ってから十年も経つし、もともとけっして得意じゃなかったから」

ヘザー以外の全員が顔を見合わせる。不安でいっぱいの初心者を誘導して、岩だらけの上級者コースをおりるのは、どうにも気が進まない。

カーティスがため息をつく。「あのリフト小屋までだれが歩いてのぼる?」

わたしは氷河の希薄な冷気を吸いこむ。眼下にひろがるアルプスの山々が、先の尖った白い歯に見える。東にイタリア。北へ百キロ行くとモンブラン。世界の頂に立っている気分だ。

ああ、この景色をずっと恋しく思っていた。まぶしい白。ほかの女性たちがハンドバッグを抱えるように、いま自分が脇に抱えている愛用のスノーボードの懐かしい重み。

「すぐもどる」デールがヘザーに言う。

ヘザーはうなずき、自分のマフラーの乱れをなおす。デールとしては妻とここに残る気だったが、行きたい気持ちをヘザーが夫の顔に見てとったにちがいない——むしろヘザーとしても、デールがいないほうがよかったのかもしれない。

「行って」ヘザーがデールに言う。「下ですわって見てる」

わたしはヘザーの申し出にびっくりしたものの、文句をつける気はない。装備を整えてスノーボードとゴーグルをつけたデールが、ヴァイキングを思わせるかつての姿にもどっていたからだ。

ブレントも昔の姿に近い。半ば雪が融けたジャンプ台に向かってうなずきつつ、えくぼのできる笑みを見せる。「おれと同じことを考えてる?」

「ああ、そうだ」デールが言う。

ほんの数分のあいだは、何もかもが昔のままであるふり、全員がまだ友達であるふりをしよう、とわたしは決める。

カーティスはヘザーをひとりで残すべきかどうか明らかに迷っているが、異を唱えることはしない。デールがヘザーと残ったら、ひょっとしたらよからぬことを企むかもしれない。だったら、デールと一緒に外へ出たほうがいいと思っているのだろう。

「足を踏み出す場所に気をつけて」カーティスが言う。

「一列縦隊を守ること」

「わかった」デールが言う。

わたしたちは斜面を歩いてのぼった。売店は完全に閉まっていて、デッキチェアのあるエリアには雪だまりができている。Tバーリフトのケーブルからぶらさがっている、ボタンのような形のプラスチックの椅子が、風に揺られるたびにきしんだ音を立てる。

「リフトが動かせるといいんだが」デールが言う。「そうすれば歩く距離を減らせる」

ところどころパウダースノーが膝より高く積もっている。ブレントのあとからのぼっていくわたしは、自分では認めたくないほど息があがってしまう。デールはすぐ前にいる。首をひねってこちらを見るので、こちらも視線を返す。ヘザーは正面玄関の横の雪だまりに腰かけてじっとしている。

上のほうに、山々の険しい頂が現れた。その雪が残らず滑り落ちてくるんじゃないかと思えて、身震いしそうになるのをこらえる。全員がハーネスと雪崩ビーコンを装着した。わたしはスノーボード関連のあれこれと一緒に古いビーコンも手ばなしてしまったのだが、さいわい兄がいまも毎年スノーボードに出かけるので、さいわい兄のものを借りられた。持ってくることにしてよかった。

ジャケットのファスナーを少しさげると、ストラップで体に留めた小さな青い箱を首元からのぞきこんで、画面をたしかめた。雪の下に埋もれて、この忌々しい代物のスイッチを入れたかどうか悩むのだけは避けたい。

「おっ、あれはよさそうだ」大きいジャンプ台のそばを通りかかったとき、ブレントが言う。そしてそっちへ向かいかける。

「待て！」カーティスが叫ぶ。「そっちは安全じゃない。リフト用の道からそれるな」

ブレントはむっとして、方向転換をする。

「バックフリップにぴったりの傾斜ね」もどってきたブレントに、わたしは言う。「きっと途中でほかにもあるよ」笑わそうとして付け加えたが、ブレントはにこりともしない。

「きみはだいじょうぶ？」ブレントが言う。「最後にボードに乗ったのが――」

「ねえ、やめて」こういう過保護な発言を聞くと、ブなんだろう。

レントとの関係を終わりにした理由が思い出される。バックフリップなんて冗談だったのに、そんなふうに言われたら、挑戦せざるをえなくなる。

デールが振り返る。「昔から危険な遊びが好きなんだな、ミラ」

その言い方に、わたしはなんだかいらっとする。目を見られたらいいのに、と思いながら、デールのゴーグルのミラーレンズをにらみつける。さっきのは敬意の表れ――友人関係を再開しようとする試み――なのだろうか。

あるいは脅しか。

考えてみれば、デールがヘザーをひとりで残していく気になったのはおかしい。まるで、彼女の身に何も悪いことが起こらないと知っているかのようだ。

それはつまり、今回の出来事はすべてデールとヘザーがしたことだからではないのか。

だとしたら、デールはわたしたちをどうするつもり

28　十年前

わたしはサスキアがパイプにドロップインするのをじっと見つめる。「一発目はやっぱり彼女のほうが思いきりがいいのかな？」

「なんとも言えないな」ブレントが答える。

わたしはため息をつく。「イエスと受けとっとく」

ブレントとわたしはハーフパイプの下にすわって、軽食のための休憩中だ。ゆうべは寒くて晴れていたので、パイプはやわらかくなっていない。ブレントは膝を強打し、わたしは手首をひねったため、ふたりとも負傷した部分に雪の塊をあてている。

だれかが壁に激突して、うめき声をあげた。あれはカーティスだ。カーティスがジャケットについた雪を払い、ゆっくりと立ちあがる。

「ハーコンフリップに挑戦してるらしい」ブレントが言う。「きのうトランポリンで練習してた」

ジャシンタがTバーリフトの下で待っている。カーティスがジャシンタのヘルメットのストラップをなおして、ふたりそろってリフトであがっていく。この一週間、ふたりはほとんど一緒に過ごしていた。わたしは目を背ける。だけど、カーティスがだれかと付き合うのなら、ジャシンタでよかった。かわいらしい人だ。

サスキアもふたりの姿を目で追っていて、とても幸せそうには見えない。兄の関心を自分だけに集めたいのだろう。

オデットがドロップインして、リップのはるか上でフリップを飛ぶ。マックツイストだ――それも高い。わたしはまたため息をつく。「あれとどう戦えばいいの？」

「オデットはブリッツに出ないんだろ？」ブレントが

言う。

「ええ、さいわいにも」

「じゃあ、心配しなくていい。とりあえずいまのところは」

「一年のうち十二か月練習できても、わたしにはあんな滑りは無理。わたし、生存本能が強すぎるのね」

「落ち着けよ、ミラ」ブレントはわたしの背中に腕をまわす。

わたしはその腕を押しのける。「わかりっこないわ。あなたも生存本能がないクチなんだから」

ブレントは笑って受け流し、わたしは殴ってやりたくなる。

オデットが滑り終えるのを見つめる。ああいうごくまれな一部の女性だけが恐怖心を乗り越えられるのだ。一方、わたしはどんなに努力しても克服できない。条件さえそろえば、低いマックツイストなら着地できるようになってきたけれど、やっぱりまだ恐怖心が消えない。それがさまたげになっていて、ひどくもどかしい。

ひとつ慰めがあるとすれば、サスキアも恐怖心にとらわれていることだ。ふたたびマックツイストに取り組んでいるが——わたしが試みたので、サスキアもやらざるをえないのだ——わたしと同じようにまだこわがっているのが見てとれる。

わたしはひと握りのナッツを口に詰めこむ。激しいトレーニングをしているため、使うエネルギーを補塡するのが大変で、一日じゅう、たとえばリフトに乗っているあいだもナッツを食べるようにしている。夜は睡眠薬の助けを借りて気分を落ち着けるが、朝は目覚ましのためにスマッシュが必要だ。

カーティスはもう上にもどっている。またハーコンフリップを試すつもりなのか、とわたしははらはらしながら見つめる。カーティスをありのままに見るのは容易なことじゃない——ブレントについてもそうだ。

ふたりはさまざまな体勢で舞う。頭を下にして氷すれすれを飛んだり、着地に失敗しそうなほど勢いよく回転したり。

ブレントは限界を超えてがんばりすぎるので、何度も転倒する。カーティスはめったに転倒しないが、こけたときはターミネーターよろしく自力で立ちあがり、技が決まるまで繰り返し挑戦する。

カーティスがパイプにはいり、横方向にスピンして、また転ぶ。

ブレントがうなって言う。「あれは痛いぞ」

カーティスはその場に倒れたまま、手で肩を押さえている。

「様子を見にいったほうがいいんじゃない？」わたしは尋ねる。

ブレントはミューズリー・バーに齧りつく。「ちょっと待とう」

果たしてカーティスはよたよたと立ちあがり、肩がまわるか試しながら横滑りでおりてきた。そしてなお肩をさすりながら、Tバーリフトへ向かう。

「見てろよ」ブレントが言う。「また試す気だ」

「止めたほうがいいんじゃない？」わたしは言う。

「そのうち骨折するわ」

ブレントが声をあげて笑う。「ひとつ助言しとくよ。転んだカーティスには近づくな。そっちを見るのもだめだ。さもないと、頭を嚙みちぎられるからな」

ラグビーの試合で負けたときの兄とそっくりだ。

ジュリアンがドロップインする。二発がバック・トゥ・バックのフリップだ。

「さっきはデールがジュリアンを殴るかと思った」ブレントが言う。

「ほんとに？」わたしは言う。「どうして？」

「ジュリアンがデールのノーズグラブについて意見したんだ。おまけに着ているジャケットについても、いっぺんに。口を閉ざしておくべきときを、あいつは心得てない」

カーティスがまたドロップインして、わたしの笑いは途絶える。とても見ていられない。氷の上空で、カーティスは横方向に回転し、ボードのエッジが地面について、大きな音とともに雪に激突する。

起きあがってこないのがわかって、ブレントとわたしはあわてて駆けつける。カーティスは肩をつかんで、痛みに顔をゆがめている。

ブレントはカーティスのボードをはずしてから、相手の腰に自分の腕を引っかけるようにして立たせる。

「しっかりしろ。ケーブルカーまで手を貸そう」

こういうところを見られるのはいやなんじゃないかと察して、わたしは後ろに引っこんでいる。いずれにしろ、ブレントひとりでなんとかなりそうだ。

ジャシンタもあわてて駆けつけてくる。「うわっ、またこけたの?」

「平気だよ」カーティスが歯を食いしばって言う。「トレーニングのあとで会おう」

サスキアはパイプの上から無関心な様子でながめている。

「すぐもどる」ブレントが言って、ふたりは歩き去る。

十分後、ブレントがひとりでもどってきた。

「だいじょうぶ?」わたしは訊く。

「去年の冬、二回ほど肩をやってるんだ」ブレントが言う。「それがぶり返した気がしたらしい」

気の毒なカーティス。どれくらい休みが必要なんだろう。

Tバーリフトの乗り場へ滑って向かうサスキアが、わたしたちのそばを通る。カーティスのことを訊いてくるかと思って、わたしはちらっと目をやるが、サスキアは脇目もふらず通り過ぎる。もう何度も経験していて、珍しくもないのだろう。

ブレントとわたしはTバーリフトで一緒に上へ向かう。わたしのゴーグルは曇っていて、何度も落ちたせいでスポンジの部分が湿っている。ポケットを探るが、見つからない。「ゴーグルのワイピングクロス、持ってる？」

「もちろん」ブレントからオークリーのロゴがはいったワイピングクロスを手渡される。

ブレントはまた野球帽の向きを前後逆にしてかぶっていて、リフトの終点に着くと、ゴーグルをその帽子の上におろす。「クリップラーを見せてやる」

「そんなことしなくていいよ」わたしは言う。

ブレントは険しい顔でハーフパイプに目を走らせる。

「本気で言ってるのよ」わたしは言う。「ユーチューブで観るからいい」ブレントまで転倒するのを見るなんて耐えられない。

「いま飛び方を思い出そうとしてる。久しぶりだから」

ブレントはパイプのプラットフォームをくだったのち、ドロップインする。二発目のフリップで、わたしは息を呑む。ほんの数時間前、この人はわたしのなかにいて、望むべくもないほどやさしくわたしの顔を見おろしていた。それがいま、氷のはるか上で逆さになって、とんでもない角度に体をねじっている。

さまざまな感情があふれてくる。自惚れ。羨望。罪悪感——わたしのためにブレントはこんなことをしているのだ。そして恐怖心。

大半は恐怖心だ。もしボードをまわすのが遅れたら……ブレントがボードをまわして——ぴったりのタイミングだ——わたしはほっと息をつく。

オデットがそばで装備をつけながら、穏やかな笑い声をあげる。「クリップラーってひやひやものよね」

わたしは見られていることに気づいていなかった。

「あら、オデット」顔が真っ赤になる。

「それじゃあ、ブレントと付き合ってるの？　そうなんでしょ？」

わたしはためらう。「あとくされのない関係なの」

「彼、いい滑りをするわよね。あの人なら腕相撲であなたに勝つんじゃない？」

わたしはどうにか笑みを作る。「試したことはないけど、ええ、きっと向こうが勝つと思う」気を取りなおして言う。「ところで、さっきのマックツイスト、きれいだったわね」

「ありがと」

クリップラーを試したことがあるかどうか訊くべきだったが、わたしはまだ息があがっていた。ここでは人との関係でこんな思いをしたくなかったのに。セックスだけの関係、ブレントとはそういう付き合いのつもりだ。

何本か滑ったあと、わたしがパイプの横をサスキアの後ろからのぼっていたとき、ジャシンタがドロップインして、また高い二回転（セブントゥエンティ）を決めた。さいわい、この冬ジャシンタと競う予定はない。でも、サスキアは来週、FISワールドカップで戦うことになる。わたしもエントリーしようと思えばできたはずだが、ル・ロシェ・オープンでさんざんな出来だったので、来年まで国際大会への出場を見合わせて、英国スノーボード選手権一本に絞る予定だった。

ジャシンタがジグザグに滑り、スピードをあげて壁をこっちへ向かってのぼってくる。上半身の姿勢から、もう一度大きくスピンする準備をしているのだとわかる。そのとき、小さな黒いものがパイプのなかへ転がり落ちる。ジャシンタはそれをよけたものの、その直後に体が宙に浮く。回転の軸がずれて、地上にもどったときに、ボードと両脚がまだプラットフォームより上にある。太腿がパイプのリップにぶつかって、ぞっとするような乾いた音を響かせる。

ジャシンタが悲鳴をあげて、ハーフパイプの床へずるずると滑り落ちていく。ああ、まずい。わたしは無事をたしかめるべく、パンツを橇代わりにして氷の壁を滑りおりる。すぐにサスキアも加わって、ふたりでジャシンタのかたわらにしゃがむ。ジャシンタは痛みがひどくて口もきけない。わたしはパイプの下にいる人たちにやみくもに手を振り、助けを求めた。

心の奥で、自分がいま目にした光景を処理する。あの黒いもの。あれはなんだったんだろう。まわりに目を走らせたが、見あたらない。でも、なんであれそれは、サスキアの手から落ちた。

29 現在

わたしはリフト小屋へと斜面を歩いてのぼっている最中で、目をデールのジャケットの背中に据えている。デールについての仮説がまちがっていればいい、と思う。いずれにせよ、わたしたち三人がデールひとりに対立する形だが、デールはどうするつもりだろう。

予想より時間がかかっている。深く積もったパウダースノーのなかを歩くのがどんなに大変か、わたしはすっかり忘れていた。カーティスが先頭でみんなを引っ張っていて、もう間もなく小屋に着く。わたしが〈パノラマ〉の建物を見おろすと、ヘザーはまだそこにいた。

「去年の冬はどこで滑った？」ブレントがデールに尋

ねる。

「滑ってないんだ」デールが言う。「ヘザーとふたりでビジネスの立ちあげに忙しくて」

「で、調子は？」

デールは一瞬ためらって言う。「実際きびしいな。かろうじて経費を賄えるかどうかってとこだ」

なるほど、するとデールが金銭的に困っているのはたしかだ。さっきカーティスは脅迫の可能性があると言っていた。それがこの週末の目的なんだろうか。この再会は、わたしたちのだれかからお金をゆすりとろうとしてデールがずっとあたためてきた渾身の計画なのか。脅されても払うお金が相手にないとき、あるいは払う気がない場合はどうなるんだろう。そうなったらデールはどうするんだろう。

カーティスが先に小屋にたどり着いて、中にはいっていった。少なくとも、ドアはあいているようだ。ここまで歩くというのがデールの発案だったことを不意に思い出す。何も企んでいないといいのだが、という不安な思いでデールを見つめる。

わたしたちが小屋に着くと、カーティスが中から出てきた。険しい顔だ。その手に持った何かがはためいている——一枚の紙。

紙の真ん中に短いことばが記されている。几帳面な大文字は、さっきのゲームで秘密を記していた文字とそっくりだ。

ゲームはつづいている。

震えが全身を駆け抜ける。「あれは——」

「ぼくも知ってる」カーティスが言う。

「なんなんだよ」ブレントが尋ねる。

「サスキアとわたしのあいだで使ってたことばなの」わたしは答える。

「おいおい」デールが言う。「本気で言ってんのか。これはサスキアの仕業じゃない」

カーティスがデールのほうへ一歩踏み出す。「どうしてそんなことがわかるんだ？」

デールは両手をあげる。「どう考えたって理屈に合わないだろ。妹のことだっていう気持ちはわかるが、よく考えてみろ。たとえば、十年ものあいだどこに隠れてたんだ？」助けを求めてブレントのほうを見る。

「それに、なんのためにおれたちを弄ぶんだよ」

カーティスがわたしたちを押しのけながらゴーグルを額まであげ、サスキアの姿を探しているかのように斜面に目を走らせる。

「無線はないんだったな？」デールが訊く。

カーティスは返事をしない。細めた目を遠くへ向けつつ、よく見えるように高い場所へ歩いていく。

デールは激しい怒りで鼻息を荒くしてリフト小屋へ向かう。

わたしはブレントのほうを向いて言う。「どう思う？　ひょっとしたら――」

「いや。サスキアじゃない」二度とそんなことを言うなとでもいうように、ブレントが即答した。わたしはその態度にむっとする。なぜそう言いきれるんだろう。わかるはずがない。ただし……

「だったらだれなの？」わたしはブレントの顔を見つめるが、ゴーグルの下の部分しか見えない。

「さっきも言ったけど」ブレントがそっけなく言う。

「きっとジュリアンだ」

「本気でそう思ってる？」

「ほかにだれがいる？　あの冬、あいつはサスキアに付きまとってた。たぶん、おれたちのだれかがサスキアを殺したと思ってて、罰を受けさせるつもりなんだろう」

「だけど、どうして十年も待ったの？」

ブレントは返事をしない。

何かが斜面をくだる動きがわたしの目に留まる。なんだろう……？　手で日差しをさえぎりながら目を凝らす。〈パノラマ〉の建物はそこに静かにたたずんでいる。正面玄関は大きなジャンプ台の陰に隠れているため、ここからではヘザーが外にすわっているのかどうか見えない。さっき人影が動くのを見た気がしたけれど、いまは何もない。きっとヘザーだったんだろう。わたしは空を仰いだ。ひょっとしたらあの雲の影だったのかもしれない。

デールが手ぶらで小屋から出てくる。「もどったほうがいい」

そして斜面の下の〈パノラマ〉を見る。ヘザーをひとりにしておくのは危険だと、ようやく気づいたのかもしれない。

ブレントはジャンプ台を見ているが、たぶんすでにラインどりを練っている。

カーティスがもどってきた。さっきの紙にもう一度目をやったのち、ポケットにしまう。「ボードをつけろ」

しんとした空気に、バインディングがかちりとはまる音が響く。その音が無数の記憶を呼び覚まし、興奮が体を駆けめぐる。ラチェットを引いてストラップを締めあげると、この十年ではじめて、生きていると感じた。いましばらく頭から何もかも締め出そう。

カーティスがそばの高いジャンプ台まで滑り、その台から宙に身を躍らせた。

ブレントが歓声をあげる。「いいぞ！」

恐怖で体がぞくぞくする——いい種類の恐怖だ。この感覚を得る方法として薬を選ぶ者もいて、そちらのほうが安全なのかもしれないが、わたしはスポーツからその感覚を得るほうをつねに選んできた。そう、こんな具合に。わたしのボードはスピードをあげ、音を立てて氷の上を滑った。風が顔に吹きつけて、スノーボードパンツをはためかせる。ジムで自分を追いこんで得る高揚感とは比べものにならない。

わたしはジャンプ台の先端から上向きに飛び出す。宙を舞うあいだ、胃がずんと沈むような、なじみのうっとりする感覚に包まれる。ボードのトウエッジをグラブし、前足を伸ばす。インディグラブ。それからグラブをはなして、なめらかに着地した。

「ほどほどにしろよ、ミラ」カーティスはわたしが滑っていって隣に止まったところで注意する。

「一瞬楽しかったのに。なんでわざわざ水を差すの？」

「ここにはぼくたちしかいない。もし何かあったら、困るのはきみだ」

アドレナリンが湧き出てくる。「あなたこそ、ほどほどにしてるようには見えないけど」

「ああ。だが、ぼくはまだ定期的にスノーボードに乗ってる。きみは乗ってないと自分で言ってただろ」

「自転車に乗るのと同じよ」

「まいったな、妹にどこまでそっくりなんだ……ふとしたときに」わたしの表情が目にはいったにちがいない。「とにかく、もしどこか骨折しても、ヘリで搬送してもらえるとは思わないことだ」

「わかってる」

カーティスは、デールのボードの上にかがみこんでバインディングをいじっているデールとブレントをちらっと見てから、声を落として言う。「なぜリフトパスのことをふたりに話さなかったんだい」

「さあ」

カーティスは思案顔でわたしをじっと見る。「まさか――」驚いたように口をあんぐりあける。

振り返ると、ブレントが宙返りしながら、逆さまのままボードをグラブしているのが見える。力強く着地したのち、急停止してわたしたちに雪を撒き散らす。満面の笑みを浮かべている。わたしはブレントとハイタッチする。これこそが、わたしが知っていたブレントだ。

「無茶をするな」カーティスが言う。

「滑り方を教えてくれるのかい、相棒」

「いまどういう状況かわかっているのは、ぼくひとりなのか」我慢の限界を超えたのか、カーティスが大声をあげる。「だれかの身に何かあったら、全員に影響が及ぶんだぞ」

ちょうどそのとき、デールが空中を舞い、信じられないようなコークを決める。

カーティスがお手あげだといわんばかりに、両手を投げ出す。「おい、勘弁してくれよ！」

気持ちはわかるけれど――たしかに外は危険だが――〈パノラマ〉内でも、男たちが敵意を示し合っていて、危険という意味では大差ない。長い山歩きの準備の前に、ほんの数分、鬱憤を晴らすほうがいい。

なおもぶつぶつ言いながら、カーティスは次のジャンプ台へ向かって滑っていく。そして涼しい顔でバックフリップを決める。

よし。これはかつての自分、命知らずのワイルドチャイルドにもどるチャンスだ。しかもバックフリップを飛ぶ最後のチャンスかもしれない。何しろ、ふたたび雪の上にもどってこられる保証などないのだから。かたわらでブレントがゴーグルのつけ心地を調節している。きっとブレントはいやがるから、これから何をするつもりなのかはだまっておく。

デールが大声をあげる。「ヘザーはどこだ？」

わたしは手で日差しをさえぎって目を凝らす。ヘザーの姿が見えない。「寒くなって、中へはいったのかも」

「ヘザー！」デールの大声が谷じゅうに響きわたる。デールはそのままほかのジャンプ台を迂回してあわてて下へ向かった。

ブレントがため息をつく。「おりたほうがよさそうだ」

ブレントとカーティスがデールのあとを追う。

わたしは目前のジャンプ台を見る。デールはすでに建屋の前に着いて、ボードをはずそうとしている。バックフリップをあきらめるべきだとわかっているが、飛んでもほんの二、三秒よぶんにかかるだけだ。このあとはすぐに帰宅し、いつもと同じ日常、代わり映えのしない日常へもどることになる。これはそんなわたしに残されたただ一度のささやかなチャンスだ。

筋肉の記憶を頼りに、体が動くままに滑りおりる。ジャンプ台の端に着くと、体を後ろに傾け、小さく畳んで回転する。逆さの体勢からもどるにつれて、まわりすぎたことに気づく。このままではボードのテールから着地する羽目になる。必死で修正を試み、体を前に傾ける。ボードのノーズが雪にめりこんで急停止する。わたしの上半身はまだ前へまわろうとしているのに、足が固定されて動かない。

膝の裏に激しい痛みが走る。一瞬、それだけしか感じられなくなる。膝を握る。周囲の状況がまた徐々に見えてくるようになると、ブレントとカーティスが荒い息をしながら、わたしをのぞきこんでいるのがわかる。

「どこを痛めた？」カーティスが言う。

わたしはあえぎつつ言う。「膝の靭帯だと思う。前にやったときと同じような落ち方だったから」

カーティスが〈パノラマ〉のほうを見やる。そこにデールの姿はない。もう中にはいったのだろう。

「行って」わたしは言う。「あとから追いかけるから」

「手を貸そうか」カーティスが言う。

わたしは首を横に振り、ふらつきながら立ちあがろうとする。痛めたほうの脚に恐る恐る体重を移してみる。痛みの波。わたしはうめき声をあげないように唇を嚙む。ふたりがわたしに手を差し伸べる。

「こっちはなんとかなる」わたしは言う。「いいから行って」

カーティスが感情を爆発させる。「どうしてすなおに人の手を借りないんだ」

ていく。


カーティスとブレントは急いで〈パノラマ〉へおりていく。

　彼からのきびしい非難のことば——わたしにはそれでじゅうぶんだ。「だったら、あなたはどうなの?」カーティスの背中に叫ぶ。

　ボードを杖代わりにして、足を引きずりながらふたりのあとを追う。痛めた膝に体重をかけるたびに、ずきずきする痛みが、刺すような激痛に変わる。**痛みを逃して。前にもやってるでしょ。**

　わたしが追いついたときには、ふたりはもう装備の大半をはずして、雪にまみれたブーツをスケートシューズに履き替えていた。わたしはふたりのボードの横に自分のボードを立てかける。

　デールが建物のなかから駆け出してくる。「ヘザーの姿がない」

「自分たちの部屋は調べたのか」カーティスが言う。

「いなかった」デールは殺気立っている。「ヘザーが中にはいるのをだれか見てなかったか。クレバスに落ちたのかもしれん」

　わたしたちは顔を見合わせる。氷河で従うべき行動規範は? スノーボードをけっしてはずしてはいけない。ボードをつけていれば、体重はより広い面積に分散してかかる。ボードなしだと、クレバスに落ちるリスクが飛躍的に大きくなる。わたしたちは少なくとも数か月前に、スキー場のスタッフがクレバスのないところにTバーリフトのラインを引いたのを知っていたので、そこからはずれないように歩いていた。でも、ヘザーはそんなことを知る由もなく、またわたしたちとちがって雪崩ビーコンもハーネスもつけていなかった。

「外を見てくる」デールがガレージのほうへ向かう。

「ぼくらは中を調べる」カーティスがデールの後ろ姿に声をかける。

「ひとりで平気かい、ミラ」ブレントが言う。

「ええ」

カーティスはわたしが苦労してブーツを脱ぐのをだまって見つめている。いらいらしているのがわかる。

「待ってなくていいから」わたしは言う。

「わかった。ブレント、おまえは上を頼む。ぼくはこの階を調べる。ヘザーはきっとどこかにいるはずだ」

「わたしは自分の部屋にいる」わたしは駆けだしたふたりに声をかける。

雪をひと握りすくって膝に押しあてる。ドアのそばに用具の山があった。いくつものハーネス、手袋、ゴーグルのなかから、自分の靴を探す。あった。靴下は湿っているけれど、歯を食いしばって足を引きずりながら中へはいる。痛めた脚は高い位置にあげておかなくてはいけない。

部屋のあるほうへと廊下を進む。カーティスがついさっき通ったばかりなのだろう、照明がついている。そのとき、空気のにおいを嗅いで、胃が飛び出しそうになる。またサスキアの香水がにおった気がしたのだ。感覚が研ぎ澄まされる。後ろにだれかいる。

膝が許すかぎりすばやく振り向くが、だれもいない。びくびくしながら、ゆっくりと進んだ。部屋まではもう遠くない。早く部屋にはいってドアに鍵をかけたい。背後で衣擦れの音がして、また振り返る。しまった――痛いっ。膝を押さえる。でも、廊下にはだれもいない。

「だれ?」わたしは言う。

上の階から足音が響く。さっき聞こえたのはきっとこの音だ。上の階にはブレントがいる。この建物はわたしの気持ちを掻き乱す。ブレントの部屋とリネン室の前を通り過ぎた。

カチッという音がして照明が消える。真っ暗だ。ばかげたタイマーに腹が立つ。スイッチはどこだろう。もう片方の手にまだ雪のかたまりを握っているので、もう一方の手で壁を叩く。氷が融けてあちこちにしたたり落ち、床が滑りやすくなっている。また転ぶのだけは避けたい。わたしは手探りで恐る恐る前進する。スイッチがどこかにあるはずだ。

背後を隙間風が吹き抜けた。ドアがあいてる？　わたしは振り返り、闇に目を凝らす。「だれ？」

廊下にだれかいるんだろうか。指でスイッチを探る。あった――ここだ。

照明がともると同時に、何かが曲がり角の向こうへ消えた。わたしは息を呑む。

姿は見なかった。見えるはずがない。

ただ、ホワイトブロンドの髪が一瞬きらめいた気がした。

30　十年前

わたしはカーティスにショートメールを送る。〝ジャシンタの具合は？〟

〝大腿骨骨折。グルノーブルに運ばれた〟

〝ほんとうに残念〟

気の毒なジャシンタ。これで彼女のシーズンはおしまいだ。

あの出来事におけるサスキアの役割についてカーティスに話すべきか悩んで、夜半まで眠れなかった。あの黒いものがなんだったにせよ、サスキアの手から落ちたのはほぼまちがいない。とはいえ、断言はできない。何しろあっという間の出来事だった。風に飛ばされてきたものがサスキアのそばを通り過ぎただけかもしれない。それに、たとえ実際にサスキアの手から落ちたのだとしても、故意ではなかったとも考えられる。あれはわざとだと直感は告げているが、たとえそうだったとしても、ただジャシンタを動揺させて、スピンをためらわせようとしただけなのかもしれない。

いずれにせよ、カーティスに話したってどうしようもない。サスキアは故意ではないと言い張るだろうし、失われたものはもどらない。サスキアがこれに懲りてくれるといいのだけれど。

翌日ハーフパイプで、きのうの出来事が頭から離れない。飛ぶ前にはかならずサスキアの姿を探して周囲を見まわし、わたしに物を投げてこられないところにいることを確認してしまう。

よし、サスキアはTバーリフトであがってくるところだから、いまならだいじょうぶ。深呼吸する。さあ、集中！

ブリッツが十週後に迫っているため、さしあたりクリップラーへの挑戦は考えないようにしている。きのうブレントがクリップラーを飛んでいるのを見てぞっとした。でも、思いきり挑もうと、どんどんパイプの高いところからドロップインするようにしている。もちろん、サスキアもすぐそれに気づいて、追従してくる。

今回は二十メートルの高さからドロップインして、壁をくだる途中バランスを崩しかける。一発目は予想以上に高く宙にほうり出されたので、バランスをとろうとやみくもに手をバタバタさせて、どうにか着地する。二度ほどスピードを出しすぎてコントロールが効かなくなり、最後は不完全なスピンで終わる。横滑りさせて止まるが、まだ自分がまっすぐ立っていることに驚くくらいだ。

ブレントがはるか上のほうからドロップインする。攻めのラインだから、まちがいなく大きな技になる。わたしは最後に何回転したのかを数える。一、二、三。

たぶんそうだ。でも、回転が速すぎてわからない。

「三回転（テンエイティ）だった？」わたしのそばで止まったブレントに訊く。

　ブレントがにやっと笑う。「ああ。三回転半（トゥエルブシックスティ）のつもりだったけど、まあどうでもいいよ」

「攻めたわね。こわくないの？」

「こわいのは、きみを見てるときだけだ」

「うるさいな」

「まじめに言ってるんだ、ミラ。最後の一本は冷や汗ものだった。ちょっと抑えたら？」

「は？　あなたにだけはそんなこと言われたくないんですけど」

「ごめん。えーと、軽く何か食べようと思ってるんだけど、よかったら――」

「おことわり」

　ブレントは自分のバックパックのあるところへ向かう。

　オデットがわたしのそばへやってくる。「だいじょうぶ？」

　わたしは息を吐き出す。「いまブレントにちょっと抑えろって言われた。まったく、自分のことは棚にあげて」

「付き合ってる相手と滑るのって大変なの。でも、そこは分けて考えなきゃ。でないと……おしまい。その関係が錨（いかり）になって、足を引っ張られてしまう」

　たしかにそのとおりだ。錨をおろしたまま、どうしてビッグエアを決められるだろう。

「一緒に上まで行く？」オデットが言う。

「ううん。ひとりで行って。わたしはその前に気持ちを整えないと」サスキアを見て、どこからドロップインするのか確認したい。

「わかった」オデットが言う。「成功を祈ってる。わたしはインバーテッドを試そうかな」

　オデットもきのうトランポリンに来ていた。

「幸運を」わたしは去っていくオデットに声をかける。

デールは雪だまりにすわって、スマッシュを一気飲みしている。わたしはあんなものに手を出したことを後悔していた。いまは一日一缶にまで減らし、そのうち完全にやめたいと思っている。いったん不眠の習慣がついたら、簡単には抜けないものだ。もっと強い睡眠薬を手に入れる必要がある、とわたしは考える。

サスキアがやってくる。わたしは集中して観察する。ああ、やっぱり——さらに高くからドロップインしている。Tバーリフトへ向かうサスキアが前を通ったとき、わたしはそっぽを向く。サスキアの次はカーティスだ。どんな手あてを施したのかはわからないけれど、痛めた肩の影響はどこにもない。

「あの最後のスピン、テールをグラブするといい」カーティスがすれちがいざま、ブレントに声をかけている。「そのほうがグラブを長くキープできる」

去年カーティスはイギリスのランキングで一位、ブレントは二位だったけれど、今年のブレントの滑りなら逆転もありうる。それなのになぜ、カーティスはブレントに助言を送るんだろう。一方、ブレントのほうは、たとえそれを妙だと思ったとしても、表には出さない。何かを頭に描いているかのようにただ思案げにうなずいて、林檎に齧りつく。

わたしはカーティスを追いかけて、カーティスの持っているTバーに飛びついて隣に並んだ。どういうつもりなのかを知りたい。

「病院に行ってると思ってた」わたしは言う。

「トレーニングを休むのを、ジャシンタが望んでなかったから」カーティスが言う。

「容態は？」

「あまりよくない。飛行機に乗れるようになったら、故郷へもどる予定なんだ。ひどい骨折でね」

「大変ね。あなたの肩の具合は？」

「病院にいるあいだに検査してもらった」苦笑い。

「ついでにね」

「それで具合は？」

「そんなに悪くない」

　それはつまり、めちゃくちゃ痛むけれど、滑るのをやめるほどじゃないという意味だ。

　わたしはブレントのいるほうへうなずいて言う。

「訊いてもいい？　なぜあんなことをしたの？」

「あんなことって？」カーティスが言う。

「ブレントへの助言」

　沈黙。

「あいつはたいしたやつだから」カーティスがようやく言う。

「あっそう。でも、ブレントは競争相手でしょ」

　カーティスは肩をすくめる。「それがぼくの戦い方なんだと思う」

「ブレントもあなたに助言を？」

「ああ、ふたりでトリックについて話をすることもある」

「あなたの戦い方は、妹さんの戦い方と全然ちがうのね」それにわたしの戦い方とも、と思ったが、口には出さない。

　カーティスが口元を引き結ぶ。「そう思いたいね」

　またゴーグルが曇っていた。太腿のあいだにTバーをはさみ、手袋をはずして、ポケットにワイピングクロスがないかと探る。「ゴーグルのクロス持ってる？」

「ほら」

　リフトの軌道の真ん中に、だれかが落としたサングラスがあった。両手がふさがっていて、地面に片足だけしかついていない状態でそれをよけたら、ボードが横滑りしてわたしはバランスを崩した。

　カーティスがわたしの腰を持って支えてくれる。

「つかまえた」

　弱った。この人への恋慕の情はもう消えたと思いこもうとしたが、現実には消えていない。それどころか、かつてないほど強くなっている。「ありがとう」

同じリフトに乗ったのはまちがいだった。気持ちを集中しなければ。頂上まであと少しだ。頭をすっきりさせようと、ゆっくり深呼吸をした。

「だいじょうぶかい？」カーティスが言う。

わたしは微笑む。「ええ。サスキアより攻めた滑りをしようとしてるの」

「そうみたいだな」にこりともしない。

「あてでみようか。抑えろ、ってあなたも言うつもりなんでしょ？」

「だれがそう言ったんだ？」

「ブレント」

「いや、ぼくは応援したい。ただし……妹には気をつけるんだ、いいね？」

わたしはカーティスをじっと見る。「どういう意味？」

カーティスはしゃべったことを後悔しているかのように、唇をしっかりと閉ざす。

何が起こっているのか、教えてくれればいいのに。前にもわたしに警告してくれたことを思い出した。ブレントにもサスキアから目を離すなと言っていたはずだ。たちの悪いいたずらにとどまらない過去がサスキアにはあるんだろうか。だれかを傷つけたことが？

きっとそうなんだろう。本人に問いただしてみよう。サスキアがハーフパイプの上で装備をつけているので、わたしはそっちへ向かう。「話があるの」

サスキアは驚いた顔をする。「いいわ」

ボードをクレバスに蹴り落とされて以来、ほとんど話をしていない。カーティスが準備を進めながらこちらの様子をうかがっている。だれにも聞かれずに話ができる場所がないか、とわたしはあたりを見まわす。

「チェアリフトまでおりる？」サスキアが言う。

「いいわね」

「どこへ行くんだ?」カーティスはわたしたちが反対側へ滑っていくのを見て、声をかけてくる。

「チェアリフト!」わたしは大声で答える。

サスキアとわたしは中級者用コースを滑りおりた。ゲレンデは閑散としている。ひと月前、友人だと思っていたころにサスキアとこのコースを滑った。彼女のしたことをすべて考え合わせたらどうしたって認めたくはないけれど、一緒に滑れないのをさびしく感じていた。

サスキアが雪の盛りあがったところで半回転（ワンエイティ）を飛び、そのあとを追ってわたしが一回転（スリーシックスティ）を決める。サスキアはそれを見て、ゲレンデの端のリップで一回転（スリーシックスティ）を飛んだ。わたしは一回転半（ファイブフォーティ）を試み、転倒する。サスキアが笑う。

女が競争心をあらわにするのはみっともないという見方があり、わたしもほかの女性に対して、たとえばオデット相手にさえ、つい競争心を隠そうとする。一方、サスキアが相手だと、それがむき出しになる。サスキアはありのままの自分でいることをまったく恐れないため、わたしも気づくとそうなっている。サスキアと一緒にいると、たまに腹が立つこともあるけれど、いちばんほんとうの自分でいられる気がする。

ただ、友達でいつづけることができさえすれば。個人競技ではなく団体競技なら、友達でいられたのかもしれない。それともやっぱり、競い合っていたんだろうか。なぜならそういう関係こそがわたしたちだから。

サスキアとふたりで息を切らしてあえぎながら、チェアリフトの乗り場に到着する。だれも並んでいないので、そのまま入場ゲートを抜ける。また一緒に滑りたいくらい楽しかった。でもこれから事故の話をしなくてはならない。

三人掛けのリフトが近づいてくる。さっきまで小雪がちらついていたため、黒いビニールの座席は、まるでアイシングシュガーを振りかけられたようだ。

「おい！」だれかが大声をあげる。

わたしは振り返る。

カーティスがゲレンデをこっちへ滑りおりてくる。

「待て！」

サスキアがわたしの腕を引っ張る。「行こう」

わたしはためらうものの、サスキアにぐっと引っ張られ、そのまま体ごとチェアリフトにすくいあげられる。

「上で会おう！」わたしはカーティスに叫ぶ。

サスキアがセーフティーバーをおろしていないので、わたしは手を伸ばす。

「待って」サスキアが言う。「ジャケットを脱ぐから。汗かいちゃって」

それでわたしはバーをあげたままにして、シートに深くすわる。きょうはあたたかい。まだ二月のはじめなのに、もう春を思わせる陽気だ。サスキアはジャケットを腰に巻いて、わたしの隣に身を落ち着ける。

カーティスが後ろのチェアリフトから甲高い口笛を吹いた。

わたしは振り返る。「何？」

「セーフティーバー！」

「マジで？」サスキアがぶつぶつ言う。

わたしがバーを引くと、カチリと音を立ててバーが膝の上におりる。わたしはサスキアを見る。さあ、終わらせよう。

「きのう、ジャシンタのほうへ向けて何を落としたの？」

驚いたことに、サスキアは声をあげて笑う。「話があるって言ってたけど、なんだそんなこと？」

笑っているのはびっくりしたからであって、ジャシンタのシーズンを台なしにしたせいではないはずだ、と祈るような気持ちで、サスキアをまじまじと見る。

サスキアはポケットに手を伸ばして、黒い布切れを取り出す。「これのこと？」

布の隅にシンボルマークが――エレクトリック・アイウェアの白い稲妻のロゴが――あるのに気づく。

「ちょっと、それ、わたしのワイピングクロス」

「かわいそうなジャシンタが転倒したあのパイプで見つけたの。あなたが上から彼女に落としたんでしょ」

「落としたのは自分のくせに！」

サスキアがまた声をあげて笑う。「あたしがどうしてあなたのクロスを落とすわけ？」

あいた口がふさがらない。自分の行動のせいでジャシンタが脚を骨折したのに、サスキアはこれっぽっちもやましく思っていない。むしろ、結果に満足さえしているようだ。「信じられない。まさか……」ことばがうまく出てこない。それにしても、どこであれを手に入れたんだろう。

サスキアは首をめぐらせて、後ろのチェアリフトに乗っている兄を見る。「それはこっちのせりふ。このことをあなたがだまってるなら、あたしも何もしゃべらない。兄はどっちの言いぶんを信じると思う？」

カーティスが妹に対していかに過保護か、ついいましがたこの目で見たばかりだ。妹に気をつけろとわたしに忠告してくれたけれど、どちらかを選ぶとなったら、まずまちがいなく妹の言いぶんを信じるだろう。血は何より濃い。それに何と言っても、あれはわたしのクロスだ。

そのとき、わたしはきのうカーティスに送ったショートメールを思い出す。〝ほんとうに残念（so sorry）〟自分が悪かった（sorry）と謝っているようにも読める。カーティスとの友情は、わたしにとって大きな意味を持っている。布を落としたのはミラだ、とサスキアがばかげた悪ふざけのつもりで説明したとしても、ガールフレンドの骨折の原因を作ったわたしを、カーティスは許さないだろう。

サスキアがクロスをもとどおりポケットにしまう。

「これは預かっとく。証拠だから」

31 現在

膝がずきずきする。足を引きずりながら、できるだけ速く廊下を進む。恐怖に正面から立ち向かえ。スノーボードがそう教えてくれた。何を見ることになるだろうとびくびくしつつ、わたしは角を曲がる。

廊下にはだれもいない。息を吐き出す。さっきはただの気のせいだった。

あるいは自分自身の罪の意識か。

廊下がふた手に分かれたので、わたしは左を行く。

「ヘザー！」大声で呼ぶ。

「ミラ？」

ヘザーの声だ。ほとんど聞こえないくらいか細い。

「どこにいるの？」わたしは叫ぶ。

「ここ……」廊下の奥から何かを叩くような音が何度も響く。

その音のするほうへ進み、ふたつ先のドアを押しあける。あいたドアの隙間からヘザーが飛び出してきて、わたしの腕のなかに転がりこむ。

「ドアが……」話すこともできないほど、ひどく震えている。

「ほら」わたしは言う。「もうだいじょうぶよ」

「どうしても開かなかったの」

「いまはちゃんと開いたわ。たぶん動きが悪くなってただけ」わたしはドアを大きく押しあける。「ね？」

その部屋はスタッフ用の更衣室か何かで、靴や服を入れる戸棚が並び、シャワーとトイレもある。前にここを見た記憶がない。たぶん、そのときは照明をつけなかったんだろう。

ヘザーは自分の体を抱きしめるようにして、まだ震えている。こんどは絶対に演技じゃない。怯えたひとりの女性だ。

「ところで、どうしてここへ来たの？」わたしは言う。

「トイレに行きたくて」廊下に視線を走らせる。「それで自分の部屋へ行ったの。みんなのところへもどるときに、人影を見たわ」

「だれだった？」

「わからない。でも、わたしのほかにだれかが廊下にいた」

「ブレントかカーティス、ってこと？」

「ちがう。わたしたちの仲間じゃなかった」

ふたたび心臓が高鳴る。目の錯覚だと自分を納得させようとしていたのに。ヘザーも見たんだとすると……「男だった？　女だった？」

「よく見えなかった。そのまま逃げ出してここに隠れたから」

わたしは空気のにおいを嗅ぐ。においがあまりにかすかで、気のせいなのかさえわからない。「香水のにおいがしない？」

ヘザーが嗅ぐ。「しないけど。どうして？」

「カーティスは、サスキアがわたしたちをここに集めたんじゃないかと考えてる」

「まさか」ヘザーはたじろいで壁にもたれる。「ありえない」

その顔からさっと血の気が引いたので、気を失うかと思い、とっさにヘザーの腕をつかむ。「深呼吸して」

「だけど、彼女は……」その先を口に出しづらいようだ。「死んだ。そうでしょ？」

「だと思うけど」わたしももうさっぱり自信がない。

ヘザーが愕然として押しだまる。ヘザーがこわがっているのが、広く幽霊というものなのか、それともある特定の幽霊がいるかもしれないという考えなのかわからない。

「とにかく、デールがあわててる」わたしは言う。

「みんなのところへ行って、あなたが無事なことを伝えたほうがいいわね」

ヘザーの目が廊下の先へ向けられる。「一緒に来てくれる？」

「わたしは足手まといになるから」膝の状態を説明する。「ひとりで行って。あとで追いつく」

ヘザーがしぶしぶその場を去る。

膝が燃えるように痛み、喉が渇いてたまらない。シンクのそばにグラスがひとつあった。背後でドアが閉まったのでぎくりとしながら、足を引きずってシンクまで行く。グラスはあまり清潔には見えなかったので、冷たい蛇口から水を流して、両手ですくって口へ運んだ。自室のシャワーも水圧が弱いが、ここはさらにひどい。ちょろちょろと細くしか水が出てこない。

手のひらに二杯ぶん飲んだあと、壁にもたれて、部屋へもどるために自分を奮い立たせる。

歩きだそうとしたそのとき、だれかがドアを突き破らんばかりにしてはいってきた。

わたしは小さく悲鳴を漏らす。

カーティスがわたしの腰をつかむ。「おいおい、ぼくだ」

息が苦しい。驚きに加え、彼の手にふれられていることを感じているせいだ。「ヘザーを見つけたの」

「ああ」カーティスが言う。「さっき見かけたよ」

こちらからは体を引かず、カーティスも体を離さない。わたしと同じくスノーボードジャケットを着たままで、お互いの襟のマジックテープがくっつきそうなほど距離が近い。彼の肌のにおいがする――汗と日焼け止めのにおいだ。

「膝の調子は？」

わたしは微笑む。「痛い」

カーティスも笑みを浮かべる。「でも、ああせざるをえなかったんだろ？」

「まあね」

「後悔してる?」

「いいえ」

カーティスの両手に腰のあたりを締めつけられて、わたしのなかの何かが締めつけられる。

「ぼくの部屋に膝のサポーターがある」カーティスが言う。「でも、このあとどうしたらいいのか、さっぱりわからないんだ。きみが滑っておりられなくなったわけだから。きみはほんとに頭痛の種だよ、ミラ」

でも、そう思っているようには見えない。いまはもう。カーティスの目にあたたかい色がある。ここに来てから最も色濃く。しかも、それ以外にも何かあるようだ。

わたしはカーティスがタイルにあたるまで後ろへさがらせる。

「ミラ」

いまは自分の脚が信じられないので、まだ体を支えてくれているのがうれしい。「何?」

「何してるんだ?」

「どう見える?」

その顔に浮かぶ欲望に、苦悩が混じっている。カーティスは唾を呑む。「きみに話していないことがあるんだ」

体のなかで恐怖が渦巻き、あっという間にいままでの雰囲気が壊れる。わたしは体を離す。

そう言われて、わたしが思いつくのはただひとつだ。カーティスが? サスキアを殺したんだろうか。

見当ちがいだと言ってほしいけれど、ほかに何が考えられるだろう。

カーティスはおそらく昔からだれよりも強い道徳心を持っている。もしそのカーティスが彼女を――自分の妹を――殺したのだとしたら、わたしたちに望みはあるのだろうか。カーティスを信用できないなら、わたしはもうだれのことも信じられない。けっして。

カーティスが近づいてくる。「許してくれ、ミラ」

わたしをどうするつもり？

わたしは思いきりドアを引くが、開かない。後ろへ首をめぐらせてカーティスの姿を視界におさめたまま、さらに力をこめて引く。まいった。わたしたちの部屋とちがい、このドアにはツマミがない。だれかが鍵を使って施錠したにちがいない。「あなたが鍵をかけたの？」

「ちがう。ミラ、聞いてくれ」

パニックに襲われつつ、必死に考える。わたしに見られずに鍵をかけることは、カーティスにはできなかったはずだ。カーティスに目を据えたまま、わたしはドアを叩く。

「よせ」カーティスが言う。

ヘザーの声。「ミラ？　カーティス？」

「ここよ！」ドアを叩く。

きしんだ音を立ててドアが開いた。そこにヘザーが立っていて、荒い息をしている。鍵をかけたのはヘザーだったの？

「急いで」ヘザーが言う。「ブレントが怪我をしたの」

32　十年前

　ブレントの部屋の前で呼び鈴を鳴らす。

　カーティスがドアをあける。パーカーの袖をまくりあげていて、全身小麦粉まみれだ。「ブレントはリズールへ行く用があってね。あすスマッシュのための撮影があるらしい。きみに伝えるのを忘れてたって」

「あら」わたしはドアから後ずさる。

「寄ってけよ」カーティスが言う。「いまピザを作ってるんだ」

「へえ、じゃあそうしようかな」カーティスのあとについてキッチンへはいる。

　カーティスは左足をかばっているのか、歩き方がぎこちない。

「怪我したの？」

「いや全然。シーズンのこの時期までに、たいていいつもぼろぼろになるんだ」

「ブレントが痛み止めを持ってるはず。たしか――」

　カーティスが話を途中でさえぎる。「ああいうものは信じてない」

　カウンターの上で、生地がきれいな円形に延ばされている。この人ならピザを一から作るはずだと気づくべきだった。カーティスは日々晴れた空の下で滑っているので、鼻と頰が日焼けしている。調理のせいで汗をかき、髪も湿っている。わたしはカーティスが赤トウガラシの種をとる姿をながめ、すばやく大胆に動く指を見つめる。カーティスとベッドで過ごす時間は、ブレントとの時間とはまったくちがっているはずだ、となんとなくわかる。この指は、どんなふうにわたしの肌にふれるんだろう。

　カーティスが顔をあげ、わたしの視線をとらえる。

わたしは顔がほてるのがわかる。サスキア同様、カーティスにもわたしの考えを読む不思議な能力がある。たったいま何を考えていたか、読まれていたらかなりまずい。

「ワイン？　ビール？」カーティスがいつもと変わらない口調で言う。

「水って決めてるの」わたしは自分でグラスを持ってくる。

カーティスはマッシュルームを顎で示して言う。

「刻んでくれる？」

わたしはナイフを探す。「このあいだ、山でのことなんだけど。わたしとサスキアを追いかけてゲレンデをくだってきたことがあったでしょ。なんだかあわてるみたいだった」

カーティスが足をもぞもぞさせる。

「あれはどうして？」

カーティスは肩をすくめる。「さあ。まあたぶん……

……ブリッツを控えたいま、妹と滑らないほうがいいんじゃないかと思ったんだ。もしものことを考えて」

わたしはあいまいに笑う。「なぜ？　ほかにサスキアが何をすると思うの？」

カーティスはピザを凝視する。明らかにこの話題は気まずいらしい。

わたしはふと思い出す。「セーフティーバー」

カーティスがさっと顔をあげる。

全身に寒気が走る。「あなたまさかサスキアが……

……」

わたしたちのようにチェアリフトに乗り慣れてくると、わざわざセーフティーバーをおろす手間を省くことがある。でも、別にたいしたことじゃない。わたし自身リフトから落ちそうになったことは一度もない。座席が後ろに傾いているため、落ちることなどほぼありえない。

押されないかぎり。

「いや」カーティスが言う。「むろん、そんなことは考えてない」

でも、そう思っていたのは明らかだ。少なくとも、その可能性を考えたことはあるはず。

わたしはマッシュルームを薄くスライスする。「じゃあ、言い方を変えるわね。わたしはあなたの妹と二度とチェアリフトに乗らない」

ふたりでだまって食材を刻む。カーティスの言うとおりなんだろうか。サスキアはわたしの飲み物にアルコールを混ぜたうえ、わたしのボードをクレバスに蹴り落とした。さらにサスキアの暴挙がジャシンタの事故を引き起こした。とはいえ、さすがにそこまではしないのではないか。リフトの下には岩がごろごろあった。もし落ちたら、わたしは死んでいたかもしれない。

カーティスの携帯電話が鳴った。画面を確認して眉をひそめる。「やあ。いつ？　無理だな、バートンUSオープン直前だ。カメラマンをこっちへ寄こしてもらうしかないね」

電話を切る。

「あなたのエージェント？」わたしは言う。

「ああ」カーティスはほんとうにまいっている様子だ。

「有名人はつらいわね」わたしは茶化す。

カーティスがわたしの手からナイフを奪う。「その調子で作業するんじゃ、冷凍のピザにしたほうがましかもな」

わたしは自分の切ったマッシュルームを見おろすが、何が悪いのかさっぱりわからない。

カーティスは冷蔵庫をあけて、新たにマッシュルームを取り出すと、切ったものが宙に舞うほどの速さで半分に切っていく。「こんな感じ。わかる？　でないと、ぺらぺらになる」

「わたしはむしろ、手間をかけずに冷凍ピザを食べるほうがいいけど」

「信じてくれ。手間をかける価値はある。バジルをとって」

わたしはカウンターに並んでいるドライハーブの小瓶をざっと見る。あった。〝乾燥バジル〟

「生のほう!」カーティスがいらいらと言う。

わたしはカーティスが育てているバジルの鉢から葉を何枚かとってきて刻む。においがキッチンに充満する。

「ストップ!」カーティスが怒鳴る。

「こんどは何?」

「刻んじゃだめだ。風味が台なしになる。ちぎるんだ」

わたしはナイフを置く。もしこの人と付き合ってたら、だまれと壁に押しつけて、キスをするのに。壁のくだりは飛ばして、すぐに二階へ引っ張っていってもいい。

カーティスの熱いエネルギーはキッチンでは面倒なだけだが、寝室ではきっと燃え盛るだろう。

「そんなふうに見ないでくれ、ミラ」ほとんど聞き取れない声で言う。

わたしははっと息を呑む。「ごめん」

カーティスはわたしに背を向ける。「ぼくは自制心が強いだけだから」

カーティスも同じ気持ちだということだろう。緊張が全身を包む。シーズン中は徐々に緊張が増していって、ブリッツをわずか二か月後に控えたいま、天井を突き抜けようとしている。

カーティスがこちらに背を向けたまま長々と息を吐き、身ぶりで居間を示す。「あっちへ行っててくれ。あとはひとりで仕上げるから」

足がわたしをソファへ運ぶ。カーティスの言うとおりだ——あんな目で見るべきじゃない。ブレントやジャシンタに悪いし、カーティスにも悪い。カーティスとブレントはランキングで競い合う仲なのに、どういうわけか友情を保っている。けれども、わたしとカーティスにいま何かあったら、その友情も損なわれるだろう。

わたしは湿った服を脇へどけて、ソファに腰かける。きょうは靴下のにおいが特に強い。スノーボードブーツが三足、ラジエーターに立てかけてある。わたしはコーヒーテーブルから《ホワイトラインズ》誌を手にとる。表紙を飾っているのがカーティスで、底なしのクレバスらしきものの上を飛んでいる。インタビューがないかとざっとページをめくっていたら、サスキアの声が聞こえた。

「夕食は何？」

なんと。奇跡のめぐり合わせだ。

「あ、ピザ」カーティスが言う。

「おいしそう」

カーティスが招いたのか、それとも勝手に押しかけてきたのか。わたしにはわからない。

サスキアが居間にはいってきた。沈んだ顔をしているが、わたしの姿を見たとたん、生気を取りもどす。

「あら！」

「どうも」

おしゃべりでもして体裁を繕（つくろ）うべきなのに、チェアリフトでわたしの隣にすわっていたサスキアの姿が浮かんでくる。あのときサスキアの右手はわたしの背中にそっとまわされようとしていた。

サスキアが脱いだスノーボードジャケットをソファに掛けると、それがわたしの脚を軽くかすめる。次にヘルメットと手袋をとる。ポニーテールをほどいて、波打つ髪を背中に垂らす。あのとき、本気でわたしを突き落とすつもりだったの？

そこで、ふと気づく。おたおたしたら、サスキアの思う壺だ。それがカーティスの狙いなんだろうか。妹の最大のライバルをおじけづかせようとして？

サスキアがスノーボードパンツからハーフパイプ用の手袋を取り出して、ラジエーターの上に載せ、部屋から出ていく。トイレのドアのスライド錠が閉まる音が聞こえる。

コーヒーテーブルのそばの床に、サスキアのリフトパスがあった。きっとポケットから落ちたのだろう。わたしはソファからおりる。リフトパスがわたしのポケットへ向かう途中、戸口で音がして、わたしは顔をあげる。

そこにカーティスが立っていた。「何をしてるんだ？」穏やかな声で言う。

わたしは答えない。

カーティスが眉根を寄せる。「やめるんだ」

わたしが何をするつもりだったか、どうしてわかるんだろう。ほんとうに心が透けて見えているんだろうか。「何を？」

「わかってるだろ」

見つかりたくなかった。サスキアがまだ出てこないかたしかめようと、わたしはトイレのドアへ目をやる。

「ボードを壊されて、サスキアのせいで半日を無駄にしたのよ」かわいそうなジャシンタを妨害するために、わたしのワイピングクロスを盗んだことは言うに及ばず。「なぜ仕返ししてはいけないの？」

カーティスは答えない。

「あなたは妹の子守か何か？　彼女だって自分で代わりの物を調達できるでしょ。切符売り場で身分証明書を提示するだけでいいんだから」

「妹がまた復讐するってわかるだろ」カーティスの背後でトレイの水が流れる。カーティスがわたしとの距離を縮める。「それをこっちへ」

わたしはカーティスの手が届かない位置へパスをさっと引く。

カーティスのこめかみの筋肉がわずかにぴくりと動く。「こんなことできみと言い争いたくないんだよ、ミラ」

「だったら、ほっといて。それがいやなら、サスキアをやっつけるのに手を貸して」

カーティスの顔がゆがむ。「そんなこと言われたって無理だ。家族なんだから」

トイレのドアが開いて、サスキアがふらっと部屋にはいってくる。わたしたちが一緒にいるのを見て、眉を吊りあげる。「楽しそうね。お邪魔だった？」

わたしは背後に隠してパスを床に落とすと、玄関へ向かった。「ほんとうは、おなかがへってなかったの」

33　現在

ブレントがファンクションルームへつづく階段の下にすわって、頭をさすっている。

わたしはその隣に腰をおろす。「だいじょうぶ？」

「まあ、なんとか」

カーティスが照明のスイッチの上に手のひらをかざして、消えたらすぐに押せるよう構えている。

「何があったの？」わたしは言う。

ブレントが目をしばたたく。「わからない」

ブレントからはアルコールのにおいがする。「ほかに飲む物は持ってないの？」わたしは訊く。

ブレントが顔をしかめる。「ない」

わたしはカーティスに目をやる。ブレントは酔っぱらって階段から落ちたんだろうか。カーティスも同じことを考えているのがわかる。でもよく考えてみれば、ブレントはほんの数分前にバックフリップを決めたくらいだから、そこまで酔ってはいないはずだ。

「わたしが見つけたとき、ただここにすわってたの」ヘザーが言う。

あの冬、ブレントが脳震盪を起こすのを何度か見たけれど、いつもわりとすぐに起きあがってまた滑っていた。今回はそれよりひどそうだ。目はどんよりとして、焦点が合っていない。何が起こっているのかわからないというふうに、周囲を見まわしている。

「だれかに押されたの？」わたしは訊く。

ブレントは額に手をあてる。「わからない」

サスキアに押されたの？

でも、ヘザーかデールだった可能性もある。カーティスの可能性も。ブレントを二階へ向かわせたのはカーティスだったのだから。バスルームでわたしを見つける前に、ブレントを突き落とすことはできたはずだ。

横目で様子をうかがうと、カーティスはさっきの会話のせいでまだ動揺している。悲しみをたたえた目でわたしを見る。

ブレントが体を引き起こして、ふらっと横に倒れそうになった。

カーティスがそれを支える。「おい、落ち着けよ。まだすわってたほうがいいんじゃないか」

「平気だよ」ブレントが言う。

ところがブレントはバランスを崩し、手摺りをつかんで体を支える。

そのかたわらにカーティスが控えていて、またいつでも手を出せるように備えている。腕時計を見て、悪態をつく。

「何時？」わたしは訊く。

「もう二時近い。行くかとどまるか、決めないとな」

「行きたい」わたしは言う。「あとひと晩ここで過ごすなんてごめんだもの」

「でも、きみの膝が。ぼくとブレントで滑っておりて、残ったきみたちのためにリフトを動かしてもらおうと考えてた。でもこうなると……」ブレントをちらっと見る。「ぼくとデールでおりたらどうかな」

困ったことになった。デールは信用できないし、カーティスも信用できるとは言いがたい。ところで、デールはどこだろう。わたしは廊下の左右をたしかめる。

「ここにきみを残していくのは気が進まない」カーティスが言う。「でも、ほかにどんな選択肢が？」

こうなると、だれをこわがるべきなのかわからない。だれも信じられない。

ヘザーが張りつめた面持ちで隅に立っている。「ここにいるのはわたしたちだけじゃないと思う。廊下で人影を見たの」カーティスに言う。「みんなが氷河に行ってるときに」

「わたしも見た気がする。ほんの一瞬だったけど、角を曲がっていったの」もぞもぞ体を動かしながら、声に出して言う。「それで……言いにくいんだけど、カーティス、あなたの妹に似てた。誓って言うけど、長いブロンドの髪だった」バスルームでカーティスの話を聞いたあと、それがサスキアなのか、サスキアの亡霊なのか、自信がなくなってしまった。単なる考えすぎだろうか。

カーティスは目を閉じる。「まいったな」

「だれかがわたしをバスルームに閉じこめた」ヘザーが言う。

わたしもドアの動きがおかしかったのを覚えている。何か問題があったのだろう。

「ああ、頭が痛い」ブレントが言う。

「どのくらい飲んだんだ？」カーティスが言う。

「ほとんど飲んでない。たいした量じゃないさ。顔に水でもかけときゃなおる」

左手にトイレがある。カーティスがブレントに手を貸して連れていく。

ヘザーが廊下をふらふら歩いていった。「デール？どこにいるの？デールってば！」

「もどってきてから、デールを見た？」わたしは訊く。

「見てない」ヘザーが曲がり角まで行ってたたずむ。どうやらわたしから目を離す気になれないらしい。

カーティスとブレントがトイレから出てくる。

「水が出ない」カーティスが言う。

「えっ？」わたしは言う。

「厨房を見てみよう」カーティスが提案する。

痛む足を引きずって歩く覚悟をするが、カーティスが背中に腕をまわして体を支え、文句があるなら言ってみろといわんばかりの顔をした。わたしは思わずひるむ。カーティスにふれられているのが不思議な気分だ。

厨房の蛇口からはほんの少し水が流れたが、すぐに干あがる。カーティスがお湯の蛇口を試したが、そちらからは一滴も出てこない。

「水道管が凍ったのね」わたしは言う。それでさっきバスルームで水が細くちょろちょろしか出てこなかった理由にも説明がつく。

「外はどれくらいの寒さだと思う？」カーティスが訊く。

「マイナス十度、とか？」

カーティスはうなずく。「冷えてるが、そこまでじゃない」

たしかにそのとおりだ。〈パノラマ〉の建物は、低温に耐えるよう設計されている。以前ここに来たときはマイナス三十度だった。厳密に言えばまだ冬でもないのに、水道管が凍るのはおかしい。

「だれかが水道を止めた」わたしは言う。

〝ゲームはつづいている〟

サスキアが水道をいじったのか。カーティスも同じことを考えているのが表情からわかるが、もちろん、わたしたち全員にその可能性がある。あるいはわたしたち以外のだれか——ジュリアン——の可能性も。

「だれか外へ行って雪を持ってきてくれたら、それを融かすわ」わたしが言う。

「ぼくが行く」カーティスが鍋をつかむ。

「労働力があって助かったな」ブレントが言う。少し元気をとりもどしたようだ。

カーティスがはたと立ち止まる。「だれか懐中電灯を持ってる?」

わたしたちは三人とも首を横に振る。

「小型のがひとつあるんだが」カーティスが言う。

「だれかがここに残るなら、もっと見つけないと。いますぐに。蠟燭でもかまわない」

この建物には、窓のない廊下が何マイルも延びている。停電したらどれほど暗くなるかを思い、わたしは唇を嚙む。

カーティスが鍋をほうって廊下を駆けていく。ブレントが歩いてそのあとを追う。

「ねえ、だいじょうぶ?」わたしは声をかけるが、すでにブレントの姿はない。

ヘザーが戸口に立って、身を守るかのように体の前で腕を組んでいる。

「懐中電灯か蠟燭を見なかった?」わたしは尋ねる。

「さあ」ヘザーが言う。「とにかくここから出たいわ」

いまはヘザーが一緒でよかった。わたしは蠟燭がないかと厨房の戸棚を調べるが、ひとつも見あたらない。

水がないとなると、どうしてよけいに喉が渇くのだろう。冷たい蛇口の下にグラスを差し出したが、細くしたたる水はグラスに半分もたまらないうちに出なくなった。それを一気に飲み干す。だれかが通りかかる——ブレントだ。

「ねえ」わたしは声をかける。「もしできそうなら、雪をとってきてもらえる? どうしても必要なの」

「いいよ」ブレントはカーティスがほうり出していった鍋を手にとる。

「待って！」わたしは別の鍋を取り出す。雪はほとんどが空気だから、鍋ひとつぶんでは融けてもたいした量の水にならないだろう。

ブレントがその鍋も受け取り、出ていく。

カーティスがもどってくる。片手に小型マグライトを持ち、もう一方の手には膝のサポーターを持っている。「ほら、これをつけて」

「ありがとう」

「手を貸そうか」

「自分でできる」さっきあんなことを言われたばかりで、カーティスと目を合わせるのがこわい。わたしはスノーボードパンツに包まれた脚をあげて、サーマルウェアの上から膝にサポーターを慎重に巻く。

「話があるんだ」

「そう」聞きたいかどうか自分でもわからないけれど、わたしはそう答える。

カーティスはポケットからアルミシートを取り出す。

「これを服むといい」

鎮痛剤。包装にイギリスのスーパーマーケットの名前がはいっている市販薬だ。「あなたの薬？」

「ああ」

わたしは包装が破れたりしていないかを、できるだけそれとなく調べる。「鎮痛剤は信じてないんじゃなかった？」

「そうだよ」

「なるほど」なんというか、いかにもカーティスらしい。少なくとも、それがわたしの思うカーティスらしさだ。つまり自分は効き目を信じていなくても、再会の場に鎮痛剤を持参する男。自分より弱いだれかを気遣ってのことか、ただ何事にも備えないと気がすまないたちなのか、わたしにはわからない。

二錠を取り出して、水なしで服みくだす。

カーティスは戸棚をあけはじめる。

「何を探してるの？」

「懐中電灯。蠟燭。なんでもいい」

「そこはもう調べたけど」

「厨房を探してみるよ」カーティスがあわてて出ていった。

鍋ふたつに雪を入れるだけの作業なのに、ブレントは延々と時間をかけている。ようやくもどったときには、雪でいっぱいにした鍋をふたつ重ねて持ち、ひどく息を切らしていた。

「ずいぶん時間がかかったわね」わたしは言う。

ブレントは電気コンロにふたつの鍋を置く。「人が踏んでないとこで雪をとろうと思ってさ」

わたしは雪をすくって膝にあて、コンロの目盛りをまわして火力を最大にする。「頭痛はだいじょうぶ？」

ブレントが頭をさする。「まだちょっと痛むけど、平気だよ」

カーティスが小さなガラスの容器にはいったナイトライトキャンドルをひと抱えと、ライターをひとつ持ってはいってきて、それをカウンターに置く。

「すごい」わたしは言う。

「懐中電灯はあったか」カーティスがブレントに訊く。

「いや」ブレントが答える。

カーティスはヘザーのほうを向いて言う。「デールは懐中電灯を持ってったのかな」

「わからない」いまのヘザーは何ひとつわからないようだ。

「それにしても、デールはどこにいるんだろう」わたしは言う。

「外を見にいったあと帰ってきたのか」カーティスが尋ねる。

「おれはついいましがた外にいたけど、見なかったな」カーティスが言う。

「わたしもずっと見てないのよ」ヘザーが言う。完全にパニックに陥っているようだ。隅から隅へと目を泳がせている。

カーティスはブレントのほうを向く。「デールの部屋とこの建物を確認してくれ。ぼくは外で呼びかけてみる。気をつけろよ」

ふたりは数分後にもどってくる。デールは自分の部屋にいない。

「外で精一杯叫んでみたが、返事はなかった」カーティスが言う。「いよいよまずそうだ。時間がない」

「デールはビーコンをつけてた？」わたしは言う。

「いや」カーティスが答える。「それを心配してるんだ。デールはビーコンをドアのそばに置いて、ハーネスとボードだけを持って出た。みんなで探したほうがいい。ミラ、きみはここに残れ」

「おれもブーツを履く」ブレントがあわてて出ていく。

カーティスがライターと蝋燭のほうを示す。「停電に備えて持っててくれ」わたしに言う。そして壁にもたれかかっているヘザーを横目で見たのち、わたしを廊下へ引っ張っていって耳打ちする。「気をつけろよ」

「何に？」わたしは驚いて小声で言う。

「ヘザーは小柄だけど、女は何をするかわからない」

カーティスが廊下を歩き去るのを見送りながら、わたしはヘザーとサスキアに生き埋めにされた日のことを思い出す。

34　十年前

わたしの頭の上の空白に、ヘザーが最後の雪の塊を詰める。スノーボードジャケットとパンツの3Gの生地を突き抜けて、冷たさが四方から押し寄せてくる。まばたきをして灰色がかった薄明かりに目を凝らし、ゆっくりと深呼吸する。これが現実でなければいいと願いながら。

わたしは仲のいい友達を何人か雪崩で亡くしている。ハーフパイプでフランス五位のドリーン・クラヴェットは、今年の夏、フリーライディングの最中に雪崩に流された。だれも彼女を探せなかった——一緒に滑っていた男性も流されたのだ。ふたりの最後の瞬間も、こんな感じだったんだろうか。息を引きとるまでにどれくらい時間がかかったんだろう。いや、そんなことは知りたくもない。

わたしは指先で氷にふれる。彼女たちがそろそろわたしを探しはじめるだろう。サスキアとオデットは、雪崩ビーコンを受信モードにして雪の上を歩きまわり、わたしの首にかかっているビーコンからの信号を追跡する。

現実にはいちばんこういうことをしそうにないヘザーがわたしを埋めている。ヘザーにとってこの冬最大の出来事は、わたしを埋めたことにちがいない。デールとわたしがスノーボードの話をすると、ヘザーとしてはおもしろくない。わたしたちが仲よくしているのが憎い。しかも氷河では雪が高さ十メートルまで降り積もっているため、作業は楽だった。

ちょっと待って。わたしのビーコンは〝発信〟モードになっているだろうか。ここへのぼってくる前に、自分でビーコンをいじっていた。しまった。まわりに雪がぎっしり詰まっているため、ジャケットをあけてたしかめることができない。

パニックが忍び寄る。ここから出たい。みんなはどこだろう。

この訓練はサスキアの発案だ。その日、山の上はホワイトアウトだった。視界が悪すぎて、ハーフパイプでの練習ができなかったため、ジャンプ台を作ろうと氷河まであがったけれど、それすら無理だとだれもがすぐに察した。

「使い方を知らなければ、ビーコンを持ってる意味がないわね」サスキアが言う。「埋まる役をやってもいいって人は？　ミラ、どうする？」

「遠慮する」わたしは言った。

「どうして？　こわいの？」

サスキアの目によぎった満足げな光を見て、わたしは口を開かずにはいられなかった。ばかみたいに餌に食いついたのだ。「いいわ、やる」

命知らずのミラがまた餌にかかったわけだ。どうして食いつかずにいられないんだろう。

不安に駆られ、カーティスの忠告を思い出す。でも、サスキアがわたしと距離をとりはじめてからもう数週間が経っている――きっとカーティスが小言を言ったにちがいない。それに、カーティスをはじめみんながいる前でサスキアが何かしでかすとは思えない。

雪のなかにいると凍えそうだ。手が冷たすぎて、ほとんど感覚がない。手袋をはめておくべきだった。

サスキアとオデットは永久にも思えるほど時間をかけている。何をぐずぐずしてるんだろう。カーティスはゲレンデをおりて、時間を計っている。いつものことながら、わたしたちは当然のようにこれを競争にした――女子対男子の競争だ。これもまたサスキアの発案だった。がんばれ、女子チーム。まったくどこを探してるの？

なんの音も聞こえない。空気はいつまでもつだろう。

落ち着いて。次はブレントが埋められることになっている。ブレントはパニックには陥らないはず。こわがったりもしないだろう。わたしは呼吸をコントロールしようと、鼻からゆっくり息を吸うよう心がける。万一のときは、腕を突き出して大きく振れば、みんなが駆けつけて引きあげてくれるだろう。

光だ。頭上の穴から差しこんでくる。サスキアの顔が穴からわたしをのぞいたので、わたしはほっとして笑い声を漏らす。

「ここは何もないわ」サスキアが言う。

雪がどさっと落ちてきて穴をふさいだ。

何をしてるんだろう。たしかにサスキアはわたしを見た。いや、見なかったんだろうか。

さっきまでより暗くなる。まさか雪をさらに積んだのか。恐怖で胃のあたりがざわざわする。サスキアは何をふざけてるんだろう。

「待って!」わたしは叫ぶ。でも、だれの声も聞こえないから、向こうにわたしの声も聞こえていないのだろう。

両腕を持ちあげて上へ押した。指先に雪がこすれて、氷のかけらが顔に降りかかる。まばたきしてそのかけらを払うが、冷たく湿ったものが睫毛(まつげ)を覆っている。もう一度叩いてみるものの、雪はかちかちに固まっている。気のせいだろうか、呼吸が苦しくなってきた。なぜオデットは手を打たないんだろう。わたしは大きく息を吸いこむ。**だめ。ゆっくり呼吸しなくちゃ。酸素を長くもたせないと。**

カーティスとデールがいつまでもこれをほうっておくわけがない。でも、男子チームとしては長引かせようとするだろう。そのほうが有利になる。女子チームより速いタイムを出せるのだから。ブレントは軽食を買いに売店へ行っているので、助けにこられない。ヘザーはこの霧のなかでわたしをどこに埋めたのか、そもそも覚えているだろうか。たとえ思い出せたとしても、ヘザーがわたしを助けに駆けつけることはないだろう。

あまりにばかげた思いつきだった。だいたい、わたしが雪の下に埋もれる必要などない。ほかの人たちがやっているように、ビーコンだけを埋めればいい。わたしはありったけの力をこめて、もう一度両手を上へ押しあげてみる。ぱらぱらと顔に雪が降り注いで、口のなかにはいってくる。咳きこんで雪を吐き出し、こんどはほんとうにパニックに襲われる。

そして恐ろしいことに気づく。サスキアはこうなるように仕組んだのだ。

35 現在

雄鹿の死んだ黒い目が食堂内を見つめている。色の薄い毛皮には艶がなく、枝角は埃に覆われている。わたしはその目に見られているという感覚を振り払えない。

マントルピースの上の置時計がリズミカルに時を刻む音と、炎が立てる乾いた音だけが響く。火を熾すのに十分かかった。この部屋は何もかもがじめじめしている。

ヘザーが閉じこめられたアオバエのように室内を飛びまわっている。「彼はどこなの？」

心配しているのはわたしも同じだ。デールは愚かではないけれど、こういう地形には事故が付き物だ。怪我をしてどこかに倒れているのかもしれないし、雪崩にさらわれて埋もれているか、クレバスに落ちたのかもしれない。

ただし、これがデールとヘザーが仕組んだ悪だくみなら話は別で、その場合はカーティスとブレントが苦境に陥る。あるいは、外にサスキアがいるんだろうか。その場合は、全員が窮地に立たされる。

窓の外には、灰色の空と濃紺の頂がある。残照も間もなく消える。ひとつたしかなのは、きょうはここからおりないということで、ここでもうひと晩過ごすのをわたしは恐れている。

炎のそばで手をあたためても、体の震えが止まらない。カーティスから借りた膝のサポーターの下に、手作りの氷嚢(ひょうのう)をあてている。イブプロフェンはまったく痛みをやわらげてくれない。アルコールなら効きそうだが、男性陣がもどってくるまでは、頭を冴えた状態にしておきたい。

「あの時計の音が気になって気になって」ヘザーが言う。

「わたしが気になって仕方ないのは、あの鹿」わたしは言う。あの死んだ目は、こういう場面をいったいどれほど見てきたのだろう。〈パノラマ〉が建つ前、ここには簡素な山小屋があって、何十年ものあいだ登山者たちの避難所の役目を果たしていた。ここにある写真のいくつかにその山小屋が写っている。この鹿はその小屋にもいたんだろうか。それくらい古い代物に見える。

ヘザーが薪の山を引っ掻きまわしている。

「何してるの？」わたしは訊く。

「携帯電話が見つかったら、助けを呼べるから」

すでにわたしたちが二回は探したところだったが、わたしはあえて指摘しない。

「うるさいっ！」ヘザーは置時計をつかんで、壁に投げつけた。時計は羽目板にぶつかった。ガラスが床に降り注ぐ。こんな癇癪（かんしゃく）持ちだとは知らなかった。

　わたしはそこに勝機を見いだす。こういうふうに弱ったときに、ほんとうのことを話す可能性が高い。

「わたしがあなたをここに誘ったんじゃないってわかってるでしょ？」

　ヘザーがうなずく。

「だったら、だれが誘ったの？」

　ヘザーは唇を噛む。「わからない」

「アイスブレイクのゲームを仕掛けたのがだれかを突き止めようと思う」わたしは打ち明ける。「だから知りたいの、あなたとブレントは……」

　ヘザーが身構えはじめる。

「もしそうなんだったら、ほかにだれがそのことを知ってるのかを考える必要がある。ただそれだけなの」

　ヘザーは首をひねって廊下を一瞥したのち、さっとこっちへ向きなおる。「そうよ。彼と寝たわ。これで満足？」

「わかった」それはわたしがブレントと付き合っていたころの話なのかどうか訊きたくてたまらないけれど、口には出さない。ブレントは自分のものだ、なんてわたしには言えない。そういう関係は望まないと自分から申し出たのだし、ブレントはわたしがデートをした相手のなかでだれより所有欲のない人だ。もっとも、わたしたちの場合は、デートと呼べるものではなかった。一対一で会ったのは、ベッドのなかだけだったから。

　ただし一度だけ、湯気の立ちこめる薄暗いサウナで会った。

　それにしても、ヘザーはどうしてデールを裏切ったんだろう。

　浮気を認めたいま、ダムはすでに決壊している。

「ほら、デールがわたしを裏切ったと思ってたから。彼の浮気相手はサスキアよ」

「本気で言ってるの？」

「デールに会いにジムへ行ったら、ふたりしてトランポリンの部屋から出てきたの。彼女、あのきどった笑みを浮かべてた」

「待って。それってブリッツ前日のこと？　それなら覚えてる。練習の補助をしてほしいってジムでサスキアがデールに頼んだとき、わたしもその場にいたの」

デールは乗り気ではなかったけれど、サスキアは物でデールを釣った――その冬のあいだはずっと飲み物をおごると約束したのだ。それに、サスキアが笑っていたのはおそらく、クリップラーのコツを覚えたからだろう。

「とにかく、デールは着替えにいった」ヘザーが言う。「それでわたし、なんで笑ってるのってサスキアに訊いたの。そしたら……はっきり言ったわけじゃないけど……たったいまジムで彼とセックスしてたってほのめかしたのよ」

ほんとうに関係を持ったんだろうか。それともサスキアがヘザーをからかったのか。サスキアはとにかく人を弄ぶのが好きだった。デールとは寝ていなかったとなんとなく思うけれど、その理由をヘザーに説明する気にはなれない。

「問いただしたら、デールは否定して、怒って出ていったの。だけど……」気休めが欲しいのか、ヘザーがわたしを見る。

「たとえふたりが関係していたとしても、わたしはそんな話、聞いたことないけど」

ヘザーはもう一度後ろを振り返ったのち、声を落として言う。「とにかく、わたしがブレントと寝たのはその夜だった」

「そう」すると、ブレントはわたしを裏切ってはいなかった。わたしとは、その前日に別れていたのだから。

「話をしようと思ってデールの部屋へ行ったんだけど、デールはいなくて、ブレントだけだった」ヘザーは自制しようともがき、張りつめた声でつづける。「ブレントが抱きしめてくれて、わたしは洗いざらい打ち明けた。気がついたらわたしからキスをしはじめていたの。ほんとにいいのかってブレントが訊いて、それでわたしを連れて二階へ行った」

ヘザーの頬を涙が伝う。

ブレントの善人ぶりときたら。泣きついてきた人に胸を貸し、そのままあてつけのセックスの相手まで完璧にこなすなんて。それにはかなりのリスクをともなうが——いつデールが現れてもおかしくない——ブレントはリスクをものともしない人だし、もともとヘザーに弱かった。それでも、話を聞いて驚いた。ブレントとデールは〝仲間〟だったのだ。ブレントがわたしと別れて弱っていた隙にヘザーがはいりこんだということだろう。

「ほかにそのことを知ってる人は？」

「サスキア。あとはだれも知らないはず」

衝撃が全身を貫いた。どうやらカーティスは、こんどの件をすべて妹が仕組んだと考えているようで、それはいまのヘザーの話と合致している。

「ほんとにタイミングが悪くて」ヘザーが言う。「ブレントが送り出してくれたときに通りにサスキアがいたの。玄関先でブレントがわたしを抱きしめているのを見て、すべてを理解したのね。あからさまに訊いてきたわ」

それについては、なぜか驚きはない。サスキアはそういう勘が鋭い。

「ちがうって答えたけど、すごくうろたえてたから、隠しきれてなかったと思う。彼女、大笑いしてたわ」

そのときのサスキアの姿がありありと頭に浮かぶ。気の毒なヘザー。

「ひっぱたいてやりたかった」ヘザーは横に垂らした手を握りしめる。「〝かまっちゃだめ〟って自分に言い聞かせたわ。〝歩き去るの〟って。その夜は仕事があったから、着替えに自分の部屋へもどった」

「それから〈グロー・バー〉で何があったの？　どうしてまた喧嘩に？」

ヘザーはため息をつく。「うっかりサスキアの飲み物を倒してしまって、そしたらわざとだと思ったみたい。ブレントと寝たことをみんなにばらすって言われたの。だから、あんたがデールと寝たことを先にばらしてやるって言ったわ。それでひどいことになったわけ」

「なるほど」わたしはゆっくりと言う。全体の輪郭ができあがりつつあった。

ヘザーがつづける。「デールと寝てないってサスキアは言ってた。〝かわいそうなデール。いますぐ、あなたとブレントのことを教えてあげなくちゃ〟って。わたしを挑発しつづけた」

「それで叩いたのね？」

「そう」

「サスキアはデールにばらしたの？」

「いいえ。わたしが知るかぎりでは、話してないと思う」

「きのうデールに自分から打ち明けなかったの？」

ヘザーは顔を伏せる。「そんなことをしたら、離婚されちゃう」

「まさか。十年も前のことなのに？」

「彼がどういう人なのか、あなたは知らないのよ」静かな声で言う。

けれどもわたしはデールが独占欲の強い人間だと気づいていた。たぶん、ヘザーの言うとおりなのだろう。わたしよりはるかによくデールのことを知っている。

「カーティスはこのことを知ってるの？」

「知らないんじゃないかな、ブレントが話してないかぎり」

さまざまな疑問が頭のなかで渦を巻く。いまの話はサスキアの失踪と関係あるんだろうか。あの日、なぜブレントとヘザーが氷河にいたのか昔からずっと疑問に思っていた。ふたりきりで話をしたかったから上まで行った、というのがほんとうの理由なのか。それだけのために延々足を運んだことになるけれど、ゴンドラリフトはたしかに、だれにも聞かれずに話ができる申しぶんのない場所だ。ただしサスキアが……何をしたんだろう。ふたりの邪魔をした？　自分のつかんでいる情報を利用して、クリップラーの練習を補助しろとブレントを脅した？　ブレントは人がいい。ブリッツでウォーミングアップの時間を逃すことになってもヘザーを守る覚悟をしていたのかもしれない。でも、そのあと何があったんだろう。悲劇的な事故だったのだろうか。

それとも、ほかに何かがあったのか。

ともあれ、いまわかったことがふたつある。

一、ヘザーは嘘をつける――わたしだけじゃなく、夫にも。

二、ブレントとヘザーは口を閉ざしておくすべを知っている。ほかにもだまっていることがあるんだろうか。

36　十年前

わたしは冷たく暗い墓に閉じこめられ、外へ出ようとまだ雪を掻いている。指先にふれる氷は花崗岩のようだ。掻いてはこすってをつづけて、皮膚がなくなりかけているにちがいない――そのことすら、指の感覚が麻痺してしまって感じられない――でも、このままでは埒（らち）が明かない。

呼吸が徐々に速くなり、墓の壁が左右から迫ってくる。息ができない。掘る方向は、こっちでいいんだろうか。**考えて！**　気持ちを集中しようとするが、暗くて、どっちが上なのかすらもうよくわからない。

喉に苦いものがこみあげる。吐きそうだ。空気を求めてあえいでも、何もはいってこない。

「助けて！」叫ぶ。顔の前で自分の両手がばたついている。ここから出なくては。こんなふうに死にたくない。

雪が口のなかにはいる。咳きこんで雪を吐き出す。

隙間からの光。隙間が穴になって、カーティスの顔がわたしをのぞきこむ。カーティスが叫び声をあげたのち、ふた組の腕が雪を掘ってくる。カーティスとデール。自分も手伝うべきなのに、腕が激しく震えて、言うことをきいてくれない。

ついに穴がじゅうぶんな大きさになる。カーティスが身を乗り出して、わたしを外へ引きずり出す。わたしは雪の上に伸びてあえぐ。カーティスがジャケットを脱いで、わたしの上にかけてくれる。死体を包む布のようだ。わたしはそれを剥（は）ぎとる。なんであれ、上からかぶせられるのに耐えられない。とにかく息を吸いたい。

サスキアの声。「あたしのビーコン、どうかしちゃったみたい」

「どうかしてるのはおまえだ！」カーティスが声を荒らげる。

オデットの穏やかな声が聞こえるけれど、何を言っているのかはわからない。

人が次々と行き来する——サスキア、カーティス、デール。わたしはきれいな空気を何度も大きく吸いこむ。ブレントはきっとまだ売店からもどっていないのだろう。

「どうしてきみまでミラを見つけられなかったんだ？」カーティスが言う。

「サスキアが自分で見つけたがってたから」オデットが答える。

起きあがらなければ。こんな姿を——こんなに弱々しくて無防備な姿を——みんなに見られたくない。でも、動ける気がしない。

カーティスがわたしのかたわらにひざまずく。「水を飲むかい」ボトルを——自分のボトルを——見せて、わたしの口元へ運ぶ。わたしはひと口飲んだだけで、また頭を雪の上へもどす。

オデットが上体をかがめて顔をこちらへ近づける。「だいじょうぶ、ミラ？　サスキアのビーコンがね、うまく働かなかったみたいなの」

わたしは一瞬その言いぶんを信じないが、オデットは本気で言っているのだとわかる。そういう人なのだ——いつだって人の良心を信じている。

カーティスがポケットからプロテイン・バーを取り出して、包装を破りあける。「食べて」

わたしは首を横に振る。消化できそうにない。雪が空から舞いおりてきて、わたしの顔に落ちる。また埋もれてしまう。わたしはぶるっと震えて、上体を起こす。目の前が暗くなってくるが、わたしは足をしっかり踏みしめ、その感覚が消えるまで深呼吸する。

わたしのバックパックがそばの雪の上にある。それを背負って言う。「滑っておりるわ」

「待てよ――」カーティスが言う。

でも、自分と氷河との距離をできるだけ広げたい。自分と、そしてサスキアと、あのいきさつを見ていたすべての人々との距離を。

ホワイトアウトのなかへ滑りだすと、ゴーグルに雪が吹きつける。上級者コースを示す黒い標識がひとつまたひとつと現れる。それがなければ、自分が前進していることさえわからない。標識に従ってくだる。滑走コースには人気（ひとけ）がない。この天候下で戸外に出ている愚か者はわたしたちくらいのものだ。

サスキアは殺そうと思えばわたしを殺せた。それなのに、わたしは何をしようとしているんだろう。いったいわたしに何ができるだろう。

途中駅に着くころには、脚がいつもの倍ほど震えている。ケーブルカーに乗ってそのままくだるつもりだったけれど、考えてみれば、それはつまり負けを最終的に認めるようなものだ。どちらにせよ、下におりてどうするんだろう。せまいアパートメントの床をうろうろ歩きまわる？　いまはひどく気持ちが高ぶっている。でも、この気持ちにもたぶん折り合いをつけられるのだろう。

たいした考えもなく、ゴンドラリフトへ向かう。だれも並んでいないので、わたしは空いているリフトにそのまま飛び乗る。

ドアが閉まりかけたとき、カーティスが飛びこんできた。自分のボードをわたしのボードにもたせかけて、バックパックをおろし、向かい側の座席にすわる。震えが止まるよう祈りながら、わたしは両手を膝に押しあてる。カーティスにはこんな姿を見られたくない。

「だいじょうぶかい」

「ええ」ミラーレンズなのをありがたく思いつつ、窓のほうを向く。

「妹はやりすぎだ」

サスキアを責めることばをカーティスがついに口に出したことに驚き、わたしはそちらへ向きなおる。

カーティスは口元をぎゅっと引き結び、体を硬くして、自分のスノーボードブーツをじっと見おろしている。わたしのなかで憐れみが一瞬、怒りを上まわる。サスキアは長年にわたっていったい何度、兄を難局へ引きずりこんだのか。学校でもサスキアはこんなふうだったんだろうか。その姿が目に浮かぶようだ。美しきあばずれ、第六学年の女王。男子はみんな心を惹かれ、女子はみんな友達になりたがる。なぜなら友達じゃなければ、何をされるかびくびくしていなければならないからだ。

どうすればサスキアに復讐できるだろう。ブリッツでサスキアを負かす以外に。「じゃあ、わたしがサスキアに勝てるよう手を貸して」

カーティスが目をあげる。「どうしてそこまでこだわるんだ、ミラ」

何か——死にかけたという感覚か、生き残ったという安堵か——が、わたしに心を開かせる。「わたしがこれまで生きてきていちばん幸せだったのはいつなのか、あててみて」

「去年のブリッツかな」

「まさか。最後から二発目でこけて、恥ずかしい思いをしたのに。結局勝てなかったし。人生でいちばん幸せだったのは、十二歳ぐらいのときの学校の運動会。四百メートルでも、八百メートルでも、おまけに百メートルリレーの最終走者としても優勝したこと。陸上部にもはいってなかったのに。勝ちたいっていう気持ちがとにかくほかの女の子より強かったの」

カーティスがため息をつく。「ハーフパイプの話をしてくれ」

わたしはあわてて考えをまとめる。けっして絶好とは言えないものの、唯一の機会かもしれない。「わかった。ドロップイン、バックサイドエア、フロントサイドインディ……」ひとつひとつ、わたしはトリックをあげていく。秘密でもなんでもない。わたしがそれを滑るのを、カーティスは毎日見ている。

「第一になおすべきは、ブーツをグラブする点だ」

わたしはうなだれる。ボードではなくブーツをつかむのはたしかにみっともない。

「グラブのとき、きみは五本でつかんだり、たまに三本でつかんだりする」

カーティスがわたしの滑りをばらばらに分解して、改善が必要な点を半ダース以上列挙する。わたしは耳を傾けながら、ひどく落ちこむ。メモをとるペンがここにあればいいのに。サスキアがつねにわたしの先を行っているのも当然だ。ブレントとデール、それにオデットもわたしにアドバイスをくれるけれど、けっしてここまで深く突っこんだものではない。わたしの自尊心がうごめきはじめる。

「ブレントは、クリップラーに挑戦したらどうかって言ってくれたけど」わたしはカーティスの話が終わるのを待って言う。

カーティスの両眉が吊りあがる。「女子の選手があれを決めたことってあったかな」

「競技会ではまだ」

カーティスはしばらく考えこむ。そして眉をひそめて言う。「だめだ。とにかく、まだいまのところは。その前にきみに必要なのは、転ぶことだ」

「えっ？」

「きみは転倒をこわがりすぎてる」

カーティスの言っていることは、腹立たしいほど正しい。たしかにわたしはこわがっている。転んで骨折すること。転んでシーズンを棒に振ること。さらには、スポンサー契約を切られることも。経験からそれがわかっている。でも、指摘されたってどうしようもない。

しかも、カーティスに気づかれていたのが何より気に入らない。「ブリッツが迫ってるいま、どこかを骨折するなんてごめんだわ」競技会まで二週間しかない。

「まあね。でも、それがきみのさまたげになってるんだ。大きく飛び出して、深いパウダースノーに埋もれ、転倒する。きみが考えてるほどひどいことにはならない。クリップラーについては、そのあと考えればいい」

ためらいながらカーティスを見る。パウダースノーへの着地でも、転倒には危険がともなう。カーティスはほんとうのところ、だれの味方なんだろう。本心からわたしに力を貸そうとしているのか、それともまた妹への愛情ゆえなのか。

37 現在

ヘザーが食堂の窓の前を行ったり来たりしている。わたしも膝を痛めていなかったら、同じようにうろうろしているだろう。

「もどってこなかったらどうしよう」ヘザーが言う。

「もどってくるって」わたしは言う。

もう外は真っ暗だ。ふたりはいまどこにいて、なぜデールを見つけられないんだろう。停電した場合に備えて、わたしはもう一度テーブルを横目で見て、そこに蠟燭とライターがあることをたしかめる。心のなかでは、わたしもヘザーに劣らず不安でたまらない。カーティスとブレントは捜索中にクレバスに落ちたのかもしれない。探しにいくべきだろうか。だけど、わたしたちを弄んでいるだれかが――サスキアかデール、あるいはほかのだれかが――ふたりを傷つけていたら？　そのだれかは闇に潜んで、わたしが外へ出ていくのを待ち構えているんじゃないだろうか。

　わたしは懸命に話題を探す。「ところで、結婚生活はどうなの」

　ヘザーが近づいてくる。「ええ……まあまあよ」

「そう」

　ヘザーは取り繕うように、友人や親戚、ふたりで営む事務所について話すが、最初の返事がいちばん真実に近いのだろうと察しがつく。まさに、まあまあなのだろう。

　ヘザーが震えるように息を吐き出す。「あのね、薬が要るの。部屋にあるんだけど、一緒に来てもらえる？」

「ええ」わたしは答えるが、すぐに警戒する。**油断しないで。**ヘザーは何かを企んでいるんだろうか。

　わたしはまだスノーボードジャケットとパンツというでたちだ。ジャケットのポケットにライターと燭台付きの蠟燭を詰めこんで、立ちあがる。前を通るたびに照明のスイッチを押しながら、廊下を進んでいく。

「すごく痛む？」ヘザーは横で足を引きずっているわたしを見て尋ねる。

「ええ」嘘をついてもしょうがない。足を踏み出すたびに、うめき声をあげないように歯を食いしばる。

　背後で両開きのドアが閉まった。

　明かりが消える。

　そしてヘザーが耳障りな声をあげる。ヘザーが――あるいはほかのだれかが――襲ってくるのに備えて、わたしはライターと燭台を手探りする。建物のレイアウトを必死で頭に思い浮かべる。正面玄関からだれかがはいってきた場合、急いでこっちへ行って、自分の部屋にはいって鍵をかける。相手があっちから来た場合、左へ曲がって、もう一度左折し……そのあとはどうする？

だれかが――ヘザーならいいのだが――壁を叩いている音がする。

「スイッチが見つからない」ヘザーが言う。

「無駄よ。電気が止まってる」ライターをつけると、ヘザーの青白い顔が見える。わたしは蠟燭に火をともそうとするが、手の震えが激しくてなかなかつかない。**パニックになっちゃだめ、ミラ。あわてててもどうしようもないのよ。**

なんとか蠟燭に火をつける。廊下の左右を確認する。わたしたちふたりだけだ。「さっさと薬をとりにいって、食堂へもどろう」わたしは言う。「暖炉があるから、あっちのほうが明るいし」

ヘザーの部屋に到着する。

「薬はバスルームに」ヘザーが言う。

蠟燭を体の前で支え持ち、中へ足を踏み入れる。バスルームでヘザーがバッグをあさり、アルミシートを取り出す。それから前を見て、悲鳴をあげる。

わたしは後ろへよろける。ヘザーが震える指で鏡を指さす。そこに、赤い口紅で単語がひとつ殴り書きされている。〝罪〟

ヘザーは怯えた目でわたしを見た。

どういう意味だろう。罪があるのはだれで――ヘザーかデールだろうか――なんの罪？　蠟燭の明かりのもと、わたし自身の呼吸と同じくらいヘザーの呼吸が速く、大きく響く。わたしはシャワーカーテンをすばやく引きあけると、蠟燭を掲げて部屋の隅々を照らし出す。だれもいない。

ワードローブ。

ざっと視線をめぐらせて、武器になるものを探すが、使えそうなものはない。

「持ってて」わたしはそう言って、ヘザーに蠟燭を渡す。信用しているわけではないけれど、いまはやむをえない。両手をあけておきたい。もしだれかがいたら、先に攻撃を仕掛けて、あとで問い詰める。

わたしがワードローブへ近づいていくと、ヘザーもぴったりついてくる。一気に扉を引きあけた。中は空だ。わたしは蠟燭を返してもらう。

ヘザーは震える手でアルミシートから錠剤をふたつ取り出して服みこむ。それからわたしと目を合わせて言う。「不安発作があるの」

「ここから出よう」

蠟燭で照らしながら、わたしたちは廊下をもどった。

〝罪〟——サスキアのクレジットカードを盗んだことを指しているんだろうか。それとも脅迫計画の一部のことなのか。食堂に着いたときには、すっかり気持ちが不安定になっている。

「何か食べないとね」わたしは足を引きずって厨房にはいる。

ヘザーもついてくる。膝がずきずき痛むので、脚を高く持ちあげるほうがいいのだが、ヘザーは何かできる状態ではない。わたしはさらに何本かの蠟燭に火をつけて、自分の手元を確認できるようにすると、調理しなくても食べられるものがないか戸棚を見てみる。トマト缶がひとつとツナ缶がいくつかある。おかしい。絶対にきのうはもっとたくさんあった。

ヘザーと入口の両方に目を配りつつ、わたしはチーズをすりおろす。膝が悪いから、襲われたら防ぎきれない。必要に迫られればヘザーひとりならなんとかなりそうだが、デールも一緒に向かってきたら？

ヘザーが廊下へ駆け出す。わたしもあとを追う。

「何か音が聞こえた」ヘザーがささやく。「いまさっき。聞こえなかった？」

「聞こえなかったけど」廊下は暗く、静まり返っている。「ただの水道管とかの音だよ」

「この建物には、わたしたちのほかにだれかいる」

わたしは振り返って、影に沈んだ食堂を見る。「どんな音だった？」

「きしむような音。ドアが閉まるときみたいな」

「ひょっとしたら、風の音かも」わたしは安心させるような口調で言う。

ふたりで厨房へもどった。火から遠いため歯の根が合わないほど寒いけれど、それでも膝に氷嚢をあてておく。ここから歩いてくだるしかなくなったときに備えて、腫れを抑えなくてはならない。

遠くで大きな音が響く。ヘザーが息を呑んで、わたしの腕をつかむ。

廊下で声がした――カーティスとブレントだ。

ヘザーがあわてて出ていく。「見つかった？」

答えは明らかだ。ふたりのそばにデールはいない。カーティスはヘザーと目を合わせることもできない。

「すまない」カーティスが懐中電灯のスイッチを切り、わたしたちは蠟燭が照らす厨房に集まる。

信じられないというように、ヘザーがカーティスからブレントに視線を移す。「捜索をつづけて」

「安全じゃないんだよ」カーティスが言う。「すまない、ヘザー、ほんとうに申しわけない。でももうふたりともへとへとだ。これではまちがいが起こる」

カーティスとブレントは見るからに疲れきっている。簡単にあきらめる人たちじゃないのはよくわかっている。ブレントが帽子を脱いで、湿った髪を指で梳く。

「肝腎なときに、くそ電話はどこにあるんだ？」カーティスがぶつぶつ言う。

ヘザーが懐中電灯をつかむ。「いいわ、自分で探す」その声にはヒステリーの響きがある。

わたしはジャケットのファスナーをあげる。「わたしも一緒に行く」暗闇のなか、ひとりで氷の上へ出られるわけがない。こんな膝ではわたしも遠くへは行けないけれど、そもそもあのときわたしがバックフリップにこだわらなければ、デールがひとりで外へ行くことにはならなかった。

カーティスが出口に立ちふさがる。「クレバスに落ちて死ぬぞ」

ヘザーはカーティスを押しのけようとする。「あの人をほうっておくわけにはいかないわ」

「ついさっきおれも片足で雪の橋を突き破ったんだ、ヘザー」ブレントが穏やかな声で言う。「カーティスがつかんでてくれたからよかったが、おれたちの足元で雪が崩れて、そりゃあ恐ろしかった」

「デールのことだ、どこか雪のなかで身を潜めてる可能性もある」カーティスが付け加える。「夜が明けたらすぐみんなで探しにでよう」

ちらっとブレントを見ると、ブレントはかすかに首を横に振った。わたしもその見こみは薄いと思う。この時期、この辺りでは夜はマイナス十五度くらいまで気温がさがる。

わたしはまたカーティスのほうを向く。カーティスはまだ、デールとヘザーが何かを企んでいる、デールはわざと消えた、と思っているのだろうか。落ち着いたら訊いてみよう。ヘザーの切羽詰まった訴えには、かなり真実味がある。なんとかしようと闘い、もがいている。

ブレントが手を差し伸べ、ヘザーがその腕のなかへ崩れ落ちる。ブレントはヘザーの肩の上から、わたしのほうを気まずい顔で見る。ヘザーを抱いているブレントを見るのは、すごく妙な気分だ。

「膝の具合は？」カーティスが言う。

わたしは肩をすくめる。愚痴をこぼしてもはじまらない。「スポーツテープ持ってる？」

「ああ。けど、ぼくならあと二十四時間はサポーターをして氷をあてとくかな」

「テープは、あした歩いてくだるために必要なの」

カーティスの顔に不安がよぎる。「痛めた膝には、とんでもなく長い道のりだぞ」

そしてわたしのかたわらにへたりこんで壁にもたれる。わたしはその胸が上下しているのを見つめる。カーティスはすっかり疲れ果てている。

ブレントはまだヘザーを慰めようとしていた。

「停電したのはどのくらい前？」カーティスが訊く。

「二十分ほどかな」わたしは答える。「どこで電力を切るの？」

「外でちらっと見たけど、分電盤の箱が建物の外壁に設置されてた。大型の南京錠がついてる」

すると、ふたりが外にいたとき何者かも外にいたのか――あるいはふたりのいずれかが電源を切ったのか、どちらかだ。

ヘザーがブレントの胸を叩く。「あなたのせいよ。わたしたちをここへ来させたんだから」

ブレントが声を低くする。「ちがう。ゆうべ説明しただろ」

「あなたの言うことは信じられない」ヘザーが言う。

「待って」わたしは言う。「ブレントがあなたたちをここへ来させた、ってどういうこと？」

ヘザーはブレントをにらみ、それから傲然とこちらを向く。「この人はわたしを脅迫したの」

38　十年前

氷に全身を圧迫され、胸が押しつぶされる。息ができない。両手を必死でばたばたさせる。

「おいおい」ブレントの声がわたしの意識のなかに低く響いてくる。

目をあける。氷じゃない。ただの布団だ。四季を通じて洗わずに使っている、安全であたたかいブレントの布団。わたしは麝香の香りを吸いこんで、息を整えようとする。

「だいじょうぶ?」

「悪い夢を見たの」

「こっちへおいで」

彼の胸に顔をうずめる。真に迫った夢だった。きょう山へのぼる気になれるかどうかわからない。こんどはサスキアに何をされるだろう。これをこの先もつづけたいなら、向き合わなくてはならない。きっと次もあるのだから。

自分が岐路に立っている気がする。道はふたつ。あのグループとは距離を置き、目立たないようひとりでトレーニングをしながら、サスキアが来るときはブレントの家に近寄らないようにするか。それとも全力で反撃するか。

何もしないでサスキアを勝たせるわけにはいかない。だけど、わたしに戦う力があるだろうか。

「気分はよくなった?」ブレントはわたしの髪に顔を埋めながら言う。

「ええ」

ブレントがベッドからおりて、カーテンをあける。その顔がぱっと明るくなる。「一フィートほど雪が積もってる。新雪を滑りに氷河へ行かないか。パイプは雪に埋もれてるだろうし」
〝埋もれる〟ということばを聞いて、わたしは身震いせずにはいられない。

ル・ロシェを走る石畳の大通りではすでに雪掻きが終わり、道の両側に雪が高く積まれている。それ以外のあらゆるものが、見渡すかぎり白くて分厚い絨毯に覆われている。道路標識の上縁に何センチもの雪がぐらぐらしながら載っかっていて、屋根やバルコニーには五十センチほど積もっている。停めてある車も雪に覆われ、まわりにほぼ同化している。

ブレントとカーティスとわたしは、道の真ん中を歩いていく。こぢんまりした石造りの教会が雪だまりに埋もれ、錬鉄の十字架や手摺りは白い霜を厚くかぶっている。店主たちが除雪機を使って、店の前の雪掻きに励んでいる。

きょうは四月一日だが、前回の二月より寒く感じる。わたしはジャケットのファスナーを顎まであげる。最近病院へ行って、前より強い睡眠薬を処方してもらった。それがしっかり効いたらしく、今朝はいまだにふらついて、頭がぼんやりしている。

「スポーツ2000に参加して」ブレントが言う。「きのう背中にひびがはいったんだ」

カーティスとわたしは待っているあいだ、店の前の雪だまりの上に並んですわる。近くのパティスリーからチョコレートの香りが漂ってきて、口のなかに唾がたまる。

「ジャシンタから連絡は？」わたしは言う。

「ああ、ゆうべ電話した」カーティスが言う。「二週間後にはギプスをはずし、オーストラリアの冬に備えてリハビリをはじめるそうだ」

「よかった。わたしからもよろしく伝えて」

「わかった」

男がひとり、通りで雪玉を持って女を追いかけている。わたしは思わず笑う。ふたりはおそらく五十代だろう、新雪には内なる子供を表へ浮かびあがらせる何かがある。

遠くの轟音が谷全体に響いて、わたしの笑い声は途絶える。雪崩で人が埋もれないように、スキーパトロールがゲレンデを爆破して人工的に雪崩を起こしているのだ。スキーパトロールたちは身を粉にして働いていて、安全が確認されるまでだれも上へはのぼれない。わたしは雪に覆われたゲレンデを見つめる。きのうあんなことがあって、気持ちが萎縮しているようだ。もう二度と絶対に埋まりたくない。

さっきより大きな音がして、わたしはびくっとする。塵を取りこんだ雲を目で探す。そういう雲は、雪崩をともなうことが多いのだ。

「ところで、世界のあらゆるスポーツのなかで、どうしてハーフパイプを？」カーティスが言う。「なぜランニングじゃないんだ？　ほかの何かでもなく」

カーティスはわたしの気持ちを感じとっているのだろうか。たぶんそうだ。「スパイダーマンの影響かも」

カーティスが噴き出す。「なんだって？」

「子供のころ、兄もわたしも、どうしてスパイダーマンは壁に張りつくことができるのかっていうことに興味を引かれてね。ふたりで試してみたの。壁のそばにマットレスを敷いて、全力で飛びつくわけ。そのうちにわたしがハーフパイプに挑戦して、壁は二階建ての建物くらいの高さになって、あとは知ってのとおりよ。わたしたち、言ってみれば壁に張りついてるわけだから」

カーティスが声をあげて笑う。変わったやつだと思っているにちがいない。

「あなたは？」わたしは言う。「どうしてハーフパイプなの？」

カーティスは考えこむような顔になる。「パークではほら、最高でもジャンプは四回か五回だろ？　ビッグエアでは一回だ。パイプでは一分弱で十回かそこら宙へ舞う。アドレナリンがほかとは比べものにならない。ふだんは頭を忙しく働かせていて、無数のいろんなことを考えてるけれど、パイプに乗ってるときは、頭がからっぽだ。ゾーンにはいってる。フォースか何かを使ってね」いったんことばを切る。そしてにやりと笑う。「こんな話は、ほかのだれともできないだろうね」

「同じく」

カーティスはほんの少しだけ余分にわたしを見つめた。わたしは自分の顔が赤くなるのがわかる。

ブレントがやってきて、カーティスはあわてて立ちあがった。ブレントがそばにいるときは、さっきのようにはわたしに話しかけてこない。男同士の敬意の表し方なのだろう。

「さらばだ、ルーク」わたしは小声で言う。「フォースとともに――」

「だまって」カーティスがぼそぼそ言う。

あの夜、氷河のホステルでカーティスと付き合うようになっていたら、きっとひどい別れ方をして、いまごろは口も利かなくなっていたんじゃないかと思うと、不思議な気分だ。カーティスを選ばなかったことで、最終的には、付き合っていたらわからなかった形で彼を知ることになった。要するに、最善の結果になったのだ。

でも、だからと言って、彼を求める気持ちに歯止めがかかるわけじゃない。

わたしたちはケーブルカーに足を踏み入れる。最悪だ。そこにはすでにサスキアがオデットとともに乗りこんでいた。カーティスはオデットにうなずいて挨拶したのち、妹には何も言わず反対の隅へ向かう。

けれども、ブレントはまっすぐサスキアのほうへ歩いていく。「根性の曲がった女だな」

やめて、ブレント。そんなことしないで。

ケーブルカーのなかが静まり返る。わたしはなすすべもなく、なりゆきを見守る。

ブレントがサスキアにつかみかかろうとするかのように、片手をあげる。「ミラに手を出すな。わかったな?」

サスキアが片方だけ眉を吊りあげ、笑いだしそうな顔をする。ブレントは、威圧感があるとは言いがたい。

カーティスがこっちへ来ようとしている。

「おまえみたいなやつに好意を持ってたなんて、自分が信じられない。おまえはただの甘やかされた臆病なガキで、まわりにいる全員がそれを知ってる」そう言って、振りあげた手をおろし、わたしの隣へもどってくる。

わたしはほっと息を吐く。気づまりな場面だった。ブレントは人と衝突することをきらうので、わたしのためにあんなことをするなんて意外だった。「ありがとう」わたしは小声で告げる。「だけど、自分のことは自分で戦えるから」

ケーブルカーの向こう側でサスキアは相変わらずにやにや笑っているが、さっきまでより元気がない。ブレントのことばが効いたんだろうか。実際、効いたんだと思う。虚勢を張ってはいるけれど、結局はサスキアも人間なのだ。

オデットがサスキアのお尻を軽く叩いた。そのまま、その手をいつまでも引っこめない。**えっ。ふたりは付き合ってるの?**

わたしの考えが聞こえたかのように、サスキアがこちらへ視線を投げる。その目には輝きがもどり、唇がふたたび笑みを形作る。わたしが見ていたのをサスキアは知っている。

頭がくらくらする。

友達はあなたのものじゃないのよ。小さいとき、母によく言われた。でも、母はまちがっている。忠誠心には序列があるものだ。オデットはサスキアの友達だが、同じくらいわたしの友達でもあると思いこんでいた。けれども、はじめからずっとサスキアだけのものだった。

そうだとわかると、どうしてもっと早く気づかなかったのかと思う。兆候はあちこちにあった。ふたりが交わし合う秘密めいたささやかな笑みも。いつも一緒にすわっているその姿も。サスキアがオデットの部屋で長い時間を過ごすのを知っていたけれど、それはわたしたちのことを避けるためだと思っていた。

なぜ隠すんだろう。ふたりとも世間の注目を浴びているから？ それとも家族に知られたくないから？

オデットとは、グラブやフリップについてあれこれ話をしてきた。オデットが興味を示してくれてうれしかったのに、オデットはそれをそのままガールフレンドに伝えていたのだろう。裏切られた気分だ。

オデットが申しわけなさそうに笑みを向けてくるが、わたしは笑い返さない。

ケーブルカーが途中駅にはいっていく。

わたしがケーブルカーからおりると、サスキアがプラットフォームで待っていた。そのまま身を寄せて、わたしに耳打ちする。「心配しないで。いずれ彼を取りもどすから」

ブレントとカーティスとわたしは氷河へのぼるゴンドラリフトに乗り、サスキアとオデットをあとに残していく。わたしは思考をスノーボードへ向けようとする。カーティスが意図して言ったのかどうかはわからないけれど、さっきそんな話をしていたおかげで、わたしはハーフパイプのライディングをはじめたきっかけを思い出した。壁に張りついて、重力に抗うあの感覚を。じゅうぶんには得られなかったし、いまもそれは変わらない。わたしを脅して追い払おうとするサスキアの好きにさせるわけにはいかない。

だからこそ、わたしは戦いつづけなくてはならない。

そして上位三人にはいるチャンスを得るために、持てるすべてを使って戦う必要がある。

ジャンプ台を作るときに、カーティスから言われた転倒の練習が頭に浮かぶ。というのは、試すには絶好の機会だからだ。わざと転倒するのは、いままでしてきたことに反するけれど、カーティスの言いぶんは正しい。恐怖心はたしかにさまたげになる。

わたしは滑りおりて、スーパーマンふうに宙を飛び、前方に雪を撥ね散らしながら着地する。荒い息が漏れるものの、思っていたほどひどくはない。パウダースノーはとてもやわらかい枕のようで、凍ったクッションに沈んでいくような気分だ。

ブレントは一瞬のうちにわたしの隣に来ている。

「だいじょうぶ?」

わたしは弱々しく笑って、雪で覆われたゴーグルをはずす。「ええ」

ゲレンデをあがっていく途中、よくやったというようにカーティスがうなずいてみせる。また雪が降りはじめていて、湿ってぼってりとした雪がわたしの頬にキスのように舞い落ちる。わたしは起きあがって、また頂上へ向かう。

そしてまた転ぶ。さらにもう一度。

気の毒なブレントは、何が起こっているかわからない。

「いっぺんやってみろって言っただけなんだが」カーティスが、四度目にわたしが転んだとき、穏やかな声で言う。

「まだ恐怖心があるから」わたしはカーティスに言う。「こわくなくなるまで、転びつづけるつもり」

39　現在

わたしはヘザーを見つめる。「あなたへの招待状は、わたしから来たって言ってたよね」

ヘザーは泣きじゃくっていて、ほとんど話すことができない。「はじめの一通だけ」

わたしは混乱する。「はじめの一通？」

ヘザーのアイメイクが頬を流れ落ち、何本もの黒い筋になっている。わたしはキッチンカウンターにある山からナプキンを一枚とって手渡す。

ヘザーはそれで鼻をかみ、震えながら呼吸をする。

「わたしたちはあなたから招待を受けたけど、ふたりともここへ来たくなかったから、都合がつかないと書いたEメールを送ったの。数日後、また新たなメールが来た」冷静さを保とうとしている。「ブレントから」

ブレントが眉をひそめ、首を横に振る。「おれじゃない」

「そのメール、具体的にはなんて書いてあったの？」わたしは訊く。

「〝来ないとばらす〟って」ヘザーが言う。「ただそれだけ」

ブレントはうろたえた視線をヘザーへ投げる。

「もういいのよ」わたしはブレントに言う。「あなたがヘザーと寝たのはわかってる」

ブレントの顔がさっとこっちを向く。その口が開くが、また閉じる。そしてもう一度開く。「そうとも、おれは彼女と寝た。でも、十年前の話なんだぞ。いまさらなんの意味が？」カーティスとヘザーをちらっと見る。「しかし、そのメールについては何も知らない、誓ってもいい」

またしても、脳が混乱する。つまり、わたし以外の全員が、わたしから誘いのメールを受け取った。わたしに届いたメールはカーティスからだった。ヘザーを除いた全員が、その誘いを受けた。ヘザーはことわったが、誘い――というよりむしろ脅迫――をブレントから受けた。それはつまり、今週末の一連の出来事はブレントの仕業だということだろうか。ブレントはわたしとカーティスに誘いのメールを出して、お互いに誘い合ったように見せかけた。でも、なぜだろう。

ヘザーよりブレントを信じるべきだと感じるものの、ゆうべブレントの部屋で、その目に浮かんでいた表情を忘れることができない。

「じゃあ、メールについてはどう説明するの?」わたしは言う。

ブレントが髪に指を走らせ、またヘザーに視線を投げる。「ええと……おれとヘザーが関係を持ったことをだれかが知っていて、それを理由にヘザーを脅してここへ招き寄せたってことかな」

ブレントのことばを信じたいけれど、確信が持てない。「あなたたちふたりの関係を知っていた人は?」

「おれが気づいたかぎりでは、だれも」

〝でも、サスキアはふたりの関係を知ってた〟と思ったけれど、口には出さない。痛みで頭がくらくらする。わたしは壁にもたれかかる。あと数時間経たないと、次のイブプロフェンを服めない。

ヘザーがまた泣きはじめて、ブレントが手を差し伸べる。

ヘザーはその手をはたく。「あなたのせいよ!」

「おい、落ち着けよ」ブレントはヘザーをなだめようとする。

カーティスはわたしの横で壁にもたれ、目をつぶって頭を後ろへ倒している。考え事をしているのか、ただ疲れきっているだけなのかはわからない。

わたしのおなかが鳴る。意識を失う前に、何か食べないと。残る力を振り絞って立ちあがり、缶詰のツナとトマトを合わせて皿に盛る。カリスマシェフのゴードン・ラムゼイなら烈火のごとく怒るだろう——ドッグフードそっくりだ、と。でも、ここにいる面々はだれも気にしないはずだ。

暖炉のそばに全員が腰をおろすが、ゆうべとは雰囲気がまるきりちがう。だれもが皿に覆いかぶさるようにして黙々と食べている。風が勢いを増し、窓ガラスをガタガタ揺らす。こんなときに外にいるデールのことを考える。日が沈んで、気温が急激にさがってきた。

悲嘆がいつしか静かなすすり泣きになり、ヘザーは肩を震わせている。前に置かれた食事には手がつけられていない。

カーティスが別の椅子を引っ張ってくる。「膝を高くあげといたほうがいい」

わたしは膝を持ちあげようとする。痛みが腿にまで伝わる。わたしはうめき、ふたたび足を絨毯に落とす。

カーティスがしゃがんで言う。「ぼくに任せて」わたしの顔を観察しながら、足を慎重に持ちあげる。

「ありがとう」彼にふれられているのがやっぱり不思議な気分だ。話しかけたいけれど、ブレントとヘザーに聞かれていないときを待つことにする。

ブレントは今夜ブランデーを飲んでいる。大ぶりなグラスに自分でお代わりを注ぐ。

「きっと——」カーティスが言いかける。

ブレントがそれを途中でさえぎる。「それは言うな」ブランデーを飲み干して、またグラスを満たす。

「何か食べたほうがいいよ、ヘザー」わたしは言うが、ヘザーは聞いていない。

「おい、あの置時計、どうしたんだ?」カーティスが言う。

「訊かないで」わたしは言う。

カーティスは膝を突き、スノーボードジャケットの袖を使って、割れたガラスを壁際へ払い寄せる。暖炉の左側の壁に、二本の錆びた釘が一インチの距離をあけて突き出している。きのうこの釘を見た覚えがない。ここに何が掛けられていたんだろう。懸命に考える。写真だった？　だれかがとったんだろうか。

ヘザーが怒気を含んだささやき声を出す。「わたしたちがここにいるのは、あなたのせいなのよ」ブレントに言う。

ブレントが顔をあげて、カーティスかわたしに聞かれていないかたしかめたのを、わたしは目の隅でとらえる。カーティスは聞いていなかった――まだ割れたガラスを片づけている――ので、わたしも聞こえなかったふりをする。

「シーッ」ブレントがヘザーに小声で言う。「注意して」

ブレントは何をだまっていろというのだろう。

40　十年前

空中で回転して、地上へ急降下する。どっちが上かわからない。下へ……下へ……トランポリンはもうちゃんと自分の下にあるだろうか。わたしは最悪の場合に備える。

Tシャツが裂ける音と同時に、デールがわたしの体を引っ張って立たせる。足元でトランポリンが跳ね返り、わたしたちの体を投げ出す。タトゥーのはいったデールの両腕に支えられ、わたしはよろけながらバランスをとろうとする。ふたりとも全身汗だくで、デールは服を脱いでTシャツ一枚になっている。

「グラブまではよかった」デールが言う。

わたしはクリップラーを成功させようとしている。

見こみは薄いものの、上位三人までにはいれる絶好の機会だ。いつもはブレントが補助してくれるのだが、二日後にブリッツを控え、《スノーボードUK》誌の取材を受けている。カーティスに頼もうかとも思ったけれど、トランポリンで補助をしてもらうとかなり接触することになるため、よからぬことをしないでいられる自信がなかった。

果たしてその判断は正しかった。デールは何度もわたしをつかまなくてはならなかった。こういう練習をするにはややトランポリンが小さすぎて、たとえ回転して着地しても、よろけて横から落ちそうになる。

「どこがまずい？」わたしは言う。

デールは額の汗をぬぐう。「グラブのときに回転が崩れる。もういっぺんおれがやってみせようか」

「いい」すでに何十回も実演してくれている。横方向のスピンに縦回転を加えて、なめらかで洗練された動きで宙を舞うのだが、デールはそれをいとも簡単にやってのける。こっちはまだボードをつけないで、ただ架空のボードをグラブしているだけなのに。ボードをつけて滑るのは、感覚がつかめてからだ。もしつかめれば、の話だが。

「グラブなしで何度か試してみたらいいんじゃないか」デールが言う。

「わかった」

「ちょっと待って」デールがTシャツを脱ぐ。

じろじろ見ないようにする。大きなトライバル柄のタトゥーが片方の肩を覆い、何匹もの蛇がたくましい胸の筋肉をつたっている。もしここに上半身裸で、体温が感じられるほど近くにいるのがカーティスだったら……そうじゃなくてよかった。

わたしはデールが後ろへさがるのを待ってから、三回ジャンプする。徐々に高さを増して、四回目で大きく上へ跳ねる。体が上下逆さになった状態でも、また失敗だとわかる。回転しながら、手でデールをつかむと、デールがうなるような声をあげる。

おりていくわたしをデールがつかまえてくれる。わたしは足をバタバタさせる。

「ごめん」わたしは息をあえがせて言う。

デールはまだわたしの腰をつかんでいる。体が密着しているので、わたしの胸に、汗ばんでがっしりしたデールの胸があたっている。ブレントの胸より広くて、カーティスの胸より硬い。

「怪我させてないよね？」わたしは言う。

デールの頬が赤い。何も考えずに、わたしはその頬にふれた。やわらかい無精ひげが手のひらをくすぐる。デールの灰色がかった緑色の目が、突然わたしの顔を見つめる。瞳孔がわずかに開いている。わたしのなかで何かが爆ぜて、気づくとデールにキスをしていた。

一瞬、デールがキスを返すと、その唇のリングピアスがわたしの下唇にめりこんだ。互いにはっと体を離す。どっちが先に体を引いたのかはわからないけれど、デールもわたしと同じくらいショックを受けているようだ。

「ごめん」わたしは言う。「こんなこと、するべきじゃなかった」

「ああ」デールが言う。「そうだな」

ひどい気分だ。

とはいえ、これでこそほんとうに誠実な男だ。たいていの女は突然キスをされたらショックを受ける。かたやたいていの男は、相手との関係がどんなものでも、誘惑に抗えないにちがいない。それとも、こんな皮肉な考え方をするのは、わたしくらいのものだろうか。わたしが真剣に付き合ったのはいままでただ一度――少なくともこちらは真剣な付き合いだと思っていたが、それも結局、二年前に膝の靭帯を切ってブリッツから早々に引きあげるまでのことだった。世に言う〝ボーイフレンド〟の部屋に、世に言う自分の〝友達〟がいるのを見つけたのだ。

デールはさっきのキスをぬぐい去ろうとするかのように、唇のピアスをさする。ヘザーにはだまっているにちがいない、とわたしはほぼ確信する。話を聞いたら、むろんヘザーはわたしを殺そうとするだろうが、それ以上にデールのことを殺したいだろうし、デールもおそらくそれはわかっている。

デールがわたしを見る。「もう手伝えない」

「そうだよね」わたしは言う。

デールがトランポリンからおりる。

困った。これでだれにも補助してもらえない。

空中で回転して、地上へ急降下する。どっちが上かわからない。今回、わたしの下にトランポリンはない。パウダースノーに横ざまに叩きつけられる。

火がついたように胸が激しく痛む。肺と胃が口から飛び出してしまいそうだ。空気を求めてあえいでも、息ができない。

きょうはもう何度もこれを繰り返しているのに、やっぱりパニックになる。口と鼻がしきりに酸素を求める。苦しい……

ようやく空気を吸いこめるようになる。体のパーツをひとつひとつ、心のなかで点検していく。どこにも問題なし。すべてまだ動く。頭ではそこそこできていた。一応は怪我なく着地したのだから。

ブレントが上からわたしをのぞきこんでいる。「おしまいだ。もうやめよう」

ブレントとわたしは氷河までのぼってきて、反対側へ出るあたりにいる。深いパウダースノーの上でクリップラーの練習ができるように、ふたりで間に合わせのクオーターパイプをこしらえた。もしパイプの上なら、こんなふうに起きあがれなかっただろう。

ショーツやスポーツブラのほか、ほぼあらゆるところに雪がはいりこんでいる。最悪の事態を頭から振り払う。「心配しないで。次はうまくできるから」

「悪いけど」ブレントが言う。「とても見ていられない」

「あらどうも。自分ではそんなにひどいと思わなかったけど」着地のときにゴーグルが吹っとんだらしい。どこへ行ったんだろう。向こうのほうにあった。立ちあがると軽くめまいがするが、ゆっくり歩いていってゴーグルを回収する。

ブレントはわたしのあとを追ってくる。「本気で言ってるんだ、ミラ。これじゃそのうち怪我をする。やめたほうがいい」

「クリップラーを提案してきたのはあなたでしょ」

「まあね。でも、言うんじゃなかったと思ってる」

わたしはゴーグルを拭く。「もう一度挑戦する。やっぱり、あと二回かな」

「ヘルメットもかぶってないのに」

「今月になって二度気を失って、それでも野球帽をかぶって滑るのをやめないだれかさんが、ほんとよく言うわ」

ブレントは野球帽を脱ぎ、指で髪を梳く。「きみが自分を痛めつけるのを、だまって見てるわけにはいかない」

「これはわたしのリスク。わたしが決める。リフトが止まるまであと二時間あるから」

「トランポリンでもっと時間をかけて練習しないと」

「そんな時間の余裕はない」

「なんでそこまで無茶するんだ。いい滑りをしてるじゃないか」

「ええ、でも勝ちたいの」

ブレントはかぶりを振る。「勝つことがすべてじゃない。ほかにも大事なことがいろいろある」

「たとえば？」

「家族、友人。それに人生」

わたしは腹が立ってくる。「まあ、家族っていうのは、ちょっと痛いとこかも。母にとってわたしはやさしさと女の子っぽさが足りなくて、父と兄にとってわたしは、やさしくて女の子っぽすぎる。地元の友達は、わたしがスノーボードを好きな理由さえ理解できないの。そう、あなたは正しい。でも、勝つことは、いまの自分にとって何より重要なの。なのに、わたしはそんなにうまくない」

「親父がおれになんて言うかわかるかい？　全力を尽くせ、おまえにできることはそれだけだ」

「父がわたしになんて言うかわかる？　もっとがんばれ、ミラ」

「きみの親父さんのことなんか知るかよ。ほかのだれでもなく、きみはきみのために滑るべきだ。転んでばらばらになったら、苦しむのは自分なんだ」手を差し伸べるが、わたしはその手を払いのける。「これがベストのきみなんだから、それを楽しめよ。で、十年後に振り返って、まだできたらいいなと懐かしく思うんだ」

「わかってないのね。これはわたしにとって最後のチャンスなの。もしここでクリップラーを成功させたら、あすパイプで試して、翌日のブリッツで使える。できなければ、はい、そこまで。まともな仕事を見つけにいかなきゃ」

「つまり首の骨を折るまで挑戦をつづけるってこと？」

これ以上ここで言い争いをつづけたら、おじけづいてしまいそうだ。「お互いにあまり立ち入らない、って決めたよね？」

ブレントがため息をつく。「わかってるさ、悪かった。でも、きみのことを大事に思ってるんだ」

「でも、やめて。わかった？　そういう約束じゃなかったでしょ」

ブレントが一瞬だまりこむ。「いいかい、なんなのかはわからないが、おれたちのあいだにはたしかに〝何か〟があった。だからきみを大事に思ってる。ただそれだけのことなんだ」

「じゃあ、もう終わりにしましょう。わたしたちのあいだにあった、その〝何か〟とやらを。もうただの友達。だから、わたしの練習を手伝う必要もない。見てなくていいから。でも、あと十分だけこのへんにいて。もしわたしがひどい転び方をして、ここで動けなくなったら、だれにも気づいてもらえないから」

「確認するけど」声が小さい。ブレントは傷ついている。「こんなことで、おれと別れるっていうのか。おれがきみを大事に思ってるっていう理由で？」

わたしは苛立たしい思いで、ゲレンデのジャンプ台を見あげる。恐怖心がこみあげてくる。「別れるまでもないでしょ。そういう関係ですらなかったんだから」

「なんと言われようと、きみのことを思うのはやめられないよ、ミラ。それに、きみもおれのことを大事に思ってくれてると信じてた」

こんなことをしている時間はない。「わたしの滑り、どこがまずいのかな。スピードが足りない？」

ブレントがかぶりを振って、ボードをつける。

「ブレント！」わたしは叫ぶ。

ブレントが滑っていってしまう。

わたしはまた歩いて斜面をのぼる。ブレントがいてもいなくても、練習をつづけないと。ボードをつけて、周囲を見まわす。三人組がスラロームでゲレンデをおりていて、半ダース以上の人がTバーリフトでのぼってくるけれど、だれもこっちを見ていないばかりか、声が聞こえる距離にさえいない。だれかがもう少し近づいてくるまで、わたしは待つことにする。

だれにも頼らない自分をつねづね誇らしく思っていたけれど、完全にそういうわけじゃなかったんだ、と気づく。スノーボードのような個人競技でも、ときにはだれかが必要なのだ。

相変わらずだれもこっちを見ていない。わたしは飛びたくてうずうずしているが、さすがにリスクが大きすぎる。ああもう！　雪の上に身を投げ出す。まさかこんなことになるなんて。去年の成績を上まわらなかったら——あまつさえ、ランクがさがったら——どんな顔で家族の前に出ればいいんだろう。

家族の反応が想像できる。

言っただろ、ミラ。

強くなれ。

ジャケットとパンツから寒さがしみこんでくる。すぐに震えはじめたにもかかわらず、わたしは雪の上に倒れたままだ。

ブレントの顔に浮かんでいた痛みが、心に重くのしかかり、わたしを蝕んでいく。ブレントとはなんの約束もしてないのに、どうしてこんなに罪悪感を覚えるんだろう。

このままではよくない。ブレントと話をしなくては。心のなかでそう誓い、わたしはスノーボードを留めて、滑りおりる。パイプに着いたが、ブレントの姿はどこにもなかった。

オデットが近寄ってきて、わたしの両頬にキスをする。「きょうはトレーニングしてなかったの？」

サスキアと付き合っていることを知ったうえで、オデットのそばにいるのは不思議な気分だ。「氷河でクリップラーを試してたの」

「最高。それでできるようになった？」

「もうちょっとかな」あまり多くを語りたくない。オデットはガールフレンドに伝えるだろうから。「ブレントと別れたの」

オデットはわたしの腕に手をふれる。「残念ね」

「たぶん、それでよかったんだと思う。あなたが言ってたように、あの人はわたしの錨だった」

オデットが同情の目でわたしを見る。「別のスポーツ、たとえばスキーのレース競技なら、また話はちがったんじゃないかな。だけど、ハーフパイプは怪我をする可能性がすごく高いから」

「その点、あなたとサスキアはなんとかうまくいってるみたいね」わたしは思いとどまる間もなく口に出している。

「実はわたし、彼女のことがこわいの」オデットが振り返って、サスキアの姿を探す。

サスキアはTバーリフトであがっていくところだ。

「どうしてふたりの関係を秘密にしてるの？」わたしは言う。

「だれにも知られたくないんですって」

「そう」オデットはそのことを悲しく思っているようだ。「ところで、ついさっきブレントがここに来なかった？」

「来たわ。一度滑って転倒して、膝を怪我したみたい。いましがたおりていったけど」

「どういうこと？」パニックが押し寄せる。「ブレントはだいじょうぶなの？」

「ケーブルカーまで自分で歩いてた。だから、それほどひどい怪我じゃないと思う」

でも、競技できないほど悪いってこと？　スマッシュは今年の英国スノーボード選手権の主要スポンサーであり、ブレントはスマッシュのスター選手で、スキー場近辺の看板にはブレントが宙を舞う姿があしらわれている。たいしたことじゃないというように振るまっているけれど、実は相当プレッシャーを感じていたのをわたしは知っている。

ふと、サスキアの脅しを思い出す。〝いずれ彼を取りもどす〟。まさかそういうこと？　サスキアが転倒の原因を作ったの？　ブレントが怪我をしたときにサスキアが近くにいなかったかどうかオデットに訊きたいが、その勇気がない。あとでブレントに訊いてみよう。

サスキアがリフトの上に到着して、こっちを見る。断言はできないが、ほくそ笑んでいるようだった。

41　現在

この場所はわたしを苛立たせる。蠟燭に照らされた食堂で、ブレントがヘザーの隣にすわっているのは、ヘザーを慰めているのか、それとも何かをばらされないようヘザーを言いくるめているんだろうか。それはなんなのかと考えていると、あらゆることが頭に浮かんでくる。

醜悪なことばかりが。

単なる一夜の情事よりはるかに悪いことが。

わたしがヘザーとカーティスと一緒にバスルームにいたとき、ブレントは何をしていたんだろう。頭を打ったのは嘘で、そういうふりをしていただけなんだろうか。ずいぶん早く回復していた。それに、鍋を持って雪をとりにいったとき、やけに時間がかかった。外でデールを手にかけて、それからクレバスに落とすこともできたのでは？

暖炉の火が消えそうになっている。カーティスが立ちあがって、薪を追加する。そう言えば、カーティスもしばらく姿が見えなかった。懐中電灯を探していたとばかり思っていたけれど、デールとはけっして仲がよかったとは言えない。カーティスが短気なのはたしかだが、殺すほどデールを憎んでいるんだろうか。

カーティスとブレントが協力していた可能性は？

雄鹿の黒い目がわたしの目をじっと見る。わたしはその横のふたつの釘跡へ視線を移した。何が掛けられていたんだっけ？　重要なものだろうか。見当もつかない。

もう何もわからない。膝の痛みがひどくて、まともに頭が働かない。前回また歩けるようになるまでにどのくらい時間がかかったのかを思い出そうとするけれど、怪我の程度にもよるし、外側側副靭帯だけなのか、それともほかの靭帯まで切れたのかによっても変わってくる。

明かりがふたたびともった。

「とりあえず、よかった」わたしは言う。

カーティスは鼻を鳴らす。「ああ、でもいつまでもつことやら」

「たしかに」少なくとも、明かりをつけたのがカーティスでもブレントでもなかったのはわかる。

「だれかがぼくらを弄んでる」カーティスが言う。

でもだれが？　まさかデールが？

「妹だと思う」まるでそこにサスキアがいるといわんばかりに、カーティスが険しい顔で入口をたしかめる。

わたしはきょうの午後、バスルームでカーティスが話したことを思い出す。カーティスが妹を殺したのなら、弄んでいるのが妹だとこんなふうに信じているのはなぜだろう。ほかの人がどう考えているのか、わたしはみんなの顔を見まわす。

ヘザーが立ちあがる。「もう休むわ」

たぶん、カーティスの話を聞いていなかったのだろう。あるいは、デールのことがあまりにショックで、ほかのことはどうでもよくなっているのかもしれない。泣き腫らした目が赤い。ヘザーがいまどんなにつらいかは想像すらできない。ただし、この謎めいた計画を仕組んだのがヘザーとデールでなければ、の話だが。

わたしは燭台をひとつ手にとる。「ほら、また停電したときに備えて、これを持っていって。まだライターは持ってる？」

ヘザーはポケットを叩く。「ええ」不安げな目で廊下を見る。

「一緒に行くわ」わたしは立ちあがろうと身構える。

ところが、ブレントがさっと立ちあがる。「おれが連れてくよ」

出ていくときに、ブレントはブランデーのボトルをつかむ。

カーティスが額に手をあてる。「外に妹がいると考えるなんて、自分の正気を疑うよ」

わたしはヘザーが行ったかどうか廊下をたしかめる。この話を聞いたら、きっとカーティスは怒るだろう。でもヘザーはいま手一杯だ。「クレジットカードの取引があったのよね。いくら使われてたの？」

「三千ポンドほど」

「フランスで？ それともイギリスで？」

「フランスと、ヨーロッパじゅうのいろんな店やレストランで。母と父はどうするべきかわからなかった。使ったのが妹なのか、ほかのだれかなのかも。両親はそのクレジットカードを、緊急の場合のためにサスキアに与えたんだ。妹のスポンサーは、ぼくのスポンサーとはちがってほとんど金を出してくれなかったからね。妹がどんな人間なのか、きみも知ってるだろ。妹は金のかかるものが好きだから」

カーティスが現在形を使ってサスキアのことを語っているのに気づく。〝妹は金のかかるものが好きだから〟。まだ生きていると信じているわけだ。たぶん、これまでわたしはカーティスのことを誤解していた。この人はサスキアを殺していない。だったら、何を隠してるんだろう？

カーティスがため息をつく。「父はしまいに妹のカードの利用を停止した。そのせいで、両親は離婚寸前だ。母は何週間も父に口をきかなかった」

「カードの使用を追跡できないの？」わたしは言う。「監視カメラとかそういうものを使って」

「警察は最善を尽くしたが、どのレストランにも監視カメラはなかった。カメラを設置してた店は二、三あったようだが、画質が悪くてね。だれなのかまでは特定できなかったんだ」

わたしは深呼吸をしてから言う。「あなたは気に入らないと思うけど、使ったのはサスキアじゃない。デールだったの」

カーティスが唖然としてこっちを見る。わたしは立ち聞きした会話について話した。

デールとヘザーがいまこの場にいなくてよかった。カーティスから怒りの波が放たれている。本人が精一杯抑えようとしても、顎の筋肉がぎゅっと食いしばられ、両足が床板をすごい速さで踏み鳴らしている。

「でも変ね」わたしは言う。「カードの暗証番号が必要だったはずでしょ？」

カーティスが苦笑いする。「妹は暗証番号を付箋紙に書いて、カードと一緒に保管してた。キッチンのカウンターに無造作に置いてたんだ。不用心だと注意したが、次に家に寄ったときも、まだそこに置いたままだった。あいつには世間知らずなところがあって。自分の金じゃないから無頓着だったんだな」

しばらくだまったあと、つづける。「要するに、デールが妹のクレジットカードを盗んだ。でも、それだけでは妹の香水のにおいには説明がつかない。妹の髪があったことにも。どうしてリフトパスがあんなところにあったのかも」

「つまり、どういうこと？　サスキア自身が人生からただ歩き去って、消えることを選んだって言いたいの？」

「たぶん」

「彼女、幸せだったのかな」慎重に進めないと。わたしは自分にそう言い聞かせる。

カーティスは考えこむ。「ぼくにはわからない」

「サスキアとオデットのこと、ご家族は知ってたの？」

「なんの話？」

しまった。知らなかったのか。サスキアの兄なのに。でも、なぜか驚きはなかった。サスキアはいくつもの顔がある人だった。どれが真のサスキアなのか、わたしにはわからずじまいだったけれど、たぶんカーティスにとってもそうだったのだろう。

「オデットとサスキアは、付き合ってたの」

カーティスは眉をひそめる。「そんな。まさか」

「これに関してはまちがいないわ」

カーティスはすばやく目をしばたたく。「オデットが同性愛者なのは知ってたが――」

「どうしてそれを？」

カーティスはためらったのち言う。「シーズン最初にデートに誘ったら、本人にはっきりそう言われたんだ」

その発言はとりあえず胸にしまって、あとで消化しようと決める。

「で、きみが言うには、妹は……」

「わたしが勝手に言ってるわけじゃなくて、サスキアとオデットはまちがいなくカップルだったの」

「それはたしかなのか」

「たしかよ」

カーティスは炎を見つめる。

「ご家族はどんな反応をしたと思う？」

返事はない。

「カーティス？」

カーティスの顔がゆがむ。「妹はぼくに話してくれなかった」

「女性と付き合うことに、ご家族は反対したと思う？」

「うーん。別に。問題なかったんじゃないかな。くそっ、なんで気づかなかったんだ」

置時計がないため、完全な静寂がおりている。

「するとあなたは、サスキアが自分の意思で姿を消したと考えてるのね」わたしは言う。「そして十年後にもどってきて……具体的には何をすると思ってるの？」

カーティスは顔を背けて、ガラスの向こうの暗闇を見る。「それを心配してるんだ」

不安が全身を駆け抜ける。「わたしたちを困らせたいだけなら、なぜ十年も待ったのかしら」

「妹の行動の半分は、ぼくにはさっぱり理解できない」

サスキアの声が耳のなかで響く。〝いずれ彼を取りもどす〟

ブリッツを控えたブレントが転倒したのはサスキアのせいなのかどうか、わたしにはよくわからなかった。ブレントが言うには、バインディングがゆるんでいて、それで転倒したらしい。軽食をとるあいだ短い時間だけボードをはずしたそうで、わたしとしてはその間にサスキアがボードをいじったんじゃないかと考えている。サスキアにはそういう問題がある。異常にずる賢いので、何をしても咎めることができない。

カーティスが立ちあがる。「いいかい、ぼくは疲れきってるし、きみは痛みをかかえてる。いまぼくらにできることは何もない」ジャケットのポケットに手を入れて、マグライトを探す。「これを持っていくといい。きみの部屋まで送るよ」

起きあがろうとしたとき、壁から突き出している釘に目が留まる。そしてそこに何が掛かっていたかに、不意に気づく。

時代物のピッケルだ。

42 十年前

　きょうは頭のなかの時計がやけに大きな音で時を刻んでいる。いよいよだ。ブリッツ前のトレーニング最終日。それなのに、わたしはまだ仕上がっていない。ハーフパイプの上に着くたびに、クリップラーに挑むことを考えるが、何かがわたしを止める。その何かとは常識だ、とわたしは自分を偽ろうとする。つまり、もしきょう怪我をして、あした出場できなくなったら、当然のようにわたしのスポンサーはもっと投資しがいのあるアスリートを見つけるはずだ、と。

　でも心の底では、恐怖心だとわかっている。

　パイプは混み合っている。この一週間のあいだにイギリスのスノーボーダーたちが、この冬のトレーニング場所から飛行機や車で次々とやってきて、きょうここで勢ぞろいし、それぞれが限界の壁を越えようとしている。去年この大会で会った女子選手ふたりが挨拶にやってくる。そのうちのひとりは、イギリスのランキング一位に君臨するクレア・ドナヒューだ。ブレントは痛めた膝にテーピングをして、繰り返し高いエアを決めている。カーティスはハーコンフリップを成功させたようだ。デールはさっき手首を強く打って、理学療法士に診てもらいにいった。

　けれども、そういった何もかもがぼんやりとしか頭にはいってこない。きのうクリップラーが二度ほど成功しそうになって、どこが悪いのかわかってきた気がする。挑戦するべきか。やめるべきか。一回だけなら……

　でも、これは？　四時になったため、リフトの操作係がパイプをロープで囲って立ち入れないようにしている。うっかりしていた。クリップラーのことで頭がいっぱいで、滑りのほかの部分に集中できていなかった。呆然として、バックパックを置いてあるところまで歩いていく。

カーティスはネイト・ファーマーと話している。ネイトは去年のこの大会で、カーティスとブレントに次いで三位に入賞した選手だ。

「新しいトリックを身につけたって聞いたけど」ネイトが言う。

カーティスは驚いたふりをする。「へえ、そうか」

質問の答えになっていないことにわたしは気づく。

ネイトが笑みを浮かべる。「どんなトリックかはあしたをお楽しみにってことか」

カーティスは肩をすくめる。「パイプの雪が硬すぎたから、冒険しなかっただけさ」

とはいえ、雪の状態がカーティスのさまたげにならないことをわたしは重々知っている。

オデットが近づいてきた。ロシニョールのヘルメットの下にショートカットを隠している。「きょうはどうだった?」

わたしは無理に笑顔を作る。「そんなに悪くなかったわ。まだ体がばらばらになってないし」

二週間前にサスキアがわたしを雪に埋めて以来、オデットはことさらわたしに親切だ。

オデットが競技会でのプランを訊こうとしているのを察して、わたしはカーティスとブレントを身ぶりで示す。「あしたはどっちが勝つと思う?」ふたりの滑りを見てきたから、わたしにはどちらとも言いがたい。

「ジャッジが何を期待するかによるわね」オデットが言う。「技の難易度を重視する場合はカーティスが、技の高さを求める場合はブレントかな」

サスキアがバックパックをとりにこっちへ来る。したり顔をしているのには、それなりの理由がある。あすはサスキアがわたしに勝つだろう。よほどひどい失敗をしないかぎり。そしてサスキアがそんな失敗をするはずがない。忌々しいことに、サスキアは兄に負けず劣らず手堅い。勝ちたい気持ちが強ければなんとかなるかもしれない、とわたしは考えていた。しかし、気持ちの強さではサスキアはわたしとほぼ変わらず、しかもスタートがわたしより十年早い。

この二週間、サスキアはわたしに近づかなかった。カーティスが話をしてくれたんだろうか。いや、サスキアのことだからチャンスをうかがっているだけかもしれない。

「ブリッツの準備はすんだ？」サスキアがオデットに言う。

「ええ、たぶん」オデットが言う。

警鐘が鳴りはじめる。「だけど、オデットは出場しないんでしょ」わたしは言う。

「えっ、出るけど」サスキアが言う。

体からすべての空気が抜けていくように感じる。

「オデットはイギリス人じゃないのに」

「ポイントが必要なの」オデットが言う。

わたしはオデットを見つめる。「どういうこと？」

「小さな大会だし、賞金はどうでもいいのよ」オデットが言う。「でも、国際大会出場者はエントリーできる。イギリスのランキングには加われないけど、FISのポイントは獲得できるの。今年は手首を怪我して、ふたつほど競技会に出られなかったから、ポイントを稼ぐ必要があってね」

前から気分が悪かったが、いまやほんとうに吐きそうだ。三位入賞はあきらめるしかない。こんなのはひどい。あんまりだ。

オデットはイギリス人ではないため、結果が記録としてイギリスのランキングに影響を及ぼすことはないが、記憶のなかのランキングには影響するし、さらに重要なのは、スポンサー候補の企業に与える印象が変わることだ。

サスキアの笑みに棘が含まれているのを見て、この人も苦々しく思っているのだと気づく。いつこのことを知ったんだろう。

わたしは呆然としたままボードを手にとり、こぢんまりした一団について日課の儀式へ向かう。滑って下までもどるのだ。男性陣にとっては他愛のない遊びでも、わたしたち女性陣にとっては各自にさまざまな意味がある。いつもオデットがいちばん速いのは当然として、サスキアとわたしはスピードレースでほぼ互角の戦いをしている。また、わたしにはありがたいことに去年のボーイフレンドのステファンという味方がいる。一方、サスキアには兄という味方がいると言っていい。

ゲレンデの頂上がスタートライン代わりだ。サスキアとわたしも位置につく。

反撃しなくては。無理なら尻尾を巻いて退散するしかない。「さっきわたしのクリップラー、見た?」わたしは明るい声で訊く。

サスキアの顔から笑みが消える。オデットと顔を見合わせたのち、信じられないといった様子でわたしに向きなおる。

ブレントがそばでバインディングを締めている。きのう別れ話をしてからわたしとはほとんど口をきいていない。少し遅れて手を伸ばし、わたしとこぶしを合わせる。「ああ、決まってたよ、ミラ」

ブレントの手袋がわたしの手袋とふれ、わたしは視線で無言の感謝を伝える。

サスキアは目を見開いている。見せかけの勝利だが、いまのわたしが唯一手に入れられるものだ。

サスキアはカーティスの肩を叩き、甘えた声で頼む。「あとでトランポリンに付き合ってくれる?」

カーティスはサスキアからわたしとオデットへ目を移す。「ことわる。だれか友達に頼めよ。ひとりもいないのか」

サスキアは顔をしかめてゴーグルをおろす。クリップラーに挑みたいけれど、競争相手には見られたくないようだ。いまはオデットにも見せたくないらしい。
ひょっとして、プレッシャーをかけて、あしたわたしがクリップラーを披露すると信じこませることができれば、サスキアはリスクを冒して無茶をするかもしれない。

「みんな用意はいいか」カーティスが声をあげる。

「ゴー!」

ここは上級者コースだ。わたしはボードを直滑降方向（フォールライン）へ向けて、前の足に体重をかける。全員が勢いよく滑りおりる。ブレントとカーティス。わたし、サスキア、そしてオデット。パンツがバタバタとはためき、風が耳元で轟く。いつものように男性ふたりが前に出て、そのすぐ後ろにオデットがつける。ここまでサスキアとわたしはほぼ互角だ。転んだスキーヤーをよけようとすると、わたしの疲れきった大腿四頭筋が抗議の悲鳴をあげる。

コースは右側へ曲線を描いている。カーティスは力強いターンでカーブを曲がる。ブレントはいつものように直進して、その先にある小さな崖から飛ぶ。ブレントはブレントだからとしか言いようがない。わたしは崖から落ちるのをきらって、いつもはみんなのあとについてコースを滑りおりるのだけれど、きょうはどうとでもなれという気分だ。むしろ、やけっぱちというか。休日の旅行客でコースは混み合っていて、パウダースノーを行くほうがおそらく速いだろう。それでわたしはスピードを調整して、崖へ向かう。

思いなおす間もなく体が宙を舞い、急降下しているのに内臓だけがふわっと浮いている感じがする。着地の衝撃で膝がよじれ、体がボードの先までつんのめる。燃えるような脚を突っ張って体重を後ろにかけ、窮地をしのぐ。

ブレントが前方のモミの林に消える。わたしはそのあとを追う。木々は白色の厚い膜に覆われている。木陰にはいると、空気がさらに冷たくなって、モミの香りが漂う。さまざまな濃淡の紫色を帯びたパウダースノーが、膝の高さまで積もっている。スノーボーダーたちが夢に見るような光景だが、レースに集中していて景色を楽しむ余裕がない。

木々が間を置かず次から次へと迫ってくるので、よけて走るには全神経を集中しなければならない。枝が頬をこすり、頭や肩に雪が崩れ落ちてくる。間もなくまたコースが見えてくるはずだ。ほら！

わたしの目はサスキアのジャケットのオフホワイトをかろうじてとらえる。まずい――サスキアはもう湾曲部に差しかかろうとしている。コースの幅がせまくなり、片側には岩群が、もう一方の側は大きく陥没しているため、ここから数メートル先までひとりが通れるほどの広さしかない。わたしが上からぶつかる形で、サスキアとわたしは同時にそこへ出ることになる。

サスキアが左右を見たのち、わたしに気づく。こっちは譲る気などない。そっちが引くべきだ。

けれども、サスキアにもそのつもりがないのがわかる。このボードがすべての衝撃を受け止めることになるだろう。こっちが上からサスキアに飛びかかり、サスキアがコースアウトするはずだ。

さらに接近し、わたしは衝撃に備えて身構える。ボードとボードがぶつかる直前、何かがわたしのジャケットの襟首を持って、後ろへ強く引っ張る。

これはいったい――？　ボードがずれて、わたしはパウダースノーの上に倒れる。そばに人がひとり倒れている。

もちろん、カーティスだ。どうしてわたしの後ろにいたんだろう。

カーティスがゴーグルを剝ぎとる。頰が赤いのは、おそらく怒りのせいであって、寒さのせいだけではないだろう。

わたしの顔も赤らんでいる――怒り半分、恥ずかしさ半分で。両手が震えている。サスキアを押すところだった。本気でそうするつもりだった。

カーティスが体を起こす。それだけの動きなのに、カーティスは顔をしかめて、肩に手をやる。なんてこと。わたしのせいで傷が悪化したんだろうか。

「なぜだ、ミラ？　なぜそんなことをしなくちゃいけない？」

一緒にスポーツをするたびに兄のジェイクがどんなふうにわたしを打ちのめし、学校を卒業する前にはジェイクがもうラグビーのスター選手になっていたことを説明してもよかった。そして父にとってはジェイクがすべてだったから、その後もわたしに目をかけたりはしなかったことも。自分にも得意なことがある、とふたりに示す必要があったことも。

でも、どれも言いわけにはならない。

カーティスがかぶりを振る。「きみは妹と同じくらい悪い」

そのとおりだとわかっているので、返すことばがない。

そして何よりも最悪なことは？　遠くにぽつんと見えるサスキアが、猛スピードでゴールラインを抜けていったことだ。サスキアがわたしを打ち負かしたのだ、またしても。

43　現在

カーティスに片手で腰を抱えられ、わたしは足を引きずって食堂から出る。

ピッケルの錆びた刃を思い浮かべながら。

カーティスにその話をしたいけれど、ピッケルをとったのがカーティスだったらどうする？

「ここで待ってて」カーティスが言って、厨房へはいっていく。

カーティスは抽斗（ひきだし）をあけた。そして、驚いた顔でわたしを見あげる。

「どうしたの？」

「ナイフが。全部なくなってる」

「どういうこと？」わたしは見ようとして移動する。

「嘘！　さっき夕食を作ったときはここにあったのに」

カーティスが手のひらでカウンターを叩き、その音にわたしはびくっとする。とすると、だれかがピッケルとナイフを持ち去って、わたしたちから武器を取りあげたわけだ。

恐ろしい考えが浮かんだ。「スノーボードの道具までとられてないといいんだけど」

「いいところに気づいた」

ふたりで廊下を急ぐ。いまはまだ電気が通じているが、また停電になるかもしれないと身構える。正面玄関に着いて道具がそこにあるのを見て、わたしはほっとする。自分の手袋とゴーグル、ハーネスとビーコンをポケットに詰めこみ、左右のブーツを紐でひとつに結んで自分の首に掛ける。

カーティスは自分とブレントのスノーボードブーツをバインディングにはめて、ボードふたつを持ちあげる。「行けそう？」

「ええ」わたしは自分のボードを持つ。そのとき、デールのボードが壁にぽつりと立てかけてあるのが目にはいる。その瞬間、それが実感として襲ってくる。

カーティスもボードを見る。

「デールにはもう会えないんだよね」わたしは震える声で言う。

カーティスが口元を引き結ぶ。「わからない」

無言のまま、厳粛な面持ちで部屋のほうへ向かう。自分の部屋の前まで来ると、わたしはスノーボードを床に勢いよくおろしたのち、中からしか施錠できないことに改めて悪態をつきながら、恐る恐るドアを押す。だれかが中にはいったかもしれない。まだ中にいる可能性もある。

「待って」カーティスが先に中へはいり、ワードローブとバスルームをたしかめる。「異状なし」

「ありがとう」わたしはおずおずと言う。

カーティスはしばらくわたしをじっと見る。視線がやさしくなったので、きっとわたしの恐怖心に気づいたのだろう。「あすの朝いちばんにここから出よう。何か必要があったら、壁を叩いてくれ」

カーティスが出たあと、わたしはドアを施錠する。すべての感覚を油断なく研ぎ澄ませて室内を見まわすが、出ていったときのままに見える。

リラックスして、ミラ。だれもはいってこられないから。

あのピッケルがあれば、このドアを叩き壊してはいってくることはできるけれど、少なくとも音は聞こえるはず。それでどうする？　大声で助けを呼ぶ？

だれも助けにきてくれなかったら？

小さな窓に目をやる。最悪の場合、何かを投げつけてこのガラスを叩き割り、そこから脱出できるかもしれない。どうにかして。痛めた脚を引きずりながら。くぐれる大きさだろうか。わたしはカーテンを引く。

そして悲鳴をあげそうになる。

曇りガラスに三つの単語が記されていた。〝あなた(I)に会いたい(MISS YOU)〟

肌が粟(あわ)立つ。サスキアじゃない。サスキアのはずがない。

メッセージを見つめる。アイスブレイクのゲームのときに秘密を書いてあった文字とも、ヘザーの鏡にあった〝罪〟とも同じで、大文字が使われている。ブレントは少し前に廊下を歩いていたから、ブレントの仕業なのかもしれない。むしろそうならいいのに。真実を突き止めなくてはならない。意を決してドアをあけ、廊下を確認する。

ブレントが自分の部屋のドアをあけた。その手にはブランデーのボトルが握られている。

「あなたが窓に書いたの?」わたしは言う。

ブレントは目をぱちくりする。「なんの話?」

わたしはブレントの部屋にはいり、ドアがカチリと音を立てて閉まった。「だれかが〝あなたに会いたい〟って書いたの」

「おれじゃない」

体から空気が抜けていく。サスキアのはずがない。わたしに会いたがるわけがないのだ。

わたしはあんなことをしたんだから。

ブレントがこっちをじっと見つめている。「サスキアだと思ってるんだな」

「わからない」

ブレントの表情が硬くなる。「きみはサスキアに会いたい?」

後ろめたい気持ちが押し寄せる。「ブレント――」

彼が何を言わんとしているのか、はっきりわかる。

ブレントがブランデーを一気に飲む。「おやすみ、ミラ」

もうそういう間柄ではないから、ハグはしない。わたしはそのままのろのろと部屋から出ていく。ブレントとの関係は修復できないほどに壊れてしまった。わたしが壊した。ブレントを傷つけたのだ。

自分の部屋へもどり、窓の文字をこすって消す。だれかが——サスキアか、ほかのだれかが——亡霊のようにこの建物内を自由に漂っている。ドアのツマミでは心もとない気がして、万一の場合に備えてドアの下の隙間に詰められるものを探す。日焼け止めのチューブくらいしかないけれど、ないよりはましだ。

寒くてせまいベッドに寝転ぶと、ブレントの声が頭のなかで響く。〝おれと別れるっていうのか。おれがきみを大事に思ってるっていう理由で〟

ブレントはやさしい人で——当時はまだ一人前の大人とは言いがたかった——何ひとつまちがっていなかった。サスキアの言ったとおりだ——わたしはブレントを利用していた。スノーボードという競技はわたしに大いに影響を及ぼす。スノーボードはわたしを、自分以外はだれのこともかまわないこんな悪魔に変えた。きょう氷河に立って、ヘザーを探すより自分のバックフリップの心配をしていたときに、そう気づいた。

わたしは暗闇をながめ、ステファンのことばを思い出す。

これはアームレスリングじゃない。きみの問題なんだ、ミラ。きみはどんなにつまらない議論にも勝たないと気がすまない。どんなにつまらない会話でさえ。

ヴィニーのことを思い出す。ジムの武術家で、数か月前まで付き合っていた相手だ。**きみについていこうとするのに疲れたよ、ミラ。**

スノーボードだけのせいではないのでは？　むしろわたしの態度のせいだ。

またブレントの声がする。〝勝つことがすべてじゃない〟

でもわたしにとっては、勝つことこそがすべてだ。何かが欲しければ、全力を尽くして手に入れる。たとえどんな結果になろうとも。友情なんてどうでもいい。

それに他人の気持ちも。そしてそれは、スポーツの世界で頂点に立つためには必要なのかもしれないが、人生のそれ以外のところではさまざまな問題を引き起こす。

だから、わたしにはほんとうの友達がいない。だから人との関係がすべてだめになってしまう。いままさにその代償を払っている。わたしは完全にひとりぼっちだ。

オデットの顔が目の前に浮かぶ。わたしは暗闇に深く沈んでいく。カーティスの話では、オデットはいまも車椅子に乗っていて、腕もあまり動かせないらしい。けれども近年は技術が大いに進歩している。オデットに自活するための収入みたいなものはあるんだろうか。

カーティスがオデットのことを調べたのに、自分が調べもしなかったことが信じられない。いまも友達なのに。オデットには二度と会いたくないと言われたけれど、あれは怪我をした直後のことだ。折り合いをつけるための時間をたっぷり経たいまは、気持ちも変わっているかもしれない。

オデットのためにもう一度試してみなければ。

でも、あんなことをしておいて、オデットと顔を合わせる強さが自分にあるかどうかわからない。

カーティスの声が響く。〝きみは妹と同じくらい悪い〟

わたしは体をまるめる。痛みが脚をのぼってくるが、当然の報いだ。この再会がいろいろな関係を修復する機会になればいいと思っていたけれど、自分でめちゃくちゃに壊してしまって、もとにもどりそうにない。ブレントは別れたことでまだ傷ついているし、カーティスは何か恐ろしいことをしたんじゃないかとわたしを疑っている――現にわたしは恐ろしいことをした。そしてヘザーはわたしとあまりにちがっているため、わたしにはヘザーの気持ちはまったくわからない。

デールについて言えば、わたしがバックフリップを試したいと我を通したがために、みんなでヘザーを探すのが遅れた。それがデールの死を招いたとも言える。

握った手を瞼に押しあてる。外にデールがいると思うと耐えられない。でも、ここから無事におりるまでは泣いたりはしない。

自分が隠している秘密に、わたしは呑みこまれつつある。いまこそ打ち明けるときだ。わたしは布団をぐいっと剝ぎとって、足を引きずりながらもう一度廊下へ出た。そしてカーティスの部屋のドアをノックする。

足音がしたのち、ツマミが音を立て、ドアが開いた。そこにカーティスが立っている。長袖の黒いサーマルウェアの上下といういでたちだ。わたしは覚悟を決めて目を合わせる。**この人に話そう。**わたしは口を開くが、ことばが見つからない。

カーティスはしばらくわたしを見ている――悲しいような、疲れたような目で。そこに好奇の色ものぞく。廊下は凍えるほど寒くて、わたしは自分の体を両腕で抱きしめる。カーティスがドアの前から一歩さがって、身ぶりでベッドのほうを示す。

そういうつもりで来たんじゃないのに、足がわたしの代わりに決断する。ゆっくりと床を進んで、せまいベッドにくつろぐ。布団が頬にあたる。やわらかくて、なめらかな感触。マットレスに彼のぬくもりが残っている。

カーティスはバスルームの照明をつけて、寝室の明かりを消したのち、わたしのいるベッドにはいってくる。

44　十年前

〈グロー・バー〉は混んでいる。照明が点滅し、音楽が轟き、笑い声が響き渡る。イギリス人が大挙してやってきている。わたしは大量のスノーボードジャケットが織りなす虹を掻き分けてカウンターへ向かう。外へ出たくなかったけれど、来ないと負け犬と思われる。あっ、まずい。カウンターにカーティスがいて、もうこっちに気づいている。

仕方なくカーティスに合流して尋ねる。「肩の具合は？」

「そんなに悪くない」

さっきのことを許してくれたのか、わたしにはわからない。カーティスはわたしの肩の向こうへ目をやって何かを見ている。振り返ると、当然ながらそこに彼の妹がいる。

サスキアはきらきらした銀色のコルセット風トップスを着て、ボックス席にオデットとすわっている。ジュリアンがふたりをダンスフロアに引っ張り出そうとしている。オデットはジュリアンをひっぱたいてやりたいといわんばかりの顔をしているが、サスキアは笑っている——からかい、弄んでいるのだ。サスキアは冬じゅうこの調子でジュリアンを焦らしてきた。傍から見ていて心配になる。なぜならジュリアンはそのうちきっとキレるからだ。カーティスもすぐに駆けつけられる態勢でいるから、たぶん同じことを考えているのだろう。

「ところで、ジュリアンのことどう思ってるの」わたしは訊く。

「ノーコメント」カーティスが言って、わたしは笑う。

ヘザーが客への給仕を終える。わたしは手を振るが、ヘザーは気づかず、別の客に給仕しはじめる。

部屋の向こうでは、サスキアがジュリアンにすわるよう言い聞かせている。なんて軽々とジュリアンを弄んでいるのだろう。

「それにしても、サスキアにはつくづく感心するわ」わたしは沈んだ声で言う。

カーティスは警戒している。「たとえば、どういうとこに？」

「人にどう思われてるかを気にしないところ」

「それっていいことかな」

「女って、人がどう思うかを極度に気にするものでね。わたしもそうだってわかってて、それがいやでたまらないけど、自分ではどうすることもできない。その点、サスキアはこれっぽっちも頓着しない」

「やっぱりいいことには思えないな」

「男の人の考え方ね」

カーティスが眉根に皺を寄せる。「そうかな」

「そうよ。男性はそういうことをあまり気にしない。自分の欲しいものに集中するでしょ？ところが、女性がそうだと、人から非難される。性差別的なものの見方だけど、でも世のなかそういうものなの」

カーティスは体をこわばらせ、片手をカウンターに突く。人々の頭の向こうに、ジュリアンがいらいらした顔をしてまた立ちあがるのが見える。でも、サスキアがやさしく微笑むと、ジュリアンがまたおとなしくなる。

カーティスがわたしのほうを向く。「妹は真剣な交際を一度もしたことがないんだ」

「そうなの？」

「相手を家に連れてきて両親に合わせたことがない」

それは女性と付き合ってるからじゃない？　カーティスは知っているんだろうか。もちろん、知っているにちがいない。サスキアの兄なんだから。でも、わたしは何かを言う立場にない。「ご両親はきびしいの?」

「いや、全然」

「あなたがご両親に紹介したガールフレンドは何人?」

カーティスが十まで指を折り、さらに数えつづける。嫉妬がわたしのなかで燃えあがるが、そのうちにカーティスがにやっと笑う。「冗談だよ。三人かな」

「サスキアが妹で一緒に育ってってどんな感じ?」

「なんでまた質問ばかりなんだ?」

わたしは肩をすくめる。「ただ気になるから」

カーティスが明らかに答えたくなさそうに顎をさすり、わたしはまたしても兄としての誠実さに感心する。

〝いまの質問は忘れて〟と言おうとするが、その前にカーティスが口を開く。

「くそみたいな悪夢だった」微笑みでことばをやわらげる。「歳はこっちが上でも、妹にちょっかいをかけないのが賢明だと早々に学んだよ」

「どういうこと?」

「みんなで地元のプールに行って、ぼくと友達で妹の服を盗んだことがあったんだ。たしか、ぼくらは十七歳くらいだった。言いだしたのは友達だ。厄介なことになるってわかってたけど、ぼくは何も言わなかった。とにかく、妹は水着姿で町を通って家まで歩いて帰らなくちゃならなかった」

わたしは想像して微笑む。「そのとき彼女は、ええと、十五歳? それは傷つくわね」

「で、妹はぼくに仕返しした。妹の問題はそこだ。やられたら、かならずやり返す」

「サスキアは何をしたの?」

「表立っては何も。ところが、学校じゅうのだれもが陰でこそこそ、ぼくのことをささやきはじめた。おまけにだれも学年末のダンスの相手をしてくれなかったんだ」声をあげて笑う。「それまで一度もそんなことなかったのに」

ハンサムな高校生のカーティスが、講堂でひとり途方に暮れている姿を思い浮かべて、わたしも笑う。

「ようやく理由を知ったのは、夏の半ば過ぎだった。学校じゅうに妹が噂を広めたんだ。ぼくがSMマニアだって」

わたしはこんどは大笑いする。「その噂、ほんとなの?」

カーティスは片方の眉をあげる。

わたしの笑い声が消え、ただからかっているだけだろうと思いつつ、熱が一気に体を駆ける。

カーティスは笑いをこらえている。「で、休戦を結び、それ以来、妹はぼくをほぼほうっておいてくれるようになった」

それはたぶん、兄が陰で走りまわって、自分の引き起こしたこまごました問題を片づけ、あらゆる厄介ごとから助けてくれて、妹にとっては便利だったからだろう。でも、わたしはそれを口に出さない。他人が口出しできることには限界があり、そこは越えたくない一線だからだ。

「おーい!」カーティスが手を振って、ヘザーの注意を引く。

「何をお持ちしましょうか」今夜のヘザーは心ここにあらずで、目が腫れているように見える。泣いていたんだろうか。

「オランジーナ一本と――」カーティスはわたしを見る。

「わたしにも同じものを」

なぜブレントのぶんも注文しないのか、とカーティスは疑問に思ったにちがいない。あるいは、わたしとのあいだに何があったのか、ブレントから聞いているのかもしれない。そういうことまで話す仲なんだろうか。ちらっと様子をうかがうと、ブレントは知らない男たちの一団に混じって立っている。喪失にともなう刺すような痛みがわたしを襲う。友人をひとり失った痛みだ。

「やっぱり、二本もらおうかな」わたしは言う。

カーティスが十ユーロをカウンターの向こうへ押しやる。

「あっ、それ……」わたしは男の人に飲み物をおごられるのが苦手だ。財布を取り出すが、間に合わない。ヘザーが紙幣をもう受け取っていて、わたしには言い争う気力がない。「ありがとう」

カーティスは自分のぶんのオランジーナを手にとる。

「待って」わたしは言う。「あしたのことで、あなたのアドバイスが欲しい。安全策をとるべきか、いちかばちかやってみるべきか」

カーティスはためらう。大きな競技会の直前に助言を求めるのは、度を越えていただろうか。

「クリップラーに挑戦してるってブレントが言ってたけど」カーティスがついに言う。「着地できてる？」

わたしは声が聞こえる距離にサスキアとオデットがいないことを再確認する。「いいえ。だけど、何度か近いところまでいった」

カーティスが唇を引き結ぶ。「あすのきみの出番は何時？」

「午前十時」

「パイプは釘並みに硬いはずだ」

わたしは肩を落とす。カーティスの言うとおりだ。雪が融ける間もないだろう。

カーティスはわたしの表情を探る。「どうしてそんなにこだわるんだ、ミラ」

「前にも言ったけど。勝ちたいの。だれだってそれは理解できるはず」

「負けん気は、ぼく以上にきみのほうが強いと思うけど」

「兄がラグビーのスター選手でね」声が喉に引っかかる。「わたしにも才能があるってことをみんなに示したい」

カーティスの口調がやさしくなる。「きみにはまちがいなく才能がある。それを証明するのに競技会は必要ないよ」

わたしは泣くまいとして唇を噛む。

「競技中、ぼくがほんとうはだれと戦ってるかわかる?」

「ブレント?」

「いや。戦う相手は自分自身だ」

「え?」

「自分にできる最高の滑りをしようとする。ほかの選手なんて知ったことか。もちろん、相手に勝つ気で戦うけど、他人の行動は操れない。なんとかできるのは自分の動きだけだ。妹のことは忘れるんだ。きみの兄さんのことも。ただ自分のために競技すればいい」

理屈はわかるし、その方法できっとカーティスはうまくいくんだろう。でも、人生のすべてを費やして人に追いつこうとしてきたわけじゃなく、生まれながらに有利な立場にいる人だ。わたしにはそんな贅沢は許されない。ごくりと唾を呑みこんで言う。「あなたにはわかりっこない。あなたは兄の立場なんだから」

そのとき、ふと気づく。カーティスがスノーボーダーとして名を成したのは、わたしの兄がラグビーで有名になったのとほぼ同じころだ。サスキアがああいうふうなのは、カーティスが原因なんじゃないだろうか。サスキアへの共感が湧きあがってくる。認めるのはこわいが、サスキアとわたしはよく似ている。

カーティスがまた体をこわばらせる。部屋の向こう側で、ジュリアンの顔が真っ赤になっている。「ちょっと行ってくる」カーティスはそう言って、あわててそちらへ向かった。

わたしはオランジーナを手にとる。

「全部でたらめだよ、あんなの」耳元で声がした。

驚いて振り返ると、カウンターのすぐ隣にデールがいる。キスをして以来、向こうから話しかけてきたのはじめてだ。「どういうこと？」わたしは言う。

デールは去っていくカーティスの姿にうなずく。

「カーティス・スパークスは世界で最も競争力のある人間のひとりだ。現実の世界で心理戦を楽しめる。あいつの言うことはひとことだって信じないほうがいい」

45 現在

カーティスとわたしは、彼のせまいベッドで向き合って横になっている。手にふれる彼のサーマルシャツの生地がやわらかく、シーツは彼のにおいがして、泣きたいくらい居心地がいい。

早く話さないと。でも、わたしにできるのは彼を見つめることだけだ。

顎のこわばり方から、カーティスのほうも何か葛藤しているのがわかる。

「なんの用？」声が低くてやさしい。

わたしはひどく緊張して、体が震えている。答えないでいると、カーティスは抑えきれないように腕をわたしの顔の前へ持ちあげて、太い指でわたしの下唇をなぞる。「このためにここへ？」

喉が締めつけられる。彼が真剣な目をしているからなのか、あまりに長く彼のことを欲していたからなのか、わたしにはわからない。あるいは、わたしの求めがあろうとなかろうと、ずっと支えていてくれたからなのかもしれない。でも、話そうとすると、声がかすれてしまう。

カーティスはとまどっているにちがいない。わたしがことばに窮するのをはじめて見たはずだ。「キスしてほしい？」彼がささやく。

喉がさらにこわばる。

彼が顔を近づけてきて、あたたかい息が唇にかかる。もうだめ——彼にキスすることしか考えられない。唇を開いて待ち受ける。

ところが、近づいてこない。「きみが望んでいるとわかるまで、キスはしない」

わたしは彼の頭をつかんで引き寄せる。彼はわたしをマットレスに仰向けに転がして、ちゃんとしたキスをした——激しく、深く。カーティスは歯磨きペーストの味がする。肌は燻(いぶ)した木のにおいだ。彼が指と指をからめてわたしの両手を頭の横へあげさせて、手のひらと手のひらを重ねる。マットレスにわたしを押さえつける。

こんなふうにするんだろうとわかっていた。ふだんと同じで、彼は主導権を握っている。

顔に無精ひげがあたってちくちくして、口元の心地よいあたたかさと絶妙な対照をなしている。こんなに情熱的なキスははじめてだ。この十年のあいだにこのキスを求めたのは、わたしひとりではないのだろう。

こんなにも強く惹かれてしまう。でもいま、ここで、何もかもが片づかず、秘密が重くのしかかっている状態ではだめ。ここは恐ろしい。この部屋から逃げ出したい。

カーティスがひと息入れて、じっと顔を見つめてきたので、こっちの心を読める人だったことを思い出した。わたしはまばたきしながら彼を見あげる。

「だいじょうぶ?」

「ええ」

「やめてほしかったら、そう言ってくれ」しばらく待つ。わたしがだまっていると、彼はうつむいていっそうやさしくキスをする——額に、頬に、顎に。唇以外のあらゆるところに。これ以上は無理だ、彼が欲しくてたまらないから。わたしを押さえつけたまま、彼はキスを顎から喉へとおろして、快感をもたらす。

彼の唇がまた唇にもどり、わたしは迎え入れようと口を開く。ところが、彼は焦らしてほんの一瞬だけ舌を入れただけで、あとは指に代わりをさせる。自制を失う彼を見たかったのに自分のほうが我を失い、彼の下で身をよじらせ、もっと彼が欲しくて両手を振りほどこうとしている。

ようやく彼が舌を味わわせてくれる。わたしはもう鼻で荒い息をしていて、まるでふたりで水中にいるかのようだ。息遣いからすると、彼もそろそろ制御が効かなくなりそうだ。

わたしがサスキアに何をしたかを知っていたら、こんなふうにキスをしたりはしないだろう。

打ち明けなくては。この先へ進む前に。でも、そんなことをしたらきらわれてしまう。

それに、もう天にものぼる心地だ。

やっと片手が自由になって、彼のサーマルシャツを引っ張る。彼はキスをやめてわたしの上に乗り、シャツを頭から脱ぐ。薄明かりのなかで、わたしは彼の体に見入る。ジムで見かけるボディビルダーたちのぱんぱんに張ったバランスの悪い筋肉ではなく、アスリートらしい、しなやかで役に立つ筋肉だ。十年経ったいまでも変わらない。

わたしが観察しているあいだ、彼はちょっとおもしろがるような目でわたしを見ている。

彼の張りのあるなめらかな肌に指を滑らせ、凹凸をなぞる。いくつかの傷にも指を這わせる。きれいな人だ。

「いいのか」彼がわたしのサーマルシャツの裾に手を伸ばす。

「ええ」

彼はわたしのシャツを頭から脱がせる。冷気にさらされて乳首が硬くなり、彼に指先でふれられるとますます張りつめる。彼がさっと手をはなして、わたしにまたがったまま上体を起こし、肩を上下させている。どうしたんだろう。

「きみに話しておかなきゃいけないことがあるんだ、ミラ」太腿がわたしの脇腹を締めつけている。「前にバスルームで話そうとしたことなんだけど」

ああ、そうだった。何を言うつもりなのかわかる気がする。でも、筋が通らない。すべて嘘だったのだろうか。サスキアがまだ生きていてこのあたりにいると思っているのに、妹を殺したのはだれかなんて、どうしてわたしに訊くんだろう。リフトパスは仕込まれていたなどと、どうして言うんだろう。胃がむかむかする。リフトパスはきっと形見か何かのつもりでサスキアのポケットからとったにちがいない。

カーティスの青い目が不安そうに上からわたしを見ている。「話をする前に、まずあんなことをして申しわけなかったと思ってるのを伝えたくて」

それが意味するところはひとつしかない。頭のなかに光景が次々と浮かぶ。彼の大きな手が妹の喉を絞めているところ。あるいは大型のキッチンナイフで妹を刺しているところ。あるいは高い崖から妹を突き落としているところ。あるいは――

カーティスがドアを横目で見る。「みんなにはだまっててもらいたい、いいね？」

その目には荒々しさがある。打ち明けたあと、わたしをどうするつもりだろう。妹に使ったのと同じ手口でわたしを始末する気なんだろうか。氷の世界へほうり出すのだろうか。

わたしはカーティスを押しのけた。彼の体の下から抜け出すと、膝に痛みが走り、脚を引きずりながら上半身裸のままドアへ向かう。

カーティスが追いかけてきて、ドアをあけさせないよう押さえる。「ミラ」

「どいて」

「頼む、聞いてくれ」

声に切羽詰まった響きがある。サスキアはわたしたちの急所を見つけるすべを知っていた。ただ楽しむためだけに、人を限界まで追いこんで、何が起こるのかを見るのが好きだった。そんなことが二十年もつづいたら、カーティスがキレても無理はない。

わたしはカーティスと正面から向き合って言う。「話さなくていい」声が震えてしまう。もしこれが明らかになったら、カーティスは一生、刑務所に閉じこめられることになる。わたしは知らないほうがいいのだ。

「いや、話す。もっと早く言うべきだったんだ」カーティスが唾を呑む。「きみに憎まれるだろうが、ひょっとしてわかってもらえたらと思って。いいかい……」深く息を吸う。

カーティスの口をこの手でふさぎたい。もし聞いたら、通報せざるをえなくなる。

たぶん。

46　十年前

〈グロー・バー〉でカーティスがジュリアンに対処すべく人ごみを掻き分けている姿を見て、心が千々に乱れ、あすはどうしたらいいのかわたしは途方に暮れる。デールの言うとおりなんだろうか。カーティスのことばはすべて信じていいのか、それともカーティスはずっと妹の味方だったのか。

デールはまだヘザーの注意を引こうとしている。いつもならこの店でデールが待たされることなどないのに、今夜はヘザーに無視されているようだ。きっとまた喧嘩でもしたんだろう。わたしがデールにキスしたことがヘザーにばれたのでなければいいけれど。そのほうが、だれにとってもまるくおさまるのだから。

わたしは二本のオランジーナを持って、部屋の向こうのブレントのもとへ向かう。いまもわたしから飲み物を受け取ってくれるかどうかはわからない。「あすのあなたの幸運を願ってたわ」

ブレントが悲しげな笑みを浮かべ、差し出した瓶を受け取る。「きみにも幸運を、ミラ」

「どうも。ありがとう」

「わかってると思うけど、きみの妨げになりたくなかったんだ」

「わかってる」わたしはオランジーナを飲む。たっぷり砂糖を含んだジュースなので、ほんとうは百パーセント果汁にこだわりたいけれど、この冬、内輪のグループがまさにこれの中毒になっている。

音楽に負けじとカーティスの声が聞こえる。「妹にはその気がないんだよ、わかるだろ?」カーティスがジュリアンに言う。それからフランス語に切り替え、ジュリアンにまちがいなく伝わるようおそらく同じメッセージを繰り返す。

「で、オデットとやり合うんだって？」ブレントが言う。

わたしはうなる。「思い出させないで」

「心配ないさ。イギリスのランキングには影響ないんだから」

「でも、観客への印象には影響する」わたしは話題を変える。「カーティスからスノーボードについてのアドバイスをもらうことがあるでしょ？　カーティスの言うことを信用するの？」

ブレントは即答する。「するよ。けど、なんでそんなことを？」

「ただ……カーティスがあなたに助言するのって変だと思わない？　結局、カーティスは自分を負かそうとするのに手を貸すことになるわけでしょ。こうは思わない？　カーティスがあなたに、なんていうか……」

わたしは適切なことばを探す。

「まちがったアドバイスをわざと与える、そういうこと？　だったら答えはノーだ。カーティスはそんなやつじゃない」

「でも、ものすごく負けずぎらいな人よ」

部屋の向こう側に、いつの間にかジュリアンの姿はなく、カーティスはわたしの知らない男数人と話をしている。

「カーティスについて理解しなくちゃいけないのは」ブレントが言う。「知り合いが多くて、人懐っこいように見えるが、高さ一マイルの壁を築いてるってことだ。カーティスを取り巻く輪があって、その外にいる者は全員、敵になる可能性がある。その輪のなかにいる者のためなら、あの男は人殺しも辞さないだろう」

「そうね」わたしはゆっくりと言う。

「でも、それだけの信頼を得る必要がある」

「あなたは信頼されたの？」

ブレントはうなずく。「ああ、時間はかかったけどね」

「デールはその輪のなか？」

「いや。デールはカーティスを苛つかせる」

「たしかに。わたしもそう思ってた」優位をめぐって競い合うふたつの強烈な個性。「わたしはどうかな。輪のなかにいる？」

ブレントは顔を背ける。「なんとも言えない」

つまり、答えはノーだ。心が痛む一方で、たしかにそうだとも感じる。サスキアのせいで雪に埋められたあと、つかの間、輪のなかにいたのかもしれないが、さっきのレースの件があって、みずからチャンスをふいにした。

わたしはオランジーナを飲みながら、自分を取り巻く輪にだれがいるのかを考える。兄は自分の都合でわたしの人生を地獄に変え、両親とわたしとのあいだにはいろいろと問題がある。ブレントとは親しかったのに、いまはもうちがう。オデットともも仲がいいとは言えない。スノーボードのせいで、地元の友達とは距離ができた。スノーボードか友達との用事か――二十一歳の誕生日パーティや、婚約パーティや何やら――どちらかを選ばざるをえないときはかならずスノーボードをとってきたのだから、完全に自業自得だ。

だから、だれもいない。わたしを取り巻く輪などない。

まわりでは、友人たちがいくつかのグループになって笑ったり、しゃべったりしている。どうしてこんなことになったんだろう。これまでキャリアを積んできたのに、特に大事な競技会の前夜に、友達もなくひとりぼっちだなんて。

ブレントがわたしの手をそっと突つく。「あすの朝、立ち寄るから一緒に行こうか」

「ええ、いいわね」かすかな希望の兆しだ。こういう関係ならうまくいくかもしれない。ブレントとは友達でいられるだろう。

ヘザーはサスキアのボックス席から空いた皿を忙しくさげている。その途中で、半分残っていたサスキアのオランジーナの瓶を倒してしまう。サスキアが何かを言い、ヘザーが怒った様子で体を起こす。サスキアも銀色のトップスをきらめかせながら立ちあがる。言い争いになり、音楽に掻き消されて何を言っているのかは聞き取れないけれど、ヘザーがどんどん怒りを募らせていくのがわかる。

オデットはショックを受けたようにサスキアを見つめたのち、いきなり立ちあがる。そしてフランス語でサスキアに何事かを叫び、バーから走って出ていった。

ヘザーはなんと言ったんだろう。

サスキアがヘザーに体を寄せて、何かを耳打ちする。ヘザーがサスキアの頬をひっぱたく。「この性悪！」大声だったから、わたしにも聞こえた。

サスキアが思いきり頬を叩き返して、ヘザーが後ろへよろける。

瞬く間にデールがバーの反対側から駆けつけて、サスキアを押しのける。サスキアは後ろへよろめいて椅子の上に倒れ、デールの仲間ふたりもブース席にやってきて、サスキアの上に三人でのしかかる。

そこへカーティスが飛びこんで、デールを引き離す。カーティスとデールが取っ組み合いになり、客が散っていく。音楽が止まり、バーは静寂に包まれる。

「あんたの妹だろ、ちゃんと管理しろよ」デールが怒鳴る。

「あいつは犬じゃない」カーティスが怒鳴り返す。

「どうだかな」デールが言う。

カーティスのこぶしがものすごい速さで放たれ、腕の動きもほとんど見えない。デールが顎に手をあてながらよろけたあと、前へ突進する。打撃を繰り出すが、カーティスがよけたため、こぶしはかろうじて耳をかすめる。

大柄な警備員三人がやってきた。そのうちふたりがカーティスの腕をとらえて、きつい角度に背中でひねりあげる。カーティスがうめき声をこらえ、その顔から血の気が引いていく。ああ、まずい――肩を痛めてるのに。

デールがふたたびカーティスに殴りかかるが、そのとき三人目の警備員がふたりのあいだに体を入れたため、こぶしはその男にあたる。ほかにも警備員たちがどこからともなく現れ、スーツ姿の男が背後に向かってフランス語で何やらがなり立てる。

警備員たちがデールとカーティスを裏口へ追い立てる。デールは腕をかばっている。抗う様子もないところを見ると、相当ひどく痛めたにちがいない。

ヘザーはデールのいるほうを心配そうに見ているが、スーツ姿の男から手招きされる。

「何事なんだ?」ブレントが言う。

「さあ。ちなみにわたしはまったくの素面(しらふ)よ」

「ふたりをどこへ連れていくのか見にいったほうがいい」ブレントが出ていった。

サスキアひとりがテーブルに残されている。完全に落ち着きを取りもどした様子で、わたしの視線に気づき、自分には関係ないといわんばかりに肩をすくめる。

わたしはブレントのあとを追って、人ごみを掻き分けて裏口へ行くが、警備員のひとりに道をふさがれ、やむなく正面口へまわる。

スーツ姿の男がヘザーとことばを交わしている。ヘザーが顔を伏せているので、きっと小言を言われているのだろう。

サスキアが、そばを通り過ぎようとしたわたしの腕をつかむ。「あの人たちはだいじょうぶよ。ちょっとすわって」

「そう思う?」わたしは言う。

「平気よ、みんな大人なんだから」

警備員たちがぞろぞろともどってきた。カーティス、ブレント、デールはたぶんもう外の通りを帰っていく途中だろう。

サスキアが自分の隣の席を示して言う。「すわって」

わたしはためらう。どういうつもりだろう。サスキアはいまいちばん一緒に過ごしたくない相手だが、これはまたとない機会かもしれない。あすの大会を前に、まだ妥当なゲームプランが立っていない。サスキアが明日どの程度リスクを冒すつもりなのか、それがなんとなくでもわかれば、こちらがどれほどの危険を冒す必要があるかを判断できる。

しぶしぶ、わたしは腰をおろす。

「どうしてあたしを店からほうり出さなかったか、わかる?」サスキアが言う。

「どうして?」

サスキアは首を振り、でっぷりした腹の上で腕を組んで室内を監視している、ひときわ大柄な警備員を示す。「もっと別のものが見られると期待してるの。女同士の喧嘩らしい喧嘩をね。服を破き合ったりするようなやつを」

ヘザーが革のジャケットを着て、動揺した様子で出口から歩き去った。

「馘にされたんじゃないかな」わたしは言う。

「いい気味よ、ばかな女」サスキアが言う。

わたしは周囲を見まわす。いつの間にか、ほかにはだれもいなくなっている。いまやわたしとサスキアだけだ。

47　現在

「ぼくなんだ」カーティスが言う。「きみをここに誘ったのは、ぼくなんだよ」

またしても足元の床が揺れ動く気がする。ただし今回は建物の下にある氷が割れて、全体が陥没していくかのようだ。

ここから出なくてはいけない。出口へと向きを変えた拍子に、膝に痛みが走ったが、胸の痛みに比べたらなんでもない。

「母はサスキアの失踪から立ちなおっていない」カーティスが静かに言う。「これまでに三度、精神衰弱に陥ってる」

わたしはドアの鍵をあける。上半身裸だが、かまわない。

「法廷でサスキアの死亡が認定された日に、母は自殺を図った」

ドアノブにかけたわたしの手が止まる。まだつい二週間前の出来事だ。カーティスが苦悩しているのも無理はない。

「これは最後の手段だった。真実を突き止めるための最後の試みだ。そのうちきっとまた母は自殺しようとするからね」

わたしはゆっくりと振り返る。

カーティスは悄然としていて、山岳救助隊がサスキアの捜索を打ちきったときの彼の姿を思い出させた。

「もし遺体が見つかれば、母もあきらめがつくだろうと思ったんだ。ぼくらとしても、まあ……」声がかすれる。「妹を埋葬してやれる。少なくとも、妹の身に何があったのかわかる。最悪なのは、何もわからないことだ。母はあらゆる恐ろしい事態を想像してる。たとえば、だれかに誘拐されたとか、事故だった可能性が高いとかなんとか。母に少しでも心の平穏をもたらせると思ってね。でも、こんなつもりじゃなかった」

わたしはシャツを探したが、見あたらないので、胸の前で腕を組んだ。「じゃあ、どういうつもりだったの？」

「楽しい週末のつもりだったさ。旧交をあたため、昔話をする機会だって」ベッドから羽毛布団を剝ぎとって、わたしにかける。「ほら、これを使って。そのまじゃ凍えちまう」

布団で体をくるむと、裸の胸にあたる生地がなめらかで冷たい。

「みんなを酔わせて、答えを引き出す計画だった。せめて手がかりを。理由を。なんでもいい。当時、きみはぼくにすべてを話してくれてない気がしてた。でも、ずいぶん時が経って、いまなら話してくれるかもしれないと思ったんだ」むき出しの二の腕をさする。「何かわかるかもしれないし、わからないかもしれないけど、せめてやるだけやろうと思った。すわらないか」

わたしは首を横に振る。これまでカーティスが言っていたことがすべて嘘だったなんて。胃がむかむかする。

カーティスは布団で体をくるみ、ベッドの上にあぐらを組んですわる。

「アイスブレイクのゲームは？」わたしは言う。

「ぼくは関係ない」疑いの目で見られているのに気づいたのだろう、すぐに言い足す。「ほんとうだ。なんであんなことになったのか見当もつかない。ぼくの計画は、とても狡猾とは言えないものだったんだ」

「あなたがみんなの携帯電話を奪ったの？」

「ちがう。ぼくはみんなに誘いのメールを送って、この宿泊代金を払ったが、誓ってそれだけだ」

膝が痛む。わたしはベッドの反対側の端に浅く腰かける。「なぜわざわざここへ呼びよせたの？」

「まあ、イギリスの、ロンドンかどこかのバーで会おうと考えてたんだが、ああいう終わり方だったから、みんながどのくらいお互いに会いたがるかわからなくてね。ここなら、いやだとは言えないだろうと思ったんだ」

「むしろ、脱出できないだろうと思ったんでしょ」

「そんなつもりじゃなかった。つまりここにいる客はぼくたちだけだとわかってたけど、まわりにスタッフがいるものだと考えてた」

「なぜわたしが誘いのメールを送ったことにしたの？」

「何年か前にブレントに二度メールを送ったが、返事が全然来なかった。ぼくは母の件で当時ちょっと参っててね。それでまあ、悪いとわかってはいたが、とにかく必死だった。きみからの誘いに見せかけたら、ブレントも来るだろうと考えたんだ。それにぼくが誘って、デールが来るわけがない。ヘザーの答えはどのみち〝ノー〟だ」

「それでヘザーを脅したのね。〝来ないとばらす〟って」

カーティスが目をそらす。「そうだ」

「ブレントとヘザーのこと、どうしてわかったの？ブレントはだれにも知られてないって言ってたのに」

「ふたりの声が聞こえたんだ。ぼくは〈グロー・バー〉へ行く前にベッドで仮眠をしていた。ヘザーの声を聞き分けるのは、むずかしいことじゃなかったよ」

「それでいまここにいるわけね」いまは自分が傷ついた点をひとまず脇に置き、この件を解明するのに集中しなくては。「スキー場のだれと話をしたの？」

「ロマンって男と。支配人が留守だったんでね。この時期にここまでのぼれるかわからなくて――天候がかなり不安定だから――でも電話をして、こっちの望みを伝えたら、見積もりを出してくれた」

「直接だれかと会ったの？」

「いや、すべて電話とメールですんだよ。きのう前を通ったとき、スキー場の事務所は完全に閉まってたけど、それはあらかじめロマンから説明を受けてた。すべて準備を整えてお待ちしてます、ってさ。ゴンドラでのぼっていったのにだれもいなくて、すぐに何かがおかしいと思った」

「なのに、どうして何も言わなかったの？」

カーティスがばつの悪そうな顔をする。「そんなことをしたら、みんなをここに集めた意味がなくなるだろ。だから、何が起こってるかわかるまで、とりあえず様子を見ることにしたんだ。いずれにしても、あのゲームはぼくに有利に働いた」

「それで、きのうからの一連の出来事にどう説明をつけるわけ？」

カーティスはドアにちらっと目をやったのち、声を落として言う。「だれかが横からはいってきて、買収したんだと思う」

「スキー場のスタッフを？」言ったそばから、この考え方には難があると気づく。あのゲーム。秘密を書いたのがだれであれ、見知らぬ他人ではありえない。でも、どうして……

「考えてもみてくれ」カーティスが言う。「ここは、産業もなく、ほとんどの仕事が季節に左右されるわびしい地域だ。支配人は留守だった。この時期に登録してるスタッフは多くないはず。そういうスタッフのひとりを買収するのはむずかしいことじゃない。それほど大金を払う必要もないだろ。ぼくらがここにいるのは週末だけと決まってるわけだから、そんなに大したことじゃない。ケーブルカーの電源を切って、心理戦をふたつみっつ仕掛ける程度なんだから」

その言い草にわたしは驚く。どうしてそんなことを言うんだろう。

カーティスを信じたくて、表情を観察する。「ここに人を閉じこめるのも、大したことじゃないの？　そんなことをしたら職を失うかもしれないのに」

「契約労働者なら、失うものはそんなにないさ。ぼくたちがリフトでおりたくなったら、電話をするか自力でおりるかはわからない、って言われてたんじゃないかな」眉をひそめる。「どう見ても妹らしいやり方だ」

その目に浮かぶ苦悶の色は、嘘には思えない。「だけど、どうしてサスキアがこんなことを？」そう尋ねながらも内心どこか身が縮むような思いなのは、理由のひとつに心あたりがあるからだ。

「それはわからない」カーティスがしばし暗闇を凝視したのち、わたしに目をもどす。「とにかく、悪かった」

わたしはどこを見るべきなのかわからない。少なくとも、カーティスは誘いのメールの件でわたしに嘘をついていたわけだ。

とはいえ、最終的には打ち明けてくれた。わたしよりは勇気がある。ある意味では、カーティスの行動も理解できるし——カーティスにとって、どんなときも家族は大きな意味を持っている——なぜわたしを疑うのか、その気持ちもわかる。彼はわたしの最も醜い一面を目のあたりにしているし、彼の言うとおり、サスキアの最後の数時間がすべて明らかになったわけではない。

「どうしていま、わたしに話すの？」さらに尋ねる。

「たしかなことがわかるまで待ってたんだ」

「わたしがサスキアを殺したんじゃないってわかるまで？」

「ああ」

「それで、わかったわけ？　とりあえず、肝腎なところは」

カーティスは答えない。

わたしはカーティスを見つめる。「あなたはいまも、わたしを疑ってる。それなのに、あんなふうにキスをするの？」

カーティスは肩をすくめ、悲しそうな目をする。

「ミラ、きみのことは好きだ。昔からずっと。妹からきみへの数々の仕打ち。何年もさんざん考えたすえ、たとえ妹を傷つけたのが……きみだったとしても、それは事故かあるいは自分を守るためだったにちがいない。だとしたら、ぼくはそれを受け入れようと思った」

カーティスがわたしの顔を見つめる。次はわたしが打ち明ける番だ。

カーティスが悪態をつく。ところが、ドアがノックされた。

「出たほうがいい」わたしは言う。

カーティスがあわててベッドからおりて、ドアを細くあける。

「物音が聞こえたんだが」

うわっ。ブレントの声だ。

「それにミラの部屋へ行ってみたけど、応答がない」

「ええと……」カーティスが首を後ろへひねってわたしをちらっと見る。

わたしは布団を顎まで引きあげる。「いいから、ドアをあけて」

カーティスはドアを大きく開いた。ブレントはわたしの姿を見てうろたえる。またしてもブレントを傷つけてしまった。

「ぼくは音なんて聞かなかったけど」カーティスが言う。

「わたしも」

ブレントは戸口にたたずみ、きまり悪そうにしている。「ドアが閉まるような音だったんだけど。それにヘザーが部屋にいない」

カーティスとわたしは顔を見合わせる。心臓がまた大きく鼓動しはじめる。次から次へと波乱つづきだ。

「はいれよ」カーティスが言う。

ブレントがのろのろとはいってくると、ブランデーのにおいが鼻を突いた。一本まるまる飲んだのだろうか。そんなにおいをさせている。

　カーティスは中へはいってドアに鍵をかけたのち、パーカーを着る。「きみも着るかい、ミラ？」わたしのサーマルシャツに加え、彼のセーター二枚をほうって寄こす。

「着替えるなら、外へ出てようか」ブレントがぎくしゃくと言う。

「おかまいなく」わたしは言う。ブレントには前に見られているし、ふたりともきっとそう思っているのに、どちらもそれを口に出さないのがありがたい。

　痛めた膝がこわばっている。わたしは慎重に脚をあげて、床におろす。着替えているあいだ、ブレントは背を向けていてくれる。カーティスの服はわたしには大きいけれど、とりあえずあたたかい。

「もうこっちを向いていいよ」わたしは言う。

　ブレントが手で髪を梳く。「で、どうする？」

　カーティスは警戒しているようだ。「ヘザーを探そうと思う」

　ブレントがうなずく。

　ブレントがカーティスの指示にあっさり従ったことに、わたしは気づく。ブレントは怯えているのだ。

　そしてそのことにわたしは怯えている。それもひどく。

「武器か何かを用意するべきかな」ブレントが言う。

　わたしは息を吸いこむ。

　カーティスが一拍置いて言う。「どんな武器を考えてる？」

　わたしはカーティスがブレントを試しているのだと気づく。反応の速さを見ているのだ。ブレントがすでに武器を持っているかを。

「外には棒切れやシャベルがたくさんある」ブレントが言う。

　それにピッケルも。

ブレントの黒っぽい目がわたしの目をとらえる。

「それにピッケルも」

嘘でしょ。閉ざされたドアの向こうで、ピッケルを振りあげて待ち構えている人影が頭に浮かぶ。

食堂に飾ってあったピッケルがなくなっていることをふたりに告げようとして口を開く。でも、ブレントはまだわたしを見ている。まさかこの人がピッケルを？　それともナイフを？　推測にすぎないけれど、もしブレントが持ち去ったんだとしたら、まだこっちは気づいていないと思わせておいたほうがいい。

「部屋に何か使えそうなものは？」カーティスが言う。

「スクリュードライバーがある」ブレントが言う。

「とってきてくれ」

ブレントが部屋から出ていった。

ドアが閉まったとたん、カーティスが身を寄せて言う。「あいつを信用してる？」

わたしはためらう。ブレントの体なら隅々まで知っているけれど、ほんとうにブレントという人のことをわかっているんだろうか。しかも、十年の時を経たいま。ゆうべブレントの目によぎったあの色が忘れられない。「あなたは？」

「よくわからない」カーティスは自分のバックパックを掻きまわす。

「一階の壁に掛かってたあの時代物のピッケルのこと、覚えてる？」

「あれが何か？」

「なくなってるの」

カーティスがはっと顔をあげる。「いつから？」

「気づいたのは、夕食のとき」もっと早く知らせなかったのが、いまとなっては悔まれる。

カーティスは悪態をつくと、紫色のプラスチックの柄がついた、大ぶりなスクリュードライバーを取り出す——十年前、カーティスが貸してくれたものだ。

「ほら、これを持ってて」

「あなたはどうするの？」

「いいから、受け取ってくれ」

わたしは言われたとおりにする。

「いいかい、もし外に妹がいたら、きみは近づくな、わかったね。妹の相手はぼくに任せてくれ」

まるで悪夢だ。死人がよみがえって、こんな凝った計画を練るなんて。その目的は……ほんとうはなんなのだろう。

カーティスがドアに不安げな視線を投げる。「ブレントはもうもどってるはずだ。ぼくを信じてくれるかい、ミラ？」

「わたし――」自分でもわからない。「わたしにはあなたの話を理解するための時間が必要かも」

「これからは、いっさい隠し事をしないようにする。でも、きみもぼくを信じてほしい。いったんこのドアから出たら……」

廊下から悲鳴が聞こえた。耳をつんざく女の声。

ドアを引きあけて飛び出すと、痛む膝から力が抜けて崩れそうになる。すると、ヘザーが例のピッケルを振りまわしているのが見えた。

つまり、今回の一件を仕組んだのはヘザーだったわけだ。ヘザーとデール。

ヘザーから廊下を二、三メートル行った先にブレントが立ち、両手をあげている。その一方の手にスクリュードライバーがある。ブレントはどちらの味方なんだろう。

ヘザーがくるっと方向転換し、こっちへ向かってピッケルをふるう。古くても、まだ深刻なダメージを加えることはできるだろう。わたしはスクリュードライバーを掲げた。ピッケル対スクリュードライバー。勝ち目はない。

カーティスはいつの間にかわたしの背後にいるが、武器になるのは素手だけだ。

ヘザーはなぜこんなことを？　デールはどこにいて、

だれがナイフを持っているんだろう。後ろを振り返って廊下の先を確認したいが、ヘザーから目を離すわけにはいかない。背後にいるカーティスを信じるしかない。

　ヘザーの視線は、わたしのスクリュードライバーの先端に定められている。「さがってて！」

　ヘザーは手の関節が白くなるほど、ピッケルの柄を強く握っている。わたしがちょっとでも動いたら、ヘザーはピッケルを振りまわすだろう。

　そのとき、明かりが消える。

48　十年前

〈グロー・バー〉のステージでわたしたちが踊っていると、目の前にあるサスキアの顔が、緑やオレンジの光に照らし出されてまたたくように輝く。

　例のザ・キラーズの曲がまた流れている。この冬はよくこの歌を耳にしている。ストロボライトが、サスキアの着ている銀色のコルセット風トップスに反射する。室内の男たちの視線がサスキアに集まっているが、本人はまったく気づいていないらしい――というより、気にしていないのだろう。

　わたしとサスキアは、《ラストマン・スタンディング》ならぬ《ラストウーマン・スタンディング》のゲームをしているようなものだ。わたしはアルコールを飲んでいないので、ここまでのところは順調だ。でも、考えてみると、サスキアも飲んでいないはず。これではあすの競技に影響するほどサスキアを酔わせるのは無理だが、へとへとに疲れさせることはできるかもしれない。ゆうべわたしは早めに休んだし、冬までは仕事を三つ掛け持ってたっぷり鍛錬してきたので、ほんの三時間ほどの睡眠で動ける。サスキアの体力がそんなにもたないといいのだが。

でないと、またサスキアに負けてしまう。

踊りつづけていると、音楽が止まった。警備員に出口へ追い立てられる。サスキアとわたしは視線を交わし、通りへ足を踏み出した。

ふたりのあいだにぴりぴりとした緊張が走る。あすはお互いが最大のライバルになる。事前にサスキアを偵察しようという試みは、行き詰まってしまった。サスキアは感情をいっさい出さなかった。その一方で、わたしはふたりのうちどっちが勝つかを読めずにいる。たぶんオデットが優勝して、次にクレア・ドナヒューがつづく。クレアはきょう、パイプですごい滑りをしていた。今夜は彼女の姿を見ていない。きっと部屋にいるのだろう——抜け目のない選手だ。いずれにしても、サスキアが大失敗するか、あるいは奇跡が起こってわたしがクリップラーを成功させないかぎり、サスキアが三位にはいる。ほかの女子選手のなかには、むずかしい技を失敗している者もいた。わたし自身は四位入賞さえ危うい気がする。唯一の頼みの綱は、クリップラーに挑むこと。少なくとも、わたしがクリップラーに挑むとサスキアに思わせることだ。

わたしたちはサスキアのアパートメントまでやってきた。だれかが外にいて、郵便受けのそばにしゃがんでいる。ジュリアンだ。何をしてるんだろう。ジュリアンがわたしたちに気づいて、立ちあがる。その手に何かある——マーカーペンだ。郵便受けに記されたサスキアの名前の上に、フランス語で何か書いたらしい。

「どういう意味？」わたしは言う。

「冷感症のくそあま」サスキアが言う。

ジュリアンが小さく笑う。わたしは脇目もふらずに歩いていって、ジュリアンの腹を強打する。ジュリアンが倒れる。兄がいることがようやく役に立った。ジェイクとわたしは四六時中取っ組み合いの喧嘩をしていたので、殴るなら、せめて母のもとまで逃げられる時間を稼げるように、しっかり殴る必要があることを、幼いころに学んだのだ。

サスキアがいままでとはちがう目でわたしを見ている。「どうしてそんなことを？　あたしのこと好きでもないのに」

自分でもよくわからない。「今夜ひとりも人を殴ってないのはわたしだけだったから。仲間はずれにされた気がしてたの」

サスキアが大声で笑う。ジュリアンはまだ起きあがらない。

サスキアがドアの鍵を取り出した。しまった。サスキアを疲れさせなくてはいけないのに。さっきデールがカーティスについて言っていたことを思い出す。心理戦。わたしはそういうことをするタイプの人間ではないが、やらなければ、こそこそ家へ帰って泣く羽目になる。いまサスキアにとっていちばん思いもよらないことはなんだろう。わたしたちはよく似ているから、理屈で考えれば、わたしにとって意外なことが、彼女にとっても意外なはずだ。

友情。

「そう言えば、わたしの部屋を見たことないよね。見にこない？」

サスキアがいぶかしげにこちらを向く。「もう休んだほうがいいかも」

「どうして？　あしたのことでびびってるの？」

以前この手はわたしに効いたから、いまサスキアにも効く。サスキアはさっと顔をあげて、腕を差し出した。わたしは自分の腕をからめ、ふたりで通りを歩く。ちらっと後ろを振り返って、ジュリアンがついてきていないことをたしかめる。まだそこに伸びて、荒い息をしている。

雪が音もなく舞い降りてくる。

サスキアが空を仰いで言う。「上はもっと降りそう」

「パイプの整備をしてくれるといいけど」

「当然するでしょ」

わたしたちの足が——ナイキを履いたわたしの足と、毛皮裏のついたかわいいブーツを履いたサスキアの足が——滑って転ぶ。路面に薄く氷が張っているせいだ。ふたりでくすくす笑って、バランスをとろうと互いにしがみついた。

「だって、ごめんだもの」サスキアが言う。「ブリッツの前に足首を骨折する(ブレイク・ザ・アンクル)なんて（〝妊娠させられる〟の意味もある）」

ふたりの頭のなかにブリッツのことしかないのは明らかだ。

「あしたは降らないでほしいな」わたしは言う。「ホワイトアウトのなかでクリップラーを試す気にはなれないもの」

わたしは嘘が下手だ——兄によくそう言われた。ところが、こちらに鋭い目を向けているのに気づいて、わたしはサスキアが不安になったんだとわかった。

サスキアを促して道を渡る。「着いた」わたしは錠に鍵を差しこみ、びくびくしながらアパートメントのドアをあけた。

サスキアが中へ足を踏み入れる。「うわっ」

わたしは声をあげて笑う。「わたしもそんな声が出たわ、はじめて見たとき」

十六平方メートルの部屋で、ダブルベッドが壁から引き出されている。キッチンが——といっても小さな冷蔵庫と、古めかしいふた口の電気コンロだけだ——ドアの横の一隅にあるため、冷蔵庫のドアが開いているとバスルームにはいれない。シーズンに遅れて到着したため、せいぜいこんな物件しか見つからなかったのだ。

壁に収納し忘れていたベッドに、ふたりで腰かけた。きのうの夕食の焦げた米のにおいがまだ残っている。

こんな部屋になぜ連れてきたんだと言いたげに、サスキアがわたしを見る。

わたしは会話の糸口を探す。この人と心がふれ合ったことは、いままで一度もなかった。考えてみれば、サスキアも同じ思いだろう。仲よくするより、張り合っているほうがお互い気が楽だ。

サスキアの手首に、銀色と青緑色のチェーンが巻かれているのに気づく。これをつけているのを何度か見たことがある。「そのブレスレット、すごく素敵ね」

サスキアは気のない様子でブレスレットにちらっと目をやる。「オデットがくれたの。あげるわ」

「そんな、遠慮するわ」

でも、サスキアはブレスレットをはずす。「もらって。もう好きじゃないから」

ブレスレットのことだけを言っているわけではないと感じた。わたしはサスキアがブレスレットをベッドサイドのテーブルに置くのをただぼんやりと見ている。

枕元に脱ぎ捨てられたブレントのバートンのTシャツを見て、サスキアが目を輝かせ、淫らな笑みを浮かべてこっちを向く。「教えて。彼はベッドでうまいの?」

「オデットは?」わたしは間髪容れずに言い返す。ブレントのことを話す気はないからだ。だったらオデットのことも訊くべきではないし、もしこの場にほかのだれかがいたら訊かなかった。

サスキアの目がきらっと光る。「あなたはどうなの? うまいの、ミラ?」

神経が高ぶる。山でレースをしたときと同じで、ここでもどちらが上かを競っている。

わたしは片方の眉を吊りあげ、平静を装う。「どう思う？」

　サスキアが手を伸ばして、わたしの髪にふれた。わたしをじっと見つめているのは、動揺の気配を探しているのか——それとも、勝負を受けろと煽っているのか、どちらなのかはわからない。

「まじめな話、兄はすごく知りたがってるはず」

　その声には、まるで兄の欲望に関してはさすがに張り合えないといわんばかりの嫉妬の響きがあったが、サスキアがカーティスのことを口にしたこと自体に驚いた。このあときっと、兄のことをどう思っているかと訊いてくるだろう。よけいなことを言う前に、さっさとこのゲームを終わらせなくてはならない。最後に必殺の一撃を繰り出して、サスキアを叩きのめさなくては。

　わたしは片手で彼女の頬を包む。「そうかもね」きっと体を引くだろうと思っていたのに、そうならない。

「やってみせて」彼女がささやく。

なるほど。わたしはサスキアに動揺させられている。

　でも、それを悟られるわけにはいかない。理屈で考えられる次の手は、ひとつしか思い浮かばない。わたしは体を寄せて、彼女にキスをした。かすかにぴくりと体を引いたことで、彼女が驚いたのがわかるが、キスを返してくる。

　足元が空洞になってわたしは宙を急降下しはじめる。ジャンプが大きすぎたときに、胃がずしんと沈むような感じだ。勝負をおりると思っていたのに、むしろ彼女はこのゲームをまったく新しいレベルに引きあげた。

　わたしは女性とキスをしたことがない。こんなふうに口にするキスは。サスキアの唇はブレントの唇よりはるかにやわらかく、キスの仕方もまったくちがう。でも、サスキアはオデットと付き合っている。わたしより先に体を引くに決まっている。

でも、サスキアが何かから手を引いたことがあっただろうか。

自分の睫毛の隙間から、カーティスとそっくりのあの情熱的な青い目が、わたしを観察しているのが見える。わたしは彼女をベッドに押し倒し、激しくキスをする。彼女がわたしのスノーボードジャケットを脱がして、わたしが彼女のジャケットと、さらにセーターを脱がせる。

笑い声をあげながら、彼女はわたしの服を剝ぎ、ブラジャー一枚にする。「これ、お願い」サスキアは自分のコルセットのファスナーを指さす。

わたしは震える指で、ファスナーをおろす。彼女の細い指がわたしのむき出しのおなかをなめらかに動きまわる。彼女はどこに、どんなふうにふれたらいいか正確に知っていて、ショックなことに、どうやらわたしも彼女にどうふれるべきかわかっている――少なくとも、彼女は反応している。オデットのことは？　やましさを覚えるものの、わたしを止めるほどの力はない。

わたしは自分に言い聞かせる。これは、競争――たったいま膠着状態にある個人同士の争いと、あす人前でおこなわれる競技――で勝つためなのだ。わたしを見あげているのがカーティスの目だって不思議はないのだから、と。

真実はもっと単純なのかもしれない。冬のあいだじゅう、わたしはなぜかサスキアに惹かれていて、それでいまここに、想像したこともないほど近くにいる。サスキアの仕打ちを思えば、正気の沙汰ではないけれど、いまこの瞬間、わたしはサスキアを愛している。ほんの少しではあるけれど。

49　現在

廊下は真っ暗で、凍えるほど寒い。わたしはあらゆる感覚を研ぎ澄まし、刃が振りおろされる直前に空気が一瞬動く気配に備える。

「全員動かないで！」ヘザーが甲高い声で叫んだ。

わたしはその声のほうから遠ざかりながら、頭を守るように両手をあげる——どうすれば腕でピッケルの攻撃から身を守れるのかはわからないけれど。

背後で何か音がした。わたしは派手に飛びあがり、膝に突然痛みが走る。

「ピッケルをおろせ」カーティスの声。どうしてこんなに落ち着いて話せるんだろう。

後ろへさがってカーティスとぶつかると、スクリュードライバーを探して腕をたぐられたので、わたしはそのままドライバーを渡す。それは彼を信用しているという意味だと思う。

カーティスはわたしをまわりこんでヘザーのほうへ進む。どうするつもりだろう。

「わたしをここへ呼んだのはなぜ？」ヘザーがすすり泣く。「何が望みなの？」

声に絶望がにじんでいる。わたしは手探りで前進し、そのうちにカーティスの肩に手がふれる。ヘザーを傷つけないでほしい。「カーティス、彼女じゃないわ」

「ミラ」カーティスはわたしを止めようとする。

わたしはうまくこの場をおさめようと、カーティスを押しのける。「よせ、ミラ」カーティスが言う。

わたしはそれを聞き流す。「ヘザー？」自分の声が震えているのに気づく。「ブレントが物音を聞いて、あなたが部屋にいなかったって」

沈黙。

「ブレント?」わたしの声はやはり震えている。

「ここだ」ブレントの声が遠くから聞こえる。「スイッチをふたつ見つけたが、押しても何も起こらない。また停電してる」

左右の肩をつかまれて、わたしはまた飛びあがる。

「懐中電灯はどこ?」カーティスが耳元でささやく。

「ええと。わたしの部屋のなか。ベッドのそばの床に」

「とってくる」カーティスがわたしにふたたびスクリュードライバーを手渡す。「ここから動かないで」

カーティスが離れると同時に、背後で風が吹く。

「ヘザー?」わたしは呼びかける。「あなたはわたしたちをこわがらせてる」

返事はない。

「いまカーティスが懐中電灯をとりにいってる」わたしは言う。

しばらくのあいだ、聞こえるのはわたしたちの呼吸の音だけだ。

また背後で風が吹いて、廊下の照明がついた。カーティスはわたしの部屋の戸口に立って、マグライトを手にしている。ヘザーがピッケルをしっかり握ったまま、壁際まであとずさりした。その廊下の先にブレントがいる。

わたしは前へ足を進める。差し伸べた自分の片手が明らかに震えている。「ヘザー」

ピッケルがヘザーの手から滑って、床に落ちる。ヘザーは床にへたりこんで、大声で泣きじゃくる。

ブレントが胸に手をあてて脱力した。「ちびるほどこわかったぞ、ヘザー」

わたしはヘザーの横にしゃがもうとするが、膝が曲がらない。ヘザーのためにできるのは、震える両手をヘザーの肩に置くのが精一杯だ。

「ほら」ブレントがヘザーを立たせて、きつく抱きしめた。

「見つけたの……」すすり泣きの合間に、ヘザーが何か言おうとする。

「何を?」わたしは言う。

ヘザーは耳障りな音を立てて息を吸いこむ。「部屋を」震える指で廊下の先を示す。

「どういう部屋?」

ヘザーは激しく泣いていて口がきけない。わたしはどうしようもなくてブレントを見る。

「案内できるか」ブレントが言う。

ヘザーはこみあげる嗚咽をこらえてうなずく。ブレントがピッケルを手にとった。それからヘザーに自分の持っていたスクリュードライバーを渡す。カーティスは体をこわばらせるが、何も言わない。ヘザーを先頭に廊下を進んだ。次を行くカーティスが、懐中電灯で道を照らす。次につづくわたしは、痛みに歯を食いしばりながら足を引きずっていて、ブレントがしんがりをつとめる。


壁に映るわたしたちの影が揺れる。四つの人影。ひとつはピッケルを持っている。

懐中電灯の電池がじゅうぶんもつよう願った。ヘザーは左へ分かれる道を進み、そのままさっきわたしがヘザーを見つけたバスルームを過ぎて、その次のドアの前で立ち止まる。

前に調べたときは鍵がかかっていたはずだ。ヘザーがドアを押し開き、カーティスが懐中電灯で室内を照らすと、わたしはこの部屋を見るのははじめてだと気づく。

「くそっ」カーティスが言う。

50　十年前

　アパートメントのドアを叩く音で目が覚める。ベッドで隣に寝ているサスキアが身じろぎする。上半身は裸で、下もほぼまちがいなくわたしと同様、何も身に着けていないはずだ。

「ミラ?」

　ええっ。ブレントの声だ。わたしはあわててベッドからおりて服を探す。

　同じようにうろたえているかと思いきや、サスキアは動かない。わたしはセーターを床から拾いあげて、頭からかぶる。「服を着て」

　サスキアの目がきらっと光る。「どうして?」

「着てほしいから」

　サスキアは横になったまま、この冬幾度となく見せたいつもの微笑を浮かべている。

「ミラ!」ブレントが言う。「おーい!　小便がしたいんだ」

　サスキアが笑い声を押し殺す。

「ちょっと待って!」サスキアにブラジャーとショーツをほうって、急いで自分のジーンズを穿く。

　ブレントがドアをガタガタ揺らす。「早く」

　サスキアはまだベッドから出ていない。わたしは観念して、ドアをあけた。ブレントはスノーボードを持って、すべての装備をつけている。ボードとバックパックを絨毯におろして駆けこんできて、サスキアの姿を見てぴたりと足を止める。

　サスキアはベッドの真ん中にいて、布団の上から裸の胸が見えている。「どうも、ブレント」

　ブレントがこっちを向くが、口もきけないほど衝撃を受けている。もう一度サスキアを見てから、バスルームに飛びこむ。

「服を着て」わたしはサスキアに言う。「お願いだから」

サスキアは両腕を頭の上へ伸ばして、あくびをする。

「一分待って」

トイレで水が流され、蛇口から水がほとばしる音が聞こえる。サスキアはブレントがバスルームから出てくるのを待って、それからもう一度伸びをして、素っ裸のままベッドからおりる。

気の毒なブレントは目のやり場に困っている。サスキアは黒いレースのブラジャーとショーツを拾いあげて、見せびらかすようにして身に着ける。それを、ブレントがみずからの意に反して見ている。わたしはそれに気づいたが、責める気にはなれない。サスキアはほんとうに美しい。モデルのように痩せているわけではない――わたしより細いのはたしかだが、鍛えあげられた強さを具えている。なめらかな肌は小麦色で、これはたぶん日焼けサロンによるものだ。一方、わたしの手足はこの数か月、日差しを浴びていない。

ブレントは無理やり視線をこっちへ向けて、張りつめた声で言う。「きょうは上まで一緒に行く?」

見知らぬ他人を見るような目で、ブレントがわたしを見ている。

51　現在

カーティスの持っている懐中電灯が、琥珀色の光で室内を照らし出す。真ん中に長机がひとつ置かれていて、その両端にモニターが三台ずつ並んでいる。

「制御室だ」カーティスが言う。

　またあのにおいがする。香水のにおい。カーティスの様子をうかがうと、やはり気づいているらしい。顔から血の気が引き、壁に手をあてて体を支えている。

　部屋の奥に、マットレスがひとつあった。そこに枕がひとつと布団が二枚。鼓動が速くなってくる。ここでだれかが寝ていたのだ。でも、だれが？　戸口に目をやると、ブレントも同じことを考えていたらしく、廊下に視線を走らせている。たぶん酔っているが、よく持ちこたえている。

　カーティスは何かにとりつかれたような目で、マットレスを凝視している。

　わたしはヘザーのほうを向いて言う。「どうしてここを見つけたの？」

「さっきも言ったけど、物音を聞いて」すすり泣きをこらえる。「デールかもしれないと思って見にきたの」

「そしたらこのドアが開いてたの？　こんなふうに大きく？」

　ヘザーはうなずく。

「ピッケルをとったのはいつ？」

「きょうの午後、あなたたちがリフト小屋に行ってるあいだに。こわかったの」ヘザーの目がすばやくわたしの目をとらえ、カーティスを恐れていることを伝えてくる。「万一必要になったときのために、部屋に置いとこうと思って」

「ナイフもきみが持ち去ったのか」カーティスが言う。

「ナイフって？」

カーティスとわたしは顔を見合わせる。するとナイフはまだどこかにあるわけだ。

曲げると膝がつらいので、恐る恐る腕を伸ばして、マットに手のひらを押しあてる。「冷たい」わたしは安堵する。

「スタッフがたまにここで寝たりするのかも」ブレントが言う。

ブレントがわたしたちに言っているのか、それとも自分自身に言い聞かせているのかはわからない。たしかに、スキー場のスタッフがやむなくここに泊まることもあるだろう――たとえば、山岳救助の隊員たちが。このマットレスだけでは、サスキアかほかのだれかがいまこの建物にいるとは言えない。

「でも、だれがこのドアの鍵をあけたの？」わたしは言う。なぜなら、だれかがあけたのはまちがいないからだ。サスキアでも部外者でもないとしたら、そのだれかはわたしたちのなかにいる。デールも含めたわたしたちのなかに。

机の下に、バー用の小型冷蔵庫がある。ブレントが冷蔵庫をあけて、みんなで中をのぞく。牛乳、チーズ、ハム。調理ずみの料理がいくつか。机の上に電子レンジがある。その横に〈カルフール〉のビニール袋があって、シリアル、パン、果物がはいっている。ボウルがひとつと皿とカトラリーも添えられている。

悪寒が体を走る。「隣のドア」わたしはささやく。

「あのバスルーム。まさか……」

カーティスは我に返ったように目を見開く。そして廊下へ足を踏み出す。わたしたちもそろそろとあとにつづく。カーティスが隣の部屋の前で、ドアのレバーハンドルを懐中電灯で照らし、ふれるのを恐れるかのように躊躇する。わたしもびくびくしている。中にだれかいるんだろうか。

サスキアがいるの？

ブレントは片手にピッケルを握ったまま、ハンドルを押しさげた。ドアが開いて、カーティスが壁にぐるりと懐中電灯の光を走らせる。バスルームはがらんとしていて、魅惑的なバニラの香りがする。午後に嗅いだにおいより、はるかに薄い。みんなのあとについていこうとして、さっきこの部屋のドアがあかなくなったのを思い出す。またそうなるリスクを冒したくないので、わたしは戸口に残ってドアをあけておく。

みんなで制御室へもどった。ブレントが並んでいるモニターの前を歩いて、順にひとつずつマウスを動かしてみるが、どの画面も反応しない。「電気が来てない」

頭がすごい速さで働く。わたしたちにこの部屋を調べさせるために、だれかが故意に鍵をあけておいたのか。それともただの偶然なのか。

「物音を聞いたってヘザーは言ってた」わたしは言う。「だれかがこのあたりをうろうろしてたところにヘザーがやってきて、それで急いで出ていったのかもしれないわね」

「それもおれたちがコンピューターを使えないように電力を断って」ブレントが話をしめくくる。「考えられるな」

「それで、そのあとはどこに？」わたしは言う。

「隠れる部屋ならいくらでも——」カーティスが途中でことばを切る。「これは？」

かすかに音楽が聞こえた。どこから流れてくるんだろう。

カーティスがブレントのほうを向く。「ピッケルを貸してくれ」

ブレントは一瞬ためらうものの手渡す。

カーティスが部屋から飛び出していった。暗闇に残されたわたしたちも、やむをえずあとを追う。角を曲がったあたりで音量が大きくなる。ああ、これは。知っている曲だ。サスキアが好きだった歌だ。ザ・キラーズの《サムバディ・トールド・ミー》。ヘザーもそれに気づいたらしく、はっと息を呑む。

ファンクションルームへとのぼる階段に着くと、また香水のにおいがした。恐怖が胸にたまってゆく。音楽は上から聞こえてくるようだ。

カーティスが一段飛ばしで階段をあがり、ブレントがすぐそのあとにつづく。わたしは口がからからに渇いているが、ヘザーの後ろから必死にのぼっていく。何を見つけることになるんだろう――ほんとうにサスキアなんだろうか。もしそうだったら、カーティスはどうする気だろう。階段のてっぺんに着いたカーティスが防火扉を押しあけ、中へはいったあと扉が閉まって、わたしたちはまた暗闇に残される。けれどもブレントが扉を蹴りあけ、ヘザーとわたしが追いつくまで扉を支えていてくれる。

ファンクションルームでは、音楽は耳をつんざくほど大きく、香水のにおいはこれまでにないほど強い。カーティスがローテーブルの前に立っている。懐中電灯の光に照らされているのは、小さなCDラジカセだ。コンセントがつながっていないので、電池で動いているのだろう。

わたしは室内にざっと目を走らせ、薄暗い隅を見やる。この部屋にいるのは、わたしたちだけだ。

ヘザーは両手で耳をふさいでいる。「この音、止めて！」

カーティスがピッケルを振りあげる。

「やめて！」わたしは叫ぶ。

こっちを向いたカーティスの顔は、懐中電灯の光を受けて悪魔のようだ。わたしは足を引きずりながら前に出て、ラジカセの停止ボタンを押す。音楽がやむ。取り出し口をあけて、何かわかるかもしれないと考えてCDを手にとったが、ディスクには何も書かれていない。もう一度ラジカセに入れて、ほかに何か録音されていないか調べるが、ディスクにあるのは一曲だけだ。

ラジカセを見るのは何年ぶりだろう。そもそもまだ市販されているんだろうか。懐中電灯の電池が心もとないのを思い出して、ラジカセの電池ボックスを見てみるが、懐中電灯には型が大きすぎて使えない。

カーティスがヘザーとブレントを押しのけて部屋から出た。わたしたちもそのあとについて廊下を進む。カーティスはドアの――トイレ、掃除道具入れのドアの――前を通るたびに押しあけ、やがて押しても開かないドアの前で足を止める。

「持ってて」わたしに懐中電灯を預ける。

何をするつもりなのかこちらが気づく前に、カーティスはピッケルを両手で握り、ドアへ振りおろした。六回ほど叩きつけると、向こうが見えるくらいの大きさの穴があく。カーティスはわたしから懐中電灯を奪い返して、その穴を照らす。そしてぶつぶつ言いながら、また懐中電灯を寄こす。刻々と光が弱くなっているけれど、わたしはあえてそれを口には出さない。

カーティスは肩で息をしていて、額には汗が光っている。わたしは手を伸ばしてカーティスにふれようとするが、考えなおす。カーティスは次のドアのハンドルを押してみて、それからピッケルをドアに打ちつける。そのドアとさらにまた隣のドアを壊して進むあいだ、わたしたちは後ろに控えている。

懐中電灯はいまにも消えそうだし、脚は痛むし、立ったまま眠れそうなくらいへとへとだ。わたしが疲れているなら……カーティスはまたピッケルを振りあげて、ドアではなくて空（くう）を切り、よろけてしまう。

わたしは用心深くカーティスの肩に手をふれる。

「もうじゅうぶん」

カーティスが戸板に額を預け、ピッケルが床に落ちた。

「ねえ」わたしは言う。「鍵のかかってるドアをひとつひとつ叩き壊してまわったら、ひと晩かかるわ。わたしたちにいまできることは、自分の部屋にはいって鍵をかけ、少し眠ることだけ。あした夜が明けたらすぐ、ここから出よう」

カーティスは無言で暗い廊下を引き返し、階段をおりる。わたしが手を出す間もなくブレントがピッケルを拾いあげたので、わたしは道を照らしながら、足を引きずってカーティスの後ろを歩く。

カーティスは自分の部屋まで来ると、ドアを大きく開いて言う。「きみはここだ、ミラ」

質問ではない。わたしはゆっくりと中へはいり、それから振り返ってヘザーを見た。「いまはヘザーをひとりにしないほうがいいと思う」

「おれが付き添う」ブレントが言う。

わたしは横目でカーティスを見る。夜のあいだにデールが現れて、ふたりが一緒にいるのを見たらどうなるだろう。

それともブレントは、デールがもう現れないと重々承知しているんだろうか。わたしはブレントの手に握られているピッケルに目をやる。

「決まりだ」中へはいると、カーティスはドアを閉めて鍵をかけ、戸板に背を預けてたたずむ。その目に浮かんでいるのは、罪悪感、落胆、苦悩だ。カーティスはそういうものを一身に引き受け、ここにわたしたちを呼び集めた自分を責めている。特にわたしをここに呼び出したことを。わたしは手を差し伸べて、重荷を取り除いてあげたいと思うが、カーティスが歯を食いしばっているので、手を出すのをためらう。彼が冷静になる時間をとれるよう、少し待つことにする。

数分が過ぎた。ようやくカーティスが目をあげる。

「どこで寝る？」部屋の奥にあるベッドを身ぶりで示す。「あっち？　それとも一緒に寝るかい？」

不意に、外の世界が存在しなくなる。世界にはわたしと彼だけ。裏切られた彼の苦しみがまたじわじわ伝わってくるが、答えは簡単だ。「あなたと一緒に」

カーティスはしばし考えたのち、二枚の細長いマットレスをベッドの木枠から床におろした。ふたつ並べると、部屋の横幅いっぱいになる。

カーティスがわたしを見る。「たぶん少し寝たほうがいい」

わたしは彼に近づいていく。「あなたに手をふれるなってこと？」

今夜はじめて、彼の顔に笑みがよぎる。「かもね」

「あなたの指示は受けないって、いい加減わかって」

彼の顔に微笑がふたたび現れる。「いや、わかってるさ」わたしの手から懐中電灯をとって、点灯したまま部屋の隅の床に置く。「横になろう」

わたしはスノーボードジャケットを脱いで、マットレスの上でくつろぐ。

カーティスもジャケットを脱ぎ、わたしの隣に体を沈める。布団を体にかけてから、懐中電灯を消す。

「電池の節約だ」

わたしは暗闇に手を伸ばして、彼の顔にふれる。

「ミラ」

「何？」

彼の声が生々しい。「きみにはこんなぼくは必要ない」

わたしは彼の体を手探りして、片方ずつ彼の手を握り、両手を頭の上へあげさせて、以前わたしを組み敷いたときと同じように押しつけた。彼を刺激するためだ。それがいま彼の心に届く唯一の明らかな方法だから。カーティスは押さえつけられたままでいるような人じゃない。応えた彼に、自分がついていけるといいのだけれど。

「これは警告だ、ミラ」

それを無視して、わたしは片手で彼を押さえたまま、あいているほうの手を滑らせて胸からウェストバンドまでおろし、重ね着された服の下へ、なめらかなむき出しの肌にふれる。

暗闇に彼の息遣いが響く。しばらく彼は応えない。そのうち、わたしの希望どおりに、彼が両手を振りほどいて、わたしを仰向けにする。

「キスして」わたしはささやく。

沈黙。「まだ頭が混乱してる」

「わかってる。わたしも同じよ」指先で彼の唇をなぞる。「いいから、キスして」

52　十年前

サスキアのやわらかい唇がわたしの唇をかすめる。わたしはサスキアの肩の上から、ブレントの怯えきった表情をとらえ、さっと体を離す。

「ゆうべはありがとう」サスキアが言う。

「理解できないんだけど」ブレントが言う。「きみら、付き合ってるの？」

「ちがう」わたしは言う。

「そうよ」サスキアが言う。

ブレントがスノーボードをつかんで言う。「上で会おう、ミラ」

「待って！」わたしは叫ぶ。

けれどもブレントは振り返りもせずに行ってしまう。

サスキアがにやにや笑う。「あらら」

ゆうべはサスキアを愛していたのかもしれないが、またきらいにもどっている。こんなところをブレントに見られるだけでもひどいのに、たったいまサスキアがそれを何百倍にも悪化させた――しかも、サスキアはわかってやっている。

サスキアの顔からあの勝ち誇った表情を消し去ってやりたい。「ゆうべあなたがわたしと何をしたか、オデットに話すわ」

どういう反応をするかと思い、様子をうかがうと、サスキアの顔に見てとれるのは好奇心だけだ。ゆうべのことがわたしにとってどんな意味を持っているのか、あるいはオデットに話す勇気がほんとうにあるのか、考えているのだろう。

いや、そんな生やさしいものじゃない。

サスキアはわたしがオデットに話すのを望んでいる。ブリッツ直前に火遊びを切りあげて、オデットに勝つチャンスを得るつもりなのだ。わたしは一瞬、壁に手をつかずにはいられない。ゆうべのことは、サスキアにはなんの意味もなかった。ほかのだれにでもするように、わたしを弄んだだけだ。

「ヘザーとジュリアンの言うとおり」わたしは言う。「あなたは自分さえよければ、ほかの人のことはどうでもいい、浅はかで自分勝手な人」

なおもにやにやしながら、サスキアが身をくねらせてジーンズを穿く。

わたしは彼女に背中を向ける。ヘザーとデール。カーティスとブレント。ジャシンタ。サスキアはわたしたち全員を傷つけた。それなのになんの咎めもないなんて許せない。でも、やはりまた逃げおおせるのだろう。いつものように。

気づくと、わたしは知らず知らずのうちにコーヒーを淹れていた。背後でサスキアが着替えをつづけている。こんなことをしてはいけない。でも、やらずにはいられない。

サスキアにコーヒーを手渡して、飲み終わるまで待って言う。

「首の骨でも折るといいのに」

サスキアの笑みが消えた。青い目に何かがさっとよぎる。サスキアはスノーボードのジャケットのファスナーをあげて、ドアへ向かう。

ついにサスキアを怒らせることができたのだろうか。よくわからない。あんなに親密な時間を過ごしたのに、サスキアを理解するには程遠い。

ケーブルカーに乗っても、まだ心臓がどきどきしている。あんなことをするべきじゃなかった。これほどの大きな競技会の前なのだから。さすがにやりすぎた。うわっ、まいった。オデットは、いまだれより会いたくない相手だ。オデットが前に歩み出てわたしの両頬にキスしたとき、わたしは身をすくめた。わたしから自分のガールフレンドの香りがしていることに、オデットは気づくだろうか。

「サスキアを見かけた?」オデットが言う。

わたしは息を呑む。「いいえ」

「わたしの部屋で朝食をとることになってたんだけど」オデットは心配そうな顔をしている。ゆうべオデットがどんなふうに〈グロー・バー〉から飛び出していったのか、そのときの記憶がよみがえったが、喧嘩の理由はわからない。

オデットの頭の向こうに、ケーブルカーの順番待ちの列が見える。あのなかにサスキアもいるんだろうか。何があろうと、オデットが見つけるより先にサスキアに会って、今朝言ったことは本気じゃなかったと伝えなくてはならない。ゆうべ一緒に過ごしたことを、オデットに知られてはいけない。オデットはとんでもなく傷つくだろう。

「なんだか、やけにそわそわしてるのね」オデットが言う。

頬がほてる。いつもオデットの灰色の目は、だれも気づかないことを感じとるようだ。

オデットはわたしを窓辺へ誘う。「いいからもう話さないで。山を見て、集中を高めるの。競技会の前はいつもそうしてる」

きのう、わたしはまちがっていた。オデットはサスキアと似ていない。イギリスの競技会に乗りこむことに、ばつの悪さを感じているのだとわかる。本人が言ったとおり、ただポイントが必要だから出場を決めたのだろう。

途中駅で、わたしたちはパイプまで高原を歩く。サスキアの姿がないばかりか、ほかのみんなの姿がないのはおかしい。わたしはオデットとともに受付をすませて、ビブスをとりにいく。イギリスの国旗がフランスの国旗と並んではためいている。

「ウォーミングアップをしよう」オデットが言う。

わたしは集中できない。みんなはどこ？　早く来ないと、ウォーミングアップの時間がなくなってしまう。ブレントの場合、遅れたりしたら、スポンサーと大揉めになる。鮮やかなオレンジ色のジャケットを着たスマッシュガールズたちが大挙して押し寄せ、栄養ドリンクの缶を受けとってくれる人全員に配っている。オデットはリフト小屋の横に掛けられている時計にひっきりなしに目をやり、わたしと同じくらいとまどっているのがわかる。

第一組が召集される直前、カーティスがパイプの上に姿を現した。ボードをつけている――氷河から滑っておりてきたのだろう。オデットとわたしはあわてて駆けつける。

「ほかのみんなは？」わたしは言う。

カーティスが周囲を見まわす。「ブレントは来てないのか」

「まだなの」

カーティスは何かに気をとられているようだ。「ブレントは氷河にいた。こっちへ向かうって言ってたんだが。ヘザーも一緒だった」

「ヘザーが？」わたしは言う。

「サスキアもそっちにいた？」オデットが尋ねる。

「たぶん」カーティスが視線をそらす。「でも、ぼくは見なかった」

また罪悪感に襲われる。サスキアが上へ行ったとしたら、理由はひとつ。パウダースノーでクリップラーを試すためだ。きのうわたしがついた嘘を受けて、最後のあがきをしようというのだろう。

どうしてブレントはサスキアと上までのぼることになったのか。デールのときと同じように、ブレントにもお金を払って練習の補助を頼んだのだろうか。でも、今朝ああいうことがあった以上、たとえお金をもらっても、ブレントがサスキアの手伝いをするとは考えにくい。わたしへの復讐のつもりでないかぎり。でも、ブレントはそんな人ではないはずだ。

それに、なぜヘザーまで上へ？　氷河へ行くことなんてないのに。

「デールは？」わたしは言う。

「病院にいる」カーティスが言う。

「どうしたの？」

「ゆうべの喧嘩で、腕が折れたんだ。ヘザーによると、ひどい骨折で、今朝は専門医の診療待ちをしてるらしい」

「大変なことになったわね」だとしたら、デールのシーズンはおしまいだ──それに、おそらく一部の、悪くするとすべてのスポンサーとの契約も。

「ブレント・バクシに緊急呼び出し！」実況アナウンサーが言う。「もしブレントが来ていたら、受付をすませてビブスをとりにきてください」

わたしはあたりを見まわす。パイプの下にいる群衆がしんとなって、きょろきょろとブレントの姿を探す。

いったいどこにいるんだろう？

「カーティス・スパークスとデール・ハーンもまだ受付がすんでいません」

わたしはカーティスを肘でつつく。「受付をすませたほうがいいわ」

カーティスはわたしの話を聞いていないようだ。遠くを見つめている。わたしのいる場所からは掛け時計が見えないため、だれかに時間を訊こうと周囲を見まわしたところ、クレア・ドナヒューがいた。カシオのステッカーを貼ったボードとヘルメットを持っている。

「何時かわかる？」わたしは言う。

クレアは手袋の端を折り返して、銀色のベビーGを露出させる。「九時半」

「ありがとう」わたしの出番まであと三十分。わたしはカーティスに向きなおる。「競技会に出るんでしょ？」

カーティスはジャケットのファスナーを少しさげ、中に手を入れて自分の肩にふれた。そして痛みに顔をしかめながら、受付の男に話をしにいく。

そしてもどってくるが、ビブスを持っていない。

「出場しないの？」わたしは言う。

「ああ」

わたしは驚いてカーティスを見る。「ゆうべの警備員のせい？」

「とどめを刺したのはそうだけど、その前から肩の調子が悪かったんだ」

きのう雪山の競争でわたしを止めたときのことを思い出して、罪悪感の波に襲われる。「ああ、ほんとにごめんなさい」

「別にこの世の終わりってわけじゃない」

けれどもその表情は、世の終わりであることを物語っている。

ひどい動揺ぶりを見ると、どうやらまた妹が何かしたようだ。カーティスは氷河をじっと見あげる。雲が流れ、目の前の山に紫色の痣がひろがるにつれ、スロープの上へと影が伸びていく。あっちで何があったんだろう。

53　現在

わたしは背後のマットレスを軽く叩く。カーティスがいない。上体を起こすと、焼けるような痛みが膝を刺す。わたしは悲鳴を呑みこむ。

「おはよう」

窓のそばにカーティスがいた。ああ、よかった。

でも、浮かない顔をしている。「雲が近づいてる」

「雪雲？」

「完全に嵐だな」

立ちあがり、バランスを崩してよろけたせいで、さらに脚の痛みがひどくなる。

すぐにカーティスが飛んできて支えてくれる。「だいじょうぶか」

「ええ」

わたしの耳に口を押しあてる。「ここでなければ、まだきみとベッドにいるのに」彼のキスはやさしいが、ゆうべはちがった。わたしの体のあらゆる部分が彼の圧力を覚えている。

カーティスが目には後悔の色をたたえて、体を離す。

「膝の具合は?」

わたしはサーマルパンツの裾をまくりあげて、膝を見せる。

「ひどいな」

わたしの膝は、いつもの一・五倍の幅に腫れあがっている。

「曲げられる?」

慎重に曲げてみる。やっぱり痛む。「イブプロフェンをとってもらえる? しまった。二錠しか残ってない。ね、まだある?」

「いや」彼がしょんぼりと言う。「すまない」

「ブレントが持ってきてるかも」

カーティスは片方の眉をあげる。たしかに、ブレントは救急箱を持ってくるタイプではない。わたしは錠剤を服みくだす。これで少しは痛みが軽くなるはずだが、その効き目も六時間ほどで切れてしまう。

カーティスはスノーボードの装備をすでに身に着けている。

わたしはよたよた窓まで行く。カーティスの言うとおりだ。雲が迫ってくる。「自分の部屋から服をとってこないと」

「一緒に行くよ」カーティスが言う。

スクリュードライバーを手に持って、カーティスがドアをあけ、ふたりで意を決して廊下へ出た。わたしの部屋は、一見するかぎり、出ていったときのままだ。わたしはサーマルウェアの上に、スノーボードジャケットとパンツを着る。それから足にできた水ぶくれを見ないようにしながら靴下を履く。空腹でおなかが鳴る。

「いますぐコーヒーが飲みたい」わたしは言う。

「電気がもどってる」

「ほんと?」

カーティスが明かりをつけてみせる。

「なぜまた……」

「敵にも電気が必要だったか、それともわれわれを弄んでいるのか」

ふたりで顔を見合わせる。サスキアは人をからかうのが大好きだった。

全神経を集中して、膝の痛みを忘れようとする。

「それで、どうするつもり?」

そこがカーティスのいいところだ。きっと計画を立てているはずだとわたしにはわかる。

「みんなでデールを探す。ただし早急に。もしひと晩じゅう外にいたんだとしたら……」

「そうね」

「それから、きみが歩いておりられるかどうかを見きわめる。もし無理なら、ふた手に分かれてもいい。ふたりが下へおりて、あとのふたりは、おりた者がリフトを動かすのを待つ」

その案には明らかに難がある。おそらくわたしとヘザーをここに残して、カーティスとブレントがおりるしかないが、ヘザーとデールがこの件に関与しているかどうか、まだ確信が持てない。

「あるいは、ぼくがひとりでおりてもいい」カーティスが付け加える。

「いいえ、それはだめ」こういう地形を滑るときは、バディが要る。なぜならあらゆる危険がともなうからだ。クレバス、雪崩、崖。雪で覆われた地面のあちこちに、尖った岩が突き出しているが、吹雪が来たら何も見えなくなる。おまけに、外にだれが潜んでいるかもわからない。もしカーティスがトラブルに見舞われても、だれにも気づいてもらえない。

わたしはスノーボードパンツの上に膝のサポーターをつける。「歩けるから」

「とりあえず捜索はぼくとブレントに任せてくれ」

「いいえ。わたしも一緒に行く」

「わかった」カーティスはほっとしたようだ。「でも、急がないと。嵐に遭って途中で立ち往生したくないからね」

わたしは痛めた膝をできるだけ曲げないようにしながら、スノーボードブーツに足をゆっくりと差し入れる。中敷きが湿っていて氷のようだが――ゆうべ火のそばに置いておくべきだった――ひとまず、冷たいのに気をとられて、水ぶくれのことを忘れていられる。ハーネスをつけて、ゴーグルを額にかける。ビーコンはジャケットのポケットに入れっぱなしになっている。

廊下に出て、カーティスがヘザーの部屋のドアをノックした。「おーい、来たぞ」

ブレントがドアをあける。髪がぼさぼさに立っていて、目のまわりに隈ができている。

「少しは眠れたのか」カーティスが言う。

ブレントは顔をしかめる。「〝スマッシュがあったら飲む〟って言えばわかるか」

「スマッシュって二年ほど前につぶれたんじゃなかった?」わたしは言う。

「だな」ブレントが言う。「もう少しましな味にすればよかったのに」

「ヘザーの様子は?」カーティスが言う。

ブレントがドアを大きく開いた。きのうカーティスがしたように、この部屋のマットレスも移動されていた――床におろしてふたつ並べて置かれている。ヘザーは手前のマットレスに体を丸めて、悲嘆に暮れ、苦渋に満ちた顔をして両手で布団をつかんでいる。ブレントはヘザーを守れるようこんなふうにマットレスを並べたんだろうか。わたしは心を打たれる――とはいえ、意外ではない。ブレントはほんとうにやさしい人だ。それにヘザーに対する愛情は、夫のデールより深いくらいかもしれない。

ヘザーが目をあける。そして目の前にいるのがわたしたちだけだと見てとると、ふたたび目を閉じる。それから反対側へ寝返りを打つ。

カーティスが身ぶりでブレントを廊下へ誘う。「ヘザーはちゃんと寝たのか」

ブレントは声を落とす。「いや、混乱してて」目元をこする。「で、どんな計画なんだ？」

「嵐が近づいてる。さっさとデールを探して、ここから脱出しよう」カーティスがわたしを横目で見る。

「あの膝で耐えられるとミラが言うなら」

「だいじょうぶ」わたしは言う。

ブレントは半信半疑だ。「けっこう距離があるぞ。それに、ヘザーはどうする？」

カーティスとわたしは顔を見合わせる。ああ、また振り出しだ。ヘザーがデールのボードを使う手もあるけれど、そんなに簡単な話ではない。

ブレントが照明のスイッチを試す。「電気が通ってる。コンピューターがどうなってるか見てみるよ」

「パスワードが必要だぞ」カーティスが言う。

「試す価値はある」ブレントが言う。「もし侵入できたら、スキー場にメールを送って、リフトを動かせるようにしてもらおう」

「ひとりでそこまでおりるのは危険すぎる」わたしは言う。「ばらばらになっちゃだめ。それに、ヘザーをここにひとりで置いていくわけにはいかない」

「一緒に連れてくよ」ブレントが言う。「ピッケルも」

カーティスがうなずく。「わかった。ぼくらもあとで合流する。でも、気をつけろよ、いいな」

カーティスとわたしはボードを持ちあげる。カーティスは片手にスクリュードライバーを、もう一方の手にボードを持って、階段をおりるわたしを助けてくれた。

「何か食べよう」カーティスはわたしを食堂へ導く。

「ここにすわって。何がいい？」

　わたしは抗議しようと口を開くが、ため息をついて言う。「わかった」五分以上まっすぐ立っていられないのに、早くも膝の腫れがひどくなっていることを思うと、長い移動に備えて膝を休ませる必要がある。

「なんでもいいから、早くできるものを」

　雄鹿が不気味な目で脅すように食堂に目を注いでいる。わたしはその視線に耐えられない。気持ちが落ち着くように、足を引きずって暖炉の前まで移動した。近くで見ると、左右の目が合っていない。片方の目は光沢のある暗褐色なのに、もう一方の目は黒くて、まるで一度壊れたものを下手に修復したかのようだ。わたしは木の台座の両端をつかんだ。よし、動く。台座の裏面から何か線が出ている。ケーブル。雄鹿の左目の高さとほぼ同じだ。


　またしても、足元の床板が揺れ動く。わたしは艶やかな黒い目をのぞきこんだ。あれはなんだろう。

54　十年前

オデットがライムグリーンのハーフパイプ用手袋をはめた指を落ち着きなくねじったりからませたりしている。「この冬ずっと、このために練習してきたのに。どこにいるんだろう」

オデットはサスキアがいないのが心配でたまらず、信じがたいことに最後の一本のスコアは九・四だった。こっちをじっと見る目からして、もっと知っていることがあるのに隠しているんじゃないかと思っているようだ。でも、わたしが何をしたか、オデットが知っているはずがない。

サスキアが来なかったことがわたしには信じられない。今朝はやりすぎてしまった。わたしのアパートメントを出てからサスキアがどうしていたのかを考える。カーティスが脇の雪だまりに腰かけていて、オデットがまたカーティスのところへ話を聞きにいった。

ブレントもまだ来ていない。どうしたんだろう。わたしのせいだから、ほうっておけない。

目の前で男子準決勝戦がおこなわれているのに、何も目にはいらない。オデットが首を横に振りながら駆けもどってくる。

「女子決勝戦に出場する選手は、パイプの上までお越しください！」実況の男性アナウンサーの口調は、朝食にスマッシュを何缶も飲んだ――あるいは競馬を観てアナウンス技術を学んだ――かのようだ。**「クレア・ドナヒューは赤、オデット・ゴーリンは緑、ミラ・アンダーソンは青――」**

どうやって決勝まで進んだのか、記憶がない。わたしはいま自動操縦で動いている。

「クリップラーに挑むつもり？」オデットが訊く。

　ほかの四人の女子選手がこっちを見る。

「たぶん」わたしは言う。

　オデットはゲレンデを見あげて、なおサスキアの姿を探している。「ほんとはここにいるはずなのに。ミラ、何か知らない？　知ってるなら教えて、お願い」

　ブレントとサスキアは口外しないと信じていいんだろうか。ブレントはだいじょうぶそうだが、サスキアはそうでもない。オデットにはせめて、今朝サスキアを見たと話したほうがいいのでは？　あとで事実を知ったら、よけいに怪しまれる。わたしは口を開いて話しはじめた。「ゆうべね」

「**オデット・ゴーリン！**」アナウンサーが大声で言う。

　うわっ。最悪のタイミング。いや、考えようによってはタイミングがいいのか。オデットの質問に答えずにすんだのだから。

「何？」オデットが言う。

「あとで話すよ」わたしは言う。

「なんの話？」

　オデットは気になって仕方がないという顔だ。言うんじゃなかった。「さあ、行って」

　オデットはしぶしぶ向きを変えて、バインディングを確認する。雑念を振り払おうとするように首を横に振る。それからドロップイン。

「**きれいなテールグラブ！**」一発目をおりると同時に、アナウンサーが叫ぶ。「**しっかり着地！**」

　反対側の壁へとスピードをあげ、上昇して回転し、逆さになる。

　そしてパイプのリップをとらえる。顔面で。

　わたしと大半の観客が一斉に息を呑む。でも、最悪なのはこのあとだ。まだ体のほうが頭より上にあって、まずい方向へ傾いている。

　目をそむけたくなる。この先何が起こるかわかっているのに、こぶしを握りしめてただじっとしていることしかできない。そのときオデットの白い首がありえない角度で後ろへ曲がった。その体は恐ろしい宙返りのような動きをしたのち、パイプの壁をずり落ちて止まる。

「ああああっ！　オデット・ゴーリン、激しく転倒！」

アナウンサーが絶叫する。

55　現在

カーティスが片手にバナナの房を持って食堂にはいってくる。「当面はこれで間に合うかな」

わたしは唇に指をあてる。カーティスは雄鹿の頭を見て、眉をひそめる。わたしは声を出さずに、細いケーブルが壁の羽目板の隙間に沿って下へ延び、炉棚の上を渡ったのち、幅木の上の電源ソケットまでつながっているのを示す。

「カメラかな？」なぜか声をひそめずにいられないのが滑稽だ。監視している人間がいるなら、カメラを取り除く姿も見られてしまうはずだ。

「おそらく」

「音も拾ってる？」

「その可能性は高い」カーティスは見るからに壁からはずしたそうに剝製の台座に手をかけているが、結局はそのままにして、わたしを連れて入口のほうへ行く。

わたしは体を寄せて言う。「ふつうの監視カメラなら、あんなふうに隠したりしない」

「そうだな」

「ほかにもあると思う?」

カーティスは目をつむる。「あちこちにあるかもしれない。ノートパソコンでも電話でもなんでもいいが、とにかくそういうものから監視映像を見られる」

「でも、なんのために?」

「その問いに対する答えはまだ出てない。だが、相手が電気を復旧させたわけはなんとなくわかる。電池はおそらくあと二時間ほどしかもたない」ボードを持ちあげる。「行こう。早く捜索を終えればそのぶん、ここから早く出ていける」

「ブレントに知らせる?」

カーティスは唇を嚙む。

「ブレントも知っているべきだと思うわ」たとえカーティスがブレントを信じていなくても、わたしは信じる。知らせるべきだと思う。

カーティスがわたしにバナナを寄こす。「ここで待っててくれ。すぐにもどる」脇にボードを抱えて走り去った。

わたしはバナナの皮を剝きながら廊下を進み、スキーロッカーを過ぎて、正面玄関まで来る。建物のこちら側では、天候がどんな影響を及ぼしているのかを見たい。

窓ガラスの内側がびっしり霜に覆われている。わたしはボードとバナナを置いて、ポケットから手袋を取り出す。

カーティスがこっちへ駆けてくる。「待ってろって言っただろ。どうしてぼくの言うことに耳を貸そうとしないんだ」

「きっと追いつくってわかってたから」わたしは言う。

カーティスの顔が赤くなる。「みんなで無事に脱出しようとしてるんだ。ぼくの言うことを聞くのかどうか、確認させてくれ」

「あなたが〝飛べ〟って言ったら、わたしは飛ぶ。そういうことを望んでるの？」こんなやりとりをするのにふさわしいときでも、ふさわしい場所でもないけれど、言わずにはいられない。

カーティスの顎の筋肉がひきつる。「ああそうだ。まあ、ときには」

「じゃあもしわたしがあなたに飛べ、って言ったらどうする？　あなたは飛ぶ？」

そのとき浮かんだ表情からして、逆の場合もあるとは考えたこともなかったようだ。「わかったよ」カーティスの声がさっきよりやさしい。

わたしはバナナをカーティスに差し出す。「自分の目で見るまで信じないわ」

わたしたちはバナナに齧りつきながら見つめ合う。食べ終えると、わたしはバナナの皮をスキーロッカーの上へほうり、スノーボードパンツで両手をぬぐって、カーティスの頬にキスをする。カーティスはわたしの手をとり、しっかりとキスをする。互いに照れくさい顔をして体を離す。わたしたちのはじめての喧嘩だ。

雪崩ビーコンと手袋を身に着ける。デールのビーコンはオークリーのオレンジ色のゴーグルと並べて床に置かれたままだ。わたしはそっちを見ないようにする。

カーティスがスクリュードライバーを構えて、ドアをあけた。吹きつける冷たい風が、わたしたちを拒むかのように中へ押しもどす。体を前傾させて外へ足を踏み出す。

壮大なディアブル氷河が目の前にひろがっている。白黒の景色のなかで、色彩を帯びているのは、カーティスとわたしだけだ。自分が無防備に思え、またスクリュードライバーの握り方から察するに、カーティスも同じ思いらしい。

スノーボードは平地の移動にはなんの役にも立たないので、よく見えるように壁に立てかけておく。

「さっとまわってみよう」カーティスが話すたびに、息が白い雲になる。「離れないでついてきて」

雪をさくさくと踏みながら、カーティスについて斜面をのぼる。空気が格別に冷たい。わたしはフードを引きあげて襟で顎を覆うようにした。捜索しても無駄な気がする。デールがひと晩じゅうここにいたのなら、何時間も前に凍死しているだろう。

「風がえらく強くなってきた」カーティスが叫ぶと同時に、また別の強風が横から襲ってくる。

空はどんよりと曇り、太陽は燃える白い球となって、雲の下まで光を届けようと戦いを挑んでいる。負け戦だ——黒い雲のかたまりが東から迫ってきている。じきに雪が降りだすはずだ。頬にふれる湿気でわかる。

雪上車を停めてあるガレージまで行って、車のドアがあかないか順に試してみるが、すべて施錠されている。納屋も同じだ。感覚が研ぎ澄まされる。デールは外にいるんだろうか。だれかほかにも人が？　背後を見るが、だれもいない。

膝がずきずき痛む。風で雪の表層が吹き飛ばされて、どこを踏めばいいのか判断しにくい。

カーティスがスピードを落とした。

「口数が少ないのね」わたしは言う。

カーティスが立ち止まって、振り向く。「なぜゆうべぼくの部屋へ来たんだ？　十年前は来なかったのに」

どうしよう。でも、カーティスには訊く権利がある。わたしはなんとかことばを探す。「当時、あなたのことを大事に思ってたの……」ああもう、うまくことばにならない。

「きみの気持ちはわかってた」彼が言う。「ぼくも同じ気持ちだったんだ」

わたしは深呼吸をする。「あなたとの関係を、思いのままスノーボードをする生活のなかに加えられなかったの」

カーティスはわたしのことばを信じる。「なるほど」

「あなたは？」

一瞬、風のうなりだけしか聞こえなくなる。「わからない。考える機会がなかったから」

喉が締めつけられる。

「いまはどうなんだ？」彼が言う。「ぼくを、きみの人生に加えられる？」

わたしはごくりと唾を呑む。「そうなるといいと思ってる。あなたはわたしを、自分の人生に加えられる？」

カーティスがゴーグルをあげて、わたしを視線で圧倒する。「ああ」

もしこれほど寒くなかったら、わたしは赤面していただろう。わたしもカーティスも思わず微笑む。

カーティスがまたゴーグルをおろして、そっけなく言う。「さっさと進めよう」

斜面をのぼっていく。サスキアとのことを話すべきだが、どう言えばいいんだろう。愚行が転じてサスキアを痛い目に遭わせようとしたのがはじまりだったことを。それがどうしてとんでもないことになってしまったのかを、少なくとも自分のために明らかにしておく必要がある。何年もさんざん考え、いまもまだ納得できないでいるのだから。

それまでサスキアのような人に会ったことがなかったし、おそらく今後もない。そう、サスキアには悪いところがたくさんあったけれど、すばらしいところもたくさんあった。あの不敵さと大胆さ。サスキアは人に好かれようとしない。彼女の特にそういうところにわたしは惹かれた。わたしはサスキアのことを愛してさえいた。考えようによっては。

それが、あれほどのことをするにいたった理由だったんだろうか。それとも純粋に肉体的なものだったのか。アスリートは肉体を追いこむのを好み、新しいことに挑んでどんな感じなのかを試すのが好きだ。何かを気持ちいいと感じたら、それをやりつづける。そしてサスキアといると気持ちがよかったのだ。そのサスキアの兄に向かって、ほんとうにそんな話ができるだろうか。

「クレバスだ」カーティスの声がわたしをいまへ引きもどした。

わたしたちは注意深く歩を進める。山々の頂の黒っぽい岩肌が、人には知りえぬ何かを知るかのようにこちらを見おろしている。何を見ることになるかと身構えながら、わたしは最初に見つけた氷の割れ目をのぞきこむ。何もない。ほっと息を吐き出すと、カーティスも息を吐く音が聞こえた。

もと来た斜面をおりて、右手へ進み、崖に沿って上級者コースのほうへ進む。コースをおりた先には谷がある。デールがはるばるここまで来たとは思えないけれど、カーティスが前方にあるまた別のクレバスを示す。風に揉まれて煽られたわたしはバランスを崩す。カーティスは歩くスピードを落としつつ、クレバスへ近づいていく。そしていきなり止まる。

胃が飛び出しそうだ。**いやだ。ちがうと言って。**

56　十年前

オデットは崩れ落ちたまま、パイプの底で微動だにしない。人々が一斉にそっちへ急ぐ。わたしは動いてくれと願いながらオデットを凝視した。

「さて、次のスタートはミラ・アンダーソンですが」アナウンサーが一分前よりはるかに抑えた口調で言う。「オデットの状態が確認できるまで、競技を一時中断します」

オデットのもとへおりていきたいけれど、パイプの整備ができ次第、名前を呼ばれるはずだ。

職員が無線に向かって何かを話すと、間もなく途中駅から橇型担架——ブラッド・ワゴンと呼ばれるもの——をふたりの男が前と後ろではさむ形で曳きながらやってくる。わたしはそのふたりがオデットの容態を調べているのをながめる。全部わたしのせいだ。わたしがこの愚かな口を開かなければ、オデットは転倒しなかった。肝腎なときに、わたしはオデットの心を掻き乱した。

ふたりがオデットの体をストラップで固定し、担架に乗せる準備をする。吐き気が喉にこみあげる。わたしがオデットのガールフレンドと夜をともにしたりしなければ、転倒せずにすんだだろう。オデットのそばに行かなくてはならない。わたしは横滑りしてパイプの真ん中へおりる。

オデットの鼻から血が出ている。あの様子だと鼻の骨折だろう、とわたしは思う。男たちが手一杯なので、わたしは手袋をはずして、ポケットからティッシュを探し、止血しようとオデットの顔に押しあてた。

オデットの灰色の目が震えながら開く。「動けない」声にパニックが混じっている。話し方もおかしい指は固定されていない。

――なんだかぼんやりしている。

「痛む？」わたしは言う。

「ううん。何も感じない。脚が動かないの」

「心配しないで。固定されてるせいだから」

オデットに頸椎装具を固定する邪魔にならないよう、わたしは後ろへさがる。上へもどる必要があるが、オデットは、奈落へ落ちるのを止められるのはあなただけ、とでも言いたげにわたしをじっと見つめる。

男たちが何やら声をかけているが、オデットの耳にはその声が届いていないようだ。「腕が動かない」

「腕も固定されてるの」わたしは言う。「いいから、気持ちを楽にして」

男たちが無線に向かって話をする。

オデットの睫毛が、罠にかかった鳥の翼のようにはばたく。「わたしの指。指も固定されてるの？」

わたしはオデットの全身に目を走らせる。緑色のハーフパイプ用手袋は、体の左右両脇にある。

57　現在

氷の奥に、デールが横たわっている。仰向けで、顔は灰色、目は閉じている。大理石の彫像のように動かない。

カーティスが小さく悪態をつく。

デールがいるのは二十メートルほど下だ。即死だったのか。それとも落下の際に傷ついたり骨を折ったりして、助けを求める声も届かないままそこでゆっくり苦しみながら凍え死んだのか。いまとなっては知る由もない。

カーティスはうなだれている。「きのう見つけ出すべきだった」

わたしはカーティスの服の袖にふれる。たとえカーティスとブレントがゆうべデールを発見して、そのデールが奇跡的に生きていたとしても、どうすればあんなところから救い出せただろう。「あなたはできるかぎりのことをしたのよ」

カーティスは両手で頭を抱える。「ぼくらはそりが合わなかった。でも……こんなのはひどい」

わたしは長くゆっくりと息を吐き出して、〈パノラマ〉のほうを振り返る。「ヘザーに話さなくちゃ」

どう言えばいいだろう。ヘザーは取り乱すにちがいない。

「ミラ」カーティスが鋭い声で言う。「動くな」

わたしは片足を宙に浮かせたまま、ぴたりと動きを止めた。「何？」

「そこでじっとしてて」

心臓がばくばくする。わたしはゆっくりと首をめぐらす。

カーティスがクレバスのそばで身をかがめ、片手にスクリュードライバーを、もう一方の手に薄くて白い何かのかたまりを持っている。

「それは何?」わたしは言う。

「ポリスチレン」カーティスはそれを脇へ投げつけ、また雪のなかに手を突っこんで、別のぎざぎざした部品を取り出した。

うなじが総毛立つ。わたしはまばたきしながら、必死で理解しようとする。頭に浮かんだ説明はただひとつで、しかもそれは受け入れがたいものだ。

カーティスがわたしの代わりにそれを声に出す。

「罠だ。だれかがこれをクレバスにかぶせて、その上を雪の薄い層で覆った」

冷たい感情が全身をめぐる。「人が作った雪の橋」わたしは言う。「その上を踏むと、落ちるわけね」

デールの死は事故ではなかった。

「ちょうどここから滑降コースのあいだだ」カーティスが険しい顔で言う。「確実にぼくらの邪魔を――」

あまりに突然の出来事で、わたしは反応することもできない。カーティスの周囲の雪が一瞬でへこみ、膝まで雪に沈んだ。カーティスは横ざまに体を投げ出して、支えになりそうなものを両手でつかむ。

わたしはそっちへ行こうとする。

「だめだ!」カーティスがあえぐ。「来るな!」

わたしはその場にとどまって、カーティスが這い出るのをなすすべもなく見つめている。

カーティスは恐る恐る体を起こす。「まいったな、スクリュードライバーを失くした」

わたしたちの唯一の武器が、いまやクレバスを落ちていく遠くの小さな点と化している。それでも、カーティスが落ちるよりはましだ。足を一歩一歩慎重に雪の上におろしながら、ゆっくりこっちへやってくる。

わたしのもとにたどり着いたとき、まだ息があがっている。「自分たちの足跡をたどって〈パノラマ〉までもどろう。ぼくの後ろから来てくれ。ほかにも罠があるかもしれない」

「待って。わたしが先に行く。あなたより体重が軽いから」

「やれるものならどうぞ」口調がきびしい。

わたしはさっきの言い争いを思い出す。仕方なく、わたしがあとから行くことにする。彼が落ちそうなときは、ジャケットをつかんで支えればいい。わたしは膝のサポーターをはめなおして、彼の体重を支えられるよう備える。

わたしたちはのろのろと前進する。いつ足元の雪が崩れてもおかしくないので、一歩一歩たしかめながら足を雪の上に置く。

「ああいうことをするのは、どんなやつだろう」カーティスがぼそりと言う。

「少なくともヘザーではないでしょ？」

「どうかな。ヘザーとブレントでひと組だ。何かが起こってる」

記憶がうずく。「ゆうべ厨房で」気が進まないけれど、話しはじめる。「ヘザーが何か言って、ブレントがわたしたちに聞かれたくないのか、だまらせてた」

カーティスがさっと顔をあげる。「それは気づかなかった。でも、ふたりが視線を交わしてるのは見た。ばかげてると思われるかもしれないが、ふたりが浮気をしてるとは考えられないかな。だからデールが邪魔だったとか」

「それはないと思う」わたしは言う。きのう自分も同じことを考えたなんて認めたくない。「十年前の出来事は一度かぎりだった」

「イギリスにもどってもふたりが内緒で会いつづけたかどうかなんて、わかりっこないさ。もしくはヘザーが結婚したあと、ばったりどこかで会ってまた付き合うようになったとか。デールを捨ててブレントのもとへ走ったら何をされるか、ヘザーは恐れてたんじゃないかな。デールは力に訴えるところがあるから」

たしかにそうだった、とわたしは思うが、口には出さない。

「ブレントとヘザーがあのゲームを仕組んだとは思ってないんだ」カーティスが言う。「でも、この状況については、デールを事故に遭わせるチャンスと見ていたのかも」

「まさか。ブレントはそんなことをするような人じゃない」

「だとしたら、ヘザーが発案者か」

「だけど、あんな罠を仕掛けるなんて……正気とは思えない」カーティスがそんなふうに考えること自体が、そもそも正気を失いかけているように思えた。ゆうべサスキアの香水のにおいがしたとき、カーティスがどんなふうに取り乱したかを思い出す。いまも必死で自分を保とうとしているが、精神的にひどくまいっている。

さらに、きのうの朝デールに脅されたときの記憶がよみがえる。デールは一瞬にして暴力的になった。それに、きのうの午後デールがいなくなったときにブレントはどこにいたのか、はっきり説明できなかった。たしかにカーティスの言うことにも一理ある。

「くそっ」カーティスが小声で言う。

「どうしたの？」

「あっちはピッケルを持ってる」

わたしたちは〈パノラマ〉へ向かって歩きつづける。そばまで来ると、カーティスが声を落として言う。

「ぼくの考えが正しい場合、こっちは何も知らないふりをしないとまずい。でないと危険にさらされる。逆にぼくの考えがまちがってた場合、さっき何を見つけたのかをふたりに伝える必要がある」

「結局、どういうこと？」

「ブレントを試すしかない」

「どうやって？」

カーティスは罠があったほうを見やる。「思いつく手はただひとつ、ブレントをあそこへ行かせて、どうするかを見るんだ。罠のことを知っているか、そのまま歩きつづけるかを」

「危険すぎる」

「どうしてもたしかめないと」

わたしは呆然としてカーティスを見る。わたしのせいでブレントはすでにさんざん傷ついてきたのに、また傷つけることになる。

カーティスが空を指さした。もう雪が降りはじめている——白い背景に細かい雪が舞っていて、ほとんど見分けがつかない。さっきより雲がまた暗くなっている。山の天気は急変するものだ。

「すぐにでも取りかかろう」カーティスが言う。「じきに嵐が来る」

58

十年前

すべてのアスリートは自分の選んだスポーツのリスクを熟知している。できるかぎりの対策を講じたうえで、そのリスクを心の奥にしまいこんで、それ以上考えないようにする。リスクについて考えると、パフォーマンスに影響が出るからだ。

けれども、オデットが病院のせまいベッドでいくつもの機器に囲まれて横たわり、シーツの下から何本もの管があらゆる方向に延びているのを見ると、スノーボードのハーフパイプ競技がわたしたちの身に何をなしうるかを改めて突きつけられる。

それは屈強で健康な肉体を一瞬にして破壊し、基本的な身体機能も果たせない状態にしてしまう。石のように硬い筋肉があっても、手と足は動かない。

オデットに付き添ってケーブルカーで下へおりた。けれどもわたしは救急車に同乗できなかったため、自分の車に飛び乗って谷まで行った。競技は喜んで棄権した。でないと、オデットに付き添う人がいなかったからだ。オデットの兄たちはオーストリアでスキーレースに出ている最中で、病院からはふたりにまだ連絡がとれていない。両親はいまフランスの反対側から車で向かっているところだが、アルプス山脈一帯に大雪の予報が出ているため、到着が遅れるようだ。

オデットの動かない体を見る。鼻はつぶれて腫れあがり、両目の黒い痣はみるみる大きくなっている。わたしがいちばん心配しているのは、それ以外の傷、表からは見えない傷のほうだ。

首の骨が折れているというのが医師の見立てだった。

わたしの頭にある思いはただひとつ。**これはわたしのせいだ。**

病院から出るころには、外は薄暗く、雪が激しくなっている。春にしてはよく降る。ル・ロシェへもどるべく、ゆっくりとヘアピンカーブをのぼる。タイヤがあまりに滑るので、途中で車を停めて、チェーンを装着しなくてはならない。

ようやく自分のアパートメントに着いたとき、家のなかは冷えきってじめじめしている。さっそくテーブルから携帯電話を持ちあげて、カーティスから十件の不在着信があったのを見る。電話のチャージ残高が残っていなかったので、ジャケットのファスナーをふたたび上まで閉めて、急いで外へ出る。大通りでは、一台の除雪車が車の流れを堰き止めているせいで渋滞が発生していて、何台もの車がエンジンを吹かし、ワイパーを動かしている。

遠くに、別の方角へ向かう人影が見えた。どこにいたって、あの歩き方でわかる。「ブレント！」わたしは声をかける。

ブレントはあたりを見まわさない。わたしの声が聞こえなかったんだろうか。それともわたしと話したくないのか。わからない。わたしはカーティスがまだ起きていることを願いつつ、通りを進む。

カーティスが息せききってドアを引きあける。「妹を見た？」そしてわたしを見て、沈んだ顔になる。

「いいえ」

「きみはどこへ行ってたんだ？」

「オデットに付き添って病院へ」足が濡れている。わたしは足踏みをして靴の雪を落としてから、カーティスについて中へはいる。

「オデットの具合は？」

ことばが喉に詰まる。「よくない」

カーティスは一瞬目を閉じる。「サスキアは病院に姿を現してないんだね？」

「ええ」

カーティスがぶつぶつ言う。「妹の身に何かあったんだと思う」

「サスキアの携帯電話にかけてみた？」

電話に出る可能性は低い。わたしと同じでサスキアは山へはめったに携帯を持っていかないから。

「出なかった」カーティスが言う。

「ということは、わたしが会場を離れたあとも、サスキアはブリッツに来なかったってこと？」

「そういうこと」

罪悪感が押し寄せる。今朝、わたしはサスキアを傷つけようとした。首の骨でも折るといいのに。そしてどうやらほんとうに傷つけてしまったようだ。あんなことするべきじゃなかった。

カーティスが物問いたげな目でわたしを見る。「どうした？　妹がどこにいるのか、知ってるのかい」

「いいえ」

「妹と最後に会ったのはいつ？」

頬がさらにほてる。「今朝早く。サスキアはゆうべ、わたしの部屋にいたの」

「えっ？」

驚いているのがわかる。「わたしたちは〈グロー・バー〉を最後に出た」嘘はつきたくないので、慎重にことばを選ぶ。「きのうはやけに気が合って、それで通りを一緒に歩いた。サスキアの家の前にジュリアンがいて、郵便受けに何か書いてたの」

カーティスの表情が曇る。「それはジュリアンだったんだね？」

「ええ。とにかく、わたしが自分の部屋へ誘って、結局サスキアは泊まっていった。出ていったのが八時ごろ」

「もしジュリアンのやつが妹に何かしたんだったら──」カーティスは毒づいて、ジャケットに手を伸ばす。

「これからジュリアンのところへ行く」

わたしは彼の腕をつかむ。「それはどうかと思うけど」カーティスがひどく興奮しているのがわかる。

カーティスが目つきを険しくする。

「まじめな話、いまのあなたは相手を殺しかねないもの。警察に通報して」

「わかった」カーティスは腕を振りほどいて、携帯電話を取り出す。

わたしはソファで待つ。カーティスはフランス語で話しているので、何を言っているのかはわからないが、言い争っているようだ。

カーティスが悪態をついて電話を切る。「二日待てって言われた」

「ほかにはだれもサスキアを見てないの？」わたしは言う。

「デールかヘザーに電話をするたびに、デールは自分とヘザーの人生を妹がいかに台なしにしたかを、わめくだけわめいて電話を切るんだ。ブレントは様子がおかしいし」

「それにしても、なぜブレントはブリッツに来なかったの？」

「本人が言うには、足首をひねったとか」

カーティスは腑に落ちないらしく、それはわたしも同じだ。今シーズン、ブレントはこれまでに脳震盪を起こし、脛骨過労性骨膜炎（シンスプリント）を患って、数えきれないほど怪我をしたけれど、それでもけっして滑ることをやめなかった。それに、二、三分前に会ったときは、まともに歩いていた。

そんなブレントが競技会に出ないなんて、何があったんだろう。

この数か月みんなでトレーニングを積んできて、結局こんな結果になるなんて思いもしなかった。オデットがわたしたちのなかでひとりだけ、かろうじて決勝戦で少しだけでも滑り——そのあげくあんな姿になろうとは。

カーティスは部屋のなかをうろうろしている。

「山岳救助隊には連絡したの？」わたしは言う。

「ああ。でも、そのころにはもう外が暗くなりかけてた。救助隊からスキー場の事務所に連絡がいった。妹のリフトパスに関して食いちがいがあったんだ。スキー場のコンピューターには、妹が山へのぼった記録がないんだよ」

「でも、あなたはサスキアを見たのよね」

「妹を見たのはブレントとヘザーだ。ぼくが見たのは、妹の所持品だけ」

視線のそらし方から、わたしに話していないことがあると感じる。

カーティスは部屋のなかを歩きまわっている。「ぼくはどうすればいい？　もし妹が山へ行かなかったのなら、暗いなかで捜索したりして、みんなの命を危険にさらしたくない」ため息をついてかぶりを振る。「妹はへそを曲げて、どこかへ行っただけかもしれないし。きみたちは妹のことを全然知らない」

59　現在

カーティスが〈パノラマ〉のドアをつかむ。

「待って」わたしは言う。「こんなことしたくない。わたしはブレントを信じる」

「ぼくは信じない」カーティスが言う。「あいつは十年前とは別人だ。昔はいい仲間だったのに、いまはもうぼくの目を見ることもできない」

わたしは自分も疑っていることを認めたくない。

「だけど、ほかにも罠があるかもしれない。もしあなたの仮説がまちがっていて、ブレントが死んだらどうするの？」

「もしぼくの仮説がまちがってなかったらどうする？」


ドアのガラス板の向こうで何かが動くのが目に留まる。ガラスについた霜をこすり落とすと、廊下にヘザーがいるのが見えた。

ピッケルを持っている。

わたしはさっとガラスの下まで頭をさげ、カーティスにも姿勢を低くさせる。しまった、膝が。わたしは歯を食いしばって膝をつかむ。

「どうした？」カーティスが言う
「いま、ヘザーがピッケルを持ってるのが見えた」

たしかめようとカーティスがほんの少し頭をあげる。

「まちがいない？」

わたしは恐る恐る窓をのぞく。記憶のなかのイメージは鮮明なのに、廊下にはだれもいない。疑念がじわじわ湧いてくる。ほんとうにヘザーを見たんだろうか。それともこの場所のせいでわたしは正気を失ってしまったんだろうか。「まずまちがいない」

「よし、こうしよう。ぼくが忍びこんで、何が起こってるのか見てくる。きみはここで待っててくれ。もしヘザーかブレントが廊下を近づいてきたら、あっちへ隠れるんだ」建物の横手を身ぶりで示す。「できることなら、姿を見られないように」

「いいえ。わたしも同行する」

「ふん、好きにしろ！」

「わたしはあなたのお荷物じゃない。ゆうべ、ヘザーに話をしたわ。できることなら、もう一度話したい」

カーティスが小声でぶつぶつ言いながらドアを押しあけ、わたしは手袋を脱ぎかける。

「いや、ずっと着けておくんだ」カーティスがささやく。

たしかに、そのとおりだ。ピッケルを持った頭のおかしな女に雪のなかへ追いやられた自分たちの姿を思い浮かべて、はっと息を呑む。ボードはドアの脇の壁に立てかけておく。わたしは自分のボードを横目で見やり、必要があれば持って出ること、と胸に刻む。膝がこんなふうだから走れないが、ボードをつければ、ヘザーから逃げきれる見こみはある。平地を渡り、罠――いくつあるかわからない――を回避して、傾斜がはじまるところまでたどり着ければ、の話だけれど。

そのあとはすべて、ここでのブレントの役割次第だ。十年前、わたしよりブレントのほうが滑るのが速かったし、いまでもきっとそれは変わらない。

廊下を忍び足で進むと、声が聞こえてくる。

「ふたりはモニタールームにいると思う」カーティスが小声で言う。「ぼくはあっちからまわりこむ。裏から迫るよ。不意を突くんだ。きみはとにかくここから動かないこと、いいね？」

わたしは言われたとおりにする気はないけれど、うなずく。カーティスは右手の階段をおりていく。わたしは這うように進んで、スキーロッカーを通り過ぎる。

「デールを見つけなくちゃ」ヘザーの甲高い声がする。

「どうして探そうとしないの？」

「言っただろ」ブレントが言う。「カーティスとミラが探しにでてるって」

「信じられない。デールのことなんてどうでもいいのね。ひょっとして、あなたがデールに何かしたんじゃないの」

「勘弁してくれよ、ヘザー。ともかくそいつを置いてくれ。脅かすなよ」

「あのふたり、もう山をおりてるに決まってる」声が大きくなる。「あなたたちはデールをここに置き去りにする気なのよ」

ブレントは声を低く、穏やかに保っている。「こんな言い合いは無意味だ。おれも出ていっていい、カーティスとミラは外にいる。おれも出ていって、デールの捜索に協力する。それでいいだろ？」

だれかが廊下に出てくる。わたしはいちばん近くにあった右手のドアを押して——助かった、開いた——膝が許すかぎりすばやく室内へ飛びこんだ。そこは収納部屋で、ロープやハーネスがしまわれている。ドアの隙間から廊下の様子をのぞく。

ブレントとヘザーがこっちへ向かってくる。前にブレント、そのすぐ後ろにヘザーがピッケルを持ってつづく。わたしはほんの少しだけさらにドアをあける。ブレントがわたしに気づいて目を見開く。そしてさがれと身ぶりで示し、首をまわして神経質な視線をヘザーに投げる。わたしはドアの陰に隠れ、ヘザーが前を通り過ぎると、また隙間から様子をうかがって、ふたりが廊下を遠ざかっていくのを見つめた。

ブレントが正面玄関をあけると、風が音を立てて吹きこんできた。

「ふたりの姿が見あたらない」ヘザーがピッケルを振りまわす。自分でもどうするかよくわからないまま動いているかのような、予測不能な動きだ。

ブレントが後ろへ離れる。わたしはブレントの身を案じ、息を止めて見守る。

「ガレージの裏にいるんじゃないかな」ブレントが言う。

ヘザーが外へ足を踏み出す。ヒールのあるブーツで外に出たら、さぞかし大変だろう。

「マフラーと手袋が要るな」ブレントが言う。「急いでとってくる」

ヘザーは口答えしない。ブレントはヘザーをその場に残してドアを閉め、廊下をこっちへもどってくる。

「ヘザーは判断力を失ってる。なんて言ってたか聞いただろ？」

カーティスがこっちへ走ってくる。

「だいじょうぶだから」わたしは声をかける。

カーティスが息を切らして到着すると、わたしは状況を説明する。

「ヘザーは、おれがデールに何かしたと思ってる」ブレントが言う。「どうすればいい？　ヘザーが外に出るのは危険だ」

わたしはあてつけがましくカーティスを見る。ブレントはわたしたちの味方だから、罠のことを話すべきだ。

カーティスはためらったのち言う。「デールは死んだ」

ブレントが目を見開く。「えっ？　どういうことだ」

「クレバスで」カーティスはまだ信用していないのか、ブレントの表情を探っている。

「くそっ」ブレントが言う。

わたしは廊下に目を配り、ヘザーがもとの場所にいることをたしかめる。「コンピューターは使えた？」

ブレントの顔に不安の影が差す。「だめだった。でも、見せたいものがある」ブレントはどちらを優先させるべきか悩んでいるらしく、正面玄関へもう一度視線を投げてから、わたしたちを連れて制御室へはいっていく。

そして、そこにあるいくつもの画面を指さした。わたしは思わず息を吸いこむ。山の各所に配置されたウェブカメラからの映像かと思いきや、ゲレンデの様子を映している画面はふたつしかない。あとはすべて、この建物の部屋を撮っている。ファンクションルーム、厨房。それに客室。

カーティスのベッドの上にある乱れたシーツを見て、わたしは気分が悪くなる。「あれって、あなたの部屋じゃ」

「わかってる」カーティスが不機嫌な顔で言う。

まさか見られてたの？　明かりが消えても、カメラに暗視機能があったのだろうか。ひとまずそのことは考えないようにする。「だれがこんなことを？」

「知るかよ」ブレントが言う。

みんなをここに集めたのはカーティスだということをブレントはまだ知らないのだと思い出して、わたしはやましいような気持ちになる。

「妹以外、ほかにだれか考えられるか」カーティスがうんざりした口調で言う。

「おれはジュリアンだと思う」ブレントが言う。

わたしはその可能性についてしばし考えてみる。でも、サスキアと一緒にいるのを最後に見たとき、ジュリアンはサスキアに拒絶されて激怒していた。なのに、どういうわけでこんなことをするのか解せない。カーティスが口を開く。

わたしはブレントの手首に血がついているのに気づく。「ちょっと。血が出てる」

ヘザーが暴れた拍子に、偶然、傷つけたのだろう。ブレントは傷をちらっと見て、そのまま横向きに倒れる。

カーティスが間一髪で抱きとめる。「血を見ると失神するんだ。気を失ってる時間は長くないんだが」カーティスはブレントを椅子にすわらせる。「しっかりしろ。目を覚ませ」

そのとき、カーティスの顔色が変わる。何を見てそうなったのかにわたしは気づく。画面のひとつに、ヘザーが映っているのだ。クレバスのほうへまっすぐ向かっている。

わたしはドアへ突進した。膝に激しい痛みが走る。

「待て！」カーティスが鋭い声で言う。

画面の左下の隅で、何かが動いている。新たなその人影は、雪と同化しそうなほど薄い色の服を着ている。

わたしはその場に凍りつく。

「あれはだれだ？」カーティスが言う。

ブレントが意識を取りもどして、顔をあげる。

人影はこちらに背中を向けていて、ジャケットのフードをかぶっている。男か女かわからないけれど小柄で、背丈はヘザーとたいして変わらない。ヘザーが身を縮め、その手からピッケルが落ちる。ふたりは何やらやりとりしているが、その様子からして、激しい言い合いのようだ。ヘザーが後ずさりし、身を守ろうとしたのか、両手をあげる。

人影はヘザーに前へ進めと指図するかのように片手をあげる。

まずい。そっちには罠がある。指示どおりにまっすぐ歩いているのを見ると、ヘザーが罠のことを知らないのは明らかだ。

いけない、ヘザー！　行っちゃだめ！

わたしはあわててカーティスのほうを見る。「止めなきゃ」

「間に合わない」カーティスがうつろな声で言うのと同時に、ヘザーがさらに一歩を踏み出す。

「止まって！」わたしは叫ぶが、当然その声はヘザーの耳に届かない。

さらにもう一歩。そしてヘザーは忽然（こつぜん）と雪のなかへ沈む。

消えた。一瞬にして。

わたしは受け入れられずに、ただ茫然とながめている。

ブレントが苦労して立ちあがる。

それをカーティスが押さえる。「よせ」

「どういう意味だ?」ブレントはドアへ向かおうとする。「助けないと」

「残念だが、あそこに落ちたら助からない」

ブレントはカーティスの手から逃れようとする。

「はなせよ、くそったれ。ここでただ見てるわけにはいかない」

カーティスとブレントが言い争っているあいだ、わたしの頭のなかで、ヘザーが落ちる場面が何度も何度も、まるで壊れたレコードのように繰り返される。わたしはこぶしを握りしめた。乱れた呼吸を整えようと、大きく息を吸う。でも、カーティスの言うとおりだ。わたしもあのクレバスがどれほど深いかをこの目で見た。いまはかわいそうなヘザーのことを頭から締め出して、自分たちが陥っているこの局面に集中する必要がある。でないと、わたしたちもヘザーの仲間入りだ。

「いったい、あれはだれだ?」カーティスが、ブレントの頭越しに画面を見ながら言う。

「あいつだろ、ジュリアン」ブレントが言う。カーティスの肩にさえぎられて、声がくぐもっている。「そうに決まってる」

「ジュリアンは死んだ」カーティスが画面に目を据えたまま言う。「去年、交通事故で。そういう記事を——」あとがつづかず、押し殺したうめき声が漏れる。

わたしは画面を見て、その理由に気づく。フードをかぶった人影がいつの間にかこっちを向いている。ホワイトブロンドの長い髪が見えている。

60　十年前

オデットの事故から四日が経った。彼女の体からあらゆる管が出ている光景は気の滅入るものだが、それでもわたしはオデットを見舞うために毎日車を運転してやってくる。わたしには、それくらいのことしかできない。オデットがこんなことになったのは、わたしのせいだ。わたしさえいなければ、サスキアは競技会に出場し、オデットが転倒することもなかっただろう。

オデットの手も足も、まだ動きがもどっていない。第二頸椎の骨折だった。脊椎損傷のなかでも最悪の部類だ。医師たちは脊椎の損傷の度合いを診断すべく、検査の結果を待っている。

わたしはオデットの手の甲をさする。感覚がないのを知っているのに。

「サスキアはどこ？」オデットが言う。いつ来ても真っ先にそう訊かれる。

「ごめん。わからないの」

きょうの午後、山岳救助隊が捜索を打ちきったのだが、それをオデットに伝えるのは忍びない。サスキアの失踪はもう警察の所管に移っている。

「カーティスが言うには、ご両親が飛行機でこっちへ来るとか」オデットが言う。

「あ、カーティスに会ったのね？　そう、ご両親はきのう到着して、捜索に加わったの」

きょうの午後、何か新しい知らせはないかとカーティスの住まいへ寄ったときに、ご両親に会った。ちがう状況で会えていたらよかったのに、と思う。

医師がオデットのベッドへ近づいてくる。その沈鬱な表情と、わたしたちの視線を避けるかのようにクリップボードを盾代わりにかざす様子からして、悪い知らせだという気がする。

　医師はオデットにフランス語で何か言う。〝ご両親（パラン）〟。両親はどこにいるのかを訊いているのだ。ふたりは食事をとりに食堂に行っている。オデットがそう言ったらしく、医師がじりじりと部屋から出ていこうとしている。両親がもどるのを待つ気だろう。

　オデットが大声で何か言い、医師が出入口で足を止める。オデットは医師から話を聞きたいらしい。自分が同じ立場なら、わたしもきっとそう思う。知りたくてたまらないはずだ。

　医師がベッドサイドへもどってくる。

「席をはずそうか」わたしは言う。

　オデットの目がこっちを見る。「いいえ。ここにいて」

　医師は避けられない瞬間を先延ばしにするかのように、クリップボードを一瞥する。そしてついに、深刻な低い声で告げた。


　この午後のカーティスとその両親がそうだったように、オデットが顔をくしゃくしゃにする。医師がオデットの腕を軽く叩いて、何か声をかける。

　オデットの口から、単語がひとつ飛び出す。それから唇をぎゅっと引き結んで、目を閉じる。医師がうなずき、わたしのそばを通ってドアへ向かう。

　恐ろしいことばが口から漏れ出そうとしているかのように、オデットの唇がひくひくと震える。傷つき腫れあがった頬に涙がこぼれ落ちる。わたしはなんと声をかけていいのかわからず、その場にたたずむ。だいじょうぶかと訊いたって仕方ない。そうじゃないのは明らかなのだから。

　オデットが歯を食いしばったまま言う。「帰って」

「わかった」わたしは言う。「またあした来るね」

「いいえ。来ないで」

「本気じゃないよね？」

　オデットはまた目を閉じる。

わたしは廊下の先にいる医師のあとを追う。「オデットになんて言ったんですか」

医師はこっちを向いて、ジレンマに陥ったらしく躊躇する。たったいま予後について話したときに隣で聞いていたのに、それを改めて医師が通訳したら、患者に対する守秘義務違反になるのだろうか。

ポケベルが鳴り、医師がそれを気にして目をやる。

「大変お気の毒ですが」急いでその場から去りつつ、医師は英語でわたしに言う。「時間が経てば、上肢の機能は回復するかもしれませんが、二度と歩くことはできないでしょう」

61 現在

「くそっ」カーティスが制御室の床に沈みこむ。「くそっ」

「あれはおまえの妹じゃない」ブレントが言う。

わたしの頭のなかで警告のベルが鳴る。どうしてブレントはそんなことがわかるんだろう。

カーティスの顔は蒼白で、視線は画面上の人影に固定されている。「十年だぞ。あいつはなぜぼくらにこんなまねを？　母さんにまで」

「聞いてくれ」ブレントが訴えるように言う。「あれがだれであれ、サスキアじゃない」

なぜそう言いきれるんだろう。

「妹はぼくらに一度たりとも連絡をとろうとしなかっ

た」カーティスがぶつぶつ言う。「あいつはずっとここにいたんだ?」

「いいから聞けって!」ブレントが大声を出す。「あれはサスキアじゃないって言ってるんだ!」

その声の切羽詰まった響きが、わたしたちをだまらせる。ぞっとする思いにとらわれ、わたしはなぜかブレントがこれから何を言おうとしているのかに気づく。おとといの夜、わたしはそれをブレントの目に見た。

ブレントがとうとう口に出す。「なぜなら、おれが殺したからだ」

カーティスの頭がブレントからさっと画面へ移る。

「は? 嘘だろ。あれは妹だ」

わたしは画面を凝視する。たしかにサスキアに似ている。でも……

ブレントがカーティスの前にひざまずく。声がかすれている。「ほんとうにすまない」

カーティスの視線がブレントと画面のあいだを行き来する。カーティスが混乱しているのがわかる。半分は、いまブレントが言ったことを理解しようとしている。もう半分は、妹のすることに怯えながらも、まだ妹が生きてぴんぴんしていることを強く信じたいのだ。

要するに、こういうことだ。十年のあいだ姿を消していたのに、またもどってきてわれわれにこんな仕打ちをするなんて、常軌を逸しているとしか思えない。でも、それこそがまさにサスキアという人なんじゃないだろうか。

ブレントがこうべを垂れる。「ほんとうに……すまない」喉を詰まらせる。

人影が前進して、画面の外へ消える。こっちへ向かっているのだろう。話のつづきを聞きたいが、彼女がやってくるはずだ。

――だれなのかわからないけれど――いますぐにでも
「出発しなくちゃ」わたしは言う。

でも、どこへ?

滑っておりる。それが最善の選択だ。彼女よりわたしたちのほうが速いといいのだが。膝の痛みに襲われ、わたしはこの思いつきの難点に気づく。カーティスの腕を引っ張って言う。「あのスポーツテープが要るの。いますぐ」

カーティスは動かず、わたしの話が聞こえたのかさえわからない。「話をつづけろ」ブレントに言う。

ブレントは苦悶をたたえた目でカーティスを見る。声も手も震えている。「競技会の朝、ミラの部屋に寄った。で、ミラとおまえの妹がベッドにいるのを見た」

カーティスがショックを受けてこっちを向く。

まいった。こんなふうにカーティスに知られるなんて、考えうる最悪の形だ。

「それで、通りをぼんやり歩いてたんだ」ブレントが言う。「そしたら、二、三ブロック先でサスキアがおれに追いついた。笑ってたよ。おれになんて言ったと思う？」震えながら息を吸いこむ。「〝ミラが満足したのは、この冬はじめてだった〟って」

「ちがう」わたしは言う。

そう言っているサスキアをまざまざと思い浮かべることができる。ケーブルカーで恥をかかされたのを根に持ち、ブレントへの仕返しを心に決めていたサスキアにとって、絶好の機会だったはずだ。ブレントを苦しめられて、さぞかし楽しかっただろう。獲物に爪を立てたサスキアは、もっと痛めつけられるかどうかをたしかめたくてうずうずしていたにちがいない。

ブレントがこぶしを握りしめてつづける。「〝女に恋人をとられたご気分は？〟って言ったんだ」

「それはちがう」わたしは抗議する。でもいまは、こんなことを話し合っている暇はない。わたしは廊下をたしかめる。だれもいない。ドアを閉めるが、鍵がからない。ああもう。

「女に恋人をとられたからじゃない」ブレントが言う。

「あの女にとられたからだ。あの女はきみにあんな仕打ちをしたのに。きみだけじゃなく、おれたちみんなに。おれはきみのことをすごく大事に思ってたのに、きみはおれを捨てて、自分にとって最悪の敵を選んだ。どんな気分になると思う？　しかも、あいつはほくそ笑んでた」他人の手をながめるかのように、自分の手をまじまじと見る。「気づいたら、彼女を突き飛ばしていた」ことばを切る。そして親指の付け根を口にあてる。

わたしははっと気づく。ブレントの広い肩がまるまっていたこと。あれは煉瓦を運んだせいではなかったのだ。

ブレントが落ち着きを取りもどそうとするあいだ、しばらくは彼のくぐもった呼吸の音しか聞こえなくなる。「傷つけるつもりはなかった。いや、なかったとは言えないな。でも、殺すつもりはなかったんだ。道に氷が張ってて。サスキアは足を滑らせて後ろに倒れ、石畳に頭をぶつけた」ブレントは手の甲を口にあてて強く嚙みしめ、目を閉じる。

わたしの体のなかで何かがねじれる。でも、その一方で、突き飛ばしたわけも理解できる。わたし自身も何度かそういう衝動を覚えたから。サスキアはわたしたちの荒々しい怒りを引き出すらしい。

ブレントが目をあける。そしてカーティスをじっと見る。「何か言ってくれ」

けれども、カーティスはあまりのことに理解できないというように、その場にじっとすわっている。

わたしはドアに耳をあてた。彼女はこっちへ向かっているんだろうか。

ブレントは怯えた目でカーティスを見つめながら体を前後に揺らし、ことばを詰まらせながらつづける。「サスキアの体が動かなくなって、おれはパニックに陥った。まだ八時だったから、リフトが動きだすまであと三十分もある。通りにはだれもいなかった。携帯電話を持ってなかったけど、サスキアとヘザーの部屋がすぐそばだったから、中へ引きずっていった。息はあった。おれはそう思ってる。で、ヘザーに救急車を呼んでくれと頼んだ」いったん口をつぐみ、カーティスからわたしへ視線を移す。「そしたらヘザーが言ったんだ。そんなことをしたら、おれは刑務所送りだって」

カーティスは口を引き結び、目をじっとブレントに注いでいる。

「それで……言い争いになった」ブレントがごくりと唾を呑む。「ヘザーは〈グロー・バー〉での喧嘩から寝てなかったし、デールはまだ病院からもどってなかった。口論が白熱して、おれは頭を冷やそうと部屋から出た。で、もどったら、ヘザーがサスキアの上に馬乗りになってたんだ」また声が詰まる。「クッションをサスキアの顔に押しあてて」

わたしは壁にしがみつく。つまり、ふたりで殺したのだ。ヘザーとブレントが。

「おれはそのクッションを奪いとった。で、自分が何してるかわかってるのか、って訊いたんだ。そしたらヘザーは言った。〝この女は怪物よ！　わたしたちみんなに何をしたのか考えてみて！〟」ブレントは前方を見つめているが、目の焦点が合っておらず、かつて自分が目のあたりにした恐ろしい出来事を追体験しているかのようだ。震える声でつづける。「それまでは死んでなかったとしても、それで息絶えた」

ブレントがうなだれる。カーティスとわたしはつづきを待つ。

ようやくブレントが再開する。「後始末をする必要があった。氷河へ運んで、クレバスを見つけるくらいしか思いつけなくて。サスキアのでかいスノーボードバッグを覚えてるか」

カーティスがはっと息を吸いこむ音が聞こえる。

サスキア愛用のサロモンの青いキャリーバッグ。いまでもはっきりと目に浮かぶ。サスキアはボードを二本以上運ぶときに、上までそのバッグを持っていくことがあった。選手が山までスノーボードバッグを持参するのは珍しくない。特に競技会では。ボードに傷がついたときのために、予備のボードを持っていると便利だ。かつてはだれもが道具をそこらに置いておいたものだが、わたしは何も盗まれたことがなかった。

「そのバッグのなかに押しこんだ」ブレントが言う。

喉を絞められたような音がカーティスから漏れる。

ブレントはつづける。「バッグは車輪つきだったが、重かったし、ドアとかいろんなところで補助が要ると思って、ヘザーにも来てもらった。そしたらゴンドラのなかで、ヘザーがパニックになりかけて。バッグが動くのを見たんだろう」

また喉が詰まったような音がカーティスから漏れる。体を折って、両手で頭を抱えている。

ブレントの口からことばが転がり出る。自分が完全に取り乱す前に急いで話を吐き出そうとしているようだ。「ゴンドラには、おれたちのほかにスキーヤーがひとり乗ってた。ヘザーにだまってろと釘を刺したら、彼女はただまわりをながめてたよ。そのうちに氷河に着いた。ほとんどだれもいなくてね、みんな競技会の準備でパイプのほうへ行ってたから。で、人目につかない場所までバッグを引きずっていった。中を見て、生きてるかどうか確認するつもりだったのに、その暇もなくおまえが妹を探しにやってきたんだ、カーティス」

カーティスがうめき声をあげて、頭を抱えこむ。手袋をした指でぎゅっと髪をつかんでいて、抜けないのが不思議なくらいだ。妹の道具を見た、と前にカーティスは言っていた。だからきっと、あと少しで妹を見つけられるところだったのを後悔しているのだろう。

その時点でもまだカーティスにサスキアを救える見こみはあったんだろうか。

「おまえにあのバッグを見られたくなくて、それでこっちから駆け寄ったんだ」ブレントがためらったのちつづける。「あのとき、ものすごい剣幕で怒ってたよな」

ここまでの話は、ヘザーから聞いた内容と一致している。結局のところ、ヘザーはほんとうのことを語っていたのだろう。〝見つけたらぶっ殺してやる〟。ほんとうにカーティスがそんなことを言ったんだろうか。

「ヘザーは動揺してた」ブレントが言う。「だから、ちょっと前にサスキアが〈パノラマ〉にいたっておまえに話したんだ。それで探すのを手伝うふりをして、おまえと一緒に中へはいった。誓って言うが、バッグをそこに置いといたのはほんの十分だったのに、もどったら、なくなってたんだ」

魂がすっかり体から抜け出たかのように、ブレントが崩れ落ちた。

心臓が口から飛び出しそうだ。サスキアは死んだのか生きているのか。ひょっとしたらまだ生きていたけれど、リフトで上まで運ばれているあいだは意識がなかったのかもしれない。そして上に着いたころ、徐々に意識がもどった。自分でファスナーをあけて、バッグから這い出るサスキアの姿が思い浮かぶ。それからこっそり抜け出したのだ……でも、どこへ？

「ぼくだ」カーティスの声はくぐもっている。

「えっ？」わたしは言う。

「ぼくだったんだ。ぼくが妹を殺した」

わたしは驚いてカーティスを見た。嘘だと言ってほしい。

カーティスは顔を覆っていた手をおろす。「〈ヘグロー・バー〉でのあの夜。とんだ災難だった。妹はすべてをめちゃくちゃにした。デールとぼくは競技会に出られる状態ではなくなって、オデットは動揺してた。それにきみもだ、ミラ。きみは妹に勝ちたい一心で、自分の首が折れることさえ覚悟した。もうたくさんだったんだ。あいつがみんなを傷つけたように、ぼくがあいつを傷つけようと思った」

わたしはカーティスを凝視し、ゆうべベッドをともにした男と、いま目の前にいる男とを一致させようとする。でも、どうやらこっちの人は……

「でも、どういうふうに？」ことばが喉に詰まる。

「まずパイプまで行って、妹がまだ受付をすませていないのを見て、ケーブルカーの上で待ってたらつかまえられると考えた。自分が何をしたのかを思い知らせてやるつもりだった。それでそこまで行く途中で、ゴンドラリフトのなかに妹のスノーボードバッグがあるのが見えたんだ。で、追っかけて氷河まで行って、そしたらそこにブレントとヘザーがいた。手分けして建物を捜索することになって、ぼくはサンデッキに出た。それで雪の上に妹のバッグがあるのを見つけたんだ。そばまで行ってみたが、妹は見あたらない。バッグはクレバスのすぐそばにあった」わたしと目を合わせる。「妹に報いを受けさせる方法を、ひとつしか思いつかなかった。妹がきみのボードにしたことを思い出して……」目を細くする。「クレバスにほうりこんだ」

まさかそんな。

「中に妹がはいってると知っていたら――」カーティスはそこでことばを切る。自分がしたことに身がすくんでいるように、無言でじっとすわっている。

わたしはブレントに視線を向ける。「すでに亡くなってたのよ」

ブレントがわたしの意を汲みとって言う。「そうだ、もう亡くなってた。まちがいない。おれが見たときは動いてなかった。ヘザーはヒステリー状態だったから」

けれども、自分たちの声に疑念がにじんでいるのがわかる。カーティスはじっとすわって、握りこぶしを瞼に押しあてている。この人はけっして自分を許さないだろう。

でも、サスキアがクレバスに落ちたなら、外にいてわたしたちをこんな目に遭わせているのはいったいだれなんだろう。サスキアがなんとかスノーボードバッグから抜け出したんじゃないだろうか。近くに隠れていて、カーティスが空のバッグを蹴り落とすのを見ていたのでは？　そして復讐を夢見つつ、ゆっくりその場から離れて……

いきなりドアが押しあけられて背中にあたり、わたしはその反動でよろけてカーティスにぶつかる。膝に燃えるような痛みが走る。後ろを見たとたん、血が体から抜けていく。

出入口に、ホワイトブロンドの女がいた。

62　現在

彼女だ。墓からよみがえって、復讐心に満ちている。

わたしが息を吸うあいだに、目の前の光景を脳が処理する。顔を。その造作を。

サスキアではない。

オデットだ。

銃を持って――ライフルのたぐいだ――それをわたしたちに向けている。さっきヘザーに向けていたのもきっとこれだろう。てっきり腕を伸ばしているんだと思っていた。

「そこから動くな」声が冷たい。それに、まなざしも。

それにしても、こういう髪色のオデットを見るとぞっとする。昔は薄茶色だったのに、いまはブロンドだ。

サスキアの髪とまったく同じホワイトブロンドは、顔色の悪いオデットには似合わない。とにかく奇妙だ。

「でも、あなたの怪我って」わたしは小声で言う。

「二度と歩くことはできないって話だったのに」

ブレントとカーティスもわたしと同じくらい驚いているのか気になって、横目で様子をうかがう。

「医師ってのは、最悪のシナリオを告げる」ブレントが言う。「それに、どんなケースもわかるわけじゃない。首と背中については、不可思議なことが起こるものなんだ」

ライフルを向けられて、ブレントが口をつぐむ。

「腕が使えるようになるまでに病院のベッドで一年」オデットの口から唾のしぶきが飛び散る。「脚にサポーターをつけて二年。リハビリに五年以上。不可思議なことなんて何もないわ」

ブレントは隅のほうへさがる。カーティスとわたしはその場にじっと立っている。


ふとまたカーティスへの疑念が頭をもたげる。「最近カーティスがフェイスタイムであなたに連絡をとったのよね？　そんなに回復してること、カーティスが知ってるようには見えなかったけど」

「ふんっ。その人が見たのは何？　ハーネス。ヘッドセット。車椅子。ちょろいものよ」

わたしはブレントと同じく銃から遠ざかろうとするが、カーティスは動かない。いまカーティスがいるところは陰になっている。

オデットは白い迷彩柄のジャケットに、そろいのパンツというういでたちだ。さっき氷河でわたしたちを見ていたんだろうか。全然気づかなかった。

「だけど、これを全部ひとりでどうやったの？」わたしは言う。

オデットが手を振って言う。「わたしの兄ふたりがいまここのリフトで働いてるから簡単だったわ。わたしのためなら、なんだってしてくれるもの。あなたたちがここにいることを知ってるのは、わたしたちだけ」

ケーブルカーのふもとの駅で会った係員。だから、見覚えがある気がしたわけだ。オデットの兄とは、病院でちらっとしか会ったことがない。もうひとりの兄がゴンドラリフトを動かしているにちがいない。そのときは気づきもしなかった。

「でも、なんのためにこんなことを？」わたしは言う。「あなたたちが彼女を殺したのよ！　このなかのだれかひとりが殺したんだと思ってた。まさか三人だったとはね」オデットは氷河のほうへ首を傾ける。「そして、あの男は彼女から盗んだ」

ライフルでわたしたちを狙ったまま、オデットは片手をポケットに滑りこませて、携帯電話を取り出す。

「何もかも聞いたわ。録音もした」

いくつかボタンを押すと、ブレントの声が聞こえてくる。

〝傷つけるつもりはなかった。いや、なかったとは言えないな……〟

またボタンを押すと、再生が止まる。「各部屋に盗聴器が仕掛けてあるの。音声検知機能がついてて、何か音が聞こえると、録音が開始される」

オデットはサスキアの香水と紫色のアイライナーをつけていて、まるで死んだガールフレンドそのものになろうとしているようだ。正直言って気味が悪い。目に浮かぶ表情にも、サスキアを思わせるものがある。それとも、わたしには憎しみだけしか見えないんだろうか。

「病院にいるあいだは、ずっと自分を責めてた。サスキアが競技会の前に氷河へ行ったのはなぜなのか。わたしのせいだと思ってたの。〈グロー・バー〉で怒りのことばをぶつけてサスキアの気持ちを掻き乱したから、彼女はあんなところへのぼって、愚かにも危険を冒したんだって。繊細な人だったわ。あなたたちはそう思ってなかったかもしれないけど、わたしはわかってた」

オデットはそのライフルによく慣れているようなので、わたしはその場から動けない。オデットが身じろぎするたび、撃つ気じゃないかと心配になって体に力がはいる。でも、オデットは撃たない。こっちへ近づいてもこない——ライフルを奪われるリスクを冒すわけにはいかないのだろう。

「やっと退院した。いつも帰宅して真っ先にベッドサイドのテーブルで見るのが、サスキアのリフトパスなの。〈グロー・バー〉へ行く前にわたしの家にいたから、忘れていったんだと思う。これがないと、山へはのぼれないはず。ル・ロシェでは、それくらいきびしいの。つまり、山へ行ってないのに、どうしてサスキアが行方不明になるの？　絶対におかしい。わたしは自分に言い聞かせた。きっとだれかが彼女を傷つけたんだ、って」

わたしは手袋をはめたカーティスの手を握りしめるが、なんの反応も返ってこない。カーティスは石になったかのようだ。呼吸に合わせて胸が上下することだけが、生きているとわかる唯一のしるしだ。

「リフトパスを警察に持っていったのに」オデットの声が高くなる。「証拠として不十分だって言われて。悔しくてたまらなかった。それで、サスキアを傷つけたがる理由があるのはだれなのかを考えた。そしてそれをリストにしたの」

隅でブレントが片足を動かすが、ライフルを向けられてぴたりと動きを止める。

「あなたたちのなかのだれかに責任があるにちがいない、と考えたの」オデットは口の端からことばを絞り出す。「だけど、わたしに何ができた？　証拠もなかったし。だから、怒りをリハビリに注いだ。兄たちは、わたしと暮らすためにスキーレースをやめたわ。わたしの世話は大変だったから。この谷で仕事を見つけるのは簡単なことではなくて、唯一見つかったのがリフト係だった。そうして人生はつづいたわけ」

ライフルがカーティスのほうを向く。

「あなたが電話をしてくるまでは。十一月はほんの数人しかスタッフがいないの。支配人が留守だったから、あなたはわたしの兄のロマンと話をした。兄はすぐわたしに電話をしてきたわ。そしてその朝、オンラインでニュースを見たの。サスキアの死亡が認定されたって。それを祝うつもりだったのね！」オデットの目にあるのは、悪意そのものだ。

カーティスは目をしばたたく。「ちがう。そんな……

……」途中で口をつぐむ。

「そんなのまちがってる」オデットが言う。「だから計画を立てた」

「アイスブレイクの歓迎のゲームも？」わたしは言う。

ライフルがこっちへ向く。「わたしはただ……どう言えばいいかな。セメ・ラ・パゲイユ、フランス語で〝騒動を引き起こす〟って意味なんだけど。あなたたちが口を割り、自分のしたことを白状するまで、サスキアのことを、ただそれだけを考えさせたかった。そのために携帯電話をとりあげて、あなたの枕の下に髪を仕込み、彼女の香水を振りかけた。それに、あなたの部屋の窓と鏡にメッセージを残した。でも、予想より大変な作業で。その場その場で対処するしかなかった」

「電源も、音楽も」わたしは言う。「外からしかあけられないバスルームのドアも」

オデットはうなずく。

「ブレントを殴ったことも」わたしは言う。

「突き飛ばした、よ」オデットが訂正する。「階段であの人の後ろにいたんだけど、鍵を落としてしまって。その音を聞かれたと思ったの。見つからずに逃げる必要があったから」

「雪のなかに仕掛けたあの罠も？」

オデットがはじめて少し気まずい顔をする。「ほんとうのことがわかるまで、あなたたちが下へもどれないようにする必要があったから」

「でも、わたしたちのだれが罠に落ちてもおかしくなかった」

オデットがまた開きなおる。「結局は、だれひとり潔白じゃなかったんだから、たいした問題じゃないでしょ」

「デールが罠に落ちたのは偶然？」わたしは訊くが、知りたいかどうか自分でもわからない。

オデットはためらう。「わたしが誘導したわ。あの人、わたしを見て驚いてた。ものすごくね。でも、あそこにヘザーが落ちたって言ったら、見にいくって」

その目が怒りに燃える。「わたしはサスキアを愛してた。なのに、あの男はサスキアのお金を盗んだ。ヘザーもぐるよ。サスキアのお金を使ったことを本人に直接認めさせたくて、ヘザーに銃を突きつけたの。ところが、それ以外のことまでぺらぺらしゃべったわ。あの朝のことを。クッションで……」横顔に苦悩がよぎり、それからまた怒りがよみがえる。「わたしは自分に誓った。サスキアを傷つけた者はだれであろうと傷つけてやる、って。デールとヘザーはサスキアを傷つけた」少し間をとる。ひとりひとりを見て、自分にじゅうぶんな注目が集まっているかを確認する。「ジュリアンはサスキアを傷つけた」

胃がずしりと沈む。「交通事故も？　それもあなたが？」

微笑が浮かんで、あっという間に幻のように消える。わたしが横目でうかがうと、カーティスは話についてきているかも怪しい様子だった。

ライフルがまたこっちに向けられる。「そして、ミラ。あなたには好感を持ってた。こんなことに巻きこむことになって気の毒に思ったくらい。サスキアを殺したのはあなたではないと思ってた。この数年、あななんの話なのかさっぱりわからないと言わんばかりに、オデットはわたしを見る。「ブリッツのことで責めてるんじゃない。サスキアのことよ。彼女はわたしのものだった。あなたはそれを知りながら……」ことばを探す。「わたしが大事にしてきた彼女とのすべてを穢した」

わたしは話を整理しようとする。何年もずっと、自分がオデットの事故を引き起こしたとばかり思ってきた。それでもやはり、悲劇の連鎖に自分が果たした役割を無視することはできない。もしわたしがサスキアと寝たりしなければ、ブレントがサスキアを突き飛ばすこともなく、サスキアはブリッツに出ていて、オデットがフリップを失敗することもなかっただろう。

オデットの表情が硬くなる。「サスキアはデールと寝たんだと思ってた。〈グロー・バー〉でヘザーがそう言ったから。それでヘザーはブレントと寝たんだって」

たに会いたいとさえ思ってたわ」

わたしは自分の部屋の窓に記されていたメッセージを思い出す。ようやくあの意味がわかった。

オデットが目つきを険しくする。「でも、まちがってた。サスキアを傷つけはしなかったけど、あなたはわたしを傷つけた」

「わかってる」わたしは言う。「ほんとうにごめんなさい。クリップラーのこと」

「は？」

「ブリッツで。あなたが転倒した競技会よ。わたしがクリップラーを入れるつもりだって言ったから、あなたも挑戦したのよね」

オデットが眉をひそめる。「あれはハーコンフリップだったし、もともとルーティンにかならず組みこんでたわ」

「そう。それでも、滑る直前にあなたの気持ちを掻き乱してしまった」

あの夜、バーから走って出ていったときのオデットの顔を思い浮かべる。それで、あのゲームの秘密のなかに、デールの件があったわけだ。ほかの秘密についても、心のなかでひとつひとつ確認していく。オデットは、ヘザーとわたしがブレントと関係を持ったことを知っていた。最後のふたつ――〝サスキアの居場所を知っている〟と〝サスキアを殺した〟――は、単なる釣りだったにちがいない。

オデットはわたしと同じように、ひとりの犯行ではないと考えて仮説を立てたのだろう。

「でも、それはまちがってた」ライフルをわたしに突きつける。「サスキアの相手はデールではなく、あなただった。あなたはわたしの友達だったのに。よくもそんなことができたわね」

オデットの怒りは生々しい。ほんの数分前に、ブレントの話を聞いて知ったばかりだから当然だ。

それにしても、どういうライフルなんだろう。わたしは銃にくわしくない。空気銃？ ひょっとすると狩猟用？

オデットはわたしの視線に気づく。「最近、バイアスロンをしてるの。知ってる？ クロスカントリースキーとライフル射撃の組み合わせ。五十メートル離れたところから、直径四十ミリの標的を五つ撃つの」笑みがいつの間にかもどっている。「もう二年になるかな、兄たちとひそかにトレーニングをつづけてきたわ。バイアスロンがわたしの目標であり、生きる理由（レゾンデートル）だった」

秘密にしたかったわけは理解できる。恐ろしい事故のあと、フランスのマスコミはオデットのもとに殺到したのだろう。彼女のプライドは危機に瀕していた。オデットはもがき苦しむ姿を世界にさらしたくなかったのだ。自分ならそう考えたと思う。

「わたしの背中はもう強い衝撃には耐えられない。どっちにしても、この歳ではもうスノーボーダーは無理だし。でも、バイアスロンでは三十二歳が女子選手のピークなの」

オデットはわたしよりひとつ若いから、三十二歳のはずだ。

オデットの笑みが大きくなる。「わたしの腕は正確よ。フランスのオリンピックチーム入りを目指してるくらい」

わたしはオデットをまじまじと見つめた。人生を一変させるほどの怪我をしたのに、信じられないような回復ぶりだ。でも、ハーフパイプのプロだったころのオデットの集中力と努力を思い出す。これほどの回復をなし遂げられる者がいるとすれば、それはオデットだ。

「で、これからどうする?」ブレントが部屋の隅からそっけなく言う。

オデットも同じ疑問をいだいているかのように、わたしたちの顔をじっと見る。ようやく結論が出たらしい。唇を引き結ぶ様子からして、その結論はきっと不愉快なものなのだろう。オデットがドアを指さす。

「外へ出て」

だれも動かない。オデットがライフルでわたしの膝を狙う。いいほうの膝を。そっちの膝まで失うことを考えるだけで、パニックになる。もしそうなったら、完全にここで立ち往生してしまう。

カーティスはなんの反応も見せず、動けなくなったようにじっとすわっている。ブレントが体に腕をまわしてカーティスを立たせる。廊下に出たオデットの背中は、わたしたちがぞろぞろとあとを追うあいだにも少しずつ遠ざかっていく。オデットは片足を——左足を——わずかに引きずっているが、いままでのところそれ以外はいっさい怪我の影響を感じさせない。

オデットが正面玄関を身ぶりで示した。「歩いて」

わたしはカーティスとブレントに目をやる。一斉にオデットに飛びかかったらどうだろう。でも、オデットなら狙いすました銃弾ひとつで退けられるだろうし、こっちが距離を詰めているあいだに、いったい何発撃ちこめるだろう。

バイアスロンの選手として、プレッシャーを受けてもあわてないよう訓練しているはずだ。リスクが大きすぎる。

ブレントが先頭に立つ。

「どこへ連れていかれるのかな」わたしは小声で言う。

「しゃべるな!」オデットが鋭い声で言う。

ドアのガラスの向こうは、白一色の世界だ。わたしはカーティスと目を合わせようとするが、カーティスは心ここにあらずで、自分がサスキアにしてしまったことをいまなお受け入れられずにいる。自分が何かしたせいで、カーティスが撃たれるようなことがあっては困る。いずれにせよ、ここに閉じこめられているより外に出たほうが、オデットから逃げるチャンスはまちがいなく増える。

「ジャケットを脱いで」オデットが言う。

賢明な手だ。体が冷えれば冷えるほど、わたしたちは従順になる。わたしは手袋をした手をジャケットの袖から引き抜いて、そのままジャケットを床に落とし、ゴーグルと手袋もはずせと言われないことを願う。

ブレントがスノーボードブーツをとりにいこうとする。

「だめよ」オデットが言う。「外へ出て」

わたしは口に出さずに毒づく――ブレントが履いているのは、擦り切れたＤＣの靴だ。ブレントがドアを押しあけると、雪が吹きこんできた。わたしはゴーグルをおろして、ブレントにつづいて足を踏み出す。雪が激しくなっている。風が雪を舞いあげ、雲が低く垂れこめて、どこからどう見てもホワイトアウトだ。崖がどこにあるのかも見えない。ところどころ雪だまりに半ば隠れたようなロープの囲いだけが、崖の位置を知るための唯一のすべだ。

この状況はこちらに有利に働くかもしれない。姿が見えなければ、オデットだって撃ちようがない。細長いスキー板とスティックがひとそろい、外の壁に立てかけられている。オデットはわたしたちから目を離すことなくそれをつかむ。そのままブーツをバインディングに留めているあいだ、わたしたちは体を寄せ合う。わたしは早くも歯の根が合わないほど震えている。カーティスとブレントを見る。逃げるべきだろうか。でも、どこへ？　それに、この膝でどこまで行けるだろう。

カーティスはホワイトアウトをながめている。正気にもどってもらいたくて、わたしはカーティスの肘をつかむが、なんの反応も示さない。カーティスもわたしと同じで、ゴーグルと手袋を装着している。

気の毒に、ブレントはどっちも着けていない。パーカーのフードをかぶって、両手をジーンズのポケットに突っこんでいる。バートンの黒いパーカーは、白い背景に映えて一マイル先からでも見えそうだ。カーティスの紫色のフリースにも同じことが言える。海を思わせる緑色の服を着たわたしは、それほど目立たない。

オデットが氷河のほうを指さした。「歩いて」

わたしたちは縦一列に並んで出発する。先頭を行くブレントは雪が顔にかからないよう手をかざしながら歩を進め、そのあとにわたし、それからカーティスとつづく。わたしは足を引きずりながら、罠がないかと周囲を確認しつつ進む――けれども、罠など見えるわけがない。膝まで雪に埋もれているため、わたしたちの歩みは遅い。一歩進むごとに、痛みが螺旋を描いて脚をのぼっていく。

ちらっと背後のオデットに目をやる。スキーをつけたら、さっきまでの動きの硬さが跡形もなく消えている。流れるように動きがなめらかで、スキーが脚の一部のようだ。

「どこへ連れてくつもり？」わたしは声をかける。

オデットはただ笑うだけで答えない。殺す気なら、どうしてさっさと撃たないんだろう。

そうか。答えがわかった気がする。銃弾が体に残った状態で発見されたら、銃弾をたどってオデットに行き着く可能性があるけれど、クレバスで発見されれば、また悲劇的な事故があったとしか思われない。

わたしは両腕で自分の体を抱く。風はそのままパーカーを通り抜ける。また背後に目をやる。オデットは慎重に距離を保っている。反撃に出るべきなのに、あのライフルを見ると身がすくむ。オデットにしてもわたしたちを撃ちたくないのかもしれないが、必要に迫られれば撃つだろう。本人が言うほどの射撃の腕前なら、わたしたちに近づく必要はない。

足を前へ踏み出すたびに、信じられないという気持ちが強くなる。歩みのひとつひとつがわたしを墓へ運んでいく。なぜ反撃しようとしないの？　だけど、わたしに何ができるだろう。道はふたつだ。逃げて背後から撃たれるか、戦わずしてあのクレバスで凍死するか……聞いた話によれば、寒さも限界を超えると感じなくなって、またあたたかいと感じるらしい。それに、そっちを選べばみんなで一緒にいられる。

耳のなかで絶え間なく風がうなる。もうオデットにこちらの声は聞こえない。ブレントはわたしのすぐ前を歩いている。わたしはその袖をつかんでささやく。

「クレバスに連れてく気よ」

ブレントは一瞬何かを考えているような顔をしたのち、悲しげな微笑を浮かべる。それから背後へ向けて大きな声で言う。「サスキアがいる場所へ案内できるけど」

何をふざけているんだろう。氷河は一年に百メートルほどの速度で動いている――調べたから、わたしにもそれくらいはわかる。

「ばかだと思ってるわけ？」オデットが叫ぶ。「十年経ってるのよ。クレバスがもとの位置にあるはずがない」

けれども、その声にかすかな迷いが混じっていたことにわたしは気づく。

「どうしてそんなことがわかる？」ブレントが大声で返す。

「何する気？」わたしは小声で訊く。

ブレントはわたしを無視して、スロープの上を指さす。「あっちの上のほうだ」

「だまれ！」オデットがわめく。

「彼女が永遠の眠りについた場所を」ブレントが言う。「見たくないのか」

オデットは足を止めて考える。「わかったわ。案内して」

わたしたちは方向転換して、きのう飛んだジャンプ台のあるほうを目指して進む。

ブレントが何を企んでいるのかまだわからず、それがわたしをひどく不安にさせる。

ブレントがわたしの手を握り、声を抑えて言う。

「これからおれは脱走する。オデットを上へ引きつけて、きみたちから遠ざける。彼女の狙いはおれだ。この事態はおれが引き起こした。それに、きみとカーティスはブーツを履いてる。〈パノラマ〉までもどって、ボードを使え」

「やめて、ブレント」

ブレントは手袋に包まれたわたしの手をぎゅっと握る。「おれは速いんだ。つかまりっこないさ」

ただし、足元はスケートシューズで、コースをはずれてクレバスだらけの氷河へ走ってのぼる場合は、話が別だ。それに、おりるにはどうしてもオデットのそばを通らざるをえない。

「頼むからそんなことしないで」わたしは言う。

けれども、ブレントはスロープを見あげて、脱走の準備をしている。

わたしもあとを追うことはできる。でも、そうすると、カーティスをひとり残していくことになる。

「きみたちにチャンスを与えるんだ、ミラ。無駄にするな」ブレントが手をはなす。

わたしはブレントを行かせる。

63 現在

つまずいたふりをして、わたしは雪に身を投げ出す。うめき声が出たのは偽りではない。かわいそうなわたしの膝。たぶんまた痛めてしまった。

「立ちなさい」オデットが鋭い声で言う。

背後でオデットがわたしにライフルを向けているのが目にはいる。ブレントがチャンスをくれたぶん、お返しをするつもりだ。ブレントが数秒だけでもリードできるようせめて時間を稼ぎたい。

あとで必要になるはずだ。

「早く！」オデットが怒鳴る。

うまくいっている。ブレントが出発したことにオデットは気づいていない。わたしはホワイトアウトのなかを大きなストライドで走るブレントの姿を思い浮かべる。

「無理そう」わたしは言う。

「その膝を撃つわよ」

わたしは自分の脚をつかみ、ブレントが少しでも前進していることを願う。「もう歩けない。痛くて」あと二秒。わたしにできるのはそれが精一杯だ。

「ちょっと!」ブレントがいないのにオデットが気づく。

オデットが決断するのを、わたしは息を詰めて待つ。わたしとカーティスを撃って、それからブレントを追いかけようとするだろうか。

「そこから動かないで!」オデットはライフルのストラップに両腕を通し、肩に背負った。ブレントの読みがあたったようだ。オデットのいちばんの狙いはカーティスなので、そのカーティスを逃す危険は冒せないということか。あるいは、話はもっと単純で、膝が悪くてわたしが遠くへ行けないのを承知のうえで、まずブレントを始末し、それからこっちを片づけるつもりなのかもしれない。

オデットは両手に一本ずつ長いスキースティックを握り、腕と足を合わせて動かしながら斜面をのぼりはじめる。あっという間にぐんぐん加速するのを見て、わたしは恐怖を覚えた。その姿はもう霧のなかに消えている。わたしは気分が悪くなる。ブレントに勝ち目はない。

聞こえてくるはずの銃声に備えて、耳を閉ざそうとする。カーティスはぼんやりホワイトアウトをながめている。

ブレントの最後のことばがよみがえる。無駄にするな。

カーティスの腕をつかむ。「カーティス。逃げよう」

反応がない。わたしはカーティスの体を揺する。

「カーティス。あなたが必要なの」

ゆっくりと、カーティスの顔がこちらを向いた。自分を現実に引きもどそうと奮闘しているのがわかる。

「ボードをとりにいこう」わたしは言う。

「乗れるのか」カーティスが訊く。

「乗らなきゃ」

カーティスに腕を引かれて、ふたりでスロープを急いでおりる。痛みを忘れようと、わたしは口を固く閉じる。いつライフルの銃声が聞こえてもおかしくない。わたしはペースをあげる。

〈パノラマ〉の黒っぽい影が霧のなかから現れる。

「ここで待ってろ」カーティスが言う。「きみのボードも持ってくる」

カーティスはすぐにふたりのボードとジャケットを持ってもどる。ジャケットを着たが、ボードはまだつけても無駄だ。斜面がはじまるところまで、平地を渡っていかなくてはならない。カーティスが片方の腕をわたしの腰にまわして支え、ふたりで崖に沿って、脚が埋もれるくらいのパウダースノーのなかを、できるかぎり走って進む。

肺が空気を求めてあえぐ。「クレバス」わたしは息を呑む。

「迂回しよう」

もうないことを祈るしかない。

わたしはまだ、銃声が聞こえてくるのではないかと身構えている。「彼女はわたしたちを撃ちたくないんだと思う」

「なんで？」カーティスが言う。

口を開くたびに、雪が吹きこんでくる。「それより……クレバスに落とす気じゃないかな」わたしは息を切らしている。「そうすれば事故に見えるから」

「急ごう」

ホワイトアウトは薄く灰色を帯びている。わたしは気を失いそうだが、カーティスがわたしの体重を半分引き受けて、それでもなお走りつづけているので、わたしも足を動かしつづける。

こんなに自分を追いこんだことがあっただろうか。記憶によると、そろそろ平地を渡り終えるはずだ。銃声が響いてくる。もう一発。さらにもう一発。胃がぎゅっとよじれる。足に力がはいらず、へたりこんでしまいそうだ。

カーティスの腕がわたしの背中をぎゅっと包む。

「走りつづけろ」

涙があふれて、ゴーグルのなかにたまる。**なんと言われようと、きみのことを思うのはやめられないよ、ミラ。**

ブレントはほんとうにわたしのことを大事に思ってくれていた。ずっと変わらず。いまもまた、それを示してくれた。

きみもおれのことを大事に思ってくれてると信じてた。

自分がどれほどブレントのことを大事に思っていたか、どうしていままで気づかなかったんだろう。一度もわたしから言ったことがないから、結局ブレントには伝わることがない。**ごめん、ブレント。ほんとうに後悔してる。**

こういう思いを全部箱にしまって、生き延びるために戦わなくてはならないのに、わたしは息が苦しくなるほど泣きじゃくっている。ずっとブレントを傷つけてばかりだった。そういう自分がいやでたまらない。ブレントにそんな態度はふさわしくなかった。そしてわたしはブレントにふさわしくなかったのだ。ブレントはわたしのせいでサスキアを手にかけ、それから十年を——人生最後の十年を——そのせいで苦しんで過ごした。

ひょっとして、オデットが撃ち損じているかも。あるいは、ただ怪我をさせただけですんだんじゃないか。

カーティスが指をさす。「見ろ!」

前方に一本、黒い筋が現れた――滑走コースを示す標識だ。あそこから下りの斜面になる。

現実が襲ってくる。いつオデットに追いつかれても不思議じゃない。ブレントを始末したら、次はわたしたちだ。こちらに勝ち目はない。バイアスロンの選手というのはつまり、選り抜きの狩人にほかならないのでは？

わたしはカーティスの足手まといになっている。カーティスひとりなら逃げきれる可能性はある。

「行って」わたしは言う。「ボードで先に行って」

「きみを置いてはいけない」

「膝が痛くて無理。ひとりで滑っておりて、援軍を連れてきて」

「だめだ」

言い争っている暇はない。「さっきわたしが言ったことを思い出して」切羽詰まった声で訴える。「わたしが飛べと言ったら、あなたは飛ぶ？」

「さっきぼくが言ったことを思い出してくれ。ぼくの人生にきみを加える覚悟があるって話」

「カーティス」もう泣いている暇もない。

「きみは？　ぼくが行ったら、きみはどうするんだ？」

「隠れるから」風の音？　それともスキーが雪の上を滑る音？　わたしはカーティスの手を強く握る。「行って。お願い！」

カーティスはわたしを見て、手を握り返す。「きっと助けを連れてくる」

カーティスがいなくなると、わたしは雪のなかにあった何かにつまずく。ピッケルだ。それをつかみ、身を隠せる場所がないかと周囲を見まわす。ひとつだけ方法があるが、それだけは二度とごめんだと思っていた。わたしはピッケルを握ったまま、目にはいったなかでいちばん大きい雪だまりに飛びこみ、自分の体の上にできるだけ雪をかけた。

脚と胴体を隠す。重みで体が雪に沈む。次は腕と頭だ。パニックが全身にひろがっていく。じきに息ができなくなる。

しっかりして。きっとできる。やるしかない。

うわっ、もうスキーの音が聞こえてきた。首の骨折を経験してなお、オデットは肉体も精神もわたしより強い。最後にもう一度息を吸って、わたしは顔を雪で覆い、両腕を雪の下にもぐらせる。湿って冷たい雪が頬の上にある。そのとき、恐ろしい考えに襲われる。まわりの雪がこのまま固まってしまうかもしれない。永久にここに閉じこめられる。

起きあがれ、とあらゆる本能が叫ぶが、オデットが近づいてくるのが雪の隙間から見える。心臓がばくばくする。雪を吸いこんでむせるといけないので、鼻から呼吸をしないで、口から少しずつ空気を吸う。

オデットがきょろきょろとまわりを見る。時間が足りなくて、わたしの体は完全には雪の下に隠れていない。いつ見つかってもおかしくない。

どこか斜面の下のほうから、鋭い口笛の音がした。オデットが大声をあげ、背中にかけていたライフルを構える。カーティスはどういうつもりで注意を引くようなことをするんだろう。わたしはオデットがライフルの狙いを定めるのを、ぞっとしながら見つめる。

オデットが悪態らしきものを口にしながら、ライフルの銃口をさげる。このホワイトアウトのなか、カーティスの姿は見えっこない。わたしはカーティスが長く険しい斜面をくだって高原へくだるさまを思い描く。彼ならきっとだいじょうぶだ。

オデットがバックパックから何かを引っ張り出した――煉瓦ほどの大きさの黒っぽい物体。いったいなんだろう。それをあれこれいじったのち、スロープに投げつける。

オデットが耳をふさぎ、それから数秒後に爆発音が響く。静寂。それからゴーッという轟音。地鳴りが徐々に大きくなって、しまいには山全体が崩れるような音がする。動揺しつつも、わたしはこの音の正体に気づく。カーティスの姿が見えなかったので、オデットは雪崩を起こしたのだ。

　そしてその音から判断すると、スロープ全体が滑り落ちたようだ。

64　現在

　雪崩は、ゆっくりと動くコンクリートの波のようなものだ。圧力により雪から空気がすっかり抜けるので、動きが止まったとたんに雪が固く締まる。

　カーティスの体がスロープを転がり落ちる光景を想像すると、胃のあたりがよじれる。

　パニックになってはいけない。カーティスなら対処の仕方を知っている。可能なら流れに身を任せて、表面付近で持ちこたえる。そのうち勢いが衰えたら、呼吸できるよう顔のまわりに空間を確保するだろう。

　ただし、流されているあいだに意識を失わなければ。カーティスは冷静に行動し、呼吸を保つことを知っている。いま彼にできるのはただひとつ、救助を待つことだけだ。カーティスはビーコンを着けているはずだし、わたしもちゃんと着けている。雪崩の被害者が十五分以内に発見された場合の生存率は、九十パーセントに及ぶ。

三十分経過すると、生存の見こみはわずか三十五パーセントにまで落ちる。

どうしてもカーティスを見つけなくてはならない。でも、そのためには、オデットのそばを通る必要がある。

オデットがこちらに背を向けていることから察するに、ふたりとも下にいると考えているのだろう。ゴーグルをあげてホワイトアウトに目を凝らしている。わたしはピッケルを握って、少しずつ雪だまりから出る。事は一刻を争う。

ゴーグルが曇っているので額にあげる。オデットがライフルを肩に背負い、左足をスキーに固定する。滑って下へおりて、わたしたちが雪崩から脱出できなかったのをたしかめるつもりらしい。わたしは足を引きずって彼女のほうへ向かう。この音が聞こえませんようにと祈りながら。

なんたる皮肉。自分のせいでオデットがひどい怪我をしたのだと思い、わたしは何年ものあいだ自分を責めてきた。でも、事故はかならずしもわたしのせいばかりではなかった。それなのにいま、彼女を傷つけなくてはならない。どこを狙うべきだろう。上半身は幾重も服に覆われているから、足のほうがいい。それも右足、つまり引きずっていないほうの足が。

わたしは這うように進み、近くまで行くと、手袋をした指でピッケルの木製のシャフトをしっかりと握った。オデットはまだこっちに気づいていない。わたしはピッケルを振りあげたが、胃がむかむかする。自分にこんなことができるとは思えない。オデットが右足もスキーに固定する。

さまざまな光景が目の前に浮かぶ。傷ついて雪のなかに埋もれているカーティス。この上のどこかにいる、体に銃弾を撃ちこまれたブレント。氷のなかで寄り添っているデールとヘザー。わたしはピッケルのブレードをオデットの右脚、膝のすぐ上あたりに思いきり叩きつける。オデットは恐ろしい悲鳴をあげて、横ざまに倒れる。これで互角だ。

「カーティス!」わたしは大声で呼ぶ。

オデットは右脚をつかんで、雪の上でもだえている。わたしはもう一度ピッケルを持ちあげる。倒れてしまえば、オデットにとってスキーは邪魔でしかない。スキーをはずそうと、バインディングをやみくもに叩いている。わたしはその太腿めがけてピッケルを振りおろす。オデットを動けないようにしなければ、カーティスのもとへたどり着けない。

オデットが転がって打撃をよける。すでにスキーは片方脱げている。わたしはまたピッケルを振って、尻のすぐ上をとらえる。そのとき響いた不快な音からすると、骨にあたったらしい。オデットが絶叫する。

もう一方のスキーもはずれている。オデットが背中の荷物に手を伸ばす。ライフル! わたしはピッケルをほうりだすと、ライフルをめぐってオデットと揉み合いになる。

争っているあいだに、貴重な時間が刻々と過ぎていく。どうしてもカーティスを探し出さなくては。オデットの手からライフルをもぎとり、なんとか立ちあがる。なんて重いんだろう。

声を振り絞って叫ぶ。「カーティス!」

その声が山々に響き渡る。もしカーティスが下にいるなら、聞こえたはずだ。わたしは応答を聞き漏らすまいと耳をそばだてるが、何も聞こえない。カーティスはきっと埋まっている。

オデットが白い迷彩柄のパンツを赤く染めてよろよろと立ちあがるが、すぐまたそばの雪へ飛びこむ。ピッケルだ!

ライフルの照準を定める時間もないし、そもそも撃ち方もよくわからないので――このライフルには安全装置がついているんだろうか――わたしは持っていたライフルを脇へほうって、ピッケルめがけて飛びかかる。膝に痛みが走る。オデットの手が木製のシャフトをつかもうとした瞬間、わたしは痛くないほうの足で思いきりピッケルを蹴り飛ばす。ピッケルは宙を飛んで霧のなかへ消える。

互いにぴたりと動きを止める。一方にライフル、もう一方にピッケル。オデットはピッケルがあるほうへ走る。こういう接近戦には適しているけれど、自分の位置からでは絶対に先着できないと見て、わたしはライフルのほうへ行って拾いあげる。オデットは周囲のパウダースノーをピンク色に染めながら、まだ霧のなかでピッケルを探している。

わたしはライフルで狙いを定める。「動くな！」

オデットの顔がこっちを向く。揉み合ったときにゴーグルも帽子もなくしたらしく、髪に雪がかかっている。わたしが反応する間もなく、オデットは何も持たずにふらりとホワイトアウトのなかへはいり、崖沿いに〈パノラマ〉を目指す。オデットが自由に動けるうちは、カーティスを探すことができない。たぶんほかにも武器を隠してあるのだろう――少なくとも、なくなったキッチンナイフのほかに、ライフルも何挺か持っている可能性はじゅうぶんにある。だから、オデットのあとを追う。

雪に血の跡が点々とつづいているため、追跡はたやすい。大量に失血しているのに走れることに驚くが、オリンピックを目指している人間はおいそれとはあきらめないものだ。膝の痛みは新たな次元に突入している。とはいえ、わたしもかつてはオリンピック出場を夢見た身だ。痛みを頭から追いやり、足を引きずりながらもスピードをあげる。

建物の輪郭がぼんやり見えてきた。オデットはすでにドアのそばにいる。このままでは、武器をとりに中へはいり、数秒で出てきてまたわたしを狩ろうとするだろう。

「止まれ。さもないと撃つ!」わたしは大声で言う。まったく経験がないことを考えると、この距離から命中させる見こみはかぎりなく低い。オデットも同じことを考えたのだろう、走りつづけている。オデットの足を止められるようなことを何か言えないだろうか。

いちかばちか、わたしは叫ぶ。「彼女はあなたを愛してなかった!」危険な手だ。よけいに怒りを煽るリスクがある。

オデットがその場で立ち止まった。

「彼女はあなたを裏切った」

オデットは振り返ってこっちを見る。「そっちから誘ったに決まってるわ」冷ややかに言う。

「わたしは彼女にだまされたの、あなたがそうだったように」

オデットは返事をせず、ゆっくりこっちへ来る。

「一緒に夜を過ごしたあと、わたしになんて言ったと思う? ブリッツの前にあなたを動揺させるための戦略にすぎないって言ったの」

「そんなの信じない」

「彼女にとっては、あなたに勝つ唯一のチャンスだった」

「嘘よ」

わたしは手袋をはずす。「ふたりで夜を過ごしたあと、彼女はわたしにこれをくれた」ジャケットのポケットから銀色と青色のブレスレットをするりと取り出す。

見覚えがあるというように、オデットの目が一瞬輝く。オデットはさらに近づいてくる。

わたしは左側のどこかに崖があることを意識しつつ、後ろへさがる。「両手をあげろ!」

オデットがゆっくり両手をあげる。そのまま近づいてくる彼女に、わたしはライフルの狙いを合わせつづける。

五メートル先から、オデットがブレスレットを凝視する。「彼女がそんなことするわけない。わたしを愛してたんだもの」でもその声は震えていて、わたしのことばに真実を感じとっているようだ。

「あなたは彼女を愛していた。その気持ちはいまも変わっていない。あなたを見てればわかるわ。だけど、ほかのみんなを利用していたように、彼女はあなたのこともただ利用しただけだった」

「ちがう」ことばに自信が欠けている。

「あなたは彼女のためにこれだけのことをした。でも、彼女はあなたのそんな思いに値しない人だった」

「うるさい」なおも近づいてくる。

オデットを信用することはできない。わたしは後退しつつホワイトアウトに目を凝らして、崖の場所を示すロープの赤色を探す。「手遅れでほかのみんなは救えなかった。でも、せめてカーティスを助けにいかせて」

オデットはどういう手がいいのか考えているように、まわりに視線を走らせる。引き金にかけたわたしの指がこわばる。オデットの頭のなかで何が起こっているのか読めない。オデットに逃げ道はない。でも、わたしを道連れにする気だろうか。

脚を撃てばいい。動きを封じられれば、カーティスを探す時間が稼げる。ただし、自分の射撃の腕が信用できないし、オデットを殺したくない。となると――

オデットがまた横をちらっと見る。わたしはそのとき、オデットの考えに気づくが、もう遅すぎる。

オデットは崖のほうへ一歩踏み出す。さらにもう一歩。崖から飛ぶつもりだ！

「やめて！」わたしは叫ぶ。その崖はあまりに高すぎる。

それでもオデットは崖のふちへと進む。そして飛んだ。

霧がその体を包み、オデットの姿が見えなくなる。

わたしは慎重に崖のふちまで行って、下をのぞきこむ。底が見えないけれど、ここから落ちたらまず助からない。

ショックで呆然としたまま、わたしはさっきの標識のほうへもどる。いまの出来事について、気持ちの整理がつかない。カーティスが氷に埋まって十分は経っているのに、まだ探しはじめてさえいない。手遅れだったらどうしよう。

標識に着くころには、膝がもう限界だったので、わたしはライフルをその場におろし、スノーボードパンツの尻を雪の上につけて、スロープを滑りおりる。滑降コースは氷の塊だらけで荒れている。手袋をはずして、パーカーの首元に手を入れる。手の震えが激しくて、なかなかビーコンを取り出せない。使い方がわかるといいけれど。わたしは側面のスイッチを入れて、〝受信モード〟に切り替える。

ビーコンを前に差し出す。

反応なし。雪崩につかまらなかったのかもしれない。うまく乗りきって逃げたのかも。でも、自然関係のドキュメンタリー番組で雪崩の映像を見たことがあるが、すさまじい威力と加速だった。カーティスはどこか受信範囲外に埋まっている可能性のほうがはるかに高い。**さあ、彼を探して。**

わたしはふらつきながらスロープをおりる。**どこにいるの？** たったいまブレントを失ったばかりなのに、カーティスまで失うわけにはいかない。頭のなかで、刻一刻と時が過ぎる。すでに三十分以上経っているはずだ。凍って動けないカーティスのイメージを脇へ押しやる。

画面に点滅する矢印とともに、数字――45――が表示され、気持ちが明るくなる。カーティスは四十五メートル先のどこかに埋まっている。

このあたりは霧が濃い。雪のこぶで何度も転びながら、足を引きずって進み、カーティスのもとへ急ぐ。数字が小さくなっていく。39。25。時間がかかりすぎだ。ついに画面全体が点滅しはじめる。カーティスを見つけたのだ。

両膝を突いて、素手で雪を削るものの、まるで歯が立たない。爪を立てたり、いいほうの足で蹴ったりする。でも、雪が固く締まっていて、まったく役に立たない。

カーティスはこの真下にいる。なのに、手が届かない。

エピローグ　九か月後

またあの季節がやってくる。氷河が遺体を引き渡す季節が。

このところの熱波で例年より早く氷が融けているため、平均より発見される数が増えると予測されている。わたしは一日に何度もネットで確認をする。

言うまでもなく、わたしはふたりの遺体を待っている。

でも、〝鍋を見ているあいだは湯が沸かない〟とも言われるとおり、見ているうちは氷河はけっして遺体を吐き出さない。ほかはともかく、わたしが待っている遺体は。今月はこれまでのところ、ロープで体をつないだままの三人の登山者と、一九九九年に行方不明になったオーストラリア人と思しき二人組が発見された。

　わたしは指をクロスさせて幸運を祈ったのち、画面をスクロールしていく。何もない。新たに見つかった遺体はなかった。待つのはもううんざりだ。

「ミラ！」

　カーティスの声。寝室からだ。

「すぐ行く！」検索履歴を削除する。何を調べていたかをカーティスに見せたくない。自分の妹の遺体をガールフレンドが調べていたことを知るのは、全然ロマンチックじゃない。

　どうしても彼女の死をたしかめたい。

　カーティスも調べたことがあるのかどうかは、わたしにはわからない。たぶん、遺体が見つかったら、即座に家族に連絡がいくのだろう。ノートパソコンの電源を落として、寝室へ向かう。

　カーティスは仰向けになって頭の後ろで腕を組み、腰のまわりにシーツがからまっている。あけ放した窓から射しこむ日差しが、裸の胸を照らしている。まだ七時なのに、すでに暑い。そよ風がわたしの髪をなぶり、刈ったばかりの草のにおいと、遠くで鳴るカウベルの音を運んでくる。わたしは八月のスイスが大好きだ。

「こっちへおいで」カーティスが言う。

　わたしは入口から動かない。「それは命令？」

　カーティスの顔にゆっくりと微笑がひろがる。「ああ、命令だ」

「従わなかったら？」

「どうしても従わせるかも」

　わたしはぎりぎり手の届かないところで止まるつもりでベッドへ近づくが、カーティスが大きな手でわたしの手首をつかみ、もう一方の手でシーツを剝いで、わたしを自分の体の上に引き寄せる。固く引き締まった胸の筋肉が、ぶつかった衝撃をやわらげてくれる。

彼のたくましい両腕がわたしの背中を包んで抱きしめる。自分の下に、彼のがっしりしたあたたかい体を感じる。

　もしこれほどの体力がなかったら、カーティスはいまここでわたしとこうしていなかっただろう。強靭な体だったからこそ、わたしが足を引きずってまたスロープをのぼり、血まみれのピッケルを見つけて、掘り進めて彼を見つけるまで、雪の下で長く持ちこたえたのだ。

　雪のなかから引っ張りあげたときには、息をしていなかった。わたしが心肺機能蘇生法(CPR)を施すと——ジムでひととおり応急処理の講座を受けていたのがさいわいした——カーティスは息を吹き返したが、危険なほど体温がさがっていたうえ、雪崩に巻きこまれた際に肩を脱臼していた。

　わたしの膝も悲鳴をあげていたが、荒れ狂う吹雪のなか、十五キロの距離をふたりでふらつきながら歩いて、なんとかスキー場までおりた。六時間かかった。わたしたちはすぐに病院へ運ばれた。警察はわたししたちから事情を聞くと、オデットの兄ふたりの身柄を拘束した——けれども、そこまでだった。ふたりは妹の復讐については何も知らなかったと言い張り、結局、職は失ったものの、自由までは奪われなかった。

　翌朝、医師たちは、帰郷したら膝の手術をしろと言い渡し、脚に包帯をぐるぐる巻いたわたしを解放した。カーティスを病院に残して、わたしは山岳救助隊と一緒にまたリフトに乗って氷河へのぼり、ヘザーとデールの遺体をクレバスから引きあげる場面に立ち会った。

　わたしたちが〈パノラマ〉にもどったところへ、別の救助隊が橇型担架を曳きながらスキーでおりてきた。ブレントはどうにか生き延びているんじゃないかとその瞬間までわたしは期待を残していた。銃撃をかわすか、ただ負傷しただけなんじゃないか。〈パノラマ〉にもどっていて、ひと晩隠れていたんじゃないか、と。

やがて、橇型担架の上に何か塊が載っているのが目にはいった。動きもしないし、音も立てない。それは全体を覆われていた。そのとき、淡い期待はすべて潰えた。

オデットについて言えば、吹雪で新雪が五十センチ積もった。

オデットの遺体がどこにも見つからなかった理由は、それで説明できるのかもしれないし、できないのかもしれない。

一時間後、カーティスとわたしは手を握って、ケーブルカーまで歩いていく。

ル・ロシェを出たあと、カーティスにロンドンの自分の住まいへ移ってこないかと尋ねられたとき、そうすれば手術とリハビリを一緒に受けられると思ったけれど、わたしには自信がなかった。挫折した元アスリートである自分は、一緒に住むには面倒な相手だし、怪我人でもあるから、さらに百倍厄介だ。それにカーティス自身も、わたしに劣らず怪我で苦しむことだろう。とにかく、ふたりでそういうものを乗り越えられるだろうかと考え……

ともかく乗り越えた。その後フリースタイル・スノーボーディングの合宿でティーンエージャーを教えてみないか、とカーティスに誘われたのだった。

ケーブルカーがぐらりと揺れて動きだすと、カーティスがかばうようにわたしの体に腕をまわす。ゴンドラには定員の四分の一ほどしか人が乗っていないため、冬場よりずっと静かで、プロスキーヤーとスノーボーダー、それに地元の人たちがごちゃ混ぜになっている。自分が受け持っている受講生がいないか、と乗り合わせた人たちの顔を見てみたものの、まだ朝も早いうえ、ゆうべはみんな外出していた。わたしはまたスノーボーディングにのめりこんでいて、いつかバックフリップに挑戦するかもしれない。

ケーブルカーは発育不良の木々や、木造りのリフト小屋、動かないチェアリフトの上を渡っていく。眼下に、くすんだ青灰色の雪融け水が勢いよく流れる川がある。わたしは別の川を思い出す——目で見てもわからないくらいゆっくりと動く凍った川を。そして、その川に乗って流れてくるかもしれない、いくつかの遺体のことを。

いけない。あのことは考えないで。

間もなく樹木限界線に差しかかる。高山凍土帯に、鮮やかな紫色の花々がちりばめられている。

「この場所がすごく好き」わたしは言う。

「ぼくもだよ」カーティスが言う。「昔、妹とここで滑ったんだ」

わたしは無理に笑顔を作る。カーティスはここ最近、妹のことをほとんど口にしないので、妹を思うことがよくあるのかどうか、わたしには見当もつかない。

二台目のケーブルカーが、氷河にある夏のスキー場へわたしたちを運ぶ。ふたりでケーブルカーからおりるころには、気温がゆうに二十度さがっている。通りがかりに運転室をのぞきこむと、あまりに見慣れたふたつの青い目がわたしを見返してくる。腕に鳥肌が立つ。

けれどもそれは、ガラスに映ったカーティスの像だ。

ばかばかしい。毎日ここへあがってくるたびに少なくとも一度は彼女かオデットを見るのだから、もういい加減慣れないと。それは罪の意識を持つためにわたしが払う代償だ。

カーティスはサスキアの最後の数時間についてわかったことを、母親には伝えなかった。どうしてそんな話を聞かせることができるだろう。よくよく考えたすえ、カーティスは母親に、サスキアのリフトパスを渡した。ル・ロシェの地元の人が最近ハイキングに出かけて見つけたもので、行方不明になった日にサスキアが上でトレーニングしていたことを示す証拠になる

（と、カーティスは説明した）。そして、サスキアの死はたしかに早すぎたものの、それでも本人が好きなことをしていて起こった事故だった、と伝えた。

そのリフトパスは、いまやていねいに額装され、カーティスの両親の家で、ずらりと並ぶサスキアの写真に紛れて壁から外を見ている。わたしたちが夕食に訪れるたび、十組ほどの青い目に見つめられるのだ。

カーティスはスノーパークを目指して氷の上を歩く途中、腕を伸ばしてわたしの手をとる。根雪の状態を見て、首を横に振る。「もしこれ以上減ったら、何も残らない」

地球温暖化の影響で、アルプスの氷河は今年、記録的に後退した。

はじまるのは十時なのに、もう女の子がふたりスノーパークに来てウォーミングアップをしている。

「熱心だね」カーティスが言う。

わたしは微笑む。「そうなの」

コーチ業が人生の新たな目標を与えてくれた。自分には果たせなかったことを、ほかの人がなし遂げるための手伝いができる。それに、ここにいるふたりの少女は——わたしの教え子たちは——そのために必要なすべてを具えている。若くて、健康なうえに、闘争本能、すなわち何をおいても勝ちたいという意志の持ち主だ。

ふたりを見ていると、懐かしさがこみあげる。わたしの競技人生は終わったけれど、ふたりの競技者としての日々はまだはじまったばかりだ。

ジョーディは仕切りのロープに足を乗せて、ハムストリングのストレッチをしている。一方、シュゼットは……何をしているんだろう。自分のボードのそばにかがんで、板に何かをこすりつけている。こそこそした感じの動きだ。わたしの視線に気づき、手に持っていたものをさっとポケットに入れる。スノーボード用のワックスじゃなかったのはたしかだ。

それからシュゼットはそのボードをもうひとつのボードにもたせかけて、ロープのそばにいるジョーディのところへ行く。そのとき、わたしはまた、あることに気づく。

さっきのボードはシュゼットのものではなかった。コーチングセッションが終わったとき、わたしはカーティスにそのことを話す。「サーフボード用のワックスだったと思う。さいわいジョーディのボードにはたいして影響がなかったみたい。ジョーディにはこっそり話をしたわ」

「で、その子はなんて?」カーティスが言う。

「ジョーディは赤くなってこう言ったの。きのう、自分もシュゼットのボードのエッジに透明な粘着テープを貼った、って」

カーティスが笑う。「だれかさんを思い出さないか」

「ふたりに何か言うべきなのか、それともほうっておくほうがいいのか、わたしにはわからなかった」

「ぼくにもさっぱりだよ」カーティスが真剣な顔になる。「きみとサスキアのことでまちがったことをしたんじゃないか、とたまに思うんだ。きみがやり返そうとするのを何度か止めたが、ぼくは口を出すべきじゃなかったのかもしれない」

「どうなんだろうね」わたしは軽い口調で言う。「まあ、過去は変えられないし」

「それで、ふたりのうちどっちがサスキアで、どっちがきみ?」

「決めてないの。でもたぶん、どっちも同じくらい悪いんじゃないかな」

〝きみは妹と同じくらい悪い〟カーティスにそう言われた日のことは、いまでも覚えている。言った本人は、そのことばがどれほど核心を突いているのかに気づいていない。

この数年、わたしは秘密を守ってきた。けれども、やがて氷河がサスキアの遺体を解き放ったら、検死解剖はおこなわれるだろうか。あんなことをするべきではなかったとわかってはいるけれど、ただサスキアを疲れさせようとしただけだ。ル・ロシェ・オープンでサスキアがわたしの邪魔をしたように、こっちも英国スノーボード選手権でのパフォーマンスをさまたげてやろう、とただそう思っていた。

これほどの時間を経ても、あの最後の朝、わたしが砕いて彼女のコーヒーに入れた睡眠薬は検出されるだろうか。

あれは処方箋が必要な錠剤で、処方箋はわたしの名前で調達した。彼女の身にほかにもいろいろなことがあったのだから、彼女があの錠剤を服もうが服むまいが、結果は同じだったと自分を納得させようとする。でも、あれはとんでもなく効き目の強い薬で、わたしはそれを四錠、服ませたのだ。もし薬を盛られていなかったら、彼女はヘザーを撃退できたかもしれない。

もしくは、もっと早く意識を取りもどしたんじゃないか。氷河へ運ぶとき、彼女を入れたバッグが動くのを見た気がする、とヘザーは言った。ひょっとしたら、その時点ではまだ息があって、ただ薬で気を失っていただけなのかもしれない。それとも――**やめよう**。過去を変えることはできない。

カーティスはナイフのように尖った尾根を見ている。わたしはまぶしい太陽に目を細め、山のほうにふたつの人影があるのを見た。動揺して喉が大きく鳴る。

「なんだろう」カーティスが言う。

わたしはまばたきをする。彼女たちではない。ただの岩だ。ふたつの細長い柱状の岩は、まったく人間に似ていない。カーティスがわたしを引き寄せる。彼の腕に抱かれて、わたしはスイスアルプスの向こう、フランスの方角へ視線を向け、またしてもあの氷の川のことを考える。ガラスのような氷の底のどこかで、サスキアとオデットはもうお互いを見つけただろうか。

そうだといいのだけれど。

また別の思いが浮かんでくる。いつものようにそれを押さえつけようとするが、きょうはおさまりそうにない。

わたしの勝ちだ。

謝辞

父に。あなたがこの本を読むことはないけれど、いろんな意味でこの作品に影響を与えてくれた。そして、わたしの知っているなかでいちばん強い女性である母に。あなたは山での子供時代をわたしに与えてくれた。何もかもに感謝する。

編集上の助言を与え、ストーリーの推敲にすぐれ、十社による出版権争奪戦を取り仕切る判断力を持った最高のエージェント、ケイト・バークに。あなたをエージェントに持てたわたしは、とても幸運だ。テレビドラマ化の専門家として熱心に取り組んでくれたジュリアン・フリードマンに。多くの地域に本書の翻訳出版権を売りこんでくれた著作権担当のジェイムズ・ピュージーとハナ・マレルに。そしてブレーク・フリードマン社の担当チームのみなさまに。

驚くべきふたりの編集者、イギリスのヘッドライン社のジェニファー・ドイルと、アメリカ合衆国のペンギン・パットナム社のマーゴ・リプシュルツに。ふたりはこのプロジェクトに情熱を注ぎ、編集に協力し、細部にまで目を配ってくれたほか、一緒に仕事をすることを心から楽しんでくれた。この本に時間と労力をたっぷりつぎこんでくれたふたりに深く感謝している。ヘッドライン、パットナム、アシェット・オーストラリアの担当チームのみなさんにも御礼申しあげる。
この本とその他のわたしの作品の最初の読者であり、すばらしいアイデアの泉であるスー・カニンガムに。文法の第一人者であり、シノプシスの女王であるゲイル・リチャーズに。頼りになる相談役にして良識ある支持者、そしてすぐれた物書きであるおふたりがいなければ、完成できなかっただろう。

スリラー作家のアンジェラ・クラークは、寛大にもわたしの前の作品に時間を割き、鋭い助言をくれた。またスリラー作家のアン・ゴスリンからは思慮深いことばと惜しみない援助をもらった。ジュリア・アンダーソン、ポール・フランシス、ダニエル・ヘイスティ、ジョーディ・マートン、リンダ・ミドルトンなどの作家仲間と、シャノン・コーワン、ジャスティン・ポドゥール、スチュアート・ブレイク、エイドリアン・ヒギンズ、ウィズ・ウォートン、マーリン・ウォード、ジェニー・ファン・ラージなど、カーティス・ブラウン・クリエイティヴのオンラインコースを通して知り合ったすべてのライターのかたがたにも感謝している。あなたがたはわたしを教え、励まし、刺激を与えてくれた。ありがとう。

わたしの息子、ルーカスとダニエルに。心から愛している。

すべての友人に。この一年、わたし専用の天使のような存在だったアニタ・フェラン、最高中の最高のサーフィン仲間であるセリーヌ・ラトガース、メルボルンからはるばる励ましつづけてくれたアマンダ・タウンゼント、怪しげなオンライン検索を実行してくれたスティーヴ・ホワイト、そしてあらゆる点で刺激を与えてくれるミント・スノーボーディング・スクールのタミー・エステン。それからフレッドおじさんにも。さんざん悪態をついてごめんなさい。

真に世界レベルの図書館システムを提供しているゴールド・コーストの市議会と図書館の職員のかたがたに。世界の一部の地域では、議会が図書館を閉鎖したり、図書館の予算を削減したりするなか、低所得層の二児の母親として伝えたい。もし図書館を利用できなかったら、この本は存在しなかった。

クイーンズランド・ライターズ・センター、ブリスベン・ライターズ・フェスティバル、バイロン・ベイ・ライティング・フェスティバルなど、わたしが参加したさまざまなワークショップを主催してくれた作家と出版関係者のみなさまにも感謝している。

マーティンとスコットに。あなたたちは、わたしの冬の大部分だった。マイカとデイヴともう一人のデイヴをはじめ、わたしの知り合いで一緒に滑ったことのあるすべてのスノーボーダーたちに。思い出をありがとう。

昔のスノーボード仲間で、冬のわたしのことを覚えている人がいたら、連絡をもらいたい。同窓会を企画しよう（ふっふっふ）。いや、まじめな話、フェイスブック登場前の時代に、わたしは居場所を転々としていたので、多くの人と連絡が途絶えてしまった。連絡をいただけたら大変うれしい。

今日（こんにち）の信じられないレベルにまでこのスポーツを引きあげてくれた、過去から現在にいたるすべてのスノーボーダーたちに。あなたがたの技術、身体と精神の強さ、そしてその紛れもない勇気に畏敬の念を覚える。あなたたちは霊感を与えてくれる。世界じゅうのスノーボーダーに。安全に滑りを楽しんで。思い出を大切に。

そして、どこにいるかにかかわらず、わたしの読者のみなさんに。デビューしたばかりの作家に賭けてこの本を選んでくださったことに大変感謝している。お楽しみいただけますように。

訳者あとがき

十年ぶりに再会した元スノーボーダーたちが、雪山で次々と不可解な出来事に見舞われる。スノーボード・ハーフパイプ競技の経験豊富な著者が、それを存分に生かして書いた長篇デビュー作、『寒慄』をお届けする。

物語の本篇は、主人公のミラがアルプスのディアブル氷河にあるホステル〈パノラマ〉へ向かう場面からはじまる。十一月七日午後五時、シーズンオフのスキー場。ミラが久々にこんなところまでやってきたのは、懐かしい友人から誘いのメールが届いたためだ。待ち合わせ場所に、昔のスノーボード仲間が続々と集まってくる。ミラを含めて五人――憧れの人だったカーティス、ブレント、デールとその妻のヘザー。

五人は標高三千五百メートル近くにある〈パノラマ〉に到着するものの、どうも様子がおかしい。休業中でほかに客がいないのは当然としても、従業員までいないのだ。しかも着くなり、妙なゲームが用意されていた。貼り紙に〝ゲームはもうはじまっている。携帯電話を籠に置け〟とあったほか、箱がひとつ用意されていて、〝秘密を書け。自分だけしか知らない、自分についての秘密にかぎる〟と添えられていた。秘密を書いて箱に入れ、それを一枚ずつ引いて、だれが書いたのかを推測し合うという趣向らしい。五人は指示どおり、秘密を記した紙を一枚ずつ読みあげることに。すると、その一枚に〝サスキアと寝た〟とあり、別の一枚には〝サスキアを殺した〟と書かれていた。サスキアというのはカーティスの妹で、十年前にこの山で忽然と姿を消し、行方不明になっていた。このゲームについては、再会を盛りあげるためにメンバーのだれかが準備したものだと思っていたが、訊いてみると、五人ともが自分ではないし、そんな秘密を書いてもいないと否定した。では、だれがこんなことを？

さらに、ミラ以外の四人は〝M〟というイニシャルの人物からメールが来たから、みんなを誘ったのはミラだと思っていたと言うが、ミラは誘いのメールなど送っていなかった。またほかの四人もミラにメールを送った覚えはないという。だれが雪山へ五人を呼び出したのだろう。それとも、五人のなかのだれかが嘘をついているのだろうか。たちの悪いゲームまで仕掛けて。

ふと気づくと、さっき籠に置いた携帯電話がなくなっていた。夜が迫りくるなか、手分けして広い建物のなかを探すが、携帯電話は見つからず、下界と連絡がとれなくなる。ゴンドラリフトも動かない。五人は〈パノラマ〉で夜をやり過ごし、朝になったらスノーボードで下へおりようと考える。ところが――

アルプスで再会し、雪山に閉じこめられた五人について語る現在のパートのあいだに、過去のパートが交互に差しはさまれて、十年前の出来事が明らかになっていく。どちらのパートも主人公のミラの視点で語られるため、少しずつしか事情が見えてこないが、それでも五人には互いを信じられない理由があることが徐々にわかってくる。十年前の競技会当日、カーティスの妹のサスキアがこの山で行方不明になって、最近ようやく死亡認定を受けたのだ。そしていま、カーティスとミラは〈パノラマ〉内で何度かサスキアの香水のにおいを嗅ぎ、影を見たような気がしていた。妹は生きているんじゃないか、とカーティスは言う。果たして、サスキアはどこにいるのか。失踪の真相は？　五人をここに集めたのはだれなのか。十年前の出来事と関係があるのだろうか。そして、五人は雪山から無事におりることができるのか。

冬の山で孤立する登場人物、十年ぶりの再会、過去の因縁、ホステルに見え隠れする不気味な影とにおい——夜が更けるにつれて状況はさらに混乱を増し、自然の脅威が襲いかかる。展開の速いミステリとしての読み応えに加え、この作品の大きな特徴として、アスリートの心理、選手同士の駆け引きの妙が挙げられる。

十年前、ミラ、カーティスとサスキア、ブレント、デールは、スノーボードの競技会とトレーニングのために、この山に長期滞在していた（ヘザーは選手ではなく、バーテンダーとして働く大学生だった）。それぞれが大きな競技会で上位を狙える実力の持ち主で、サスキアはミラのいちばんのライバルだった。とはいえ、伝説的なスノーボーダーを両親に持ち、子供のころから競技だけに没頭できたカーティスやサスキアとはちがって、ミラは冬のあいだ練習に専念できるように、夏はいくつも仕事を掛け持ちして費用を捻出しなくてはならなかった。スノーボードだけで生計を立てられるのはひと握りの選手だけで、ミラとしても今年成果が出なければ、そろそろまともな仕事につくことも考えざるをえない状況だ。だからこそ、ミラは必死だった。それに何よりオリンピックを目指すほどの選手は、勝負に負けるのをよしとしなかった——どんなにつまらない勝負であっても。

著者はかつてスノーボード・ハーフパイプのプロ選手として活躍し、イギリスのランキングで十位以内にはいった実績を持つ。五年間ヨーロッパやカナダの冬山で過ごした経験から、自然を舞台にアガサ・クリスティーのようなミステリを書きたい、と思うようになったとのこと。だからこそ、競技に人生を賭けるアスリートの心理描写はどこまでもリアルだ。

スポーツのなかでも、スノーボードは特に危険な競技として知られ、事故や故障は生死にかかわる場合もある。作中、選手が大小さまざまな怪我をするが、著者自身にとってもそれは日常茶飯事で、著者の友人は実際に怪我で選手生命を断たれたという。膝の靭帯を故障してスポンサーに契約を切られたこともあるそうだ。リスクを承知しながら競技をつづけたが、二十六歳のときに断念して〝まともな〟職についた。そのあたりのアスリートとしての心理が、主人公のミラを通してくわしく語られている。また、駆け引きのすえにだれが勝者になるのかという点も、読者には気になるところだろう。作中で言及されるエックスゲームズというのは、世界最大のエクストリームスポーツの祭典であり、エクストリームスポーツとは、ことばどおり〝過激な〟要素を持った競技を指す。マウンテンバイクやフリースタイルモトクロス、ロッククライミングやサーフィン、バンジージャンプなどが含まれる。作中で登場するスノーボード・ハーフパイプの技は細かいルールを知らなくても見惚れるくらい華麗かつダイナミックで、見ているとたしかに危険なのがわかってハラハラする。機会があったらぜひ映像をご覧いただきたい。氷の壁の迫力や美しい雪景色を頭に入れて読めば、いっそうこの小説を楽しんでもらえることと思う。

著者アリー・レナルズは前述のとおり、二十六歳のときにプロのスノーボーダーをやめて、教職に就き、その後二〇一八年から専業の作家になった。イギリスのリンカンに生まれ、二〇〇三年にオーストラリアのゴールドコーストへ移って、幼い息子ふたりと暮らしている。第二作を執筆中で、やはりミステリだが、こんどはオーストラリアのビーチが舞台だという。ちなみに、現在はサーフィンに凝っていて――氷より水に落ちるほうが痛くない、とのこと。

本書のプロローグはこんな印象的なことばからはじまる。〝またあの季節がやってくる。氷河が遺体を引き渡す季節が〟。著者は作品を書くヒントになった事柄のひとつとして、以下のような記事を挙げている。スイスのサース・フェーで、氷河から腕一本と靴一足が突き出しているのを登山者が見つけて、救助隊が掘り出した結果、三十年前に行方不明になった男性の遺体だと判明した。しかし、そういうことは別に珍しくない。スイスの氷河にはほかにも四十体の死体が眠っていて、フランスのモンブランの氷河にはなんと百六十もの死体があると考えられているという。温暖化の影響で氷河が後退しているのは周知のとおりだが、このままではアルプスの氷河が消滅する可能性もあると言われているようだ。すると、表に出てくる遺体の数も今後世界じゅうで増えるのだろうか。

著者みずからがエージェントを探し、長篇デビュー作にしてみごと出版にいたったこの作品は、二十三の地域や国で出版されることが決まり、テレビシリーズ化も予定されている。すでに刊行されたイギリス、アメリカ、オーストラリアではメディアや作家などから〝ぞくぞくするスリラー〟〝中身とスタイルを兼ね備えたサスペンスフルなデビュー作〟〝ページターナー〟と好評を得ている。また〝まさにわたしの求めていた冬のポップコーンスリラー〟〝酷寒のビーチリード〟という読者評も見受けられた。これは、本作の刊行が二〇二一年一月、新型コロナウイルス感染症が世界的に流行していた時期にあたり、その最中に多くの人々が自宅で、雪山ミステリにスポーツを組み合わせた、リーダビリティの高い娯楽小説としてこの作品を堪能したということだろう。*Shiver* という原題どおり、冬の雪山でアスリートたちが寒さに震え、過去の亡霊におののきながら繰り広げる物語を、ぜひ思い思いにくつろぎながらお楽しみいただきたい。

二〇二一年五月

HAYAKAWA POCKET MYSTERY BOOKS No. 1968

国弘喜美代（くにひろきみよ）
大阪外国語大学外国語学部卒
翻訳家
訳書
『パリで待ち合わせ』デボラ・マッキンリー
『あなたを見てます大好きです』ローラ・シムズ
『要秘匿』カレン・クリーヴランド
（以上早川書房刊）他多数

この本の型は、縦18.4センチ、横10.6センチのポケット・ブック判です。

〔寒慄（かんりつ）〕

2021年6月10日印刷　2021年6月15日発行

著者　アリー・レナルズ
訳者　国弘喜美代
発行者　早川浩
印刷所　星野精版印刷株式会社
表紙印刷　株式会社文化カラー印刷
製本所　株式会社川島製本所

発行所　株式会社　早川書房
東京都千代田区神田多町2-2
電話　03-3252-3111
振替　00160-3-47799
https://www.hayakawa-online.co.jp

（乱丁・落丁本は小社制作部宛お送り下さい
送料小社負担にてお取りかえいたします）

ISBN978-4-15-001968-6 C0297
Printed and bound in Japan

ハヤカワ・ミステリ〈話題作〉

1958
死亡通知書　暗黒者
周　浩暉
稲村文吾訳
予告殺人鬼から挑戦を受けた刑事の羅飛は、省都警察に結成された専従班とともに事件を追うが――世界で激賞された華文ミステリ！

1959
ブラック・ハンター
ジャン＝クリストフ・グランジェ
平岡　敦訳
ドイツへと飛んだニエマンス警視は、富豪一族の猟奇殺人事件の捜査にあたる。映画化された『クリムゾン・リバー』待望の続篇登場

1960
パリ警視庁迷宮捜査班　魅惑の南仏殺人ツアー
ソフィー・エナフ
山本知子・山田　文訳
個性的な新メンバーも加わった特別捜査班は、他部局を出し抜いて連続殺人事件の真相に辿りつけるのか？　大好評シリーズ第二弾！

1961
ミラクル・クリーク
アンジー・キム
服部京子訳
〈エドガー賞最優秀新人賞など三冠受賞〉治療施設で発生した放火事件の裁判に臨む関係者たち。その心中を克明に描く法廷ミステリ

1962
ホテル・ネヴァーシンク
アダム・オファロン・プライス
青木純子訳
〈エドガー賞最優秀ペーパーバック賞受賞作〉山中のホテルを営む一家の秘密とは？幾世代にもわたり描かれるゴシック・ミステリ